LEIS DA TENTAÇÃO

Leis da Tentação

SÉRIE SAINTS OF DENVER

JAY CROWNOVER

TRADUÇÃO
Cassandra Gutiérrez

título original *Charged: A Saints of Denver Novella*
© 2016 by Jennifer M. Voorhees
© 2017 Vergara & Riba Editoras S.A.

edição Paolla Oliver
editora-assistente Sandra Rosa Tenório
preparação Luciana Soares da Silva
revisão Juliana Bormio de Sousa
direção de arte Ana Solt
capa e projeto gráfico Pamella Destefi
imagem de capa CURAphotography / shutterstock.com

**Dados Internacionais de Catalogação na Publicação (CIP)
(Câmara Brasileira do Livro, SP, Brasil)**

Crownover, Jay
Leis da tentação / Jay Crownover; tradução Cassandra Gutiérrez. – São Paulo: Vergara & Riba Editoras, 2018. – (Série saints of Denver)

Título original: *Charged: a saints of Denver novella*
ISBN 978-85-507-0179-0

1. Ficção erótica 2. Ficção norte-americana I. Título. II. Série.

18-12276 CDD-813

Índices para catálogo sistemático:
1. Ficção: Literatura norte-americana 813

Todos os direitos desta edição reservados à
VERGARA & RIBA EDITORAS S.A.
Rua Cel. Lisboa, 989 | Vila Mariana
CEP 04020-041 | São Paulo | SP
Tel. | Fax: (+55 11) 4612-2866
vreditoras.com.br | editoras@vreditoras.com.br

Dedicado à única pessoa que segurou minha mão em todas as minhas piores decisões e me incentivou em todas as minhas decisões incríveis... este livro e esta história sobre escolhas ruins que resultam nas melhores coisas da vida é para você, mãe.

Você é a melhor mãe do mundo e, em todos os erros que cometi, em todas as decisões ruins que tomei cegamente, você estava ao meu lado para juntar meus cacos.

Por sorte, tenho mesmo algumas histórias muito incríveis para contar, agora que tudo acabou e todas as tempestades passaram. Mas nada me deixa mais feliz do que saber que nenhum desses contos de alegria e sofrimento teria um final feliz se eu não pudesse compartilhá-los com você.

INTRODUÇÃO

Ela é imatura.
Ela é mimada.
Ela é irritante, nem um pouco legal.
Por que ela ganhou a própria história?

Sempre que surge uma personagem que parece *não merecer* uma história própria ou alguma espécie de felicidade, é quando mais quero virar sua trama de cabeça para baixo. Quero saber sua história mais do que tudo e me aprofundar no que pode haver nela além do que enxergamos à primeira vista. Aconteceu com Asa e com Avett no mesmo instante em que ela apareceu na página. Sempre quis que a filha de Brite tivesse uma história só dela, mas não fazia ideia de quanto essa história seria multifacetada, complexa e difícil. Tudo bem, a menina é um furacão, e ficar assistindo a tempestade quebrar na praia rendeu algumas das páginas preferidas que escrevi até hoje. Nunca começo uma personagem determinada a fazer o leitor gostar dela. Mas espero que, no fim da jornada, o leitor a entenda e, talvez, até simpatize um pouco com ela... E, ei, se você acabar gostando da personagem da qual tinha tanta certeza de que odiava... ponto pra mim <3 (estou olhando para você, Melissa Shank!).

Acho que Avett é a personagem que mais reflete a pessoa que eu era em certo ponto de minha vida. Enquanto escrevia, não parava de me encolher toda e pensar "é... já passei por isso". E agora, definitivamente, tenho uma história para contar sobre essas escolhas e suas consequências. Às vezes, a história é a melhor parte de fazer merda. Sério, não importa quem somos ou o que passamos na vida. Todos temos uma história para contar. Sinto isso por todas as minhas personagens. Mas, por algum motivo, senti mais ainda por Avett e por Quaid.

Quando eu tinha 22 anos, tomei um monte de decisões questionáveis: a respeito de homens, dinheiro, estudo e do meu futuro em geral. Precisei ser resgatada (pela família, não por um cara bonito, o que foi uma total pena para mim!), e todos poderiam pensar que eu havia aprendido a lição, porque eu tinha certeza de que aquele era o ponto mais baixo da minha vida. *Flash forward* para quando eu tinha 30 e poucos anos, quando tudo desmoronou de novo por causa de minhas péssimas escolhas e de minha cabeça-dura imbecil. Lá estava eu, pela segunda vez na vida, precisando ser salva, com mais histórias para contar, e tendo aprendido duras lições (essa história envolve *Na sua pele – Rule* ser publicado, mudando toda a minha vida. Então, apesar de ter começado com um coração partido, acabou com um sonho virando realidade).

Por isso, ponham a cara ao sol e façam merda. Tenham experiências e histórias para contar e façam isso sem arrependimentos.

Lembranças e erros são belos e importantes do seu próprio modo.

Com amor e *tattoos*,
Jay

Tudo o que é realmente perverso começa na inocência.
— Ernest Hewingway

CAPÍTULO 1
Avett

"Não se preocupe, Fadinha, péssimas escolhas sempre rendem ótimas histórias..."

Eu podia ouvir a voz rouca e bem-humorada de meu pai falando no meu ouvido. Enquanto eu crescia, ele sempre me dizia essas palavras ao me pegar fazendo algo que não devia. Naquela época, eu sempre estava fazendo algo que não devia e ouvia muito isso dele. Infelizmente, depois de adulta, minhas péssimas escolhas resultaram em consequências bem piores do que um joelho ralado ou um pulso quebrado por ter caído da árvore do quintal, aquela que meu pai tinha avisado várias vezes que não era forte o suficiente para eu subir. É triste, mas ter meu pai me tranquilizando do seu jeito firme e carinhoso, me chamando de "fadinha" enquanto beijava meus dodóis, não ia me ajudar em nada na situação em que eu me encontrava.

Era um dodói bem grande.

Era um dodói daqueles que mudam a vida da gente.

Era um dodói que estava bem longe de ser uma ótima história para contar.

Era um dodói que podia muito bem acabar comigo, acabar com a paciência dos meus pais, que estava por um fio há anos, e podia muito bem acabar com qualquer esperança de futuro que eu pudesse vir a ter. Um futuro que eu estava prestes a arruinar graças a uma vida inteira de péssimas escolhas e decisões ainda piores. Eu tinha acabado de fazer 22 anos, mas as péssimas escolhas já eram uma espécie de marca registrada, que eu conhecia tão bem quanto meu próprio rosto. Àquela altura, já havia virado quase uma lenda, por confiar plenamente no pior tipo de pessoa que existe. Se houvesse um caminho errado a seguir, eu o seguiria dando pulinhos de alegria, sem olhar para trás, até me encontrar exatamente no tipo de situação em que me encontrava naquele momento. Não podia nem dizer que aquele era um novo beco sem saída: tratava-se do mesmo no qual esbarrei tantas e tantas vezes. Por mais que tentasse, não conseguia sair do lugar. E, quanto mais andava em círculos naquele beco sem saída, mais sombrio e perverso ele se tornava.

Eu já sabia disso, sabia mesmo, apesar de haver uma montanha de evidências contradizendo esse fato.

Eu não era burra, ingênua, imatura nem insensata. Podia até parecer assim para quem me visse de fora, mas tinha meus motivos para ser um fiasco consumado, para ter uma vida inteira só de fracassos. Todos esses motivos não tinham nada a ver com o fato de eu não saber das coisas e tudo a ver com eu saber exatamente o que merecia.

Havia muito tempo que eu vinha perdendo o controle, rodopiando, caindo cada vez mais fundo em um poço de atitudes realmente terríveis e suas consequências, uma pior e mais dolorosa do que a outra. E eu também não fazia o menor esforço para sair do olho do furacão. Sabia que o único lugar onde ia parar seria exatamente ali, bem no fundo do poço mais fundo. Nunca imaginei que a aterrissagem seria tão retumbante.

Fazia muito tempo que eu precisava de alguém para me salvar. E, naquele momento, precisava mesmo, porque estava correndo um risco muito real de ir para a cadeia, na frente de um advogado muito real vestido em um terno impecável, enquanto estava sentada, tremendo, algemada, engasgando no meu próprio medo. Nunca, nem em um milhão de anos, poderia imaginar que a minha salvação viria na forma de um homem como aquele que estava sentado na minha frente. Que tinha cara de tentação e perdição, não de salvação e redenção.

Eu não era culpada do que diziam que eu tinha feito, mas também não era exatamente inocente. Infelizmente, essa é a história da minha vida. Sempre fui a garota que não era muito boa, a que era má a ponto de ser um problema, e o homem sentado na minha frente não parecia ter a tolerância nem a paciência necessárias para lidar com o caos em que eu sempre me afogava.

Entrelacei meus dedos tensos e me esforcei para não me encolher toda – ou pior: cair no choro – quando as algemas em volta dos meus pulso bateram, fazendo um barulho alto, na mesa de metal que me separava do homem que devia estar ali para salvar o dia... para me salvar. Ele me disse seu nome, mas não conseguia me lembrar. Havia me transformado em uma pilha de nervos e confusão, e o cara não estava me ajudando a controlar a ansiedade. Eu também estava sem dormir e apavorada com o que me esperava depois que aquela reunião acabasse. Meu futuro sempre foi incerto. Tinha fundações instáveis, na melhor das hipóteses. Mas, naquele momento, ansiava por uma fundação trêmula e morria de medo de que minhas péssimas escolhas mais recentes tivessem, por fim, me levado a uma situação da qual eu não poderia me livrar mentindo, trapaceando, roubando ou manipulando.

O advogado estoico e absolutamente lindo sentado na minha frente não se parecia com nenhum cavaleiro que eu já tivesse visto. Era esperto demais para isso, muito calculista em seu jeito de me olhar, me julgando em silêncio. Não, aquele homem não era o bonzinho da história que chegaria em seu cavalo para salvar a donzela e provar ser um herói; era o cara para quem vilões pagavam uma fortuna para livrá-los da cadeia. Apesar de tudo o que fiz, nunca me considerei uma vilã. Sabia que era da turma dos malvados, mas não uma criminosa devassa e imoral que quisesse fazer mal a qualquer pessoa que não fosse eu mesma. Mesmo assim, sob o escrutínio do incomum olhar azul metálico daquele homem, que não tinha uma gota sequer de carinho ou de consolo, eu estava começando a repensar esse conceito. Diante dele eu me sentia indo de encontro à devassidão e à desgraça e ainda não havia pronunciado uma palavra sequer. Eu jamais tinha feito algo tão ruim ou tão imbecil a ponto de precisar de um profissional para defender minhas atitudes, e era difícil acreditar que aquele cara dava a mínima para o fato de eu ser ou não inocente.

Eu só queria fugir dele e fingir que estava em qualquer outro lugar do mundo que não fosse aquela salinha, com a mesa de metal parafusada no chão nos separando. Mexi as mãos de novo e não consegui deixar de me encolher e tremer quando o metal das algemas raspou no metal da mesa. O fundo do poço ia me deixar com mais do que apenas machucados se eu conseguisse sair dele e sacudir a poeira. Ia deixar uma cicatriz feia e profunda, e eu odiava merecer cada uma dessas marcas dolorosas.

— Não quero ouvir sua história — suas palavras foram curtas e grossas. Pisquei surpresa ao ouvir o som de sua voz rouca ecoar naquela salinha inóspita.

— Não me interessa se você sabia ou não o que seu namorado estava fazendo. Não ligo. Só quero saber se você entende do que está sendo acusada e a gravidade dessas acusações. Se a resposta for "sim", preciso saber se você está disposta a fazer tudo o que eu mandar para seguir adiante.

Será que eu entendia quão graves eram as acusações?

Será que esse cara estava brincando comigo, porra?

Eu estava algemada, usando um macacão alaranjado e sapatos de borracha que guinchavam quando eu andava. Eu não dormia há dois dias, porque, depois de tudo o que aconteceu na noite em que fui presa e fichada, me trancaram em uma cela com uma mulher tão louca que não parava de ver Gremlins saindo do chão e, como resultado, não parava de pular nos beliches presos na parede de concreto da cela e quase me pisoteou. A outra mulher na cela estava ali porque havia tentado atropelar o marido traidor com a *van* da família, após pegá-lo na cama com a vizinha de porta. Naquele momento, ele estava na sala de jantar da casa, então a mulher não só berrou, louca de raiva, mas também delirou até o Sol raiar, falando sem parar que era melhor seu marido infiel ter falado com a companhia de seguros para consertar os danos que ela havia causado. A mulher era louca de pedra e, quanto mais eu tentava ignorá-la, mais determinada ela ficava a me contar toda a história de sua vida.

É, Águia da Lei, eu tinha muita noção de quão graves eram as acusações e estava me cagando de medo do que poderia acontecer se fosse condenada por elas.

Levantei as mãos algemadas e as soltei em cima da mesa para deixar bem claro, de forma bem ruidosa, minha posição. O homem sequer bateu um único dos seus cílios ridiculamente longos, mas sua boca se apertou de leve. Era uma boca bonita. Ele todo era bonito, de um jeito ou de outro, e fiquei imaginando se, quando saía daquela salinha industrial, se sacudia como um cachorro molhado para se livrar da sensação e do miasma de crime, sordidez e péssimas escolhas. O cara parecia ser do tipo que nunca, jamais, dava um passo em falso. Exalava segurança, autoconfiança e arrogância, como um perfume caro criado e embalado especialmente para ele. Isso deveria me tranquilizar, me fazer acreditar que aquele advogado ia cuidar de tudo, que eu estaria em casa, em segurança, na minha própria cama, logo, logo. Mas, em vez disso, me deixava frágil, ainda pior do que já estava. Eu era um desastre, isso já era bem ruim... Mas ter uma testemunha desse desastre, uma testemunha tão controlada e imperturbável quanto aquele homem... Bem, isso tornava as consequências da minha última escolha errada cem vezes piores.

Aquele cara não era do tipo que corre atrás de uma péssima escolha depois da outra. Na verdade, ganha a vida nos salvando. Nós, os reles mortais que fazem isso. E devia ser uma vida muito boa, se é que o Rolex em seu pulso e a caneta Mont Blanc que ele batia sem parar na pasta à sua frente queriam dizer alguma coisa.

– Entendo que a situação é bem séria – falei baixinho, com a voz fraca, naquela sala vazia. Inclinei a cabeça para o lado, e continuamos nos medindo. – Foi meu pai que contratou você?

Eu tinha vontade de segurar a respiração enquanto ele respondia, mas não consegui fazer meus pulmões funcionarem como eu queria. Não conseguia fazer nada funcionar como eu queria.

Eu era uma bosta. Um fiasco, um desastre. Uma desgraçada, uma manipuladora. Era uma encrenca terrível em cima da outra, e, apesar de tudo isso, meus pais, na maioria das vezes meu pai, sempre se dispuseram a catar meus caquinhos. Ele me perdoou. Me desculpou. Me limpou e me ofereceu a mão tantas e tantas vezes. Ele me amou quando eu não queria ser amada. Ele estava sempre a meu lado. Mas não desta vez.

"Péssimas escolhas sempre rendem ótimas histórias, fadinha."

As palavras do meu pai brigavam umas com as outras, girando freneticamente em minha cabeça, enquanto eu me sentia escorregar um pouco mais, cair um pouco mais, e me dava conta de que *este*... este era meu verdadeiro fundo do poço. Aquele homem que alegava ser meu advogado de defesa sacudiu sua cabeça morena.

– Não. Na verdade, foi um antigo cliente que entrou em contato e me pediu para ser seu advogado. Ele pagou meus serviços à vista e disse que qualquer outro valor que surja enquanto estiver cuidando do seu caso deve ser cobrado dele. Fui contratado antes de a polícia fichar e prender você.

Meu pai não estava ali para beijar meu dodói daquela vez. Não estava esperando na lateral do campo para sacudir minha poeira e falar que tudo ia dar certo. Não daquela vez. Eu tinha ido longe demais. E ter que passar uma noite miserável e incômoda com uma drogada esquisita e uma mãe suburbana e psicopata não tinha nada a ver com o medo gelado que subia por minha espinha, vértebra por vértebra, só de pensar que eu finalmente tinha feito algo que Brite Walker não ia perdoar. Sabia que isso aconteceria um dia. Sabia que até meu pai, o ex-fuzileiro, motoqueiro grande e durão que andava de Harley Davidson, tinha seus limites. Eu abusara sem parar, tentando ultrapassar esses limites a vida inteira. Sempre pensei que, quando esse rompimento ocorresse, faria um grande *bum*. Esperava uma explosão capaz de arrasar a cidade de Denver. O fato de mal ser um gemido, um sussurro indicando que um homem bom estava de coração partido, me fazia sentir ainda pior do que eu já estava. Não tinha ideia de como isso era possível, mas afundei ainda além do que o fundo do poço. Aquilo era uma enchente de sofrimento e desespero, e eu estava submersa até o pescoço nela.

Pisquei para segurar as lágrimas e levantei o queixo para o advogado.

– Quem está pagando você?

A minha mãe me ama. Tem um coração enorme feito de *marshmellow*, mas chegou a seu limite comigo muito antes do meu pai. Eles se separaram quando eu estava no Ensino Médio, logo antes de um dos momentos mais decisivos da minha juventude. Meu pai veio correndo como sempre e tentou fazer a separação me afetar o menos possível. Minha mãe, de distante e confusa, começou de fato a evitar contato comigo. Nunca soube direito se ela se forçou a se afastar de mim porque as coisas eram muito fáceis entre mim e meu pai ou porque eram muito difíceis entre mim e ela. De qualquer modo, a tensão no nosso relacionamento não ajudou em nada a queda rápida que começou a me engolir quando me dei conta do tipo de pessoa que eu era.

Uma pessoa má.

Uma pessoa culpada.

Uma pessoa egoísta.

Poderia até ser considerada uma pessoa perigosa, se perguntassem para as pessoas certas, que não estariam de todo erradas. É impressionante como não fazer nada pode ser arriscado. Já tive resultados até mais desastrosos do que quando fiz algo errado... Pelo menos, até agora.

A voz culta e suave do advogado me tirou de meus pensamentos sombrios.

— Asa Cross. Ele, uma das vítimas da tentativa de assalto à mão armada do seu namorado. A outra foi uma policial de folga. Então, não é de surpreender que eles tenham fichado e prendido você quase imediatamente. Além disso, a polícia de Denver protege seus integrantes, então ninguém está disposto a fazer nenhum favor para você e seu namorado.

Me encolhi toda quando ele falou em Jared.

Jared, o cara que escondeu de mim não apenas o fato de ele ser seriamente viciado, mas também bastante envolvido no tráfico de drogas da cidade até eu estar tão presa, pensando que o amava, que não conseguia sair daquela situação.

Jared era o castigo perfeito para uma garota que não conseguia tomar jeito e não merecia nada além desse tipo de cara.

Jared também era o cara que havia fugido com o estoque de drogas e o dinheiro do seu traficante, me deixando para trás para pagar o preço por sua desonestidade e transmitir a mensagem de que seus contatos não estavam nem um pouco felizes com ele. Também era o cara que havia conseguido me convencer de que a única maneira de ajudá-lo, de nos ajudar, era roubar do único lugar onde sempre me senti em casa, acontecesse o que fosse. Ele me convenceu de que roubar uns trocados não fazia a menor diferença, de que era um dinheiro que meu pai me devia, uma vez que tinha entregado seu bar, seu meio de subsistência, sem pensar no que isso significava para mim. Jared era bom com as palavras quando não estava chapado, e, como sempre, me joguei de cabeça na opção errada. Só que os punhados de dinheiro tirados da caixa registradora não chegaram nem perto do valor que ele estava devendo.

Como eu disse, não sou burra nem ingênua, então deveria ter adivinhado, quando o cara me disse que precisava passar no antigo bar do meu pai, onde eu costumava trabalhar, que ele estava aprontando alguma. Jared sempre estava aprontando alguma e, cada vez mais, isso deixava marcas nos meus braços, na minha pele e nas minhas pernas. Ele percebeu rapidinho que, apesar de eu estar sempre decepcionando as pessoas que me amam, elas ainda se importavam comigo, sempre se importavam comigo e não gostavam nem um pouco de me ver por aí de olho roxo e bochecha inchada. Então não voltou a bater na minha cara depois que Church, o novo segurança do bar, nos seguiu até o carro uma noite e fez algumas sugestões bem claras do que aconteceria com ele se eu aparecesse com jeito de quem havia levado outra surra. Viciados são imprevisíveis, mas sabem esconder o que fazem de errado, o que não querem que os outros saibam. Então Jared ainda fazia suas maldades comigo, mas havia ficado mais habilidoso em esconder as evidências, e eu me afastava ainda mais das pessoas que se importavam comigo para não precisar dar mais desculpas. Eu não tinha como explicar por que continuava com ele ou por que achava um cara como Jared o tipo de pessoa com quem eu deveria estar. Eu sabia o porquê, mas isso não significava que iam entender meus motivos, afinal apesar de tudo, eles se preocupavam comigo, mesmo eu sabendo que não merecia. O advogado não queria saber da minha história... O que era bom, pois eu tinha a sensação de que ia me despedaçar toda vez que era obrigada a contá-la.

— Por que Asa o contrataria para me defender? O sujeito me odeia.

E com toda razão. Dei ao conquistador sulista maravilhoso e lindo mil razões muito boas para me odiar no curto período em que convivemos. Não consigo imaginar por que ele se daria ao trabalho de me ajudar. Ele não faz o tipo carinhoso e efusivo, nem quando está de bom humor.

O advogado levantou uma das sobrancelhas douradas e se encostou na cadeira. Soltou a caneta cara em cima da pasta à sua frente e ficou me observando de olhos espremidos. Esse sujeito tinha transformado a indagação silenciosa e a intimidação em uma forma de arte. Parecia saber bem o que me provocava e exatamente por que eu havia feito o que fiz só de me olhar. Não estava acostumada a ninguém ter esse tipo de percepção a meu respeito, muito menos um homem que, obviamente, vinha de um mundo diferente do meu.

— Considerando sua situação atual, você não deveria simplesmente ficar agradecida por ele ter feito isso?

Me assustei um pouco com seu tom de censura.

— Só estou um pouco confusa.

— Que bom. É isso que quero que você diga a todo mundo que perguntar o que aconteceu naquela noite. Você estava confusa. Você não entendeu o que estava acontecendo. Seu namorado a coagiu e mentiu para você. Você não fazia ideia dos planos dele para aquela noite.

Eu me remexi naquela cadeira dura como pedra, e todas as correntes que me prendiam fizeram barulho de novo.

— Tudo isso é verdade. Eu não sabia o que ele tinha planejado fazer naquela noite. Jamais teria entrado no carro com Jared se ele tivesse me contado que ia assaltar o bar.

Mas tive certeza, assim que reconheci o caminho que estávamos tomando, de que alguma coisa ruim ia acontecer e não fiz nada para impedir... de novo.

Eu poderia ter pulado para o banco do motorista e ido embora. Teria sido muito fácil. Poderia ter posto o carro na primeira marcha e dirigido sem parar até a gasolina acabar e eu chegar a algum lugar bem longe do pesadelo em que estou presa. Poderia ter saído do carro, entrado no bar e implorado para Jared parar. E poderia ter pego meu celular, ligado para a polícia e dito que meu namorado drogado estava chapado, devia um monte de dinheiro a uma gente perigosa e estava tentando roubar o bar que salvou a vida do meu pai e sempre foi um porto seguro para mim.

Tantas opções boas, tantas escolhas certas que eu poderia ter feito e, mesmo assim, só fiquei sentada no carro esperando. Sabia que a casa ia cair. Sabia que alguém ia se machucar e não fiz nada. O nada era a pior das opções, então é claro que isso me abraçou como um cobertor de chumbo. Eu estava sufocada por tudo que poderia e deveria ter feito, mas foi o nada que ganhou. É o nada que me define. É o nada que me domina, que me rege. É o nada que me assombra, que me persegue. O nada me fez passar a vida inteira tentando me arrepender e superar, mas o nada sempre vence.

Alguns instantes depois, enquanto ainda lutava contra o nada do passado e o nada paralisante daquele momento presente, fiquei com a cara grudada no asfalto do estacionamento, na frente do legado do meu pai, sendo presa como cúmplice de assalto à mão armada e, de acordo com o policial muito bravo que me enfiou no banco de trás da viatura, encarando uma pena de três a cinco anos de prisão, se fosse condenada.

– Já disse que não estou interessado na sua história. Seu namorado está no hospital, baleado, mas já está fazendo uma ladainha que aponta você como mandante do assalto. Ele está pintando você como uma filha vingativa, com raiva porque o negócio da família foi passado a outra pessoa. Alega que você usou o relacionamento de vocês para manipulá-lo e convencê-lo a assaltar o lugar, para dar uma lição em seu pai. Considerando que a ficha criminal do rapaz tem uns oito metros de comprimento, com um histórico de acusações por drogas, ele não é muito confiável. Mas, até aí, você também não.

O advogado bateu o dedo indicador na pasta, e eu só pude suspirar. Aquela pasta continha uma vida inteira de péssimas escolhas. Estava tudo ali, preto no branco, cada falha, cada terror, cada erro... bem na frente daquele homem lindo com seu olhar frio e imperturbável.

Acho que nunca me senti tão exposta, tão desprotegida e indefesa na frente de alguém. Não era uma sensação boa, e precisei de cada gota de autocontrole para não me retorcer de culpa ali, naquela cadeira.

– Tive uns probleminhas aqui e ali, mas nunca havia sido presa.

Minha afirmação soou defensiva e infantil. Não entendi por que o cara não se levantou e saiu daquela sala sem olhar para trás. Acho que é isso que eu faria se estivesse no seu lugar... Não que algum dia eu tivesse tido competência para estar no lugar dele. Aquele homem era o extremo oposto de tudo o que eu conhecia. Acho que meu pai nunca teve um terno, e as únicas vezes que o vejo de gravata, com um sapato que não é bota, é quando alguém se casa ou é enterrado.

Aquelas sobrancelhas douradas se levantaram de novo, e o canto da sua boca se abaixou em algo que poderia ser uma careta, se seu rosto não fosse tão extraordinário. Nele, parecia mais uma expressão de incômodo bem ensaiada. Minha vontade era dar um chute na minha própria bunda por notar outras coisas nele que não sua competência, dadas as circunstâncias. Ele era bonito, isso me distraía, o que era irritante, porque eu precisava me concentrar no meu destino terrível, não em seus dentes perfeitos, nem em seus olhos azuis e aguçados que me desarmavam.

– Inúmeras multas por beber ainda menor de idade, por embriaguez em público, por dirigir embriagada recentemente, uma penalidade por roubo, outra por invasão de propriedade, diversas acusações de agressão... Devo continuar?

Sacudi de leve a cabeça e respondi:

– Não. Entendo que minha palavra não vai valer nada contra a de Jared, porque nós dois somos igualmente pouco confiáveis. Nem eu nem ele andamos por aí com asas de anjo nas costas.

Quando eu disse isso, sua atitude gélida derreteu a ponto de os cantos da sua boca subirem. Fiquei sem ar, de olhos arregalados, ao perceber quanto aquela pequena mudança na sua expressão fazia ele passar de ridiculamente bonito para uma coisa de outro mundo de tão atraente, tanto que meu cérebro de reles mortal não conseguia absorver. Fiquei imaginando se ele ganhava todas as suas causas porque as mulheres do júri ficavam tão cegas de desejo que não ouviam nenhuma das evidências que o advogado apresentava. Como isso poderia contar a meu favor, fiquei torcendo para que fizesse parte da sua estratégia para me livrar da cadeia.

– Não é preciso asas de anjo nem auréola para convencer um júri ou um juiz de que alguém é inocente. Você precisa me ouvir e ser mais crível do que ele. Acho que fica bem óbvio que o sujeito está tentando puxar seu tapete. Vi as imagens da câmera de segurança que os policiais pegaram no bar, e fica claro que não estamos lidando com um indivíduo respeitável.

Se o advogado viu as imagens, então viu Jared segurar minha cabeça e bater meu rosto contra o painel do carro quando eu disse que não ia participar do que ele estava planejando fazer no bar. Sem perceber, levantei minhas mãos algemadas e esfreguei o galo entre meus olhos, que ainda estava alto. Eu não tinha espelho para ver, mas os paramédicos da cena do crime declararam que se tratava de um ferimento pequeno, apesar de a dor de cabeça ser bem grande.

– Não, ele não é nem um pouco respeitável. É um viciado.

– Isso é algo horrível de dizer, mas conta, sim, a nosso favor.

O advogado pegou a caneta cara de novo e fechou a pasta. Se levantou com um movimento ágil, e me encolhi toda na cadeira outra vez, tentando ficar o menor possível. Quando os policiais me levaram para a salinha, ele já estava sentado, e eu não esperava que ele fosse tão alto nem tão grande.

– A sua audiência de fiança é amanhã de manhã. O que, infelizmente, significa que você vai ter que passar mais uma noite na cadeia. Contudo, estou confiante de que consigo soltar você, mas não vai sair barato. E também preciso provar para o juiz que você tem para onde ir caso eles realmente lhe concedam a fiança.

Ele me olhou com expectativa e só consegui encolher os ombros. Meu pai não estava ali, e isso falava mais alto do que qualquer palavra que ele pudesse me dizer.

– Eu estava ficando na casa de Jared. Mas é óbvio que não posso voltar para lá. Quanto à fiança... – voltei a encolher os ombros – ... não tenho dinheiro e duvido que meus pais estejam dispostos a pagar a conta. Não sei se estou preparada para pedir esse tipo de favor a eles.

LEIS DA TENTAÇÃO

Quaid espremeu os olhos sutilmente, pegou a papelada de cima da mesa e enfiou em uma pasta de couro. Até sua pasta parecia cara e chique.

– Se o juiz determinar o valor da fiança e esse valor não for pago, você ficará na cadeia até a audiência preliminar. Que pode levar semanas, meses até.

Soltei um suspiro e senti que o fundo do poço em que eu tinha desabado veio ao meu encontro, me apertando ainda mais.

– A situação é a seguinte: decepcionei muito meu pai e minha mãe ao longo dos últimos anos, mas ser pega com um sujeito que roubaria o bar, um indivíduo capaz de ameaçar os amigos do meu pai... – sacudi a cabeça e completei: – Mereço apodrecer aqui.

Estava sendo dramática, mas era assim que me sentia. Eu merecia ficar trancada na cadeia e coisas muito piores do que isso. Autopiedade era uma boa companhia naquele lugar, no fundo do poço, e eu ainda não estava preparada para abrir mão do conforto que ela me trazia.

O advogado me lançou um olhar que não consegui interpretar e foi até a porta.

– Vou ligar para seus pais e ver se podemos arranjar alguma coisa ainda hoje. O seu caso seria muito mais fácil, para nós dois, se você não estivesse presa. Não se esqueça, você precisa me ouvir, srta. Walker. É a primeira regra de toda essa situação.

Uma onda de pânico me atropelou, como se fosse um caminhão. E se o advogado ligasse para meu pai, e ele dissesse que já estava cansado da filha problemática e de suas bobagens intermináveis? E se meu pai não conseguisse mais me amar? Conseguiria sobreviver à cadeia; mas perder meu pai para sempre, bom, seria meu fim.

Sem pensar, levantei de sopetão. As algemas nas minhas mãos e nos meus pés fizeram um barulho alto, e dois guardas uniformizados entraram correndo na sala. Eu estava prestes a tomar a pior decisão até então, mas não consegui impedir que as palavras saíssem da minha boca.

– Não liga para meu pai!

– Perigo, seu nome é Avett Walker.

O advogado se virou e me olhou com espanto, como se eu tivesse duas cabeças. Não disse nada, enquanto os policiais se posicionavam ao meu lado e diziam para eu me acalmar.

– Você não pode ligar para meu pai.

As palavras transmitiam todo o pânico e o desespero que eu sentia.

Ele levantou os ombros largos e os encolheu como se não ligasse a mínima para o fato de estar prestes a foder com minha vida... O que queria dizer muita coisa, dado o local onde eu estava.

– Tenho que ligar – falou, parecendo entediado e sem paciência com meu ataque.

Espremi os olhos, e aquele redemoinho de coisas horríveis, que sempre me cercava, começou a girar cada vez mais rápido à minha volta.

– Então você está demitido – respondi.

Vi os guardas se entreolharem, e minhas palavras impensadas fizeram o homem loiro se virar para mim.

– Não preciso da sua ajuda. Não quero nada vindo de você.

LEIS DA TENTAÇÃO

Finalmente pude detectar algo além de indiferença em seu olhar. Surpresa, talvez uma ponta de admiração, misturada com uma boa dose de graça, naquelas profundezas azuis.

– Desculpe, srta. Walker, mas não foi você que me contratou, ou seja, não tem o direito de me demitir.

Aquele sorrisinho, que deveria entrar para a lista das armas letais, se esboçou de novo, enquanto ele me olhava. E aí o advogado foi embora.

Olhei para o guarda que estava mais perto de mim e franzi a testa.

– Não é assim que as coisas funcionam, é? Se eu quiser outro advogado, tenho direito a um, certo? O Estado vai designar outro profissional, não vai? – balbuciei, descontrolada.

O guarda não deu a menor importância:

– Não estamos aqui para dar conselhos legais, dona. Mas, de jeito nenhum, se eu estivesse no seu lugar, despacharia o tal Quaid Jackson. Dizem que ele é capaz de livrar a morte de uma acusação de assassinato, se for necessário.

Quaid Jackson.

Fiquei bestificada com ele e com a situação. Não tinha como negar: sua aparência e sua atitude tinham me deixado meio admirada. Seu nome, como o homem que ele representava, era incomum, sofisticado e impossível de esquecer. Ficou girando na minha cabeça, com um milhão de outras coisas erradas que fiz para acabar naquela situação.

Depois que Quaid foi embora, os guardas tiraram as algemas dos meus tornozelos, e me levaram até a cela. Soltei um palavrão baixinho, entredentes, ao perceber que a menina dos Gremlins tinha ido embora, mas que a esposa psicopata continuava lá. Estava sentada em um dos beliches, toda encolhida, soluçando descontrolada. Parecia um animal sofrendo, e tive certeza de que só ia levar alguns minutos para minha cabeça começar a latejar por causa dos barulhos que ela estava fazendo. Eu ia passar outra noite em claro, e não ia ser por pensar sem parar no que meu pai ia dizer quando o tal Quaid ligasse para ele.

Lancei um olhar para o guarda à minha direita, que abriu a porta da cela. Ele sacudiu a cabeça e murmurou, só para eu ouvir:

– O marido entrou com pedido de divórcio e mandou a conta do estrago do carro e da casa. A noite aí na cela vai ser longa.

O que era um eufemismo.

Enquanto a porta gradeada corria atrás de mim, pus as mãos na abertura para tirarem minhas algemas. Era uma coisa bem *Orange Is the New Black*, mas bem menos divertido. Rezei mentalmente para não ter que ficar muito mais tempo ali e traçar mais paralelos como esse.

Fui até o outro lado da cela minúscula e pressionei o ombro contra a parede de cimento duro. Tirei um pouco do meu cabelo rosa desbotado do rosto e me encolhi toda quando meus dedos roçaram o galo no meio dos meus olhos. Suspirei de dor e cruzei o olhar com o da mulher à minha frente. Ela tinha os olhos lacrimejantes e injetados.

Encostei a cabeça na parede e olhei o teto industrial, hipnotizada pela luz fluorescente que zumbia acima de mim.

– Quando eu era pequena, meu pai costumava dizer que péssimas escolhas rendem ótimas histórias. Ele me disse isso quando eu estava no hospital, chorando, enquanto colocavam uma placa de metal em meu braço, depois de cair de uma árvore na qual ele havia dito para eu não subir. Meu pai me falou isso de novo quando destruí meu primeiro carro, após ele me avisar que eu não estava preparada para dirigir no inverno. E voltou a falar isso quando me pegou fumando meu primeiro cigarro, que me deixou mais enjoada do que uma grávida – inclinei a cabeça na direção da mulher, que ainda estava chorando, só que em silêncio, enquanto me olhava atentamente, e completei:

– Ele tinha razão. Todas essas coisas imbecis que fiz, apesar de ele me dizer para não fazer, renderam umas histórias bem boas ao longo dos anos, e eu sempre gostei das cicatrizes, que não me deixam esquecer que papai realmente sabe das coisas.

A mulher fungou alto e passou a mão no rosto molhado.

– Por que você está me contando isso? Não acho que eu ter entrado de carro na minha própria casa irá um dia render uma boa história. Tenho certeza de que meus filhos não vão gostar de as minhas péssimas escolhas, muito provavelmente, resultarem na mãe deles indo para a cadeia, e por um bom tempo.

Virei a cabeça para o teto e me concentrei bastante até conseguir ouvir a voz grave e rouca de Brite Walker sussurrando para mim: "péssimas escolhas rendem ótimas histórias, Fadinha".

Eu não estava contando aquilo para ela... Estava contando para mim mesma, porque precisava ouvir... Naquele momento, mais do que nunca.

"Quem pode julgar os amantes?
O amor é uma lei para si mesmo."
Boécio

CAPÍTULO 2
Quaid

Tirei a gravata, que eu já havia afrouxado, do pescoço e fechei a porta do meu *loft* com um chute. Atirei a pasta de couro aberta no sofá, que ocupava quase toda a sala de estar, e soltei um palavrão ao ver que a pasta foi direto para o chão. Não acertei por um milímetro. Meu *laptop* fez barulho saindo pela aba e levando consigo a pasta do meu último caso do dia. Levei as mãos à cabeça, irritado, e soltei um suspiro de frustração.

Cheguei em casa horas antes do que planejara e estava sozinho, mais uma coisa que eu não tinha previsto, porque ia a um encontro. A rejeição e o subsequente pé na bunda de uma mulher que não era apenas bonita, mas tão inteligente e bem-sucedida quanto eu, me deixou inquieto e à flor da pele. Também estava mal-humorado e irritado por causa da frustração sexual e da sensação desconhecida de me negarem algo que eu queria.

O que eu queria, naquele momento, era uma oportunidade de levar Sayer Cole para a cama.

Eu era casado quando me apresentaram a deslumbrante advogada de família, mas meu casamento estava prestes a desmoronar.

Não estou mais casado e, até onde sei, Sayer é a mulher perfeita para comemorar minha solteirice recém-conquistada. Ela é maravilhosa e não precisa de mim para nada. Ganha tanto quanto eu. Como já é sócia do escritório onde trabalha, não precisa do meu nome nem da minha reputação para avançar no campo do Direito. E, como não se relacionou com ninguém desde que veio morar em Denver, não preciso me preocupar com a possibilidade de ela acabar grudando em mim, não parece ser seu estilo. Sayer não parece ser do tipo que está à caça de um marido, o que é perfeito, porque não quero ser a presa de ninguém. Me sinto muito mais à vontade no papel de caçador do que no de presa, e nada me atrai mais do que uma mulher que não tem nenhum motivo para arrancar tudo o que tenho. Sei que, apesar de ela parecer fria e reservada, posso esquentá-la se conseguir tirar sua roupa e deixá-la embaixo de mim.

Eu deveria ter entendido a indireta na segunda vez em que Sayer desmarcou comigo. As mulheres nunca me dão o fora. Na verdade, na maioria das vezes elas ficam correndo atrás de mim, e sou eu que preciso dar o fora nelas, porque estou ocupado ou entediado. Depois que meu divórcio saiu, transei compulsivamente. Fiquei magoado e destruído por causa da traição da minha ex, então óbvio que tentei empatar o placar e acalmar meu ego ferido com uma série interminável de parceiras de cama. Tentei trepar para compensar os anos desperdiçados, o dinheiro perdido e meu coração partido. Logo de início, ficou claro que mesmo as trepadinhas casuais queriam mais do que eu estava disposto a oferecer.

Uma delas não quis ir embora na manhã seguinte, até eu ameaçar chamar a polícia. Outra agiu como se esperasse ganhar um anel de noivado após passar uma única noite comigo. Outra sumiu com meu relógio Tag Heuer preferido. Outra apareceu no Tribunal depois de um dia intenso de julgamento querendo saber quando íamos sair de novo. E teve uma que ligou para o principal sócio do meu escritório, o sujeito que tem o nome na placa, e pediu uma entrevista de emprego, alegando que eu a tinha indicado. Essa me obrigou a dar uma explicação vergonhosa e manchou minha reputação quase ilibada no trabalho. Queria meu nome naquela placa, como sócio, em um futuro próximo, e não ia permitir que meu pau vingativo ou a raiva que sinto da minha ex atrapalhasse essa possibilidade.

Parei de comer todo mundo, foquei em Sayer e fiquei esperando ela concordar com meu plano. Só que a mulher não está interessada e me mandou andar. Fiquei frustrado e sem saber o que fazer. Não tenho um plano B, porque é muito raro eu precisar de um.

Fui até o sofá e atirei para trás a gravata de seda que segurava e, dessa vez, acertei o alvo. Abaixei para pegar o computador e fiz careta ao perceber que ele estava amassado no canto. Eu teria que comprar um *laptop* novo mesmo que aquele ainda funcionasse. Não dá para eu andar por aí com um Mac amassado. Não dá para eu ter nada amassado, mesmo que isso signifique jogar um bom dinheiro fora.

Recolhi os papéis espalhados da pasta de Avett Walker e me atirei no sofá. Olhei para o relógio caro que tinha no pulso, mais um objeto que não era nada além de um desperdício de dinheiro, já que tenho um celular no qual posso ver as horas, e olhei de novo para a pasta. Ainda era cedo, e eu podia ligar para o pai da menina, avisar que, se ninguém pagasse a fiança nem fornecesse um endereço permanente para ela, a garota ia precisar encarar um belo tempo atrás das grades, até marcarem a data da audiência preliminar. O sistema não pega leve com quem ameaça um dos seus, e, como o assalto envolveu uma policial à paisana, eu não ficaria surpreso se perdessem ou errassem a papelada de propósito para impedir que ficássemos logo diante do juiz.

Bati com o dedão na foto preto e branco que tiraram ao ficharem a menina e não consegui conter o sorriso.

Ela tentou me demitir.

Ela tem menos de um metro e meio, é uma vida mais nova que eu, com um cabelo multicolorido que já teve dias melhores, olhos revoltos que não conseguem decidir se querem ser verdes, dourados ou castanhos, usava macacão laranja de presidiária, estava obviamente morrendo de medo e, mesmo assim, tentou me demitir. Se fosse qualquer um dos meus outros clientes – o policial acusado de agressão sexual, o universitário suspeito de homicídio culposo por causa de uma aposta em um jogo de futebol americano que deu errado, a professora do Ensino Fundamental acusada de pedofilia e de ter relacionamentos inapropriados com diversos dos seus alunos ou o jogador profissional de futebol americano acusado de violência doméstica –, eu teria tirado meu chapéu invisível, desejado boa sorte, me conformado com o prejuízo e ido embora sem olhar para trás. As pessoas estão sempre cometendo crimes. As pessoas estão sempre precisando de um bom advogado, cliente é que não me falta, mas aquela menina tinha algo especial. Algo no modo desafiador com que levantava o queixo e no tom de puro desespero da sua voz ao me implorar para não ligar para o seu pai.

"Não quero sua ajuda. Não preciso de nada vindo de você." Parecia falar sério, mas achei que ou era nova demais ou estava assustada demais para ter certeza do que queria ou precisava. Mesmo assim, ouvir isso foi revigorante.

Todo mundo sempre quer tirar alguma coisa de mim, e a minha ajuda normalmente é o último item da lista.

Bati outra vez na foto, me perguntando por que achei tão fácil acreditar que a menina não fazia parte do plano do namorado para assaltar o bar. Ela não era nenhuma cidadã-modelo, e sua ficha corrida era prova disso. Era muito nova e, francamente, muito adorável para ter uma ficha daquele tamanho. Pelo que pude observar, também tinha pais sempre à disposição para salvá-la quando se metia em encrenca. Parecia uma fadinha colorida da floresta, saída de um filme da Disney, com aquele cabelo esquisito e traços delicados. Nada disso se encaixava, mas a sinceridade no seu tom de voz ao dizer que jamais teria ido ao bar com o namorado se soubesse dos planos dele e o medo em seus olhos quando citei seu pai me pareceram genuínos.

Faz tempo que aprendi a tratar todo mundo que me paga para ser defendido como culpado da acusação. Não quero saber da verdade. Não quero saber quais são as circunstâncias. Quero que meus clientes me ouçam e me deixem fazer meu trabalho, que é tentar convencer o resto do mundo de que eles são inocentes, mesmo que não sejam. Mas aquela garota, com cabelo rosa desbotado e olhos turbulentos, exalava inocência pelas rachaduras de sua máscara de culpada.

Como eu estava intrigado e acreditava mesmo que a garota podia ser inocente, não ia permitir que ela me despedisse. Ia ligar para seu pai e torcer para que ele a ajudasse a sair da cadeia, enquanto eu pensava em como fazer para aliviarem as acusações ou retirarem todas. Como havia uma policial envolvida e como seu namorado, viciado ou não, estava dando uma explicação bem plausível para o envolvimento de Avett no crime, não ia ser "mamão com mel" – ainda. Eu ia ajudar aquela menina, ela querendo ou não.

Encontrei o contato de seu pai na pasta e tirei o celular do bolso. Se ele não estivesse disposto a ajudá-la, ia ligar para Asa e ver que atitude meu antigo cliente achava que eu deveria tomar. Não costumo aceitar casos baseado apenas em indicações, mas gosto mesmo de Asa Cross, mais um dos clientes que acreditei serem verdadeiramente inocentes, quando fui contratado para defendê-lo. Se ele estava disposto a pagar meu preço que, admito, é bem alto, para ajudar essa jovem, tenho certeza de que vai querer saber se ela for ficar atrás das grades porque o paizinho querido não quis pagar a fiança.

Digitei um número na tela e continuei a olhar a foto granulada, me perguntando por que não pedi para minha assistente ou um dos estagiários do escritório ligar.

Uma voz grave resmungou um "alô" curto e grosso. Encostei a cabeça no sofá, para olhar os canos expostos que cruzam o teto do *loft*, e perguntei:

– É Brighton Walker que está falando?

Ouvi um grunhido e, em seguida:

– Quem quer saber?

Quase dei risada. Aquela reação era tão distante do que estou acostumado a ver nas pessoas que lidam comigo no dia a dia que foi uma bela surpresa.

LEIS DA TENTAÇÃO

– Meu nome é Quaid Jackson, estou ligando porque fui contratado para defender sua filha.

Houve um instante de silêncio, seguido por um suspiro profundo que só poderia ter vindo de um pai frustrado.

– Um dos meus rapazes te contratou.

Não foi uma pergunta, mas uma afirmação.

– Não sei se Asa Cross é um dos seus rapazes ou não, mas estamos trabalhando juntos em uma situação que envolve o mesmo estabelecimento. Ele me ligou assim que a polícia leu os direitos de sua filha e disse que, se eu aceitasse o caso, dinheiro não seria um problema.

Um palavrão baixinho ecoou em meus ouvidos, seguido por mais um suspiro profundo.

– Estava esperando Avett me ligar. Ela sempre liga primeiro para mim quando se mete em encrenca. Minha filha foi acusada de alguma coisa?

Eu me remexi no sofá e apoiei o celular na bochecha.

– Foi, sim. Cúmplice de assalto à mão armada por ajudar em um crime envolvendo arma de fogo e pela cumplicidade depois do fato consumado. Algumas das acusações são aleatórias, só porque a polícia queria que ela fosse logo fichada e presa. O fato de ter uma policial à paisana envolvida complica as coisas.

– Royal – ele pronunciou baixinho o nome da jovem policial. – Fico feliz que a única pessoa ferida tenha sido aquele vagabundo que minha filha arranjou.

Apertei a ponta do nariz e respondi:

– Se a policial não estivesse lá naquela noite, não teria sido assim.

O namorado entrou armado e apontou para o sr. Cross. Essa situação poderia ter resultado em algo muito pior.

O homem do outro lado da linha ficou em silêncio outra vez e então murmurou:

— Tenho plena consciência do que poderia ter acontecido, sr. Jackson.

Me senti uma criança que leva um puxão de orelha por ter falado sem permissão da professora. O que foi uma proeza impressionante. Raramente me sinto posto no meu lugar, e aquele homem conseguiu fazer isso só com seu tom de voz e umas poucas palavras muito bem escolhidas. Mais um vez, fiquei imaginando como sua filha tinha saído tanto da linha apesar de ter tanto apoio.

— Não posso lhe contar o motivo pelo qual Avett não ligou para o senhor, sr. Walker, mas posso lhe dizer que a garota está muito encrencada. A audiência da fiança é amanhã. E, apesar de eu ter certeza de que consigo soltá-la sob fiança, não vai sair barato. O juiz não vai liberá-la se sua filha não fornecer um endereço permanente, estável e seguro para onde possa voltar. Ele pode até determinar prisão domiciliar, considerando a peculiar habilidade que ela tem de se meter em encrenca. Nesse caso, Avett precisará dar um endereço para registrar o monitor de calcanhar — fiz uma pausa para o sujeito absorver todas as informações. — Ela disse que estava morando com o namorado. E é bem compreensível que essa opção esteja fora de questão.

Ouvi um farfalhar do outro lado da linha, parecia que alguém estava coçando o cabelo, só que com mais força.

— Então o senhor está me pedindo para pagar a fiança da minha filha e trazê-la para casa, apesar de ela estar envolvida em um assalto à mão armada que poderia ter ferido pessoas das quais eu gosto muito... ou coisa pior?

Depois de ouvir a questão posta dessa maneira, me pareceu um pedido insano. Foi minha vez de suspirar.

– Se faz alguma diferença, Avett não queria que eu ligasse para o senhor. Me pareceu que, se houvesse outra opção para impedir que ela fique atrás das grades enquanto espera pela audiência preliminar, eu deveria tentar. Por sua reação, presumo que sua filha não ligou porque sabia que seria uma perda de tempo.

Não conhecia aquele cara, mal conhecia a garota, mas fiquei estranhamente decepcionado com aquela reação. Mais uma coisa nesse caso, nessa situação, que não fazia o menor sentido. Minhas reações eram totalmente fora do normal. Mas, em vez de me preocupar com isso, meio que gostei da emoção. Ficar anestesiado é chato.

Fiquei em silêncio e já ia agradecer ao homem pela atenção quando ouvi uma risada que parecia um trovão atravessando as montanhas.

– Ela não me ligou porque está com medo e vergonha. Essa menina...

Mesmo sem poder vê-lo, tive certeza de que o homem estava sacudindo a cabeça, pesaroso.

– Sempre deu problema e sempre teve o talento de encontrar o mais fundo dos poços para se jogar. Às vezes penso que ela está me testando, eu e a pobre mãe, só para ver quanto a gente aguenta. Avett não se dá conta de que, quando a gente é pai, não existem limites para o amor que sentimos pelo filho. Eu aceito tudo o que ela apronta e ainda quero mais. A mãe tem plena convicção de que Avett deve sofrer as consequências das suas tolices sozinha, acha que só assim a menina vai aprender, mas eu sou mais do tipo que põe a mão no fogo. Quem está na chuva é para se molhar. É só dizer que horas será a audiência que estarei lá, com o dinheiro da fiança ou um daqueles agiotas especializados nisso e qualquer prova que você precise de que minha filha tem um endereço permanente em minha casa. Sempre fui seu porto seguro e não importa o que Avett tenha feito, isso não vai mudar.

Tive vontade de soltar um suspiro de alívio. Tive vontade de socar o ar, celebrando a vitória, apesar de a batalha nem sequer ter começado. Talvez meu trabalho e o recente colapso do meu casamento tenham me deixado pessimista demais. Estou tão acostumado a ver o pior nas pessoas, tão acostumado a acreditar no pior, que precisava ver o amor incondicional desse homem pela filha para manter viva uma espécie de fé na humanidade.

Informei o que ele precisava levar para a audiência de fiança, caso o juiz precisasse de provas, e alertei que sua filha ia estar um pouco abatida, vestida de presidiária. Pode ser devastador ver alguém que você ama assim, mas o homem garantiu que não teria problema e que estaria lá para cuidar de sua filhinha.

Agradeci a atenção e estava prestes a desligar quando ele fez uma pergunta em voz baixa:

— Posso perguntar por que você se deu ao trabalho, depois do que presumo tenha sido um longo dia, de me ligar, sr. Jackson? Não me entenda mal, agradeço seu envolvimento pessoal e sua óbvia dedicação ao bem-estar de minha filha. Não posso dizer que tenho muita experiência com advogados, mas algo me diz que esse não é o procedimento-padrão.

LEIS DA TENTAÇÃO

Não é, mas aquela garota tem algo especial, por isso contei a verdade para seu pai, porque suspeitei que aquele homem era capaz de sentir o cheiro de mentira ou de golpe a quilômetros de distância.

– Não é, e normalmente não sou do tipo que traz trabalho para casa. Tento deixar o Direito limitado ao escritório e ao Tribunal, mas sua filha tem algo de especial – fiquei em silêncio por alguns instantes e foi minha vez de sacudir a cabeça. – Ela não é exatamente inocente, mas não merece ser jogada na prisão com os criminosos violentos com que costumo lidar no dia a dia. Sua filha ainda é jovem, merece ter a chance de uma vida melhor. Quero ajudá-la.

– Avett sempre foi especial e talvez um pouco perdida. Eu e a mãe tentamos mostrar o certo, mas a menina é teimosa e está determinada a encontrar o caminho na vida do seu próprio jeito. Essa situação é mais uma lombada, apesar de bem grande, da qual ela precisa desviar. Agradeço sua ajuda, filho. Vou ligar para Asa assim que terminar de falar com você. O rapaz tem boas intenções, mas esse é um assunto de família, e sou eu que vou cuidar do seu pagamento daqui para a frente.

Passei a mão no rosto e me endireitei no sofá.

– Vou deixar o senhor brigar com ele por isso. Desde que alguém me pague, não ligo quem será.

Mais um risada grave e rouca.

– Você esteve no Exército, filho?

Pisquei, surpreso com a pergunta fora de contexto, e olhei para meu sapato Burberry vinho e para a calça do meu terno Canali azul-marinho, feito sob medida. Estava a quilômetros de distância do garoto de 18 anos, rebelde e inexperiente, que havia se alistado, ao que me parecia, séculos atrás. Ninguém me pergunta sobre aqueles quatro anos que definiram minha vida. Perguntam sobre eu ter me formado em tempo recorde, falam sobre a faculdade de Direito, sobre a prova da Ordem, sobre eu ter defendido um *serial killer* famoso, sobre ter inocentado um congressista que atropelou uma pessoa da acusação de homicídio culposo. Na maior parte do tempo, esqueço do garoto que foi enviado para o deserto para lutar com insurgentes hostis sobre intermináveis quilômetros de areia suja de sangue. Eu estava ocupado demais sendo o homem de terno com corte de cabelo elegante e acessórios escolhidos a dedo para mostrar quanto sou bem-sucedido, quanto sou bom no que faço.

– Por que o senhor está me perguntando isso?

Eu é que não ia confirmar suas suspeitas, porque fazia muito tempo que eu não era soldado nem o garoto de olhos arregalados e não queria que opai de Avett tivesse a impressão errada de quem sou ou do tipo de pessoa com quem ele teria de lidar.

O pai de Avett fez um barulho de quem achou graça e falou:

– Eu sempre adivinho. Algo no jeito que um cara fala, no modo como se apresenta, mesmo pelo telefone, para um completo desconhecido. Os semelhantes se reconhecem. Mal posso esperar para conhecê-lo pessoalmente amanhã, sr. Jackson.

Ele desligou, e eu fiquei sacudindo a cabeça, perplexo. É bem difícil de me surpreender, uma vez que conheço intimamente todas as coisas terríveis que os seres humanos são capazes de fazer, mas tanto o pai quanto a filha conseguiram me abalar naquele dia.

LEIS DA TENTAÇÃO

Entrei no Google e digitei o nome Brighton Walker, só por curiosidade.

"Os semelhantes se reconhecem."

Isso até pode ser verdade, mas não sei se nós dois somos muito semelhantes. Havia muita informação no Google sobre Brite Walker, incluindo detalhes de sua carreira militar honrada com os fuzileiros navais, uma carreira de décadas, não apenas os quatro anos obrigatórios que eu servi. Havia matérias sobre seu trabalho com o Departamento de Veteranos de Guerra, com veteranos deficientes por todo o país, reportagens que iam de boas a péssimas sobre o bar que não era mais dele e vários artigos que o ligavam ao maior e mais notório clube de motociclistas das Montanhas Rochosas. Aquele homem era tanto herói quanto fora da lei. Era uma lenda local e o tipo de homem sobre o qual os outros contam casos. Ele me impressionou apenas com essa pesquisa no Google, eu não podia nem imaginar como ele deveria ser dinâmico e cativante pessoalmente. Algo me dizia que Brite Walker nunca tinha visto um Rolex na vida e que as coisas que impressionam as pessoas que fazem parte do meu dia a dia não teriam nenhum efeito sobre ele. Por algum motivo, me senti completamente inadequado e comecei a me arrepender por não ter deixado a esquentadinha de cabelo rosa me demitir.

Normalmente, sou acostumado a ficar no topo. Sou acostumado a ter o que quero, não importa qual seja o obstáculo. Sou acostumado a vencer... Mas não nos últimos tempos. Nos últimos tempos, sou o sujeito que foi traído, rejeitado e exaurido emocional e financeiramente. Tudo o que aconteceu com Lottie, minha ex, faz eu me sentir um imbecil, um fracasso, um idiota.

Nós nos conhecíamos desde o Ensino Médio, crescemos na mesma cidadezinha nas montanhas, a duas horas de Denver. Lottie era de família rica, eu não. Ela cresceu em uma mansão nas montanhas que parecia um *resort* de esqui; eu cresci em uma cabana minúscula que só tinha água encanada e eletricidade de vez em quando. Os pais dela trabalhavam na indústria de entretenimento e passavam as férias de verão nas Ilhas Virgens. Meus pais viviam basicamente da agricultura, se recusavam a ter patrão, e tudo o que tínhamos era conseguido na base do escambo.

Fiquei com ela, no começo, só para provar que podia. As mulheres sempre gostaram de mim, mesmo eu não tendo nada e tratando-as como lixo. Assim que a conquistei, percebi que ela era carinhosa, divertida e imensamente gentil, considerando a família influente da qual vinha. O sexo foi um afago no meu ego imaturo, que logo se transformou em algo mais. Implorei para que ela me esperasse, porque eu não tinha escolha a não ser entrar para o Exército e tentar descobrir o que fazer da vida. Me alistar era o único modo de eu poder pagar a faculdade, e eu estava determinado a ser alguém, mesmo que isso significasse deixar minha namorada e minha família, que muito me reprovou, para trás.

Lottie prometeu me esperar e, enquanto eu estava fora do país, entrou no Vassar College e começou a cursar Ciências Políticas. Minha ex queria ser advogada muito antes do que eu, mas só um de nós tinha a dedicação e a ambição necessárias para realmente se formar e passar no exame da Ordem. Enquanto eu estava longe, lutando na guerra e me tornando um homem, ela largou a faculdade e se ocupou pulando de galho em galho, com um cara depois do outro, enquanto me mandava cartas e mensagens dizendo que me amava e sentia a minha falta. Nem percebi, achei que ela ainda era a menina carinhosa e inocente pela qual tinha me apaixonado séculos antes. Quando voltei para o país, a pedi em casamento e a fiz se mudar para Boulder, para que eu pudesse cursar a Universidade do Colorado, e gastava cada centavo que tinha tentando manter o padrão de vida com o qual ela estava acostumada e pagando a faculdade.

Não foi suficiente. Eu não fui suficiente.

Os ternos caros, os carros esportivos, a conta bancária bem recheada... Nada disso foi suficiente para fazer Lottie feliz ou fiel. No começo, eu estava fora por causa do Exército, depois eu estava na faculdade, depois me matando de estudar para passar no exame da Ordem e trabalhando em período integral. E daí fui contratado pelo escritório e comecei a trabalhar de oitenta a noventa horas por semana para fazer meu nome. Ela me disse que eu nunca estava em casa. Disse que eu nunca estava presente. Disse que nunca me amou, que só ficava comigo pela segurança, pelo que eu representava para sua estabilidade financeira futura.

Ela me disse isso quando estava grávida de cinco meses de um filho que não era meu. De um bebê que eu tinha certeza de que não podia ser meu, porque Lottie não me deixava tocá-la há oito meses. O casamento tinha ido pelo ralo, e foi só quando sua barriga começou a aparecer que entendi o porquê. Mesmo com as evidências muito claras, aquela mulher ainda tentava pôr a culpa da separação e de suas atitudes escandalosas em mim. Se eu fosse um cara melhor, se eu tivesse lhe dado mais, ela teria esperado, teria ficado, teria sido fiel e me amado como eu a amava.

Lottie nunca foi fiel, desde o Ensino Médio, mas eu estava tão cego por ela que não me dei conta. Fui treinado para observar, aperfeiçoei minhas habilidades naturais de interpretar as pessoas e diferenciar a verdade da ficção. Sou capaz de contar a história de vida inteira de uma pessoa pelo jeito com que ela se move, pela expressão em seu rosto, mas minha própria mulher, a pessoa com quem eu mais tinha intimidade, me enganou. Ou eu me enganei porque não conseguia acreditar que ela faria isso comigo, com o nosso relacionamento. Agora que tudo passou, podia me engasgar na minha própria arrogância e no meu próprio orgulho. Nunca me ocorreu que Lottie poderia procurar em outro lugar o que eu, obviamente, não oferecia.

Pensei que havia lhe dado tudo o que eu tinha, mas isso não foi suficiente, e ela quis mais. Quis a casa. Quis meu dinheiro. Quis meu carro. Quis minhas economias. Caramba, aquela vadia gananciosa até tentou fazer eu me responsabilizar pelos gastos futuros com a educação daquele filho que não era meu.

Ficamos juntos por tanto tempo que cheguei a pensar que teria de lhe entregar tudo. Mas, por sorte, o Colorado tem leis de divórcio bem objetivas, já que a incidência de casamentos com militares no Estado é alta, o que impediu Lottie de me deixar sem nada. Também contratei o melhor advogado de família que pude encontrar e deixei bem claro que ia brigar por tudo com unhas e dentes. Cresci sem nada e não ia abrir mão do que tinha sem lutar. Havia me esforçado demais para ter o que tenho e não ia abrir mão de todo o trabalho e todos os sacrifícios assim, tão facilmente.

Deixei Lottie ficar com a casa em Boulder, porque não conseguia passar pela porta sem imaginar quem havia passado pela minha cama enquanto eu trabalhava para manter aquele teto tão extraordinariamente caro sobre nossas cabeças e pôr o caralho da comida *gourmet* na mesa. Também deixei ela ficar com o carro. Mesmo que combinasse muito bem com o homem que sou agora, nunca fez meu estilo. Eu preferia meu 4x4 preto gigante, com seus pneus monstruosos para todos os terrenos e suspensão *off road*. Claro que não combina com os meus ternos Ferragamo e Armani, mas não ligo. Se quiser andar em algo veloz e esportivo, tenho minha Ducati Panigale no depósito. A moto italiana até pode combinar mais com meu guarda-roupa, mas Lottie não a aprovava. Nunca sentou na garupa daquele foguete, e nem consigo imaginá-la fazendo isso.

No fim das contas, concordei em pagar um valor considerável de pensão por cinco anos ou até ela se casar de novo, e, sendo a vadia sem coração que ela era, a mulher ainda não havia aceitado o pedido de casamento que o pai do seu filho fizera. Me convenci de que Lottie tinha me traído com caras mais pobres e não mais ricos, porque o pai da criança era um artista desconhecido que não nadava em dinheiro e oportunidades. Não tinha dúvidas de que minha ex daria um gelo no cara e no anel de noivado por cinco anos ou até aparecer alguém com uma carteira mais recheada.

Foi uma difícil lição de humildade. Que ainda dói e me faz me encolher todo quando penso nisso.

"Não quero nada vindo de você…"

Essas palavras giravam na minha cabeça, com a imagem daquela jovem de macacão alaranjado de presidiária.

Ainda bem que ela achava isso, porque eu tinha quase certeza de que, depois de Lottie e da série desastrosa de mulheres que vieram depois dela, não tenho mais nada além do meu conhecimento da lei e da minha habilidade de lidar com o sistema legal para oferecer.

CAPÍTULO 3
Avett

Passei a noite em claro na cadeia, e não foi só por causa da minha companheira de cela desprezada, que, na verdade, se aquietou depois de eu lhe contar as palavras sábias do meu pai. Ela ficou, sim, várias horas resmungando consigo mesma, questionando o que havia feito e o que seus filhos iriam fazer sem ela, mas acabou pegando no sono. Então fiquei sozinha, naquela cela não muito silenciosa, com medo do que meu pai diria quando Quaid, o sujeito lindo demais e também meu bom advogado, ligasse para ele. Repassei na cabeça todos as possíveis hipóteses que pude imaginar, e nenhuma combinava com a presença de Brite Walker no Tribunal quando eu ficasse diante do juiz.

Meu pai ia ficar tão decepcionado... Ia ficar tão magoado... Ia ficar tão enojado e de saco cheio por eu, mais uma vez, não ter lhe dado ouvidos, não ter dado ouvidos ao bom senso nem prestado atenção a nenhum dos sinais de alerta que estavam bem diante do meu nariz quando resolvi me envolver com Jared... Eu não tinha mais 2 anos, e não era mais uma coisa bonitinha quando resolvia bater o pé e nadar contra a maré. Não, aquela situação não era nem um pouco bonitinha e, de jeito nenhum, meu pai – que sempre me apoiou, sempre foi leal e compreensivo – ia concordar com meu comportamento, ainda mais em algo que acabou ferindo outras pessoas de quem ele gosta. Se algo de ruim tivesse acontecido com Asa ou a policial, que por acaso era a deslumbrante namorada do *barman* sulista, eu não conseguiria viver com a minha consciência. De fato, nas atuais circunstâncias, me sentia culpada por ter participado de algo que os colocou em perigo, e essa culpa era um peso que foi me esmagando a cada passo que eu dava quando me levaram até o Tribunal. Se nem eu me aguentava por causa do que tinha feito, como é que meu pai poderia estar lá para me oferecer seu ombro amigo?

A audiência foi bem diferente de todas as minhas outras experiências de conflito com a lei. Fui levada até lá em uma *van* com policiais armados na frente e atrás. Fui transportada com outras mulheres e logo me dei conta de que as cores dos macacões representavam os diferentes níveis de crime pelos quais estávamos esperando ser julgadas. Era muito mais intenso e sério do que qualquer maratona que *The good wife* poderia sugerir. Fui forçada a me sentar em um banco de madeira dura ao lado de uma mulher que me contou estar sendo processada por homicídio culposo. Ela jurou ser inocente, mas isso não me fez sentir melhor em estar praticamente sentada em seu colo. Também fomos colocadas atrás de uma tela de acrílico, o que presumi ser uma espécie de proteção. Só não consegui descobrir se era para nos proteger ou proteger as pessoas que lotavam o Tribunal.

Tinha tanta gente, fileiras e mais fileiras de rostos curiosos, todos com os olhos fixos nas mulheres que estavam do lado errado da barreira de proteção. Havia gente chorando, pessoas furiosas, olhando feio para nós, enquanto esperávamos para saber qual seria nosso destino. Tentei procurar, no meio da multidão, o cabelo castanho claro e impecavelmente penteado do meu indesejado, mas muito necessário, representante legal, mas não consegui vê-lo. Meu coração batia forte no peito, minhas mãos algemadas começaram a suar, e apertei os dedos contra as palmas das mãos. Estava tão fora de mim que o pânico e o terror começavam a me invadir, porque me dei conta de que poderia muito bem ficar presa naquela confusão, esmagada no fundo do poço mais fundo, completamente sozinha.

Fui imbecil a ponto de demiti-lo, de dizer que não precisava de sua ajuda, porque não queria que ele ligasse para o meu pai. Fiz o que sempre faço e fodi com tudo. Meu Deus, quando vou aprender a controlar minhas reações tolas e impulsivas? Por que sempre tenho que ser meu pior inimigo? Nunca fiz nada de bom para mim mesma, e parecia que tinha dado um tiro no meu próprio pé, só porque não queria decepcionar meu pai de novo. Quando eu menos esperava, o orgulho e o remorso surgiram para me lembrar de que não sou tão terrível quanto pareço. Ainda tenho coração, ainda tenho alma, mesmo que os dois estejam despedaçados.

Respirei fundo e me segurei para não chorar, coisa que eu queria muito. Queria soluçar, tremer e me despedaçar em um milhão de pedacinhos minúsculos de arrependimento e vergonha. Só que eu não ia fazer isso. Posso até ser teimosa e tola, mas não sou frágil. Fiz merda, como sempre, e vou encarar todas as consequências dessa merda em silêncio, de um jeito estoico. Vou ter culhões, enfrentar todas as porradas que vierem e, quem sabe, pôr a cabeça no lugar e começar a tomar decisões melhores. O único jeito que restou para provar a meu pai que não sou uma causa perdida. Ainda posso me reerguer se ele não desistir de mim.

Não tinha me dado conta de que havia apertado os olhos para segurar as lágrimas. Quando os abri, após controlar minhas emoções, não apenas vi aquela cabeça loira e elegante passando pelas grandes portas de madeira, como também fiquei sem ar ao me dar conta de que essa cabeça estava inclinada na direção de outra, bem mais grisalha, que o acompanhava até a frente do Tribunal. Olhos cinzentos, da cor do carvão, se cruzaram com os meus, brilhando de tanto amor que não consegui impedir uma lágrima rebelde de escorrer por meu rosto. Meu coração se expandiu e começou a bater em um ritmo conhecido, cheio de esperança e carinho, quando meu pai inclinou o queixo barbudo na minha direção e se sentou ao lado do advogado. Essa inclinadinha de queixo era o sinal de Brite Walker para indicar que tudo ficaria bem. E, com ele ali, com ele ali me olhando do mesmo jeito de sempre, pela primeira vez desde que eu havia sido presa, tive uma minúscula chama de fé de que tudo daria certo para mim. Eu até podia estar no fundo do poço, mas meu pai estava lá para me dar uma forcinha e, desta vez, estava determinada a não cair mais assim que conseguisse me levantar.

Meu corpo inteiro tremeu, e demorei para perceber que não apenas meu gigante e impossível de passar despercebido pai estava ali, mas também minha pequena e delicada mãe. Estava de mãos dadas com meu pai e, enquanto eu me esforçava para controlar as lágrimas, ela chorava sem parar. Tenho certeza de que os dois me adoram, mas a Darcy tem um limite mais firme, o qual ultrapassei diversas vezes. Fiquei surpresa ao vê-la e me perguntei se ela estaria ali para me apoiar ou para apoiar meu pai. Apesar de os dois estarem separados e brigarem como cão e gato com frequência, ainda havia algo entre eles que nenhuma discórdia ou tensão, nem mesmo relacionamentos com outras pessoas, poderia matar.

Seja lá qual for o motivo para minha mãe estar ali, fiquei feliz de ver os dois, e foi impossível não perceber o olhar triunfante de Quaid quando olhei para ele. E ele fez um sinal com aquele queixo tão bem barbeado e cinzelado, bem parecido com o que meu pai havia feito. Com os dois ali, para me assegurar em silêncio que tudo daria certo, ou pelo menos tão certo quanto possível naquele momento, comecei a respirar com facilidade e finalmente abri os dedos. Não era exatamente alívio o que me inundava, mas algo muito próximo disso.

Como meu sobrenome é Walker, o "W" sempre fica por último em qualquer situação de ordem alfabética. Não me chamaram diante do juiz até bem depois da possível assassina, a quem negaram fiança, e da traficante, que também não poderia sair sob fiança. Quanto mais eu tinha que esperar, mais ansiosa ficava. Não sabia todos os detalhes da situação das outras mulheres, mas era astuta o suficiente para entender que todo mundo que ficava diante do juiz e tinha um extenso histórico criminal era despachado sem piedade para o banco atrás do painel e teria de encarar mais tempo de cadeia. Fiquei abismada com a rapidez dos acontecimentos. Cada audiência durou menos de cinco minutos, o que me pareceu pouco tempo para decidir se alguém merecia ir para casa ou ficar preso por tempo indeterminado. Nada disso me caiu bem quando chegou minha vez. Mas, sempre que eu cruzava os olhos com os de um advogado de cabelos dourados através da proteção de acrílico, ele jamais demonstrava preocupação ou derrota. A expressão em seus olhos azuis claros não indicava nada além de uma firme convicção e de uma fria confiança.

Meu pai, por outro lado, estava ficando tão inquieto e agitado quanto eu, à medida que o tempo se arrastava e o juiz negava fiança a mais acusadas. Brite Walker é um ser humano enorme. Ocupa todo o espaço à sua volta e mais. Quando ele fica incomodado, todo mundo à sua volta se incomoda também. Vi o juiz lançar alguns olhares feios para meu pai ao longo das outras audiências e fiquei observando todas as pessoas sentadas na mesma fileira que ele irem embora enquanto ele ficava mais agitado. Fiquei esperando Quaid pedir para ele se acalmar, para dar um tempo em seus instintos protetores de pai, mas o advogado não fez isso. Na verdade, sempre que o juiz olhava na direção dos dois ou mais uma pessoa se levantava da fileira diante da que eles estavam, um sorrisinho se esboçava na boca perfeita daquele homem, e seus olhos brilhavam, bem-humorados. Meu pai costuma deixar uma impressão duradoura em todo mundo que cruza seu caminho; pelo jeito, Quaid Jackson não era imune ao seu carisma lendário e à sua presença marcante.

Por fim, o oficial de justiça chamou o número do meu processo e disse:

— A Corte agora irá ouvir o caso do Estado contra Avett Walker.

E foi minha vez de subir no pódio e pedir minha liberdade temporária. Bom, foi minha vez de deixar Quaid fazer isso. Levei um tempo para conseguir me desviar das acusadas que ainda faltavam e quase caí, já que não podia usar as mãos para me equilibrar. O guarda me lançou um olhar irritado, e as outras acusadas debocharam da minha falta de jeito, me chamando de amadora entredentes. Quase derreti de tanta gratidão quando finalmente consegui ficar de pé ao lado de Quaid.

O juiz me olhou e, para minha surpresa, olhou para um ponto mais longe, para o que só pude concluir que era meu pai. Então voltou sua atenção para o homem de terno que estava à nossa esquerda.

— Vamos abrir mão da leitura formal do processo, doutor? O sr. Townsend tem um longo dia pela frente, e tenho certeza de que gostaria de ir direto à decisão.

Quaid deu uma risadinha seca e balançou a cabeça de leve.

— Tudo bem, todos os dias são difíceis para os promotores, Excelência.

O juiz grunhiu e abriu uma pasta. Tive vontade de correr até lá e arrancá-la de suas mãos. Cada erro que cometi na vida estava ali, incentivando o juiz a negar minha chance de liberdade.

— Qual é a opinião da Promotoria a respeito da fiança neste caso, sr. Townsend?

Do outro lado de onde eu estava, usando todas as minhas forças para não cair em cima de Quaid, uma vez que meus joelhos pareciam feitos de geleia, o promotor folheava outra pasta recheada com meus pecados e fazia careta para mim.

— As acusações são sérias. A ré é uma infratora notória. E havia uma policial à paisana durante o cometimento do crime do qual a srta. Walker é acusada de cumplicidade. A Promotoria não encontrou endereço, histórico profissional ou qualquer tipo de laço sólido com a comunidade no que tange à ré. A Promotoria acredita que ela pode fugir e estamos pedindo para que a fiança não seja menor do que 500 mil dólares.

Meus joelhos quase bambearam, e não consegui controlar um leve gemido que escapou de minha boca. Meio milhão de dólares? Meu pai até que ganha bem e tem uma poupança razoável, mas não é nenhum milionário, nem em sonho. E, mesmo que pagasse minha fiança, essa ainda era uma quantia muito alta para ele abrir mão sem problemas. Isso sem falar que eu nunca, jamais, conseguiria pagá-lo. Ia voltar para a cadeia e, mesmo sabendo que merecia, ainda doía.

Me virei para Quaid, prestes a implorar que ele fizesse algo, qualquer coisa, para consertar aquela situação, mas ele olhava para o promotor, espremendo os olhos e franzindo a testa. Em seguida, seu cotovelo roçou no meu. Pensei que tivesse sido um acidente, mas aí ele voltou os olhos para mim, e a irritação foi substituída por uma segurança tranquila.

— Sr. Jackson, tenho certeza de que o senhor tem muito a dizer a respeito da recomendação da Promotoria para sua cliente. Vamos ouvir.

— Acho que o sr. Townsend se esqueceu de que minha cliente só está aqui como suspeita de ser cúmplice do crime. O verdadeiro criminoso está preso, aguardando sua vez de ficar diante do juiz com a verdadeira acusação, não uma mera suposição de cumplicidade, Excelência. Sim, a srta. Walker fez algumas péssimas escolhas no passado, no que tange à lei, mas nenhumas dessas acusações são crimes e nenhuma resultou em prisão. Porém, porque sou realista e sei que a

LEIS DA TENTAÇÃO

Corte não pode ignorar essas infrações anteriores, não vou abusar da sorte, não vou pedir para que minha cliente seja libertada apenas com base em sua palavra. Quanto ao risco de fuga... – um sorrisinho se esboçou em seu rosto e, mais uma vez, me perguntei se ele usava aquilo como arma, porque era matador –, o sr. Townsend fez a gentileza de apontar que a srta. Walker não está trabalhando nem tem um histórico de emprego de longa data. Logo, não sei como a Promotoria presume que ela tenha recursos financeiros para fugir da lei.

Ouvi uma risadinha grave atrás de mim e tive vontade de me virar e abraçar meu pai. O juiz grunhiu e fez um gesto com a mão, como quem diz "ande logo".

– Em relação ao endereço permanente, a srta. Walker ainda tem um quarto na casa de seu pai, o sr. Brite Walker, aqui em Denver. Assim que chegarmos a uma quantia razoável para a fiança – Quaid lançou um olhar duro para o promotor, e o homem fez careta –, o sr. Walker irá pagá-la e levar a filha para casa. Ele também garante e dá a sua palavra de que ela estará presente, disposta a colaborar em seu próprio processo, assim como no processo que o Estado está montando contra Jared Dalton. A srta. Walker pode até não ter muitos laços com a comunidade, mas seu pai tem, e acredito quando ele diz que vai garantir a presença e a colaboração de Avett durante o desenrolar desse processo.

Segurei a respiração. Pareceu uma eternidade entre o juiz voltar a olhar a pasta à sua frente, levantar os olhos e fixá-los em um ponto acima de minha cabeça.

Ao me olhar de novo, endireitei a coluna e tentei fazer minha melhor expressão de inocente. O que foi um desafio, porque eu não me sentia nem um pouco inocente, caramba. Quaid roçou o cotovelo no meu outra vez, e me dei conta de que antes não havia sido um engano. Ele tentava me dizer que eu não estava sozinha, que meu destino não dependia só de mim. Foi um leve toque, mal encostou, mas aquela pressão tão sutil, aquele leve roçar, me atingiu com mais força e profundidade do que qualquer abraço que alguém já me deu.

– Srta. Walker...

Levei um susto quando o juiz falou diretamente comigo. Fiquei piscando para ele como uma imbecil e engoli em seco para minha voz não sair parecida com o coaxar de um sapo.

– Sim, Excelência?

– O seu advogado está tentando fazer as suas acusações parecerem leves, mas preciso que você entenda que são sérias e que o Estado está decidido a dar prosseguimento no processo.

Balancei a cabeça e, quando Quaid me cutucou, limpei a garganta de novo e falei:

– Eu entendo.

– A senhorita me parece ser uma jovem que tem o péssimo hábito de ignorar a lei. O Tribunal não gosta dessa atitude, mas também reconhece que a senhorita é jovem o bastante para aprender com esse rosário de erros. Concordo com seu advogado que o valor da fiança recomendado pelo promotor não é razoável, considerando as circunstâncias e seu histórico – ele voltou a olhar acima da minha cabeça e pude sentir o ar se mexer com meu pai, que se moveu no banco atrás de mim. – Mocinha, também espero que você entenda quão fundamental foi o fato de sabermos que você tem quem lhe apoie e evite que você tome mais decisões tolas enquanto espera a audiência preliminar. A Corte decide liberar a ré sob uma fiança de 150 mil dólares. A ré será liberada sob a condição de continuar morando na casa de Brite Walker até os procedimentos legais serem concluídos.

Eu murchei. Não consegui me conter. Dobrei os joelhos, e o alívio me atingiu com tanta força que não consegui nem levantar. Quaid passou seu braço forte na minha cintura antes de eu cair em cima dele e apertou de leve meu quadril antes de me pôr de pé de novo.

– Srta. Walker.

Respirei fundo e levantei o queixo para o juiz, quando ele falou meu nome outra vez.

– Sim, Excelência? – minha voz tremia, mas não me dei o trabalho de tentar esconder.

– Meu conselho é que a senhorita crie juízo. Fique longe de todas as pessoas envolvidas na situação que lhe trouxe até aqui e comece a usar a cabeça.

Era um bom conselho. As pessoas sempre me dão bons conselhos, eu é que não os sigo.

Desta vez, eu estava determinada a não decepcionar meu pai. Balancei a cabeça e disse:

– Obrigada, Excelência.

Quaid segurou meu braço e me virou de frente para ele.

– Seu pai vai pagar a fiança e pegar você na cadeia. Vai levar o resto da tarde para concluir esse procedimento. Vou lhe dar dois dias para se acomodar na casa de seu pai e pôr a cabeça no lugar. Depois precisamos ter uma reunião estratégica. O Estado deve me mandar uma proposta de acordo ainda nesta semana, e preciso saber o que vamos fazer com tudo isso.

Fiz careta e sacudi o braço para me livrar da sua mão.

– Não vou aceitar o acordo, doutor. Não sou culpada.

Ele soltou um suspiro e me deu uma olhada, querendo dizer que eu estava sendo ridícula. Antes que pudesse dizer qualquer coisa, um homem, grande a ponto de bloquear minha visão do resto do recinto, ficou entre nós. Fui puxada até um peito largo, e meu rosto ficou enterrado em uma barba que era tão lendária em Denver quanto seu dono.

Nunca quis tanto um abraço do meu pai na vida. Assim que seus braços, que mais pareciam troncos de árvore, se fecharam em mim, não consegui mais me segurar. As lágrimas começaram a escorrer por meus olhos fechados, e meus cílios não tinham forças para contê-las. Meus ombros tremiam, e minhas mãos algemadas seguravam desesperadamente sua camiseta desbotada da Harley Davidson.

– Sinto muito, muito mesmo, pai.

Não sei como as palavras conseguiram passar pelo caroço que eu tinha na garganta, enquanto uma de suas mãos enormes seguravam meu pescoço e me puxavam mais para perto.

– Eu sei, Fadinha, mas precisamos chegar a um ponto em que você não precise mais sentir tanto assim.

– Eu sei.

Murmurei essas palavras, me afastei e ouvi alguém limpar a garganta. Meu pai pôs a mão em meu ombro, e o guarda inclinou a cabeça na direção das portas que levavam à área dos prisioneiros.

– O senhor logo a terá de volta. Mas agora ela precisa vir comigo.

LEIS DA TENTAÇÃO

Meu pai praticamente rosnou para o homem, que deu um passo para trás. Brite me soltou depois de apertar meu ombro e beijar minha cabeça. Deixei o guarda segurar meu braço e olhei para trás do corpanzil de meu pai para conseguir ver minha mãe. Ela cruzou os olhos com os meus só por um instante, e pude ver a mágoa e a decepção refletidas em sua expressão.

– Obrigada por ter vindo, mãe. Sinto muito por tudo isso.

O guarda começou a me arrastar para longe, enquanto Quaid levava meu pai para a parte do Tribunal reservada à família e ao público.

– Dizer que você sente e sentir de verdade são duas coisas muito diferentes, Avett.

Ela se levantou, e meu pai segurou sua mão, com um olhar duro. Minha mãe sacudiu a cabeça para mim, e mesmo eu mal tendo conseguido ouvi-la, porque quando ela falou chamaram o caso seguinte ao meu, suas palavras atingiram o objetivo.

"Sinto muito" saía da minha boca com tanta frequência e facilidade que essas palavras não significavam mais nada. Desta vez, eu realmente precisava *sentir* muito pelo que tinha feito, mesmo que não tivesse feito nada. Tinha muito a provar, muito a compensar, e meu histórico de atitudes corretas era uma merda. Não queria que minha mãe mal conseguisse me olhar. Não queria que meu pai tirasse dinheiro de seu fundo de aposentadoria para me tirar da cadeia. Falar "sinto muito" não era suficiente; desta vez, eu ia precisar mesmo mudar.

Voltei para o que o guarda chamou de "chiqueirinho" e me sentei no meu lugar, entre a assassina e a traficante. As duas se viraram para mim com um olhar de inveja e irritação. Eu voltaria para casa no fim do dia, elas voltariam para trás das grades.

A traficante levantou as sobrancelhas na minha direção e me mostrou a língua, lambendo os lábios ressecados. Eu me encolhi toda, sem querer, o que a fez me dar um sorriso torto que mostrou todos os seus dentes amarelos e lascados.

– Esse cara que está te defendendo é gato. Quanto ele cobra por hora? Você está dando pra ele? Eu daria pra ele. Aposto que o sujeito é caro e bom de cama. Aquele juiz durão negou fiança a todas nós, menos para você.

Arregalei os olhos e olhei para a mulher que estava do meu outro lado. Ela parecia tão interessada em minhas respostas quanto a traficante.

Limpei a garganta e me remexi, incomodada, no banco duro de madeira.

– Não fui eu que paguei, então não sei quanto ele cobra. E não, não estou dormindo com ele. Conheci o sujeito ontem.

O que não explicava por que eu me derretia toda por dentro quando ele dava aquele sorriso. Ou por que eu me senti melhor quando seu cotovelo encostou no meu por um segundo. Era uma reação totalmente inapropriada, uma vez que o homem era dez anos mais velho do que eu, visivelmente de uma classe social diferente, com uma criação diferente, e só me viu usando aquele macacão laranja de presidiária enquanto tentava me livrar da cadeia. Meus hormônios não devem ter recebido o comunicado de que o resto de minha pessoa estava atolado na merda, e Quaid Jackson era o homem que tinha a pá para me tirar dela.

– Eu daria pra ele.

Quem disse isso foi a assassina que estava do meu outro lado. Fiquei me perguntando se Quaid sabia que toda a população carcerária feminina de Denver o considerava desejável.

Fiquei batendo as algemas do meu pulso uma na outra para me distrair e murmurei:

– Acho que a gente não faz o tipo dele.

Eu imaginava que homens como Quaid preferiam mulheres que não sabiam como eram algemas de verdade, usadas para seus verdadeiros propósitos, e não conseguia imaginá-lo ficar todo excitado com uma garota de cabelo cor-de-rosa, mesmo que o meu estivesse desbotando rapidamente, ficando menos rosa, com meu castanho natural tomando conta das raízes.

– Gata, faço o tipo de qualquer um que pague meu preço.

A traficante lambeu os lábios outra vez, e tive vontade de me encolher e ficar o menor possível para fugir daquelas duas e do jeito que falavam do meu advogado. Não gostei nem um pouco. Além disso, não gostei de eu não ter gostado.

Por sorte, só faltavam mais dois casos, e logo todas nós seríamos levadas para a *van* e voltaríamos para a cadeia. Eu estava com medo de ter que ficar atrás das grades de novo. Mas em vez de me levarem de volta para a cela com a esposa desprezada, fui parar em uma sala parecida com aquela na qual conversei com Quaid no dia seguinte à minha prisão. Eles trouxeram as roupas que eu estava usando na noite do assalto e me mandaram me vestir e esperar.

Fui logo tirando o macacão, toda feliz, e pondo minhas próprias roupas. Nunca pensei que uma calça *jeans* desfiada, uma camiseta toda larga e um tênis Vans detonado poderiam parecer o mais caro dos vestidos com sapatos de salto de grife. Não era nenhuma alta-costura, mas pareceu algo luxuoso comparado com aquele macacão áspero de presidiária. Como tinha até um elástico no bolso, prendi meu cabelo grosso e colorido em um coque alto e fiz o que me mandaram fazer: fiquei esperando.

Foram só algumas horas, mas pareceram dias. Contei os azulejos do chão, decorei o padrão com que a luz fluorescente acima da minha cabeça piscava e tive muito tempo para repassar cada uma das cagadas que fiz até chegar ali. A opção certa sempre estava lá, na minha frente, gritando "Me escolhe! Me escolhe!", e eu sempre fui a imbecil rebelde que ignorava essa opção e corria atrás da minha própria queda. Agora que havia oficialmente conseguido, podia dizer com toda a confiança que não era nada parecido com o que deveria ser. Cair significava ter de aterrisar uma hora ou outra. A queda era assustadora, interminável, mas a aterrissagem... Era aí que as coisas ficavam realmente difíceis. Era daí que vinham as cicatrizes.

Eu deveria ter adivinhado, no segundo em que conheci Jared, que ele não prestava. Não tinha nenhum motivo para ele me conquistar. Eu havia acabado de largar a faculdade, não tinha casa própria, não tinha emprego; Netflix demais e muito *fast food* tornaram meu corpo miúdo bem mais redondo do que a maioria das garotas que atraem os caras de 20 anos. Precisei que meu pai viesse me salvar quando meu último namorado me deu um pé na bunda e tinha certeza de que nada em mim resplandecia "ela é um bom partido". Mesmo com todos esses pontos negativos no quesito namorada, Jared correu atrás de mim incessantemente.

LEIS DA TENTAÇÃO

No começo, ele era carinhoso e sedutor. Aquele seu jeito tranquilo, chapado, me pegou, assim como o fato de ninguém gostar dele. Quanto mais meu pai olhava feio e reclamava de Jared, mas atraída por ele eu ficava. Meu pai era meu herói, meu ídolo, meu melhor amigo, mas quanto mais reprovava os homens de minha vida, mais eu ficava determinada a continuar com eles. Me doía fazer isso, mas era justamente dor que eu queria. Uma hora, eu e Jared começamos a dormir juntos, e comecei a passar cada vez mais tempo na casa dele, por mais que tenha ficado claro que o sujeito não curtia só fumar maconha de vez em quando. Me convenci de que Jared usava drogas de maneira recreacional, que ele gostava de curtir, mas era uma mentira, uma mentira em que nem eu mesma conseguia acreditar à medida que o tempo ia passando.

Implorei para meu pai me dar emprego no bar porque precisava me distanciar das drogas e das agressões. Naquele momento, deveria ter sido esperta e saído de perto daquele homem e daquela situação, mas não consegui e não quis. Jared adorava que eu trabalhasse no bar. Significava comida e bebida de graça. E, sempre que ele estava sem grana para pagar o traficante, pensava ser aquele um lugar para arranjar um troco fácil. Eu odiava roubar. Isso fazia eu me sentir suja e feia, mas odiava ter que explicar o olho roxo e o lábio inchado de novo. Não tinha palavras para tentar justificar o porquê eu continuava com ele. E, caramba, com certeza não tinha palavras para descrever por que congelei e não fiz nada na noite do assalto.

Uma hora, depois do que me pareceram séculos e mais séculos passados sozinha com meus próprios pensamentos amargos, um policial uniformizado apareceu e me disse para ir atrás dele.

Parei em uma mesa, onde me mandaram preencher um monte de formulários. Assinei tudo sem ler e peguei o saco de plástico lacrado que me empurraram: ele continha meus pertences da noite de minha prisão. Meu celular e minha bolsa estavam no saco. Tirei os dois e, ao me virar, vi meu pai, que estava sentado em uma pequena cadeira de plástico, se levantar.

Sem dizer uma palavra, me atirei nele e o abracei pela cintura. Brite me apertou e senti que encostou seu queixo barbudo em minha cabeça, amassando meu coque. Inalei seu cheiro característico de pai, que sempre me lembrou de sua moto e de seu bar, e deixei sua familiaridade e sua força levantarem todo aquele peso que esmagava meus ombros.

– Preparada pra ir para casa, Fadinha?

Eu o abracei com todas as minhas forças e prometi a mim mesma, mentalmente, que jamais o colocaria de novo em uma situação que o obrigasse a me salvar de mim mesma.

– Sim, pai. Estou superpreparada pra voltar para casa.

Aquele era, no fim das contas, meu lar, onde meu coração, por mais partido e machucado que estivesse, sempre esteve.

CAPÍTULO 4
Quaid

Voltei atrasado para o escritório após a audiência, porque tive uma reunião demorada com a Promotoria. Isso acontece o tempo todo, mas naquele dia fiquei irritado de um jeito irracional com o atropelo em minha programação e seriamente ressentido com os trinta minutos que Avett teve de passar sentada do lado de fora do meu escritório, enquanto minha assistente a olhava de canto de olho por trás do computador. Fazia três dias desde nosso último encontro no Tribunal. E, por mais que eu não quisesse admitir em voz alta, a garota havia tomado conta de meus pensamentos. Ela – não seu processo. Isso, somado ao fato de eu ter notado na mesma hora que o alaranjado presidiária não lhe caía bem e que ela era ainda mais bonita, ainda mais inocente e jovem usando suas roupas normais, me fez abordá-la de um jeito mais abrupto, até mais severo do que eu costumava fazer com meus clientes.

Inclinei a cabeça na direção da minha sala sem dar "oi" e não olhei para ver se ela vinha atrás de mim quando perguntei:

– Cadê seu pai? Achei que ele ia ficar do seu lado para lhe apoiar em toda essa situação.

Falei como um cuzão. Estava agindo como um cuzão. Pude perceber, ao ir para trás da mesa e finalmente me virar para olhar Avett, que ela tinha plena consciência de que eu estava de mau humor.

Avett cruzou os braços sobre o peito, peito que era grande, arredondado e muito mais farto do que eu poderia imaginar, dada sua baixa estatura. E, mesmo não devendo, imaginei muitas coisas a respeito dela nos últimos dias. Aquelas curvas e aqueles vales que ela tem são sedutores e atraentes demais. Fiquei irritado por ter notado e por ter dificuldade de fixar o olhar em outra parte de seu corpo que eu não apreciasse de uma maneira muito pouco profissional. A garota não era fácil em muitos sentidos, e alguns deles faziam meu pau latejar de forma inapropriada. O macacão da prisão a tinha engolido e escondido seu corpinho cheio de curvas, que irradiava tanta energia reprimida quanto as minhas atitudes descaradas.

Eu não devia estar prestando atenção em suas curvas nem no jeito como suas sobrancelhas castanhas faziam um "V" selvagem em cima de seu nariz. Ela era apenas uma criança no grande esquema da vida. Porém, mais do que isso, era minha cliente. Era minha obrigação ajudá-la e tirá-la da cadeia, não ficar encantado por sua boca, que fazia um biquinho irritado, nem hipnotizado pelo modo como ela ficava corada, no mesmo tom de rosa de seu cabelo, ao visivelmente se esforçar para reagir de modo correto ao meu cumprimento de merda e à minha atitude de cuzão. Eu não devia ter gostado do jeito como Avett ficou toda ouriçada, mas gostei.

– Meu pai queria vir comigo, mas estou tentando provar que sou capaz de fazer alguma coisa direito nesta vida. Ele seguraria minha mão para sempre, se eu deixasse. E, sinceramente, não quero

LEIS DA TENTAÇÃO

que ele se envolva nessa confusão ainda mais do que já se envolveu – ela se recostou na cadeira e continuou a fazer careta para mim.

– Você vai conseguir alguma espécie de acordo que possa parecer razoável e fazer sentido, para resolver toda essa situação. Meu pai vai me incentivar a ouvir seus conselhos. Vai me dizer que estamos te pagando para cuidar de meus interesses – Avett sacudiu a cabeça e apertou os braços, como se quisesse dar um abraço em si mesma.

– E ele até pode ter razão, mas eu não ajudei Jared a roubar aquele bar. Não fui cúmplice dele. Não facilitei nada para ele, por isso não vou aceitar acordo. O fato de eu não aceitar, provavelmente, vai deixar meu pai preocupado com o que possa acontecer comigo. Já o fiz passar por muita coisa – então a garota finalmente parou de me olhar nos olhos e se concentrou no luxuoso tapete berbere debaixo de seus tênis. – Pode até não ser a atitude mais correta a tomar, mas estou acostumada a isso.

Senti certo alívio na tensão que se acumulava dentro de mim, enquanto eu a escutava. A maioria de meus clientes têm seus próprios interesses em mente quando tomam decisões sobre o que vão fazer ao enfrentar acusações, mas não aquela jovem. Era surpreendente, estimulante até, receber alguém na minha sala genuinamente preocupado com as consequências de suas ações para as outras pessoas, para quem ama. Mesmo que tenha chegado um pouco atrasada ao jogo, fiquei feliz de ver que Avett estava disposta a jogar.

– A Promotoria mandou a proposta de acordo hoje de manhã. Eles estão dispostos a retirar todas as acusações, menos a de cumplicidade, se você concordar com uma pena de noventa dias de prisão com dois anos de condicional. Também querem que você testemunhe contra Jared Dalton.

Entrelacei os dedos e fiquei observando Avett, que passou a respirar mais rapidamente. A borda dourada de seus olhos parecia pegar fogo, a parte castanha do meio ficou completamente preta. Parecia que eu estava vendo um caleidoscópio se movimentar e mudar de forma e de cor.

— Não quero ver Jared.

Sua voz tremeu, e os nós de seus dedos ficaram brancos de tanto apertar seus braços.

— Você não tem escolha. Terá que testemunhar, com ou sem acordo. Você é uma testemunha, e a Promotoria ou o advogado de Jared vão acabar intimando você a depor. Jared está tentando usá-la para estabelecer uma dúvida razoável, com a história de que você estava puta porque seu pai vendeu o bar. Você fará parte desse julgamento independentemente do que aconteça no seu.

Ela fez biquinho.

Pisquei de surpresa, porque isso devia ter parecido arrogante e petulante. Devia ter feito Avett parecer mimada, emburrada. Mas não fez. A fez parecer adorável e decidida. Não era o tipo de biquinho que Lottie fazia para mim quando queria gastar uma quantia indecente em um sofá novo ou em alguma bolsa que só usaria uma vez. Não, aquele era o biquinho de uma mulher que, com razão, não queria fazer algo e estava contrariada. Era charmoso de um modo completamente inocente e, mais um vez, me amaldiçoei mentalmente por ter notado esse gesto tão ínfimo.

— É um bom acordo, Avett. Um acordo muito bom mesmo.

A pena mínima se você for condenada por cumplicidade é de três anos – levantei a sobrancelha para ela e completei:

– Três anos no mínimo, ou seja, se acabarmos indo a julgamento e o júri te considerar culpada, o juiz pode estabelecer uma pena de três a cinco anos. O que é muito tempo para ficar atrás das grades, caso você decida arriscar a sorte e perca a aposta.

Ela soltou os braços e foi mais para frente na cadeira. Inclinou o corpo e ficou me olhando com atenção. Seus olhos eram hipnotizantes, fiquei distraído pelas diferentes cores que havia neles. Precisei pedir para Avett repetir quando me dei conta de que ela havia dito algo e estava me esperando responder. Eu precisava pôr a cabeça no lugar em relação àquela garota... *aquela garota...* E era disso que eu estava sempre me esquecendo.

– O que foi que você disse?

Minha voz saiu mais grave do que o normal, e me remexi na cadeira, porque outras partes de meu corpo também começaram a perceber todas as coisas interessantes e atraentes que havia em Avett Walker.

– Eu disse que dei um Google no seu nome.

Ela pôs algumas mechas caídas do cabelo para trás, e eu literalmente tive que me obrigar a manter os olhos fixos em seu rosto, porque o movimento fez seu peito subir e deixou a camiseta preta que ela usava ainda mais justa.

– Ah é? E o que você achou?

Eu já sabia o que ela iria encontrar: o registro do meu tempo no Exército, o anúncio de meu casamento, meu histórico de trabalho no escritório, informações variadas sobre meus casos mais notórios e diversas reportagens sobre meu divórcio. A maioria dos divórcios não são dignos de estampar páginas de jornal, mas quando uma das pessoas envolvidas é de família rica, e a outra é conhecida como eu sou, serve para encher linguiça em um dia de poucas notícias. Fiquei curioso para ver como seria a interpretação de Avett daquele retrato de minha vida que estava na internet.

Ela levantou e começou a andar para lá e pra cá, na frente de minha mesa, enquanto falava:

— Legal, acho. Vi que você serviu o Exército quando era mais novo, o que explica por que meu pai gostou de você logo de cara — ela me olhou e esboçou um leve sorriso.

— Ele não costuma gostar de ninguém logo de imediato. Leva um tempo para esquentar.

Fiquei ouvindo, sem prestar muita atenção, e observando seu cabelo colorido balançar em seus ombros. Avett não parecia ser do tipo menininha, feminina demais, e fiquei me perguntando por que tinha escolhido um tom tão delicado e bonito de rosa para tingir o cabelo.

— Descobri que você nasceu no Colorado, que cresceu nas montanhas e que faz aniversário perto do Natal, o que significa que tem quase 32 anos, ou seja, conquistou muita coisa em pouco tempo de carreira. Também descobri que você tem muitos ternos.

Soltei uma risada, surpreso, ao ouvir a última frase. Avett parou de andar para lá e para cá, chegou mais perto da minha mesa e apoiou as mãos nela, inclinando o corpo para a frente. Essa nova posição fez sua camiseta ficar caída no ombro e, por mais que eu tenha me recusado a olhar para baixo, pude ver um pedaço do seu sutiã de oncinha. Esse vislumbre de algo proibido me deixou com a boca seca e a pulsação acelerada. Era uma reação poderosa a uma provocação tão pequena, e me obriguei a ignorá-la.

– Em todas as fotos em que você aparece, depois de sair do Exército, está de terno. Terno azul, preto, cinza, de listras. É muito terno.

Soltei um grunhido e respondi:

– Passo muito tempo em audiência. Ternos são necessários – e também me diferenciam daquele moleque que corria pela floresta com uma única calça *jeans* nova e um único par de botas que não era esburacado. – E conquistei muita coisa porque trabalho muito e sou bom no que faço.

Trabalho muito desde que nasci e nunca tive oportunidade de parar. Quando estava no Ensino Médio, estudei bastante para poder participar de todas as disciplinas avançadas que meu colégio oferecia. Sabia que não teria como pagar a faculdade sem o Exército, ou seja, eu teria que dar quatro anos da minha vida para o meu país e perderia esse tempo de carreira. Por sorte, quando me formei no Ensino Médio, tinha tantos créditos avançados que praticamente poderia ter diploma de assistente jurídico. Não demorei muito para me formar, mas me matei de estudar quando era mais novo para que isso fosse possível.

– E entendi que você é meio *workaholic* por causa de todas as matérias sobre o seu divórcio.

O tom seco de sua voz me deixou todo tenso. Baixei as mãos e fiquei tamborilando os dedos no joelho, em uma demonstração clara de irritação.

— Não discuto minha vida pessoal com meus clientes, Avett.

Ela esboçou um sorriso que fez suas sobrancelhas castanhas se levantarem.

— Por que não? Seus clientes são, provavelmente, as únicas pessoas em uma situação pior do que a sua. Somos os últimos a poder julgar o que acontece entre as quatro paredes de qualquer um. Estou aqui para tentar provar que não ajudei meu ex-namorado a roubar um bar. O que é uma pequena infidelidade comparada a isso?

Levantei de súbito antes de conseguir controlar minhas reações e levei as mãos à cabeça.

— Ela é que foi infiel, não eu. Não que isso tenha alguma importância ou que esse assunto esteja aberto à discussão.

Essa era uma ferida que não parava de sangrar, por mais que eu a apertasse para estancá-la.

Avett se endireitou e pôs as mãos nos quadris. Me olhou por um segundo e baixou o queixo de leve.

— Mesmo quando alguém não está interessado em sua história, ainda temos vontade de contá-la.

Eu havia dito essas palavras para Avett na sala de interrogatório da cadeia e agora elas me acertavam em cheio, porque usadas contra mim.

Avett começou a andar para lá e pra cá outra vez. Ela falou em voz baixa, para a sala, porque não estava mais me olhando:

— Também descobri que você é muito bom no que faz. Ganha mais do que perde. Libertou algumas pessoas bem culpadas assim como evitou que outras bem inocentes passassem a vida atrás das grades. Se vou fazer uma aposta com meu futuro, não poderia pedir

LEIS DA TENTAÇÃO

ninguém melhor para dar as cartas. Resolvi acreditar que, pela primeira vez, o baralho está disposto a meu favor — ela parou quando ficou bem na minha frente de novo e ficamos nos encarando. — Obrigada por não ter me deixado demiti-lo, sr. Jackson.

Suas palavras, ditas de modo tão suave, me incitaram a falar algo que nunca disse para um cliente desde que comecei minha carreira no Direito.

— Pode me chamar de Quaid.

Seus olhos espetaculares se arregalaram sutilmente, e ela mordeu o lábio.

— Tudo bem, Quaid. Não vou aceitar o acordo, e essa minha resposta é definitiva.

Nós dois nos sentamos, com minha mesa enorme entre nós. Havia algo no ar, uma vibração que eu não conseguia nomear, mas que parecia elétrica e mais viva do que tudo que cruzou meu caminho nas últimas décadas. Na verdade, a última vez em que tive a mesma descarga de adrenalina, a mesma emoção correndo por meu sangue, fazendo meu coração bater descompassado, foi quando andei de avião pela primeira vez, indo para o treinamento do Exército, para longe, bem longe de uma existência que era uma luta constante, cheia de dificuldades. Eu estava recomeçando, tendo uma segunda chance de algo que valia a pena. Entendi isso, naquela época... Fiquei abismado com o fato de essa emoção se sobrepor ao meu bom senso atualmente.

— A audiência preliminar será marcada para daqui a algumas semanas. O Estado vai usar esse tempo para desenterrar qualquer coisinha que possa usar contra você, a fim de provar que tem evidências suficientes para sustentar a acusação, se formos a julgamento. Vou lembrá-los de que as acusações contra você dependem de um viciado notório e não são nada além de boatos. Também temos o vídeo do estacionamento que mostra seu namorado praticamente te carregando. Nossas evidências e testemunhas que apontam para Jared como único culpado são muito mais convincentes do que qualquer coisa que a Promotoria possa tirar do chapéu – dei um sorrisinho e acho que a ouvi suspirar. – Sinceramente, se eu estivesse no seu lugar, acho que também mandaria a Promotoria enfiar o acordo no rabo.

Avett deu uma risada, surpresa, que me deu um aperto nas entranhas.

– Estamos juntos nessa, Avett. Vamos apostar juntos, ou seja, perderemos ou ganharemos juntos.

Ela deu uma risadinha debochada e falou:

– Só que eu sou a única que vai para a cadeia se perdermos.

– Verdade. Mas já ganhei casos bem mais complexos, com muito mais evidências contra meus clientes. Se eu perder esse caso, vai parecer que cometi um engano. E eu nunca me engano.

– Pude perceber, pelo jeito como sua secretária me olhava feio, que não sou uma de suas clientes típicas.

– Bom, se você chamou a Pam de secretária na frente dela, pode ser por isso. A moça prefere ser chamada de "assistente" – olhei bem para Avett e me assegurei de que ela percebesse quanto estava sendo sincero, pelo meu tom de voz. – E meu cliente típico é qualquer um que possa pagar. Não ligo se você tem cabelo rosa ou se é um jogador famoso do Denver Broncos. Se me contratar, vai receber a melhor defesa que tenho a oferecer, e vou encarar seu caso como prioridade.

Ela deu um grande suspiro de alívio.

— Então preciso agradecer a Asa por ter te contratado.

Resolvi não contar que seu pai estava pagando a conta agora e acabei dizendo, sem perceber:

— Aliás, gosto do seu cabelo rosa.

Avett piscou bem rápido e levantou as mãos, tocando as pontas rosadas de seu cabelo.

— Gosta mesmo? – perguntou, incrédula.

Balancei a cabeça e respondi:

— Gosto, mas talvez você deva pensar em mudar a cor para a audiência. Nunca é demais parecer o mais respeitável e cumpridora da lei possível – ela fez careta, e levantei as mãos, como se quisesse me proteger de sua ira.

— Esse é o tipo de conselho que o seu pai diria para dar ouvidos se estivesse aqui. Já te falei, passo muito tempo em audiências. E, por mais que seu cabelo pareça insignificante para você, pode ter um grande impacto na impressão que passará para o juiz e o júri. Se chegarmos a esse ponto.

Apesar de que eu iria ficar inexplicavelmente triste de ver seu cabelo rosa desaparecer. Combina com ela, e eu gostava do modo como aquele cabelo e aquela garota animavam minha sala tão sombria.

Ela segurou um punhado de mechas cor-de-rosa e fechou os olhos por uma fração de segundo. Quando os abriu, eles brilhavam de resignação. Mais um vez a garota fez beicinho, e tive não só vontade de mordê-lo, mas minha calça sob medida ficou mais justa.

– Ok. Além do meu cabelo, o que mais preciso fazer antes da audiência preliminar? Como posso me tornar respeitável e cumpridora da lei?

Ela parecia tão incomodada com isso que precisei segurar o riso.

– Mude o cabelo e se vista de forma apropriada para a audiência. Algo conservador, mas não muito empetecado. Você é jovem e parece ser bem inocente. Tem a vida inteira pela frente. Queremos explorar isso. E faça o que o juiz da fiança falou: fique longe do namorado e tente não se meter em confusão.

Avett ficou tensa e sussurrou:

– Ex-namorado. E eu já te disse que não quero vê-lo nunca mais.

– E eu já te disse que você não tem escolha – olhei para o relógio de pulso e fiquei chocado ao perceber que havia conversado com ela por muito mais tempo do que tinha agendado. Parecia que haviam se passado apenas alguns minutos.

– Entendo o seu lado. Eu também não ia querer ver a pessoa que me meteu em uma confusão dessas, mas foi você que entrou aqui dizendo que queria fazer algo direito. Que não precisa de ninguém para segurar sua mão. Cabe a você colocar o sujeito que te machucou, o monstro que ameaçou aquelas pessoas com uma arma e tentou roubar um lugar que significa tanto para a sua família, na cadeia por um bom tempo. E esse é um passo enorme na direção certa, Avett – me levantei, e ela fez a mesma coisa.

– Tenho outro cliente me esperando, precisamos acabar a reunião. Eu entro em contato. Tenho certeza de que a Promotoria vai querer falar com você sobre o caso do seu namorado. Devo ter a data da próxima audiência logo, logo.

LEIS DA TENTAÇÃO

Estiquei o braço para apertar sua mão e quase precisei encolhê-lo quando nossa pele se encostou. Um choque subiu por meu braço. Tive que usar cada gota do meu autocontrole para não esfregá-lo, como se eu tivesse encostado em um fio desencapado.

Ela se afastou e cerrou os punhos, como se tivesse tentando segurar a eletricidade vibrante criada por nosso contato. Quando nos tocamos, parecia que meu sangue estava carregado, estimulado de uma maneira que nunca esteve antes.

– Aguardo ansiosamente por notícias suas – Avett limpou a garganta com delicadeza, indo até a porta de minha sala. Ao chegar lá, ficou parada, com a mão sobre a maçaneta, e se virou para mim. – Quaid?

Levantei os olhos da pasta que estava examinando e fiz cara de interrogação.

– Que foi?

– Não sou tão nova nem tão inocente quanto você quer acreditar. Se você quer convencer o juiz e o júri disso, porque acha que vai me ajudar a me livrar da prisão, posso fingir que sou, mas você precisa admitir que não é verdade.

Então saiu pela porta antes de eu conseguir formular uma resposta.

Liguei para Pam e avisei que precisava de alguns minutos para me preparar antes de receber o próximo cliente. Fiquei balançando na cadeira, tentando me recuperar do furacão Avett. Aquela garota era um redemoinho de destruição, e eu não conseguia acompanhar as várias direções para as quais ela soprava minhas emoções. Nunca conheci ninguém igual a ela. Não conseguia nem me lembrar de ter lidado com alguém tão real, tão aberta em relação às suas falhas e aos seus fracassos, quanto Avett. Nunca conheci ninguém tão descuidado com seu próprio destino quanto ela. Aquela menina tinha algo de fato intrigante. Assim como o desafio que lançou quando saiu.

Óbvio, ela era tecnicamente nova, muito mais nova do que eu, pelo menos. Quando eu tinha 22 anos, já havia voltado do deserto e estava começando a faculdade. Não era tão inexperiente como muitos homens de 20 anos, mas isso tinha mais a ver com o modo como fui obrigado a crescer do que com ter lutado por meu país. Mesmo assim, a diferença entre o que eu sabia naquela época e o que sei hoje é enorme. Então, sim, Avett Walker é jovem, apesar de afirmar não ser.

Quanto a ser inocente... Estou com a ficha criminal dela bem na minha frente, sei que a garota não é nenhum anjo. Contudo, algo naqueles seus olhos rebeldes parece tão gentil e suave... Quanto Avett é ou deixa de ser inocente ainda está aberto à discussão.

Eu já ia ligar para Pam e lhe pedir para trazer meu próximo cliente quando o telefone de minha mesa tocou, no mesmo instante em que eu ia pegá-lo. Sabia, pelo identificador de chamadas, que o homem do outro lado da linha era Orsen McNair, o sujeito que me contratou, o McNair da placa McNair&Duvall, os sócios-fundadores do escritório. Gosto de Orsen, agradeço por ele ter me dado uma chance assim que saí da faculdade de Direito e por ele ter ficado a meu lado durante o divórcio, apesar de Lottie ter feito de tudo para arrastar não só meu nome, mas o do escritório também, para a lama. Devo muito a ele, dado que não tenho o *pedigree* da maioria dos advogados que são contratados logo depois de se formar. Também reconheço que cheguei a esse ponto da minha carreira baseado na minha própria ética de trabalho e nas minhas próprias habilidades de interpretar e de convencer um júri. Quero que meu nome esteja na placa, ao lado do de Orsen, e nunca deixei de falar isso abertamente para ele.

– Fala, meu velho.

Ouvi uma risadinha rouca do outro lado da linha, e a cadeira de Orsen fez barulho, por causa de seu peso.

– Ouvi dizer que agora defendemos *punks*.

Franzi a testa, mesmo sabendo que Orsen não estava me vendo, e olhei feio para a porta fechada na direção de Pam.

– Onde foi que você ouviu isso?

– Fala sério, Quaid. Você sabe que as moças desse escritório fofocam como se pagas para isso. Pam não se segurou e contou para a Martha da garota de cabelo rosa, falou que a menina ficou trancada em sua sala por mais de uma hora. E ainda disse que ela parecia corada e agitada quando finalmente saiu daí. Você tem alguma coisa para me contar, moleque?

Fechei os olhos e massageei as têmporas com movimentos circulares e fortes.

– Não tem nada para contar, Orsen. A menina é uma cliente nova. Veio por indicação de outro cliente. O cabelo cor-de-rosa é uma questão menos relevante, mas já avisei que ela precisa mudar de cor antes da audiência. Se a garota parecia chateada ou agitada quando saiu de minha sala, foi porque eu disse que ela vai ser a principal testemunha da Promotoria no caso contra seu namorado. A menina não ficou nem um pouco feliz. E Pam é muito bocuda.

– Pam tem medo de que outra interesseira enfie as garras em você.

A lembrança de tudo o que passei, de tudo o que fiz o escritório passar, me acertou em cheio.

– Ela não precisa se preocupar, porque isso nunca mais vai acontecer. Já te falei centenas de vezes que aprendi a lição.

Mais um risada rouca do outro lado da linha.

– Você precisa de uma mulher disposta, que saiba dar ao homem o que ele precisa e que seja bonita. Na verdade, você precisa encontrar uma mulher e trazê-la na festa de Natal do escritório que vai acontecer logo mais.

Soltei um grunhido e me obriguei a tirar da cabeça minha própria imagem entrando na opulenta mansão de Orsen, no influente subúrbio de Belcaro, de braço dado com o furacão de cabelo cor-de-rosa. Os sócios ficariam loucos, e não só porque ela é nossa cliente. McNair e Duvall têm uma imagem a zelar, uma reputação a preservar, ou seja, todo mundo que os representa deve agir e parecer de um certo modo. Por fora, Lottie era a perfeita esposa de advogado, mesmo sendo depravada e o pior tipo de esposa por dentro. Tive que me encolher todo e fiquei arrepiado só de comparar as duas mulheres. Elas não eram farinhas do mesmo saco. Na verdade, eu tinha quase certeza de que Avett vinha de um saco especial, feito só para criá-la.

– Vou ver o que consigo fazer. Minha cota de processos é um pesadelo neste momento, não sobra muito tempo para mais nada.

– Sempre sobra tempo para a mulher certa, moleque, principalmente depois de você ter perdido tanto tempo com a mulher errada. Agende um almoço comigo no começo da semana que vem. Você pode me atualizar dos seus processos, incluindo o da *punk*.

Orsen deu "tchau" e desligou antes que eu pudesse dizer que cabelo cor-de-rosa não significa automaticamente que a pessoa é *punk*. Orsen é das antigas, não muda por nada. Jamais reconheceria que o cabelo é mais uma faceta da personalidade espirituosa e rebelde de Avett. Não menti quando disse à garota que gosto de seu cabelo. É diferente e combina com ela, mas também sou prático e sei que a cor precisa mudar, apesar de não gostar dessa ideia quase tanto quanto ela.

Os pensamentos muito pouco profissionais que eu vinha tendo em relação a Avett também precisavam sumir. Se é que existe uma mulher certa para o que eu preciso neste momento, com certeza não é uma quase criminosa e que parece se sentir mil vezes melhor na própria pele do que eu me sinto na minha. Preciso de uma mulher que eu possa comer e esquecer, não uma que não saia da minha cabeça e cause rachaduras, mesmo sem querer, na minha fachada de ferro, atrás da qual passei tantos anos me escondendo.

CAPÍTULO 5

Avett

— Você está bonita, Avett.

A voz rouca de meu pai me assustou, enquanto eu ainda estava tentando prender mechas do meu cabelo rosa em um coque bem lambido na nuca.

Eu deveria ter pintado o cabelo. Tive quase três semanas para comprar a tinta, tirar o cor-de-rosa, mas não consegui fazer isso. Toda vez que pensava em pintá-lo, toda vez que contemplava a possibilidade de ir para a prisão por um bom tempo, pensava em ir presa de um jeito que não era o meu, pensava em encarar o juiz e todos os que foram selecionados como jurados para me julgar como uma imitação de mim mesma, e minha pele ficava toda arrepiada. Além disso, sempre que tenho reunião com Quaid em sua sala abafada, com o tapete caro e a mobília tediosa, a primeira coisa que ele faz é olhar para o meu cabelo, e depois para mim, com um misto de reprovação e admiração. Gosto das duas reações. Gosto de qualquer reação que ele tenha. Fazer Quaid reagir a mim acabou se transformando em um desafio pessoal, e tenho plena consciência de que estou cutucando uma onça enorme com vara curta. O homem é um predador, uma fera civilizada de terno de grife. O belo advogado esconde muito mais do que se pode perceber à primeira vista. Estou perigosamente intrigada pelo tipo de segredos que seu sorriso matador e seus olhos azuis de aço escondem.

Como ele nunca mais sugeriu que eu mudasse a cor do cabelo, em segredo fiquei torcendo para ele se dar conta de que a cor faz parte do pacote... Mais uma escolha minha que podia se voltar contra mim. Mas, como todas as minhas escolhas, eu encararia as consequências de minhas ações. Eu me responsabilizaria por ser o tipo de pessoa com defeitos incuráveis, que sempre fode com tudo. Não escondia nada disso, ou seja, o cabelo rosa ia continuar rosa, mas dei tudo de mim para que ficasse o mais sutil possível e dei ouvidos a uma parte do conselho de Quaid, quando, para o grande dia, resolvi não me vestir como uma menina que largou a faculdade. Era por isso que meu pai estava apoiado no batente da porta do banheiro, me olhando como se nunca tivesse me visto toda arrumada.

Provavelmente, porque nunca viu mesmo. Minha família é informal até o último fio de cabelo. Tenho uma única saia, dos tempos do colégio. Precisei ir às compras, com meu pai, porque não tenho carro nem dinheiro para comprar nada que pareça adequado a convencer um juiz que eu jamais participaria de um assalto à mão armada.

Me apoiei na pia, olhando para os olhos cinza escuros do meu pai pelo espelho. Não tem sido nada fácil desde que voltei para casa. Há uma tensão no ar, uma nuvem persistente que paira sobre nós, e não sei o que posso fazer para consertar essa situação com a pessoa mais importante do mundo para mim. Sei que grande parte desse incômodo é devido ao fato de minha mãe ainda não estar nem um pouco feliz comigo. E, se ela não está feliz, Brite também não está. Também não sei o que fazer para melhorar a situação com ela, ou seja, não estou fazendo nada. Não fazer nada sempre é a atitude que mais machuca e, apesar de eu saber disso, continuo não fazendo nada sem parar.

— Obrigada, pai. Que tal meu cabelo?

Levei mais tempo fazendo o coque do que já gastei com meu cabelo nos meus 22 anos. Normalmente, deixo o cabelo solto, com suas ondas naturais. Sempre fui desencanada.

— Bonito. Está tudo bonito. De frente, nem dá para ver o rosa.

Brite tentava me tranquilizar, mas dava para perceber que ele estava nervoso pelos seus ombros tensos e pela expressão de sua boca, escondida no meio da floresta de sua barba.

— Que bom. Não posso esquecer de não virar a cabeça na frente do juiz. Obrigada por ter comprado essa roupa chique para mim.

Arrumei a frente do vestido de renda, cor creme, com manga três quartos e na altura do joelho, que meu pai escolheu. Era bonitinho e ficava totalmente conservador quando combinado com meias-calças pretas e *ankle boots*. Não era uma roupa que me fazia parecer mãe ou uma mina de uma classe da qual eu nunca, jamais, serei. Era uma roupa que me fazia parecer uma mulher de 22 anos que devia, teoricamente, ter a cabeça no lugar. Então, era isso que eu estava determinada a ser, mesmo sentindo que minha cabeça não poderia estar mais fora do lugar.

— Fico feliz de poder ajudar, Fadinha. Sempre fiquei — ele franziu mais a testa, e suas sobrancelhas grisalhas afundaram sobre seus olhos. — A sua mãe também.

E lá estava ele. O elefante no meio da sala, tamanho Darcy, que pairava entre nós desde que meu pai havia me tirado da cadeia... Ou até antes. As coisas nunca foram muito fáceis entre mim e minha mãe. Soltei um suspiro e me virei de frente para ele. Apoiei as costas na pia e olhei em seus olhos solenes.

— Não sei o que dizer para ela, pai. A Darcy não é você. Não perdoa como você perdoa.

Quando comecei minha descida ao fundo do poço, quando deixei de ser uma simples menina festeira, ainda que desafiadora, para me transformar na menina determinada a estragar tudo de bom que tinha na vida, minha mãe não entendeu, ficou observando minha queda sem demonstrar muita empatia ou compaixão. Tudo bem, ela não sabia de todos os detalhes, mas eu queria que ela me amasse a ponto de me perdoar e relevar minhas atitudes mesmo assim. Em vez disso, ela se distanciou tanto de mim que a culpa e a vergonha que comecei a nutrir na noite em que descobri quanto pode ser trágico não fazer nada acabou florescendo e ficando enorme.

— Você é tão parecida com sua mãe, Fadinha. Acho que vocês duas são muito teimosas e muito cabeças-duras para perceber. Ela te ama. Sempre vai te amar e te apoiar do mesmo jeito que eu. A sua mãe teve que aprender com os próprios erros assim como você, filha. A Darcy quer que a sua filhinha tenha uma vida melhor. Não quero ver você perdendo tempo com um imbecil atrás do outro como ela fez e não quero ver você atrelada a um bar sem nome. Você sabe tão bem quanto eu que tem muito mais a oferecer. E não há mal nenhum em desejar essas coisas para a sua filha.

Soltei um suspiro e endireitei as costas.

– Vou convencer a mãe de que sou inocente e aprendi a lição depois que eu convencer o juiz. Combinado? – meu pai ficou me olhando com firmeza até eu me virar.

– Pai, prometo que vou dar um jeito de resolver a situação com a mamãe. Deixei as coisas irem longe demais, e isso não me trouxe nada de bom.

Finalmente, depois de um instante, ele esboçou um sorriso que transformou o motociclista durão, mal-humorado e ríspido em um sujeito carinhoso, gentil e parecido com o Papai Noel.

– Sei que vai, Fadinha. Levo fé em você... sempre. Você pode ter se esquecido, mas somos seus pais. Estamos segurando firme desde o começo.

Eu me afastei da pia e puxei a bainha do vestido, nervosa.

– Valeu, pai. Vamos nessa.

Quaid tinha tanta certeza de que iam retirar as acusações, mas nunca me deixava esquecer de que podíamos aceitar o acordo, de que noventa dias de prisão eram uma opção muito melhor do que três anos. Eu estava nervosa, mas Quaid Jackson tinha algo de especial, algo em sua postura, algo em sua postura comigo, que me dava uma confiança inabalável de que a situação se resolveria do modo que ele tinha encaminhado. Eu acreditava mesmo que aquele homem conseguiria fazer que retirassem as acusações. E, se não conseguisse, eu tinha plena confiança de que ele soltaria aquele sorriso perigoso e seu charme cruel em cima do júri e faria todos comerem em sua mão.

Meu pai saiu da frente do banheiro e foi atrás de mim pelo corredor, até a frente de casa. Peguei minha bolsa e já estava

LEIS DA TENTAÇÃO

abrindo a porta quando sua mão pesada pousou em meu ombro. Virei para ele, com cara de interrogação, e fiquei aliviada ao ver que ele ainda estava sorrindo.

— Avett, você precisa entender como cheguei ao ponto em que aprendi a perdoar. O principal motivo para eu conseguir ficar do lado de alguém que está perdido até essa pessoa se encontrar é eu ter sido um homem, há não muito tempo, que precisava desse tipo de perdão e precisava de alguém para me guiar. Todas as escolhas que fiz, excelentes e péssimas, me ensinaram algo. Acho que está na hora de você parar de ignorar essas lições, Fadinha.

Eu não estou ignorando as lições. Elas estão me acertando em cheio no coração, no fundo da minha alma, e mereço cada uma delas. Essas lições me fazem lembrar, todos os dias, do tipo de pessoa que sou; reforçam o fato de que, quando você é uma pessoa ruim, coisas ruins acontecem, e sei que mereço todas elas. Cada lição que aprendo, seguro com as duas mãos, para os espinhos me machucarem sem parar.

Meu pai fechou a porta e descemos os degraus da bela casa de tijolos, de dois andares, estilo neoclássico, toda restaurada, onde ele mora desde que se separou da minha mãe. É meu lar, assim como o bar, e eu adoro, como também adoro o bairro Curtis Park, onde ela fica. Enquanto andávamos em direção à sua picape vermelha, Brite parou e acenou para alguém do outro lado da rua. Espremi os olhos, me protegendo do sol, a fim de ver para quem ele estava acenando. Mas só consegui enxergar um cabelo cor de ferrugem, em um braço cheio de tatuagens coloridas, que desapareceu no banco do motorista de um belo Cadillac antigo. O sujeito foi rápido, e seu carro roncou alto e invocado. Aquele não era um Cadillac de exposição; era um Cadillac com culhões. Em excelente estado de manutenção.

— Quem é esse?

Meu pai abriu a porta do carro para mim, porque mesmo o mais durão dos durões trata a filha como uma dama e não aceitaria nada menos do que isso vindo de qualquer homem que fizesse parte de sua vida.

Ele se sentou atrás do volante e colocou seus óculos de sol espelhados. Acho que Quaid deveria ter dado para o velho uma lista de certo e errado em relação às roupas de audiência, e não para mim. Pelo menos meu pai deixou a camiseta da Harley Davidson em casa e optou por uma camiseta preta lisa. Aquele era total o jeito de Brite Walker se vestir para arrasar. Soltei uma risadinha quando me dei conta disso, enquanto ele manobrava o carro.

— Vizinho novo. Os rapazes o chamam de Machina. É dono de uma oficina no bairro dos armazéns. O garoto tem talento quando o assunto é motor. Vivo dizendo para ele que, se encontrar uma Harley Pan-Head 1959, vou comprar sem nem perguntar o preço para ele restaurar. É um bom garoto, e os rapazes gostam dele.

Levantei a sobrancelha e perguntei:

— E foi só uma coincidência ele vir morar na casa da frente?

Meu pai riu e se virou para mim, mas só consegui ver minha própria expressão, pálida e enrugada, refletida em seus óculos. Definitivamente, não sou uma garota que tenha a cabeça no lugar. Eu não ia enganar ninguém.

— Os rapazes podem ter dito que ele estava procurando lugar para morar, e eu posso ter comentado que havia uma placa de "vende-se" na vizinhança. O moleque arrumou uma namorada e ficou noivo recentemente. Está tentando se acertar na vida. E você sabe o que eu penso de um homem bom estar tentando se acertar – ele ficou em silêncio e murmurou tão baixinho que quase não ouvi:

– Mesmo que o cara esteja tentando se acertar com a mulher errada.

– Você não gosta da namorada dele?

Meu pai encolheu os ombros e se virou para a rua. Na língua de Brite Walker, isso significa que ele não gosta nem um pouco da garota.

– O moleque trabalha duro, tem um talento nato para o que faz. A dona parece que se contenta em ficar sentada e se aproveitar dele. Faz tempo que os dois estão juntos, e acho que o menino não conhece coisa melhor. Ela me lembra da minha primeira mulher, do meu primeiro casamento, e você sabe tão bem quanto eu como é que acabou.

Acabou mal... muito mal. Meu pai traiu essa mulher com a minha mãe, que engravidou de mim, e largou a primeira esposa sem olhar para trás, apesar de os dois estarem juntos desde o Ensino Médio e a dona ter esperado meu pai por anos enquanto ele estava no exterior, com os fuzileiros navais. Brite disse, muitas e muitas vezes, que se arrepende do jeito como as coisas terminaram com a primeira mulher, que ela merecia ter sido mais bem tratada. Mas que eu acabei nascendo. Essa era sua ótima história que havia resultado de uma péssima escolha, e tenho certeza de que meu pai não me trocaria por nada neste mundo.

Ri outra vez e fiquei olhando pelo vidro, enquanto nos aproximávamos cada vez mais do centro, onde fica o Tribunal.

– Não é sua obrigação salvar todas as pessoas confusas de vinte e poucos anos que existem em Denver, pai.

Ele também riu e entrou em um estacionamento pago, porque não ia arrumar vaga para aquela geringonça gigante nas ruas movimentadas do centro de jeito nenhum. Até os durões odeiam estacionar nas ruas lotadas da cidade.

– Estou aposentado, Avett. O que mais posso fazer com meu tempo?

Acho que é um bom argumento. Ele veio abrir a porta para mim. Dei o braço para meu pai e respirei fundo. Meus nervos estavam à flor da pele, e comecei a sentir um embrulho no estômago.

– Espero que essas pessoas reconheçam o que você faz por elas.

Brite deu uma batidinha em minha mão suada, que estava em seu braço tatuado, e falou:

– Isso não interessa. Eu reconheço o que elas fazem por mim.

E é isso: meu pai é gigante, não leva desaforo para casa, é barbudo e assustador, mas não há no mundo um coração maior do que aquele que bate firme e forte dentro de Brite Walker. Ele é um sujeito incrível de verdade. Sei que nunca fiz nada em minha curta vida para merecê-lo, mas sou egoísta e gananciosa a ponto de saber que nunca, jamais, vou largá-lo. Mesmo tendo certeza de que nunca vou me sentir completamente merecedora de sua lealdade e sua devoção.

Sua voz ecoou em minha cabeça e me distraiu dos meus pensamentos sombrios.

– Preparada, Fadinha?

Respirei fundo, ele abriu a porta do Tribunal e foi comigo até a linha de segurança.

– Tão preparada quanto possível, acho.

Não falamos mais nada ao passar pelo esquema de segurança. Os guardas olharam desconfiados para meu pai e, como era de esperar, o puxaram para o lado e passaram o detector de metais nele antes de nos deixarem entrar. Encontramos a salinha que Quaid havia indicado, para que a gente pudesse se encontrar do lado de fora da sala de audiência. Entramos, e ele já estava no celular, com uma aparência mais elegante e composta do que nunca.

O terno do dia era preto, e a camisa, cinza-chumbo. A gravata de seda em volta de seu pescoço moreno era de um belo tom de azul-royal. O conjunto o deixava lindo de dar vontade de comer. Aquele homem ficava bem de terno, mas eu tinha curiosidade de saber como ele ficava sem terno. O Google generosamente compartilhou comigo uma foto de Quaid com a roupa camuflada do Exército, mas ele era tão novinho... Um garoto, na verdade, não aquele homem alto e imponente que estava na minha frente. Fiquei me perguntando se ele relaxava, se tirava o terno ao chegar em casa e colocava uma calça de moletom surrada e uma camiseta manchada. Duvido muito, mas apostaria um bom dinheiro que ele fica tão bem de roupa casual quanto com aqueles ternos de mil dólares.

Ele me olhou de cima a baixo e me cumprimentou balançando a cabeça, antes de apertar a mão de meu pai.

– Vejo que seguiu meu conselho à risca, srta. Walker. Ficou bom, muito bom mesmo.

Revirei os olhos quando ele me chamou de "srta. Walker". Já fazia semanas que me chamava de "Avett" quando estávamos sozinhos em sua sala, e eu o chamava de "Quaid". A formalidade serviu para me lembrar de que estava na hora do *show*, e era melhor eu estar com minhas falas bem decoradas para dizê-las na frente das autoridades.

– Obrigada. Foi meu pai que escolheu, e passei um tempão tentando esconder meu cabelo rosa. Foi o melhor que pude fazer.

Virei a cabeça para o lado, de leve, para ele poder ver o coque. Se eu não estivesse bem à sua frente, não teria percebido o suspiro sutil, parecendo de alívio, que ele soltou.

– O trabalho valeu a pena.

Balancei a cabeça de leve e lhe lancei um olhar tão frio quanto o dele para mim.

– Aconteça o que acontecer comigo, vou dançar conforme a música, admitir que fiz merda e escolhi a pessoa errada. De novo. E vou fazer isso sendo eu mesma. Eu, que tenho cabelo cor-de-rosa e não usaria um terninho nem morta – percorri com os olhos seu corpo alto e elegante, vestido em um tecido que vale mais do que a parcela mensal da hipoteca do meu pai. – Sem querer ofender.

Até parece que ele se ofende com alguma coisa. Nenhum homem da face da Terra fica tão bem de terno quanto aquele. Tipo, tenho quase certeza de que isso é um fato real.

Quaid levantou levemente as sobrancelhas, e os cantos de sua boca se abaixaram, porque ele não ia se permitir sorrir para mim.

– Não me ofendeu. E você não precisa de nenhum terninho. O que está usando está ótimo, e é mais importante você se sentir confortável. Isso passa uma impressão honesta e sincera. Não tem necessidade de usar nada que a deixe inquieta e pouco à vontade. Esse comportamento dá a impressão de que está nervosa e é culpada.

O advogado se afastou de mim e foi até a mesa onde estavam seu computador e uma pilha de papéis.

– Lembrando que a Promotoria tem o direito de falar primeiro. Irão levantar cada mínima infração de seu histórico. Irão falar que você largou a faculdade. Irão martelar no fato de você ter trabalhado no bar, de ter sido demitida e estar chateada com seu pai por tê-lo vendido.

Meu pai ficou todo tenso atrás de mim, mas eu não me virei. Balancei a cabeça para Quaid e falei:

– Estou preparada para isso.

– Eles vão tentar convencer o juiz de que você estava lá para ajudar Jared, que você é uma verdadeira ameaça à sociedade e é melhor ficar atrás das grades. Depois irão tentar enrolar o juiz fingindo generosidade, lhe oferecendo o acordo – disse, me lançando um olhar sugestivo.

– E eu não vou poder fazer meu papel até tudo isso acabar. Então você vai ter que se sentar lá e se segurar enquanto eles arrastam seu nome para a lama. *Vocês dois* vão ter que se segurar. Fui claro?

Olhei para trás e vi que meu pai estava fazendo careta outra vez e que parecia quase tão nervoso quanto eu.

– Estou te ouvindo, filho – a voz de meu pai ecoou, grave e séria, pela sala minúscula.

Quaid balançou a cabeça e continuou:

– Que bom. Estou aqui por um motivo, por um único motivo, que é vencer esse julgamento para você. A Promotoria até reuniu uma argumentação decente, mas a mediocridade não basta quando o adversário sou eu. Estamos nessa juntos, entenderam?

O sujeito me falava aquilo há semanas, dizendo que aquela luta era dele tanto quanto minha. Mas, já que eu era a única que tinha algo a perder, a saber, minha liberdade, não era fácil acreditar nele. Ali, naquela salinha, com meu pai praticamente tremendo de tanta tensão atrás de mim e Quaid exalando confiança e talento na minha frente, eu realmente comecei a acreditar.

– Ok. Estamos nessa juntos.

Seus olhos gelados derreteram muito sutilmente, e riscos ardentes de estanho arderam em suas profundezas. Aquele olhar fez meu coração bater mais rápido, e um pouco da ansiedade que tomava conta de mim se transformou em algo inebriante e lânguido. Mesmo sendo a coisa mais improvável do mundo, me dei conta de que daria para o meu advogado, totalmente. Como aquelas mulheres que ficaram falando na audiência de fiança. Ele era gato de um jeito muito diferente do que eu já considerei *sexy*, bonito até, mas era a sua firmeza, a sua atitude indômita que me atraía.

Quaid não é impetuoso nem precipitado. É um homem que tem um plano e a fibra necessária para pôr esse plano em prática e levá-lo até o fim. Definitivamente, tem a cabeça no lugar. Isso nunca me atraiu. Mas, de repente, se tornou o traço mais desejável que já vi em um homem. Ele é impecável, sem defeitos. E, para alguém com defeitos tão incuráveis e trágicos quanto os meus, é impossível não ficar fascinada por essa perfeição.

Inspirei e segurei o ar enquanto saí da sala, atrás dele, e entrei no Tribunal. Como aquela era uma audiência preliminar, as únicas pessoas ali dentro eram o escrivão, o promotor, seu assistente e o nosso grupinho. Deveria ser menos desesperador ter todos os erros que já cometi na vida revelados na frente de um público menor. Mas, como esse público era o mais importante, e meu pai fazia parte dele, meu estômago se revirou e começou a arder quando sentamos do nosso lado do recinto.

O promotor era o mesmo da audiência de fiança. Chegou perto de nós e apertou a mão de Quaid antes de se sentar e medir a roupa elegante de meu advogado.

— Belo terno, Jackson.

Quaid sorriu para o homem, mas não foi um sorriso simpático. Foi um sorriso que mostrou demais os dentes e não me deixou toda derretida como eu costumava ficar quando ele sorria.

— Obrigado, Townsend. Eu me arrumei todo só para você.

O outro sujeito soltou um grunhido e me olhou. Tive vontade de me encolher toda na cadeira, mas repeti sem parar que ia fingir ter cabeça no lugar naquele dia e precisava ficar quieta.

— Você tem certeza de que a sua cliente não quer aceitar o acordo? Achei que a chefia foi muito generosa quando a papelada apareceu em minha mesa.

Abri a boca para dizer que eu não tinha feito nada, mas fechei logo em seguida. Quaid estava ganhando uma pequena fortuna para me defender, e eu sabia que seria um desastre se eu tentasse me defender eu mesma. Então fiquei quieta e me obriguei a não esboçar nenhuma reação para o promotor.

— Seria mesmo um bom acordo… se ela fosse culpada do crime. Ter mau gosto para homem e ser pega com um viciado imbecil não é uma infração passível de punição.

O tom de voz de Quaid era gélido, e não tinha como não

perceber que ele não estava a fim de ficar de provocação com o outro sujeito.

– Quando o viciado imbecil rouba um bar com uma arma não registrada e ameaça a vida de uma policial, é, *sim*, uma infração passível de punição. Ela não chamou a polícia, Jackson, ela não fez nada.

Eu me encolhi toda e parei de olhar para aquele enfrentamento tão intenso. "Ela não fez nada… ." Nunca fiz nada, e isso me assombra até hoje. Paira em cima de mim como uma nuvem negra. O nada é tão ruim quanto ter participado do crime. Pelo menos, é isso que eu acho. O nada pode ficar no ar, como algo espesso e pesado, até eu não conseguir mais respirar. E faz muito tempo que estou sem ar.

– E eu repito, Townsend, não fazer nada não é crime.

Pode até não ser crime, mas a pena por não fazer nada pode ser bem pior do que a pena por ter cometido um crime de verdade.

– É, bem, vamos ver se o juiz concorda com você.

O promotor se esgueirou até o outro lado do recinto. Logo depois dessa conversa, o escrivão mandou todos se levantarem e um homem mais velho, de toga drapeada, entrou e se sentou no seu devido lugar. O escrivão leu o número do meu caso e as acusações que eu estava enfrentando, então todos tivemos que dizer nosso nome em alto e bom som para registro.

O juiz disse um "olá" curto e grosso para Quaid e o promotor e, sem nenhum preâmbulo, o cara começou a falar por que o Estado achava que eu deveria ficar atrás das grades. Exatamente como Quaid havia alertado, tiraram toda a minha roupa suja e deixaram ali, para todo mundo ver. A acusação de dirigir embriagada, da qual consegui me livrar na conversa. A briga de bar que resultou em uma ida à delegacia, porque eu estava bêbada e achei que a garota estava dando em cima de Jared. A acusação de invasão de domicílio na vez em que pulei a cerca de um *resort* para nadar pelada com um rapaz de uma banda que eu havia conhecido em um bar. Tudo em sua mais gloriosa sordidez. Todas as minhas péssimas escolhas e todos os erros que já cometi foram expostos, para serem julgados. Todas as vezes em que aproveitei a oportunidade de fazer algo errado porque não merecia fazer o certo. Foi difícil, mas fiquei sentada, em silêncio, sem esboçar reação, e me recusei a tirar os olhos do juiz, que não tirou os olhos de mim.

– Também temos uma testemunha disposta a declarar que a srta. Walker foi demitida, do mesmo bar que está sendo acusada de ajudar a assaltar, por roubo. A mesma testemunha pode declarar que a srta. Walker estava com raiva de seu pai por ele ter vendido o bar. Bar que, de acordo com ela, lhe pertencia e devia permanecer em família. Por isso ela traçou o plano do assalto, por vingança.

Quaid levantou e apoiou as mãos na mesa à sua frente.

– Você está falando sério, Townsend? Você também vai revelar para Corte que a sua testemunha é um notório usuário de drogas? Você planeja dizer à Corte que está prestes a acusar a tal testemunha por assalto à mão armada e por colocar em risco a vida de uma policial? Que tipo de acordo você ofereceu a essa testemunha em troca de seu depoimento contra minha cliente, sr. promotor?

Finalmente tirei os olhos daquele juiz, cuja expressão era impossível de decifrar, e olhei para meu advogado. Seus braços e suas costas formavam uma linha dura de tensão. Ele estava bravo por mim. A quedinha que eu tinha por ele se transformou em uma verdadeira paixão avassaladora. Meu pai era o único homem que já havia brigado por mim até então. Ver aquele homem, tão educado, que parecia tão perfeito, me defender, apesar de estar fazendo isso por dinheiro, aqueceu até os dedos dos meus pés.

– Sr. Jackson, o senhor terá sua oportunidade de argumentar contra a Promotoria em breve. Por favor, controle esse tipo de ataque enquanto estiver na minha Corte. O senhor sabe muito bem que não pode fazer isso.

Envergonhado e claramente irritado, Quaid se sentou de novo ao meu lado e me lançou um olhar que foi de puro calor e revolta. Foi a minha vez de inclinar a cabeça para tranquilizá-lo. E, ainda que eu saiba que, na cabeça dele, não foi de propósito, rocei meu cotovelo no dele, como Quaid fez em mim na audiência da fiança. Estávamos juntos naquela, afinal de contas.

Depois que o promotor terminou de falar, o juiz examinou a papelada à sua frente, com toda a calma, e então se dirigiu ao meu advogado.

– Suponho que haja uma proposta de acordo, uma vez que assisti às imagens do estacionamento, as quais deixam muito claro que a srta. Walker não estava no local por vontade própria.

O promotor ficou visivelmente tenso, limpou a garganta e respondeu:

– A Promotoria propôs, sim, um acordo, Excelência. A srta. Walker o recusou. Em nossa opinião, temos evidências sólidas para levar esse caso a julgamento.

LEIS DA TENTAÇÃO

O juiz não falou nada. Olhou para Quaid, se levantou e disse:

– A sua cliente tem consciência do que irá acontecer se ela recusar o acordo e se arriscar a ficar diante do júri, sr. Jackson?

– Tem, sim, Excelência. A questão é que ela não sabia que Jared Dalton tinha planos de assaltar o bar naquela noite. Não sabia que ele estava armado e, quando o sr. Dalton lhe contou o plano, minha cliente tentou sair do carro, e todos sabemos o que aconteceu – Quaid me olhou e continuou.

– A srta. Walker estava no lugar errado, na hora errada, e está pagando um preço admiravelmente alto por ter se envolvido com o sujeito errado. Se eu for colocado diante do júri com ela, o senhor sabe tão bem quanto eu que os jurados verão uma jovem bonita que cometeu alguns erros, mas nenhum tão grave quanto ter permanecido em um relacionamento abusivo com um viciado. Esse vídeo é uma evidência esmagadora, assim como a testemunha que eu pretendo apresentar, a qual pode atestar que minha cliente apareceu para trabalhar com os olhos roxos e também atestar que todo mundo que via os dois juntos sabia que o tal Jared era encrenca na certa. Isso sem mencionar que a testemunha da Promotoria está sendo investigada por tráfico de drogas, além da acusação de assalto à mão armada, quando ele foi baleado, durante o cometimento do crime. Pelo jeito ele ficou bem tagarela enquanto esteve no hospital, se recuperando. Ofereceu aos policiais muita informação em troca de um acordo. Avett Walker é uma vítima, não uma criminosa.

Eu não era uma vítima. Era uma pessoa ávida por punição e tinha meus motivos para ser assim. Mas o juiz não sabia disso. Ele me olhou e engoliu em seco.

— Srta. Walker...

Tentei me levantar, trêmula, e Quaid segurou meu braço e me puxou para cima.

— Sim, Excelência.

— O que foi que aconteceu, exatamente, naquela noite?

Senti minhas pernas bambearem e meu coração bater forte em meus ouvidos.

— Eu... — comecei a gaguejar e precisei limpar a garganta. Cerrei os punhos e me obriguei a ser sincera. Todos os meus erros já estavam expostos mesmo, não tinha como melhorar nem piorar a situação falando a verdade. — Jared havia passado um tempo fora. Devia muito dinheiro para um traficante, por isso eu estava roubando do bar. Fui imbecil. Foi uma medida desesperada, mas fiz isso porque pensei que estava ajudando alguém que gostava de mim.

Minha voz falhou e me dei conta de que Quaid não havia soltado meu braço, porque ele o apertou de leve.

— Enquanto Jared esteve fora, uns caras apareceram, procurando por ele. Eles, hãn... — minha voz falhou de novo, e tive que fechar os olhos e me segurar para conseguir contar o resto.

— Eles arrombaram a porta do lugar onde a gente morava e bateram em mim — poderia ter sido muito pior. Mas, graças a Deus, a senhoria de Jared era uma velha intrometida que ouviu o barulho e apareceu bem na hora.

— Quando Jared voltou e me viu toda machucada, falou que ia dar um jeito naquela situação, que tinha um lugar seguro onde poderíamos ficar. Ele me fez entrar no carro, falou que tinha que parar rápido em um lugar antes e, quando percebi, estávamos no bar – senti uma pressão aguda no peito e levantei a mão para apertar o ponto onde meu coração batia dentro de mim como um tambor.

– Eu deveria ter adivinhado. Ele estava chapado, estava sempre chapado, estava bravo – tirei os dedos do peito e apertei o ponto da minha testa em que havia um galo há semanas.

– Falei para Jared parar. Falei que ia ligar para a polícia. Foi aí que ele me segurou pela nuca e bateu minha cabeça no painel do carro. Eu já estava machucada por causa da surra dos capangas que procuravam por ele, e Jared me acertou bem no meio dos olhos. Acho que apaguei por alguns instantes.

Engoli em seco e continuei:

– Eu queria ligar para a polícia – dei uma risada triste. – Queria muito ter ligado para meu pai – olhei para trás, para o homem que era meu porto seguro, e tive vontade de me encolher para não ver aquela expressão dura em seu rosto. Eu estava partindo seu coração mais uma vez.

– Só que não fiz nada. Fiquei ali sentada, com os ouvidos zunindo, me perguntando que diabos tinha feito para me encontrar em uma situação tão terrível. Eu não sabia que Jared estava armado. Nunca vi a arma e só fiquei sabendo dos seus planos quando chegamos ao bar. Eu devia ter feito alguma coisa, qualquer coisa, mas não fiz, assim como não o ajudei a planejar o assalto.

Houve um silêncio constrangedor depois que eu terminei de falar. O único som que eu conseguia ouvir era o da respiração ritmada de Quaid. Ele não deu nenhuma indicação de que eu tinha sido convincente ou não. Torci para que sim, uma vez que aquela era a verdade nua e crua, que revelava exatamente quanto eu era problemática e imperfeita.

O juiz soltou um suspiro, bem audível, e o som ecoou no recinto quase vazio.

– Acho que o senhor, sr. Townsend, sabe tão bem quanto eu que, se a defesa levar a srta. Walker diante do júri depois de ela testemunhar contra um viciado, que é um usuário de drogas comprovado, com evidência de agressão física, o seu caso vai pelo ralo.

– Excelência... – o promotor bufou, tentando fazer uma objeção, irritado, mas o juiz levantou a mão.

– Pode parar, sr. promotor. Não tenho o hábito de fazer a Corte perder tempo e não tenho o hábito de levar casos incipientes a julgamento. Concordo com o sr. Jackson de que a evidência em vídeo é esmagadora, assim como o histórico criminal de sua principal testemunha. A srta. Walker tem um histórico de infrações, mas nenhuma delas é prova de que ela é uma ameaça à sociedade, apenas de que se trata de uma mocinha que precisa crescer e tomar decisões melhores – ele me fulminou com o olhar e completou:

– A senhorita se considera uma pessoa de sorte, mocinha?

Pisquei rapidamente e sacudi a cabeça.

– Não, Excelência, não sempre.

– Bem, mude de atitude e encare isso como uma oportunidade de abrir os olhos. A senhorita tem muita sorte de o sr. Dalton não ter machucado ninguém, incluindo você mesma. E, se ele lhe arrastou para suas atividades com drogas, o que me parece ter acontecido, a senhorita tem muita sorte de estar aqui neste recinto – eu balancei a cabeça, toda sem jeito.

– Estou retirando a queixa contra a senhorita, mas faço isso com uma condição. Espero que fique à disposição tanto da polícia quanto da promotoria, no caso contra o sr. Dalton. Se eu tiver qualquer indício de que você não está cooperando, ficarei mais do que feliz de lhe condenar por obstrução da justiça. Fui claro?

Balancei a cabeça de novo e respondi:

– Sim, Excelência.

– Se eu fosse a senhorita, refletiria muito sobre as escolhas que lhe levaram a entrar naquele carro com o sr. Dalton e uma arma carregada naquela noite, srta. Walker. Da próxima vez, a senhorita pode não ter tanta sorte.

Suspirei fundo e me segurei para não desmaiar.

– As acusações contra Avett Walker foram retiradas. A corte está em recesso.

O juiz bateu o martelo, e todos ficamos de pé, enquanto ele ia embora, arrastando as pregas da toga.

"Retiradas." Sussurrei essa palavra como se fossem uma oração e me entreguei ao abraço que tomou conta do meu corpo. Meu rosto não encontrou um algodão macio e um peito largo como da última vez que venci uma batalha legal. Não, desta vez minha bochecha bateu em uma gravata de seda e um peito duro como uma pedra, que parecia esculpido em mármore. Por instinto, passei o braço na cintura magra de Quaid e respirei seu perfume marcante e caro. Eu jamais poderia dizer isso a meu pai, mas aquele foi o melhor abraço da minha vida, principalmente porque me deixou toda formigando. Me fez sentir a salvo, protegida, de um modo completamente diferente, um modo denso e inebriante, que inflamou meus sentidos já aguçados.

– É assim que se faz.

Quaid murmurou essas palavras, encostado na minha cabeça, e me soltou como se eu estivesse pegando fogo. O que eu estava, por dentro.

Meu pai limpou a garganta e fui abraçá-lo também. Seu abraço era conhecido, carinhoso, e eu abriria mão dele em um piscar de olhos para ir de encontro àquele formigamento que senti quando Quaid me abraçou. Pelo jeito, não ia me curar tão cedo do meu vício de correr atrás da minha própria ruína.

CAPÍTULO 6
Quaid

Quase a beijei. Ela ficou bem perto, quando encostou o rosto no meu peito e me abraçou. Tive vontade de beijar Avett, mas me controlei, o que não foi fácil. Em vez disso, lhe dei um abraço.

Nunca abraço meus clientes depois de uma vitória. Normalmente, dou só um aperto de mão muito profissional, seguido de uma piada sobre enviar o boleto com as custas processuais pelo correio. Mas não com aquela cliente. Aquela cliente eu queria abraçar e falar para ela começar a tomar decisões melhores, para nunca mais se encontrar em situação parecida. Eu tinha vontade de encostar minha boca na sua e descobrir se seu gosto era tão louco e rebelde quanto ela. Queria encontrar a inocência que, tinha certeza, estava escondida dentro daquela garota, debaixo de todos aqueles escombros que ela acumulava. Tinha certeza de que seria tão doce e suave quanto eu imaginava. E, como eu queria tudo isso, me afastei de Avett Walker como se sua pele estivesse cheia de espinhos e enfrentei o olhar sugestivo de seu pai com cautela.

Brite percebeu tudo. Não sei se o alívio estampado em seus olhos escuros era porque o juiz havia retirado as acusações ou por eu ter tirado imediatamente minhas mãos de sua filha. Para ser sincero, não sei dizer qual dos dois seria um motivo maior de alívio.

Apertei a mão daquele cara enorme e apenas balancei a cabeça quando ele me disse, com sua voz rouca:

– Obrigado.

– Só fiz o que fui pago para fazer.

Fiz questão de que meu tom de voz fosse neutro e sem emoção. Quem sabe se eu ficar repetindo que foi só um trabalho e que Avett é igual a qualquer outro cliente acabo acreditando. Preciso acreditar nisso, se não vou me meter em confusão.

Vi que Avett arregalou os olhos e fez aquele biquinho que eu conheço tão bem e tenho vontade de morder. Segurei o gemido e inclinei a cabeça para o outro lado do recinto, onde Townsend estava.

– Preciso falar com o promotor antes de ir embora. Se precisarem de qualquer coisa, entrem em contato com o escritório – não conseguia parar de olhar para aqueles olhos coloridos e agitados, que me lançavam um olhar feio. – Boa sorte com o resto do processo.

Avett abriu a boca e a fechou em seguida, sacudindo a cabeça. Espremeu bem os olhos e praticamente grunhiu:

– Valeu.

Brite deu o braço a ela, resmungou algo que não consegui ouvir e foi saindo do recinto. Tive vontade de dar um suspiro de alívio por aquela minúscula força da natureza não ser mais problema meu, não ser mais uma tentação que eu não queria nem entendia, mas me senti vazio por dentro, e minha cabeça começou a latejar, como se eu tivesse bebido demais.

Townsend se aproximou de mim e colocou sua pasta gasta na

mesa, ao lado da minha, que é muito superior. Levantou a sobrancelha e perguntou, com um tom debochado:

– Então você acha que, se eu gastar uns dois mil em um terno, Willis irá decidir a meu favor com mais frequência?

Normalmente eu daria um sorrisinho malicioso e faria algum comentário irônico, do tipo "o hábito faz o monge", mas meu senso de humor e meu costumeiro orgulho ao ganhar um processo haviam me abandonado. Revirei os olhos e não me dei o trabalho de disfarçar a irritação com a alfinetada mesquinha do homem.

– Seu caso era uma bosta, e Willis se deu conta disso. Mesmo que ele não tivesse percebido, você não ia conseguir condená-la com aquela evidência em vídeo e o histórico criminal de sua única testemunha. Nem Tom Ford nem Ralph Lauren iam conseguir livrar sua argumentação da merda. Não seja tão cuzão, Townsend.

Eu nunca tinha falado de modo tão direto nem permitido que meus verdadeiros sentimentos a respeito de um processo ou de um promotor transparecessem dessa maneira. Conviver com Avett, com sua total falta de artifícios ou pretensão, não era nada bom para os negócios. Eu deveria ser inatingível, não me emocionar com nada que acontece no Tribunal. É assim que defendo os monstros e criminosos que formam minha pasta de clientes. Não preciso que o promotor veja algum sinal de rachadura em minha armadura impecável.

Townsend pegou sua pasta e me lançou um sorrisinho malicioso.

– Aquele abraço após a sentença foi um belo toque, Jackson. Você também oferece isso a todos os assassinos e estupradores que defende?

Esse foi um tiro de misericórdia. Qualquer advogado sabe como dar um, o que me deixou ainda mais feliz por esse processo ter acabado com vitória. Não preciso mais passar por outra audiência preliminar, por mais uma audiência e, provavelmente, por semanas de julgamento ignorando minha reação inesperada e inapropriada a Avett. Ela não está em meus planos e não é alguém para quem eu possa fingir. Ela enxergaria através de toda essa cortina de fumaça o que é a minha vida e, se o truque for descoberto, se tirarem o véu, não sei o que ou quem estará por trás dele. Tenho medo de descobrir.

Peguei minha pasta e saí do prédio. Estava checando minha agenda no celular quando percebi que Orsen havia me mandado outra mensagem sobre a festa de Natal do escritório. Soltei um gemido. Ainda faltava meses para esse negócio, e ele não saía do meu pé. Quanto mais ele me enchia, menos eu tinha vontade de ir e não havia me esforçado nem um pouco para encontrar uma bonitinha descartável para ir comigo. Estava distraído com o trabalho, particularmente com o trabalho relacionado a uma encrenqueira baixinha de cabelo rosa que eu não conseguia tirar da cabeça. A mesma encrenqueira baixinha de cabelo rosa que estava encostada na mureta de cimento da entrada do Tribunal, com os braços cruzados e os olhos fixos na porta, obviamente me esperando. Ela inclusive batia a ponta fina da bota na calçada, em um ritmo agitado.

Bati na tela para desligar o celular, enfiei o aparelho no bolso, e ela se afastou da mureta enquanto eu me aproximava. Seus olhos multicoloridos estavam caóticos de tanta emoção, e os saltos de suas botas faziam barulho ao bater na calçada, enquanto Avett continuava

LEIS DA TENTAÇÃO

a caminhar, até que as pontas de nossos sapatos se encostaram. Apertei a alça de minha pasta com tanta força que doeu, e ela levantou a cabeça para me olhar de frente. A garota mal chegava em meus ombros, mas parecia muito maior, muito mais poderosa do que seu corpo miúdo indicava. A força de sua personalidade e sua raiva aparente pulsavam à nossa volta. Ficamos frente a frente, presos em uma batalha silenciosa que me pareceu mais intensa e até mais importante do que a que havíamos acabado de travar no Tribunal.

– Você estava esperando por mim por algum motivo específico, srta. Walker?

Os pontos dourados em seus olhos castanhos pegaram fogo quando me dirigi a ela de maneira formal. Eu precisava manter essa distância mental, porque não conseguia fazer meu corpo se mexer para estabelecer uma distância espacial entre nós. Na verdade, eu queria chegar mais perto.

Ela descruzou os braços e pôs as mãos nos quadris. Realmente tentei ao máximo ignorar o modo como a nova pose apertava seus seios fartos contra o tecido rendado do vestido. E fracassei completamente.

– É isso? – ela perguntou, com um tom sarcástico e afiado.

Espremi os olhos, fiquei pulando de um pé para o outro, porque sua proximidade e a descarga de sua provocação e da minha defesa faziam meu sangue ferver – e meu pau também. Sou advogado por um motivo. Nunca me deparei com uma discussão de que não gostasse ou a qual não me sentisse compelido a ganhar. O modo como Avett sempre parecia me desafiar era ainda mais excitante do que seu corpinho cheio de curvas.

– Cadê seu pai?

Desviei de seu olhar penetrante e procurei o motociclista grandão. Não precisava ter que explicar o olho roxo ou um braço quebrado para Orsen, além de precisar contar os motivos pelos quais eu, de repente, não tinha nenhum interesse em procurar um belo rabo de saia para passar o tempo.

– Está esperando no carro. Falei que tinha de fazer algumas perguntas sobre o que vai acontecer daqui para a frente.

– E tem?

– Tenho o quê?

Avett estava ficando cada vez mais irritada, e me deu vontade de gemer, porque isso a deixava corada e com a respiração ofegante. Aposto que ela fica igualzinha quando está prestes a gozar.

Que merda. Não era essa a direção que meus pensamentos deviam tomar, mas agora que estavam ali, eu não tinha a menor chance de fazê-los voltar para uma zona mais segura.

– Você tem perguntas a respeito do que vai acontecer daqui para a frente?

Minha voz não parecia minha e, com certeza, não tive como disfarçar a direção safada que meus pensamentos tomaram, o que se estampou em meus olhos enquanto eu a observava com atenção.

Devagar, Avett sacudiu a cabeça e soltou o coque preso na nuca. Mechas de cabelo cor-de-rosa flutuaram em volta de seu rosto, caíram em seus ombros, e meus dedos coçaram de vontade de tirá-los dali.

– Sei o que vai acontecer daqui para a frente, Quaid... E você?

Ela falou mais baixo, com um sussurro rouco que me acertou

direto no pau. Meu corpo inteiro ficou tenso, e eu quase, quase mesmo, me abaixei para encontrá-la, porque Avett havia ficado na ponta dos pés. Tinha vontade de beijá-la. Tinha vontade de que ela me beijasse. Mas, atrás dela, vindo na minha direção, se aproximando de mim, vislumbrei um rosto conhecido. Aquela pequena bolha inebriante de sedução e de perigo entorpecente que Avett criou a minha volta estourou, me fazendo cair com força na realidade.

Virei a cabeça quando seus lábios roçaram em meu rosto. E, por mais que tenha sido o mais inocente dos beijos, a sensação foi erótica, de algo proibido e mais ilícito do que todas as relações sexuais que já tive. Esse engano de mulher poderia me demolir, me acabar, me aniquilar. E, se eu permitir que ela faça isso, tenho certeza de que será a melhor sensação que tive em muito tempo.

– Sei que você pensa saber o que vai acontecer daqui para a frente, Avett, mas você não sabe. O que acontece daqui para a frente é você parar de perder tempo com homens que não lhe fazem bem, homens que não têm nada para te oferecer e que vão acabar te machucando. Você precisa começar a tomar decisões mais inteligentes e a fazer jus ao seu potencial.

Ela abaixou os pés, se afastando como se eu tivesse lhe dado um tapa na cara. Seu belo tom corado se transformou em um vermelho furioso, e ela finalmente deu um passo para trás, mas apenas para se inclinar para a frente e enfiar o dedo no meio da minha gravata. Aquele rosto conhecido estava chegando cada vez mais perto. Sabia que tudo o que falássemos a partir daquele momento seria ouvido, então precisava me controlar e vestir minha armadura de novo, peça por peça. Nem tinha percebido que Avett conseguira arrancá-la de mim. Era por isso que nada aconteceria daqui para a frente. Eu iria me afastar daquela mulher antes de ficar ainda mais exposto e desmascarado sob seu olhar tão perceptivo.

— Você é um cuzão, Quaid, e sabe muito bem disso. Um verdadeiro bosta e um grande de um pau no cu — seus olhos brilhavam, e sua voz foi ficando mais alta.

— Eu estou fazendo uma escolha mais inteligente, pelo menos achei que estivesse, mas não sabia que você era covarde.

Sacudi a cabeça. Se tinha uma coisa que eu era, era covarde, mas não queria que ela descobrisse isso.

— Pode parar, Avett. Isso é desnecessário e inapropriado.

Ela riu, mas não foi uma risada feliz.

— Não, Quaid, *você* é desnecessário e inapropriado.

Suspirei irritado. Tinha muita gente olhando, por causa daquela cena. Não precisava chamar esse tipo de atenção. Não precisava que detalhes desse pequeno interlúdio chegassem aos ouvidos do escritório. Soltei os braços, exasperado, ao lado do corpo.

— Não sei o que você achou que estava acontecendo, mas foi só um trabalho. Você é minha cliente, como qualquer outro cliente que defendo, Avett. Nada mais, nada menos.

Avett riu outra vez e começou a se afastar de mim, como se eu tivesse algo contagioso e ela corresse o risco de pegar.

— Acho que, quando alguém é pago para mentir, quando ganha a vida enganando juízes e jurados, acaba ficando muito bom em acreditar nas próprias mentiras. Obrigada pela sua dedicação, doutor. Vou pensar em você sempre que estiver fazendo jus ao meu potencial.

LEIS DA TENTAÇÃO

Ela estava falando de fazer sexo com outra pessoa. Ela estava falando de gozar com outro sujeito, que não fosse eu. Ela estava falando de outra pessoa tomar conta de toda aquela loucura e doçura e se perder dentro dela. O jeito como ela falou foi sujo e cruel. Foi como deveria ser, o que não significa que não doeu quando ela girou nos calcanhares e foi embora, bem na hora em que Sayer Cole e um homem que dá de dez a zero em Brite no quesito tamanho se aproximaram, e eu fiquei grudado no chão.

Quando os dois pararam ao meu lado, me virei e percebi que o braço daquele homem grandão e barbado estava em volta da cinturinha de Sayer. Não era um toque informal, nem de longe, o que me deixou surpreso. Sayer é tão certinha, tão formal e tímida quando está comigo. Tive certeza de que o fato de aquele homem estar com a mão nela significava algo sério, algo mais do que um toque educado entre advogada e cliente.

Sorri para ela, e o homem me olhou feio, como se quisesse arrancar minha cabeça. Achei engraçado, e precisava desanuviar a tensão que meu confronto com Avett havia causado.

Sayer fez uma piada gentil sobre minhas habilidades com as mulheres não funcionarem com Avett, e falei, com toda a honestidade:

– É, essa moça representa um grande desafio como cliente, sem dúvida. Precisa aprender a me dar ouvidos ou vai acabar na cadeia – passei os olhos pelo homem e tentei entender como um sujeito que parecia ter acabado de fugir da natureza selvagem do Alasca podia ter conquistado Sayer, derrubado todas as suas reservas, quando eu sequer consegui chegar perto. Queria sentir inveja, mas ainda estava tão dividido entre ter uma atitude correta e o que eu realmente queria fazer com Avett que disparei:

— Ela é um pé no saco, uma pirralha mimada, mas não acho que mereça ficar muito tempo na prisão. Me esforcei muito para que retirassem as acusações contra ela.

O lenhador fez careta e rosnou em um tom que, aposto, faz outros homens saírem correndo:

— Avett é uma boa menina. Só se meteu com uma turma de merda. Com certeza não merece acabar na cadeia por causa do que aconteceu no bar. Ela tem uma boa família, que vai cuidar dela. O que é óbvio, uma vez que estão pagando seu preço.

Fui para trás, surpreso por ele conhecer Avett e dar essa explicação. Também fiquei surpreso ao descobrir que ele conhecia Brite, assim como Asa. Apesar de ser uma metrópole, às vezes Denver parece mesmo uma cidadezinha do interior, onde todo mundo conhece todo mundo.

Sayer limpou a garganta e me apresentou a seu cliente, que estendeu a mão, e não fiquei nada surpreso quando ele apertou a minha de um jeito firme, sem rodeios. Ele queria me machucar, queria mostrar que era dono daquela loira deslumbrante que estava entre nós, e tudo isso transpareceu em seu aperto de mão.

Fiz um comentário completamente desnecessário sobre ele andar com gente que tinha tendência a precisar de conselhos legais. Tanto ele quanto Sayer me cortaram, com razão. Não sabia por que eu estava sendo tão antipático, talvez para me distrair do fora que eu havia levado daquela garota que não saía da minha cabeça. Talvez estivesse procurando briga, procurando alguma coisa para tirar da cabeça aquela pontada de arrependimento e decepção que me comia por dentro enquanto observava Avett ir embora.

Mesmo sabendo que ela ia dizer "não", mesmo sabendo que ia deixar aquele monstro gigante e barbudo puto, o qual havia deixado muito claro que Sayer era dele, ainda assim soltei:

– Tenho um jantar com os sócios daqui a alguns meses. Ia te ligar para ver se você quer ir comigo. Mas, já que nós dois estamos aqui, acho que não há mal nenhum em fazer o convite pessoalmente. Adoraria que você fosse minha acompanhante, Sayer.

O que era mentira. Jamais ligaria para ela, mesmo sendo a mulher ideal para levar ao jantar. Sayer é bonita, mas é muito mais do que isso. Orsen ia parar de pegar no meu pé, ia parar de insistir para eu arrumar uma foda amiga se eu levasse uma mulher que desse a impressão de preencher a cratera que Lottie havia deixado em minha vida e em minha autoconfiança. Meu chefe queria o velho Quaid de volta. O problema é que o velho Quaid era de faz de conta, e o novo Quaid estava com dificuldade de manter os cacos daquele homem de mentira no seu devido lugar.

O barbudo soltou um grunhido e, imediatamente, me senti mal por ter colocado Sayer naquela situação. Eu estava sendo cuzão, e aquilo não tinha nada a ver com ela. Não pude condenar o tom gelado da advogada ao recusar meu convite e me pôr no meu devido lugar sem a menor cerimônia.

– Não. Obrigada pelo convite, mas já te disse que não estou interessada em ter esse tipo de relacionamento com você. Desculpe, Quaid.

Tentei fazer uma expressão simpática e consertar as coisas.

Vivo encontrando Sayer, dentro e fora do Tribunal, e não quero destruir nossa amizade porque não consigo controlar as palavras que saem de minha boca. Avett rachou a armadura que eu usava, e agora a proteção que eu estava acostumado a ter havia se enfraquecido. Mais uma razão para eu ficar bem longe dessa garota.

– Sou advogado. Meu trabalho consiste em persuadir as pessoas a verem as coisas do meu modo. A gente se vê por aí. Boa sorte.

Ela resmungou alguma coisa e foi embora correndo, com o lenhador logo atrás. Não pude deixar de perceber o olhar mortífero que ele me lançou antes de as portas do Tribunal se fecharem.

E, como se eu não tivesse sido cuzão o suficiente ao constranger uma mulher decente, que eu considerava minha amiga, e puxado uma briga inútil com um sujeito que parecia ser capaz de amassar minha picape com a mão nas costas, decidi me jogar de cabeça na temeridade e remexi no celular até encontrar o *e-mail* com as informações pessoais de Avett.

Enquanto voltava para meu carro, digitei uma mensagem rápida e tentei me convencer de que faria a mesma coisa por qualquer cliente. O que era mentira. Eu nunca mandava mensagens para os clientes, e era muito raro eu deixar passar o número do meu celular pessoal. Avett tem toda razão. Sou muito bom mesmo em acreditar nas minhas próprias mentiras. Tenho feito isso desde que deixei as montanhas para trás, e aquele moleque que vinha do nada, não tinha nada, não era nada. Só que acreditar nisso me parece impossível agora que essa garota surgiu em minha vida com uma fogueira de péssimas escolhas, de acusações de infração pendentes. Ela não se deixa enganar por nenhuma das falsidades com as quais montei minha vida, pedacinho por pedacinho. Sua honestidade e sua responsabilidade são contagiosas, e me sinto contaminado.

> Avett, se você precisar de mim ao receber a intimação para testemunhar contra seu ex, é só chamar. Estou aqui para ajudar e sei que você fica nervosa por precisar encará-lo. Ofereço isso como amigo, não como advogado.

Nada.
Não recebi nenhuma resposta e tive vontade de atirar o telefone pela janela enquanto saía do centro e ia até o escritório. Quis ligar para Avett e dizer para ela deixar de ser cabeça-dura, para aceitar a ajuda oferecida, para ignorar o fato de eu ter me afastado e lhe dado o fora. Tive vontade de exigir que ela tentasse me beijar de novo. Eu deixaria. Eu também a beijaria, e não sei se pararia por aí. Tive vontade de tocar sua loucura, de me perder nela. Tive vontade de provar sua doçura, de saboreá-la.

Estava passando pelas portas do prédio, me preparando mentalmente para a próxima reunião, quando meu celular enfim apitou, com uma mensagem. Literalmente segurei a respiração enquanto virava o aparelho para ler a resposta. Não fiquei nem um pouco surpreso.

> Já te disse: não quero sua ajuda.

Soltei um suspiro e revidei:

Bom, estou disposto a ajudar, mesmo assim.

Fui de ter a absoluta certeza de que não tinha nada a oferecer pra ninguém a sentir uma necessidade imperiosa de dar tudo o que tenho para essa garota que me confunde.

Não quero nada de você, Águia da Lei. Você já fez seu trabalho, e não sou mais sua cliente. E, definitivamente, não somos amigos.

Esbocei um sorriso ao ver o apelido bobo pelo qual ela me chamou.

Minha assistente falou alguma coisa que ignorei por completo e fui direto para a minha sala. Joguei a pasta em cima da mesa e xinguei o *laptop*, que caiu da bolsa outra vez, batendo forte na mesa. Só se eu tiver muita sorte, essa porcaria ainda vai ligar, uma vez que não comprei outro depois de ele cair pela primeira vez.

A certa altura, entre encontrar Avett Walker e aceitar que estou desesperado para beijá-la e que preciso participar de sua tempestade, a necessidade de perfeição e a vontade de manter as aparências se transformaram em um pensamento secundário, tornando-se nada além de uma coceira irritante.

Tenho plena consciência de que você não é mais minha cliente, Avett. É por isso que você tem o número do meu celular pessoal. Não o passo a meus clientes. Pode ligar se precisar.

LEIS DA TENTAÇÃO

Ela não respondeu, mas nem esperava que respondesse.

Não quero ser seu amigo nem seu advogado... quero ser outra coisa, completamente diferente. Também quero ser outra pessoa, bem diferente, e isso me assusta mais do que eu ter vontade de tirar a roupa de Avett e querer, com todas as minhas forças, que aquela mulher fique embaixo de mim.

CAPÍTULO 7
Avett

Abri as cortinas da janela do meu quarto e olhei para a escuridão na frente da casa do meu pai. Um único carro preto estava estacionado do outro lado da rua, o que normalmente não me incomodaria. Mas aquele carro só havia parado ali depois de meu pai sair, falando que ia buscar minha mãe no bar e levá-la para casa. Isso significava que passaria a noite com ela, algo que fazia quase todas as noites em que Darcy fazia o último turno no bar que costumava ser de nossa família.

Fiquei sozinha naquela casa grande e não teria sequer notado o carro preto se o vizinho tatuado e a pilantra da sua namorada não tivessem começado a gritar, em uma discussão mais alta do que qualquer coisa que eu poderia assistir na TV. Para ser justa, era a namorada pernuda e bocuda dele que estava gritando, falando que o casamento seria dali a alguns meses e que ele não a estava ajudando a decidir quem sentava com quem. Aquilo me pareceu uma conversa que deveria ser calma e particular, dentro daquela casa lindinha do outro lado da rua. Mas, pelo jeito, a namorada queria plateia. Aquele rapaz, que era maravilhoso, de cabelo avermelhado, balançava muito a cabeça, pedia muitas desculpas e tentava acalmá-la o tempo todo. Mas tudo isso deixava a mulher ainda mais louca e barulhenta. Fiquei assistindo à tragédia por uma fresta na porta, e só notei o carro, com dois homens sentados dentro, depois que a namorada gritalhona saiu, bufando e cantando pneu. Não acreditei que o garoto de cabelo ruivo deu as chaves do Cadillac para ela após ouvir tanta merda, mas deu, sacudiu a cabeça ruiva e voltou de fininho para dentro de casa. Tive vontade de ir lá e dizer para ele sair correndo. Ele era muito bonitinho, e nenhuma xoxota vale a dor de cabeça que aquela mina seria a longo prazo. Mas me distraí com os homens, que estavam claramente olhando para a minha casa.

    Bati a porta, passei a tranca e coloquei a correntinha de segurança no lugar. Tentei me convencer de que estava sendo paranoica, de que talvez eles estivessem esperando algum outro vizinho chegar em casa ou algo assim. Mas já passava das dez da noite, e todos os motivos que consegui inventar para aqueles dois sujeitos estarem sentados ali, na frente da minha casa, no escuro, pareciam sem fundamento. Corri por todos os cômodos acendendo as luzes, até a casa ficar quase brilhando. Deixei a luz do meu quarto apagada e fui, na ponta dos pés, até a janela. Espremi os olhos, tentando enxergar no escuro o rosto de quem estava no carro. Mas só consegui ver a ponta vermelha e brilhante de um cigarro aceso, o qual brilhava na escuridão do interior do veículo.

    Tirei o celular do carregador, do lado da minha cama, e selecionei o número do meu pai. Estava pronta para apertar o botão de ligar quando me dei conta de que ele viria correndo, mesmo que houvesse alguma explicação bastante razoável para o carro estar ali. Eu estragaria sua noite com minha mãe, que ainda não havia me perdoado pelo meu rosário de péssimas escolhas, e os dois ficariam decepcionados por eu ter interrompido o pouco tempo que eles têm para ficar juntos. Minha mãe teria mais um motivo para sacudir a cabeça e me dar aquele olhar de julgamento silencioso e recriminação que, na minha cabeça, ela está sempre me dando. Preciso consertar as coisas com a mulher que me criou e preciso deixar meu pai passar o tempo que quiser com ela. Essa era a coisa certa a fazer. Eu daria um jeito de lidar com a situação sozinha.

Mordi o lábio e fiquei batendo o celular na perna. Parecia que horas haviam se passado, mas foram só alguns minutos. E o carro e os homens dentro dele ainda não tinham saído do lugar. Pensei em ligar para Asa. Que também viria correndo quando eu dissesse que estava morreno de medo. O conquistador loiro sulista tem a estranha capacidade de aparecer nas piores situações e, apesar de ele não ser muito fã da minha pessoa, parece determinado a me tirar do sufoco, já que tenho essa tendência a entrar nele. Acho que o faço se lembrar de algumas de suas próprias péssimas escolhas, de quando ele era mais novo. Ele pôs na cabeça que pode me ajudar a ser uma pessoa melhor se eu aprender com seus erros. O único problema é que, se eu ligar para Asa, ele vai ligar para meu pai. Assim que eu desligar o telefone, ele vai ligar para Brite, e aí os dois apareceriam aqui por causa de algo que pode não ser nada, e eu me sentiria uma imbecil por fazer todo mundo perder tempo.

Normalmente, nesse tipo de situação, eu não faria nada. Mas nada é o que sempre acaba sendo a pior das opções. Então cheguei a pensar em ir lá fora e bater na janela do carro ou bancar a esperta e ligar para a polícia. Acabei decidindo pelo meio-termo, pelo que estava entre ser completamente impulsiva e ridiculamente lógica, e apertei o botão de ligar que apareceu na tela ao lado do nome de Quaid.

Continuei com os olhos grudados no carro e segurei a respiração enquanto chamava e chamava. Tinha sérias dúvidas sobre se ele atenderia, considerando o modo como nos despedimos e a hora. Mas ele disse que queria ser, tipo, meu amigo e eu realmente estava precisando de um. Além disso, ele havia se provado incrível e confiável ao oferecer ajuda. Mesmo quanddo eu estava convencida de que não queria.

Eu já estava prestes a desligar e a tomar a atitude mais besta, de ir lá fora e investigar a situação eu mesma, quando ouvi sua voz rouca e sonolenta do outro lado da linha.

— Avett? O que está acontecendo? Você se meteu em confusão?

Ouvi o farfalhar dos lençóis e o barulho de algo sendo derrubado. Esses ruídos fizeram brotar imagens dele encolhido na cama, imagens que deixaram minha boca seca e minhas mãos molhadas, mas suas palavras me fizeram endireitar as costas e espremer os olhos.

— Sempre estou metida em alguma confusão.

E, considerando que estava imaginando o sujeito pelado, o que dava certo trabalho, já que eu não fazia ideia de como ele era por baixo daquele terno, nunca uma encrenca me pareceu tão atraente.

— Em que tipo de confusão você se meteu?

Ele estava se movimentando, e parecia estar se vestindo. Será que ele dormia pelado e estava colocando um de seus ternos extremamente bem passados?

– Ãhn... Não sei direito. Estou sozinha em casa, e tem um carro parado do outro lado da rua, com dois homens. Eles não saíram do lugar na última meia hora. Devo estar sendo paranoica, mas isso está me assustando. Não sei direito o que fazer.

– Cadê seu pai?

Ele praticamente rosnou, e pude jurar que ouvi um barulho de chaves.

– Está com minha mãe. Só passa a noite com ela algumas vezes por semana. Não quis interrompê-los, porque pode não ser nada. Estou tentando ser responsável. Você acha que eu devia chamar a polícia?

Dei uma nova espiada pela cortina e fiquei sem ar ao ver o brilho da luz da frente de casa refletida em algo de vidro. Alguém dentro do carro estava observando a casa de binóculo. Não tinha como negar que estavam ali para observar a casa e a mim.

– Me dá vinte minutos. Vou ligar para a polícia quando chegar aí, se for necessário. Eles atenderão meu chamado mais rápido do que o seu. Fique dentro de casa. Fique longe das janelas e das portas. Te mando uma mensagem quando chegar.

Ouvi uma porta batendo e o som do sujeito se mexendo, mas meu cérebro ficou parado no "me dá vinte minutos". Quaid estava vindo. Ele não me achava paranoica, com uma reação irracional. E, ainda que fosse, viria mesmo assim e não me fez me sentir imbecil por ter ligado. Aquele homem era o melhor quase amigo que eu tinha, há muito tempo.

– Ãhn, ok... Mas pode não ser nada mesmo.

Nada, a não ser por dois homens estranhos de binóculo estacionados na frente da minha casa, me observando.

– Avett... – ele disse meu nome de um jeito que me fez tremer. – Você é a principal testemunha de um processo importante relacionado ao tráfico de drogas. É muito pouco provável que dois homens parados na frente da sua casa, no meio da noite, não seja nada. Não faça nenhuma loucura. Espere eu chegar aí.

– Aposentei toda a minha loucura, Quaid. Uma estadia na cadeia faz isso com a gente. "Razoável" e "sensível" são meus novos apelidos.

Eu tentava tornar a situação mais leve, mas estava toda arrepiada, de tão incomodada.

Não havia pensado que os homens dentro do carro poderiam estar ligados a Jared e a coisas ilegais em que ele estava metido. Da última vez em que encontrei seus sócios, apanhei e quase fui estuprada. Sei o que os homens com quem ele fazia negócios eram capazes de fazer. Não me importo nem um pouco se passar o resto da vida sem me expor às suas habilidades. De uma hora para outra, minha primeira ideia, de sair de casa e confrontar aqueles homens sozinha, me pareceu muito mais do que apenas tola e precipitada. Me pareceu perigosa e mortal. Era um milagre do caramba o fato de eu, com minha necessidade nata de fazer merda e sempre optar pelo pior, ter conseguido abrir mão dessa opção e entrar de cabeça naquela que envolvia o advogado gato vir me salvar... de novo.

Quaid grunhiu para mim outra vez. Ouvi um som de motor, que ronronou, poderoso, e roncou de um sujeito sensual no meu ouvido.

– Só continue sendo razoável e sensível até eu chegar aí. A loucura não precisa de aposentadoria permanente. Precisa, contudo, aprender a hora e o lugar certos para aparecer. Já chego aí.

Perguntei se ele precisava do meu endereço, e ele respondeu que já tinha, por causa da papelada.

Então desligou, sem dizer "tchau", e enfiei o celular no bolso da frente do macacão largo que estava usando. Voltei a espiar pela cortina. Dessa vez, tive certeza de que o binóculo estava apontado bem para a janela de onde eu estava olhando. Soltei o tecido pesado e pus a mão no meu coração acelerado. Tive um péssimo pressentimento a respeito daquilo tudo.

Eu deveria ligar para meu pai e contar o que estava acontecendo. Deveria contar que estava com medo e dizer que queria tomar decisões melhores agora, para que ele não precisasse mais me salvar de mim mesma. Queria ser minha própria heroína pela primeira vez na vida. Não queria ser a garota que tem certeza de que merece o pior e por isso nunca tenta mostrar para o mundo ou para as pessoas que ama o que tem de melhor.

Acho que segurei a respiração por vinte minutos, enquanto andava para lá e pra cá na frente da cama. Não soltei o ar até ouvir aquele mesmo ronronar sensual do meu telefonema com Quaid do lado de fora de minha janela. Me esgueirei pela parede e puxei a cortina com cuidado, bem de leve, para ver o que estava acontecendo. Estava ignorando solenemente a ordem que Quaid havia me dado, mas já tinha sido inteligente o bastante por um dia e esgotado minhas reservas.

Uma moto vermelha, supercara, que era o extremo oposto da Harley gigante, preta e cromada de meu pai, parou na frente de casa. Fiquei observando, em estado de choque, o homem sentado naquele minifoguete passar a perna por cima da máquina invocada e sensual e olhar direto para o ponto em que eu estava parada. Vi a cabeça de capacete sacudir. Então o protetor preto e vermelho foi retirado, e o cabelo loiro e bagunçado de Quaid Jackson foi revelado, brilhando à luz da Lua.

Ele pôs o capacete debaixo do braço e começou a atravessar a rua, na direção do carro preto, que ainda estava estacionado. Fiquei hipnotizada por seu jeito de andar, confiante, com um objetivo claro. Também fiquei enfeitiçada por ele estar usando uma calça *jeans* escura, o que fazia maravilhas por sua bunda. E sua jaqueta de couro também lhe caía bem e parecia tão cara e de grife quanto os ternos chiques que ele usava no Tribunal. Aquele homem já parecia um deus de terno. De calça *jeans* e jaqueta de couro preta e vermelha combinando com a moto, parecia muito mais acessível, muito mais alcançável... para alguém como eu. Ainda era muita areia para o meu caminhãozinho, mas parecia bem menos rígido e formal naquela roupa.

A moto também combinava total com ele. Não era nada parecida com as máquinas norte-americanas bestiais e invocadas com as quais cresci. A moto italiana foi feita para ser veloz e continuar bonita enquanto passa voando pelas esquinas e queimando o asfalto. Era elegante e distinta. Ronronava, não urrava, e fiquei imaginando se o sujeito que dirigia fazia a mesma coisa. Nunca pensei que Quaid fosse do tipo que anda de moto. Ele me parece muito travado e sério para curtir o vento batendo no cabelo e a emoção da liberdade. A maioria das pessoas considera as motos comuns cem vezes mais perigosas do que as grandes motos que meu pai e seus amigos têm, feitas para andar na estrada. Quaid Jackson não me parece do tipo que gosta de se arriscar. Pelo menos, não até aparecer na minha casa, no meio da noite, montado naquele monstro glorioso.

Ele já estava no meio da rua, com os olhos fixos no carro, quando o motorista deu a partida e foi embora. Quaid precisou pular para trás para não ser atropelado e ficou observando até o veículo sumir da rua, sem ligar o faróis. Ficou olhando para a escuridão por um bom tempo, depois virou sua cabeça na minha direção. Acenei de leve, e ele fez careta. Parecia um pássaro predador furioso atrás de sua próxima refeição. O que fez meu corpo todo pulsar e meu coração bater descompassado.

Quaid girou nos calcanhares e foi até a frente da casa. Soltei as cortinas e desci as escadas correndo. Abri a porta bem na hora que suas botas pesadas encostaram no último degrau.

Eu estava nervosa e afobada e não me dei o trabalho de esconder a reação que ele causou em mim. Quaid me olhou de cima a baixo, e, por um segundo, me arrependi de estar com o cabelo preso em um coque bagunçado e com um macacão que não só era dois tamanhos maiores do que eu como também era do tempo do colégio. Era uma roupa confortável e fofa, mas já teve dias melhores. Mesmo Quaid estando de *jeans* e camiseta preta justa, ainda me senti mal vestida e sem classe.

– Obrigada por ter vindo. Não sabia mesmo o que fazer nem se devia dar atenção a isso.

Fui para o lado, para ele poder entrar, e fiquei observando ele medir o interior aconchegante da casa. Quaid foi até o sofá velho e jogou nele o capacete brilhante, que ainda estava debaixo do seu braço.

– Levando em consideração que os caras fugiram e quase me

LEIS DA TENTAÇÃO

atropelaram assim que me aproximei o bastante para ver o rosto deles e ler a placa do carro, diria que você deveria prestar muita atenção a isso.

Então ficou de frente para mim, e perdi a habilidade de respirar ao ver seu olhar de predador. Ele não parecia uma águia da lei. Parecia uma águia normal, pronta para atacar e devorar. Ele era uma coisa dourada e gloriosa, sua raiva e sua preocupação, visíveis, o tornavam mil vezes mais gato do que já era. E o fato de a raiva ser por minha causa e de ele estar preocupado com o meu bem-estar me fez formigar em pontos do meu corpo que eu nem sabia que formigavam. Sério, os caras pelos quais eu me atraía antes de Quaid Jackson não eram do tipo que dão formigamento. Mas tudo em Quaid me fazia sentir coisas que nunca havia sentido. Era alarmante e excitante, tudo ao mesmo tempo.

Sua voz grave me distraiu da reação calorosa do meu corpo à sua proximidade.

– Eu teria anotado a placa, mas o carro estava sem. O que significa que, seja lá quem for, não quer ser localizado. Duvido que seja mera coincidência. Vou ligar para o investigador encarregado do caso do seu namorado e ver se ele consegue arrumar uma viatura que passe por aqui periodicamente.

Balancei a cabeça, sem perceber, e entrelacei as mãos na frente do corpo, nervosa.

– Ex-namorado – disparei, de forma automática, e vi que ele espremeu a boca.

– Conte para seu pai o que está acontecendo, Avett. Não gosto nem um pouco disso. Tem alguma coisa errada. Ainda mais que você está envolvida no processo... – Quaid sacudiu a cabeça, e algumas mechas de seu cabelo loiro caíram em seus olhos. Tive tanta vontade de esticar a mão e tirá-las de sua testa que meus dedos coçaram.

– Muita coisa pode dar errado para você.

Balancei a cabeça outra vez e pus as mãos nos bolsos de trás para não encostar naquela mecha rebelde e passar vergonha.

– Vou contar. A situação dele com a minha mãe... – dei de ombros e completei:

– É complicada, e não gosto de interferir quando os dois estão juntos.

Quaid fez uma careta, e percebi que seus olhos claros estavam fixos nos meus peitos, que haviam ficado empinados por causa da minha posição. Por baixo do macacão, só estava usando uma regatinha cortada que batia bem no meu umbigo. Na verdade, se eu virasse de lado, daria para ver muito bem a calcinha *pink* que pus após tomar banho, ainda de manhã. Era uma roupa incrível para ficar vendo Netflix e comendo pizza sozinha em casa, mas nem tanto para tentar conversar como adulta com um homem que tanto me excitava quanto me irritava.

– Eles são seus pais. Tenho certeza de que sua mãe entende que seu pai precisa estar aqui se estiver acontecendo algo suspeito.

Ah, ela vai entender, por certo. Ela vai entender que meu pai a abandonou para me salvar, mais uma vez, porque eu nunca consigo fazer isso sozinha, o que nos distanciaria ainda mais.

Limpei a garganta, nervosa, e respondi:

– Ela entenderia, mas eu e minha mãe não temos a melhor

das relações, já faz tempo. Não preciso lhe dar mais motivos para me odiar.

Quaid piscou para mim e levantou as mãos para colocar aquela mecha rebelde – que me deixou obcecada – de volta no lugar. Ao levantar o braço, sua camiseta também se levantou, e me deliciei com a imagem de seu abdômen musculoso e do "V" profundo entre seus quadris. Ele malha, e imaginá-lo sem aqueles ternos chiques, enrolado em nada além do que seus lençóis, ficou muito mais fácil. Ele é alto e magro, tem ombros largos que contrastam com a cintura fina. E, agora que sei que é todo musculoso por baixo daquela fachada distante, só quero é chegar bem perto.

– Sua mãe não te odeia. Sentei do lado dela durante a audiência de fiança e fiquei ouvindo ela chorar por você – Quaid levantou a sobrancelha e cruzou os braços. Senti que meus olhos se arregalaram e se fixaram no modo como seus músculos dos braços ficaram salientes com aquela posição.

– Falei para meus pais que ia entrar no Exército e que não os veria por, pelo menos, quatro anos. Nenhum dos dois derrubou uma lágrima sequer. Então tenho certeza de que, apesar do que você pensa, o que sua mãe sente não é ódio.

O tom de sua voz era sério, e essa informação surpreendentemente pessoal caiu como se fosse uma bomba, bem no meu pé.

– Seus pais não ficaram preocupados com o que poderia acontecer com você? Não ficaram tristes por você ir embora, sem saber quando te veriam de novo?

Isso me parecia impossível. Não é raro minha mãe agir como se estivesse de saco cheio, e ela nunca teve dificuldade para demonstrar sua frustração, mas sempre esteve presente; sempre se preocupou com meu bem-estar. Tenho certeza de que ela quer o melhor para mim e não consegui entender como os pais de Quaid podem não ter um orgulho louco por tudo o que ele conquistou, nem pelo homem que ele se tornou desde que entrou para o Exército.

— Eles ficaram putos por eu ir embora. Quando me alistei, viram isso como uma decepção, uma traição a tudo que me ensinaram e em que acreditavam. Sei como é quando os pais viram as costas para o filho, Avett, e não é isso que sua mãe está fazendo.

Segurei a respiração e fiquei sem ar com sua sinceridade pura e simples e me convenci de que seria completamente inapropriado me atirar para cima dele. Ele não era a árvore do meu quintal que eu sabia muito bem que não podia subir, mas algo me dizia que, se eu caísse por causa dele, sofreria danos bem maiores do que um mero braço quebrado.

— Nunca mandei muito bem quando o assunto era ter a atitude correta, Quaid. Meu pai precisou me reerguer, precisou me salvar por anos e anos... — sacudi a cabeça e dei um sorriso cheio de remorso.

— Isso cobrou um preço de minha mãe, não só porque eu estava sempre me metendo em algo que não devia, mas também porque meu pai nunca pensou duas vezes antes de me ajudar. Sabia que estava prejudicando a relação dos dois, sabia que a situação era tensa e que ela estava infeliz, mas nunca isso nunca me impediu de fazer merda. O que faz de mim uma pessoa bem horrível, não importa de que ângulo você olhe, doutor. As evidências são esmagadoras.

Ele continuou a me observar e aí começou a andar na minha

LEIS DA TENTAÇÃO

direção. Eu fui indo para trás à medida que ele avançava. Continuamos indo para trás até que minhas costas ficaram esmagadas contra a madeira dura da porta, e não consegui ver nada além dele diante de mim. Quaid pôs o braço em cima da minha cabeça e precisei jogá-la para trás para continuar olhando ele nos olhos. Faltavam poucos centímetros para ele me esmagar, mas cada parte do meu corpo ansiava para acabar com aquela distância. Meus mamilos se endureceram e apontaram diretamente para ele. Cada centímetro da minha pele se arrepiou e praticamente vibrou quando Quaid se levantou, ficando fora do meu alcance.

– As evidências são circunstanciais e corrompidas. Você diz que nunca toma a atitude correta, que não consegue se controlar mesmo sabendo que suas ações magoam as pessoas à sua volta, e a você mesma, repetidas vezes. Então, minha pergunta para a ré é... por quê? Por que você continua escolhendo o pior e continua machucando a si mesma e aos outros? Qual é o motivo?

O ar que saía de sua boca roçou em meus lábios. Suspirei surpresa com esse contato. Suas palavras me beijavam, e seus olhos me devoravam. Apesar de nenhuma parte do nosso corpo estar se encostando, eu conseguia sentir aquele homem por todo o meu corpo, incluindo as minhas profundezas, onde todo tipo de sensação estava começando a ferver e a pegar fogo. Não consegui mais segurar a vontade de tocá-lo, levantei minhas mãos trêmulas e as espalmei no meio do seu peito. Seus músculos duros como uma rocha ficaram tensos com esse toque sutil; minhas pernas cambalearam ao sentir o contraste de texturas entre sua camiseta de algodão macia e o frio rígido de sua jaqueta de couro. Quaid segurou meu pulso com a mão que não estava apoiada na porta e, por um segundo, pensei que ele ia tirar minha mão de cima dele. Em vez disso, seu dedão encontrou o ponto sensível em que minha pulsação batia acelerada e começou a acariciá-lo.

– Não quero saber da sua história. Lembra?

As palavras saíram como um gemido, e ele baixou bem de leve a cabeça. Seus olhos azuis estavam revoltos como uma tempestade de inverno, enquanto ficamos nos encarando sem piscar.

Era uma história que eu nunca contava para ninguém, não por completo. Minha história era o oposto de um conto de fadas, e eu tinha certeza de que não havia nenhum final feliz me esperando depois do beco sem saída que sempre me acompanhava. Fiquei chocada por ter vontade de contar para Quaid, por ter vontade de explicar para ele por que eu fazia o que fazia. Queria que ele entendesse.

Quaid abaixou o queixo e, de repente, a distância entre nós sumiu. As pontas das suas botas estavam encostadas nos meus pés descalços. Ele largou meu pulso para que sua mão entrasse no grande espaço lateral do meu macacão e a colocou no meu quadril. Sua mão pousou em uma bela quantidade de pele nua, e pude ver que ele percebeu isso por seu olhar. Considerando minha baixa estatura e o tamanho de sua mão, se ele abrisse os dedos, ficariam tanto embaixo da minha blusa quanto em cima da minha calcinha, tudo ao mesmo tempo. Senhor, como eu queria que ele passasse as mãos por todo o meu corpo.

– Ando querendo muitas coisas que não devo no que se refere a você, Avett – então baixou a cabeça até que seus lábios quase tocaram os meus.

LEIS DA TENTAÇÃO

– Como o beijo que você tentou me dar naquele dia. Eu queria tanto, e foi por isso que não consegui aceitar. Não tenho nada para oferecer em troca se aceitar o que você está me oferecendo. Mas não consigo parar de pensar em como seria e no seu gosto – ele soltou o ar, meus lábios se entreabriram e minha língua pulou para tentar capturar seu gosto e sua essência. Eu queria descobrir que gosto Quaid tem tanto quanto ele queria descobrir o meu. Sua voz ficou ainda mais baixa, ao roçar em espinhos guardados na suas profundezas.

– Quero a história e o beijo, Avett – seus lábios tocaram os meus, em uma carícia leve como uma pluma, que fez o tempo parar. Me fez pensar que eu tinha nascido só para beijar aquele homem. – Você pode escolher a ordem.

Havia um tom divertido e malicioso em sua voz. Mas, antes que ele acabasse com aquele último milímetro de espaço entre nós, empurrei seu peito.

– Essa é uma péssima ideia.

Tinha certeza, conseguia sentir em meus próprios ossos. A tentação de me jogar, de fazer o que sempre faço e cair de cabeça no desastre, estava me chamando com força. Mas era para eu tentar mudar. Era para eu sentir muito de verdade. Não apenas falar que sentia, me virar e abraçar a próxima catástrofe. Eu tinha certeza de que beijar Quaid Jackson levaria a todo tipo de sofrimento e arrependimento. Sabia disso assim como sabia que não ligava nadinha e queria beijá-lo e correr atrás daquela péssima ideia até acontecer uma tragédia, como sempre.

– Você teve muitas ideias péssimas nos últimos tempos. Que diferença faz mais uma?

Ele tinha razão. Que diferença fazia mais uma? Principalmente sendo uma péssima ideia com aquela aparência, com cheiro de sono e perfume caro, com aquele corpo quente e duro me esmagando. Que diferença fazia mais uma péssima escolha quando vinha acompanhada de lábios firmes e ardentes que encostaram nos meus? Que diferença fazia mais um desastre prestes a acontecer, se estava ligado a mãos ásperas que acariciavam minhas costelas à mostra e pararam nos meus peitos doloridos de tão inchados? Que diferença fazia mais uma decisão terrível somada a todas as outras que levaram a essa decisão terrível em especial, do tamanho de um mamute, até a porta da minha casa?

Eu teria muito tempo, no dia seguinte, para tomar a decisão correta. Mas, naquele momento, ia aproveitar muito aquela decisão errada que esfregava a boca com mais insistência na minha, tirando minha capacidade de escolher o que vinha primeiro: o beijo ou a história. Talvez por isso eu me sentisse tão atraída por ele, tão enfeitiçada por tudo a seu respeito. Ele não me dava chance de fazer qualquer escolha, péssima ou boa. Ele decidiu, e eu fui atrás, em direção à vitória ou ao fracasso... E aquele beijo parecia ter ambas as coisas misturadas.

Foi a primeira vez na vida que uma péssima ideia me pareceu a melhor ideia que eu já tive.

CAPÍTULO 8
Quaid

Eu NÃO DEVERIA TER ENCOSTADO MINHA BOCA NELA. Eu não deveria ter passado a mão nela.

Meu pau, definitivamente, não deveria estar duro, apertando dolorosamente meu zíper, enquanto ela gemia em minha boca, enrolando a língua na minha.

Nada disso deveria acontecer, mas nem meu cérebro nem minha libido estavam dispostos a parar. À medida que minha mão subia pela lateral do seu corpo, por baixo da sua blusinha minúscula, e encontrava aquela pele macia e o volume pesado de um seio intumescido, eu não podia ficar mais feliz por meu bom senso ter resolvido passar a noite fora. Aquela mulher parece um sonho. Um sonho safado e sensual que me fez acordar no meio da noite, de pau duro e doendo. Ela parece um sonho que me fazia suar e tremer enquanto procurava algo que não conseguia descrever e que com certeza nunca havia sentido. Ela parecia o sonho no qual me perdi, sofrendo, logo antes de ela me ligar e me acordar.

Toda lógica e todo pensamento racional se evaporaram no instante em que vi seu número brilhar em meu celular e não tinham a menor chance de voltar após eu ouvir sua voz nervosa e trêmula, quando Avett me disse acreditar estar sendo observada. Eu deveria ter dito para ela chamar a polícia, deixado as autoridades lidarem com a nova confusão em que, inevitavelmente, Avett devia ter se metido. Mas tudo o que deveria fazer, quando o assunto era essa garota, ficava enterrado debaixo da necessidade ardente de fazer tudo o que eu não deveria com ela. Incluindo sair correndo no meio da noite para me certificar de que a menina estava fora de perigo. Por algum motivo, precisava me certificar de que ela estava bem com meus próprios olhos e precisava participar de seu bem-estar.

Eu estava sonhando com ela – com seu corpo e seu gosto – quando Avett me ligou, com aquela mistura complexa de emoções, de pânico e paixão, que não conseguia distinguir nem desenroscar. Eu tinha certeza de que, de jeito nenhum, ia voltar para o meu *loft* estilo industrial e frio, com sua enorme cama vazia, sem descobrir, sem provar aquela mulher que me deixava imprudente e ávido. Ela me fazia querer coisas que eu sabia que jamais poderia retribuir. E, com tudo isso fervendo em meu sangue, me convenci de que precisava saber se a realidade era melhor do que o sonho.

E era.

A realidade era muito, muito melhor. Avett é doce. Avett é macia. E é muito sensível, e tive vontade de devorá-la com uma única mordida, em vez de saboreá-la como a iguaria que é. A garota estava vestida como se fosse trabalhar no jardim ou, quem sabe, consertar o motor de um carro. Sua roupa, seu cabelo bagunçado e seu rosto sem maquiagem serviram para me lembrar de que ela é jovem, de que somos muito diferentes, mas só consegui enxergar que a garota estava sem sutiã por baixo daquele macacão largo e aquele pedaço de renda cor-de-rosa em seu quadril. Tudo isso fazia meu sangue ferver e me deixava com água na boca. A menina é uma tentação, e quis cobrar todas as coisas que eu nem sabia se ela estava oferecendo.

Eu a apertei ainda mais contra a porta, com cuidado para não pisar em seus pés descalços nem esmagar seu corpo miúdo. Sou muito mais alto que Avett, mas essa mulher me faz ficar... sem ar, fraco e carente... Não fui bobo de pensar que tinha vantagem naquela situação. Ela estava prensada contra a porta e teve que ficar na ponta dos pés para conseguir passar os braços por meu pescoço. Precisei me abaixar um pouco para nossas bocas se encaixarem. Mas até isso fazia do modo como a menina arqueava o corpo para me alcançar uma carícia sedutora. Avett se espichou bem na minha frente, e cada curva, cada reentrância de seu corpinho exuberante ficou exposta, para eu explorar e memorizar. Gostei de ela ter curvas tentadoras para eu segurar, onde quer que eu pusesse as mãos.

Eu estava tão acostumados a mulheres duras. Corpos duros, cabeças duras. Corações duros e almas inflexíveis. Que batiam na minha armadura sempre presente e se esquivavam, sem se afetar nem se interessar pelo homem por baixo dela. Nada nessas mulheres cedia, nunca.

Mas, segurando aquela menina, com as mãos cheias de pele macia e curvas generosas, percebi que cada centímetro de Avett Walker cedia. Gostei de ela ser macia e maleável por meus dedos ousados. Gostei do jeito como ela gemeu na minha boca e chegou mais perto. Gostei do jeito que ela puxou o cabelo curto da minha nuca, me informando que eu não era o único a estar ávido e curioso. E gostei muito de ela estar sem sutiã. Quando pus a mão por baixo de sua blusa, minha mão foi preenchida imediatamente por sua carne quente e desejosa. Gostei tanto que parei com a pretensão de que aquilo era um simples beijo que logo ia acabar e apertei aquele volume intumescido até que o biquinho de seu seio ficou pinicando a palma da minha mão.

Eu queria vê-la. Queria descobrir se seu ponto aveludado era bonito e rosado como seu cabelo. Queria senti-lo na minha boca. Queria aquele grelinho enroscado na minha língua enquanto Avett gritava meu nome. Queria pôr as mãos dentro daquela calcinha *pink* que ela estava usando e sentir que a garota estava tão excitada quanto eu. Não tinha como disfarçar o modo como meu corpo reagia a ela. Nem me dei ao trabalho de tentar. Quando a beijei com mais intensidade, me aninhei em Avett para que todos os centímetros de seu corpo ficassem em contato com o meu, e meu pau pulsante encontrou um lugar perfeito para descansar em sua barriga. Queria tirar aquele *jeans* áspero que nos separava, para que a minha carne já túrgida e ardente pudesse se esfregar em sua pele flexível.

Nunca me considerei rapidinho na cama. Mas ter sua boca na minha, segurar seu peito, com o mamilo roçando na palma da minha mão, o jeito como Avett fazia de tudo para ficar mais perto de mim... Eu sabia que, se meu pau excitado encostasse em qualquer parte do corpo dela, as chances de eu gozar eram grandes. Eu não ficava tão excitado ou sensível a uma mulher desde que comecei a transar, na época do colégio. O jeito como Avett ofegava de leve com os lábios encostados nos meus, o jeito como me puxava para perto, para poder me beijar... Tudo isso era infinitamente mais poderoso do que qualquer uma das trepadas com as quais andei desperdiçando meu tempo ultimamente.

    Soltei um grunhido quando ela mordeu meu lábio inferior. Um segundo depois, sua língua estava aliviando essa dor. Era louco e doce. Os dois lados dela que eu estava morrendo de vontade de experimentar, os dois lados que eu queria capturar e mergulhar. Mudei a posição de minha mão para o biquinho duro do seu peito ficar preso entre meus dedos. Dei um puxão naquela pontinha sensível retribuindo a mordida, e Avett deu uns gritinhos de dor e prazer que fizeram meu pau doer e minha boca se tornar ainda mais ávida. Queria devorá-la. Queria que seu lado louco me consumisse, me queimasse e purgasse tudo o que, há tanto tempo, havia se transformado em amargura dentro de mim. Ansiava que sua doçura me acariciasse depois que vasculhássemos um ao outro e ficássemos acabados, cobertos de cinzas e satisfação. Nunca fui tão afetado nem tão pouco racional nos meu sentimentos por outra pessoa. Aquela mulher me fazia esquecer quem eu deveria ser agora e me fazia esquecer do homem que eu passei a vida inteira tentando enterrar. Com ela, eu era outra pessoa, alguém que não era falso nem foi esquecido. Com as mãos em seu corpo e minha boca deslizando por seu pescoço para conseguir lamber sua veia pulsante, finalmente me senti um homem de verdade, um homem que existia além do que possuía e do que podia fazer pelos outros.

    Passei o dedo de novo em seu mamilo e tirei a mão de baixo de sua blusa. Passei os nós dos dedos por suas costelas e tirei a mão da abertura do seu macacão para poder abrir o botão que eu segurava com o dedo indicador. Meus lábios estavam logo abaixo de sua orelha delicada, e nosso peito subia e descia rapidamente, no mesmo ritmo.

– Que nível de péssima ideia você quer que isso seja, Avett?

Eu achava que já tínhamos chegado a um ponto sem volta, que não tínhamos como evitar aquilo, agora que sabia como seu gosto era bom e como era viciante ser atingido pelo furacão Avett. A sua avidez, a urgência que fervia em meu sangue, para pegar tudo o que fosse possível antes que aquele momento acabasse... Eu queria trepar com ela, queria meter naquele corpinho mais do que qualquer coisa que desejo há um bom tempo, mas minha costumeira inteligência ainda funcionava a ponto de reconhecer que não era hora nem lugar. Eu não ia transar com Avett encostada na porta da casa de seu pai, mas ia transar com ela. Depois daquela noite, tive certeza de que isso era um fato, que não tinha como não transar com aquela garota.

Avett piscou, surpresa, e os tons diferentes dos seus olhos castanhos entraram em guerra, enquanto ela tentava entender qual seria a resposta correta para aquela pergunta tão complicada. Era uma decisão difícil, porque a resposta correta significava que ela deveria aceitar tomar mais uma decisão errada. A decisão errada que, por acaso, me parecia mais certa do que tudo na vida.

Ela tirou as mãos do meu pescoço até meus ombros. O dourado dos seus olhos brilhava, e o castanho havia ficado preto, engolindo o verde.

– Normalmente, vou até o fim quando faço uma péssima escolha. É por isso que sou um completo fracasso na vida, sem parar.

Sua voz estava rouca e falhou um pouco quando abri o botão de seu macacão e deixei um dos lados cair.

LEIS DA TENTAÇÃO

Soltei uma interjeição grosseira e rouca quando o tecido caiu, revelando mais do seu busto e da curva suave de sua barriga. Aquela garota tinha o corpo que os homens inteligentes desejavam. Era simplesmente perfeita, mesmo toda esmagada contra a porta. Era lasciva, e tive muita vontade de arrancar a renda *pink* que cobria o resto de seu corpo para descobrir todos os diferentes tipos de prazer que ela tinha a oferecer, todos os tipos de prazer que eu certamente podia proporcionar.

Dei um beijo logo abaixo de sua orelha e fiquei passando os dedos bem devagar pela pele trêmula de sua barriga.

– Isso não me parece um fracasso na vida.

Parecia uma vitória. Parecia um prêmio que eu sequer sabia que precisava ganhar, o que era estranho, porque minha vida inteira não fora mais do que a busca por uma recompensa atrás da outra, um prêmio atrás do outro. Persigo a aprovação dos outros desde que me dei conta de que meus colegas e professores sabiam que eu vinha do nada e tinha ainda menos do que isso. Minha vida até então se resumiu a provar que o ponto de partida não importa, mas o destino sim. Eu não poderia estar mais feliz do que estava naquele instante, mesmo a quilômetros de distância de onde deveria estar.

Prendi o dedo na parte de cima de sua calcinha e acariciei com o nó do dedo o espaço entre seus ossos do quadril, bem devagar. A carícia fez Avett corcovear e aproximar sua pelve da minha. Gemi, porque meu pau duro ficou ainda mais apertado contra sua barriga. Ela apertou meus ombros e virou a cabeça, encostando a boca na linha extensa de meu maxilar.

— Achei que era uma questão de você receber o que eu tinha a oferecer e não dar nada em troca. Então, tecnicamente, é um fracasso, sim.

Avett soltou um gritinho muito espontâneo e sincero quando desci meus dedos e não encontrei nada além de sua pele nua e sedosa. Uma pele quente que se derretia em profundezas líquidas e brilhantes. Não havia nada mais *sexy* do que a visão daquela renda *pink* esticada ao redor da minha mão inquisidora. O tecido tinha *stretch*, mas não a ponto de me dar muita liberdade de movimentos. Meus dedos ficaram presos nos pontos mais sensíveis dela, e a palma da minha mão a segurava como se tivéssemos nascido para nos encaixar. Era um bela armadilha cor-de-rosa, e eu tinha zero desejo de fugir dali.

Abaixei mais a cabeça para conseguir capturar sua boca com a minha e deixei meus dedos se perderem dentro de suas dobrinhas úmidas e aveludadas.

— Vou pegar sua loucura e sua doçura, Avett. Vou descobrir a sensação de ambas em meu corpo. Vou me lembrar do seu gosto e dos seus movimentos para, quando estiver lá dentro, não ficar abismado com tudo isso.

Eu podia me perder na tempestade de sensações e emoções que aquela mulher era capaz de criar e não queria perder a cabeça mais do que já havia perdido. Uma hora ou outra, precisaria encontrar o caminho de volta à realidade, à vida que passei tanto tempo construindo.

Com o joelho e o apoio em seu corpo, a fiz abrir mais as pernas, para conseguir chegar a todos os lugares secretos e escondidos que me tentavam. Ela obedeceu, com um leve suspiro, e arqueou o corpo ao meu toque. Avett continuava me dando tudo o que eu

LEIS DA TENTAÇÃO

queria sem fazer perguntas, sem pedir nada em troca, e esse tipo de abertura e generosidade atiçaram minha cabeça e meu pau mais rapidamente do que qualquer sedução ensaiada já conseguiu atiçar. Avett estava quente e molhadinha. Sedosa e escorregadia, enquanto meus dedos se mexiam por cima e por dentro dela. A menina soltava gritinhos cada vez que meus dedos roçavam em seu clitóris excitado e gemia, ofegante, cada vez que eles entravam e saíam de seu canal encharcado. Ela fechou os olhos e se agarrou em mim, ficando na ponta dos pés para chegar mais perto. Avett estava mergulhando nas sensações que eu despertava, e era algo bonito de ver.

Então ela afastou a boca da minha, que a invadia sem parar, e jogou a cabeça para trás com tanta força que bateu na porta. Fui para a frente, apoiando a testa em meu braço, que ainda estava sobre sua cabeça, e tentei me convencer de que era capaz de fazer aquilo. De que era capaz de me perder, de me enroscar em sua loucura e voltar para a minha simulação tão cuidadosamente construída de vida, com tudo do melhor, incluindo pouquíssima emoção.

O que era mentira.

Avett é que era vida, pelo modo como ela se remexia com meus dedos, como suas mãos me puxavam, como seu corpo pingava de prazer e jorrava satisfação, desinibido e desavergonhado.

Avett era real.

Avett era genuína.

Avett era verdade.

Avett era tudo o que eu não era há muito tempo, e eu queria mais e mais. Queria espremer tudo do seu corpo, que aprisionei com o meu. Ela disse meu nome em um suspiro abafado, e pressionei seu clitóris com o dedão. A pequena saliência pulsava ao meu toque, e seu corpo inteiro parecia que ia levitar.

Suas pálpebras piscavam, e ela abriu os olhos e lambeu o lábio inferior, inchado de tanto beijar. A loucura estava refletida em seus olhos, que me desafiavam a continuar, a levá-la ao clímax. A doçura estava lá, no modo como ela se movimentava para a frente, pressionando os lábios na veia de meu pescoço, que não parava de pulsar.

Ela estava quase lá. Eu podia sentir seu corpo se soltando, relaxando em volta dos meus dedos. Fiz movimentos circulares e fortes em volta de seu clitóris e me afastei da porta para conseguir colocar a outra mão em seu rosto, segurando-a enquanto a beijava e devorava cada pedacinho de seu gozo. Aquela foi a coisa mais deliciosa e lasciva que já passou pela minha língua. Avett tinha o gosto das suas emoções, excitada e prestes a explodir.

Depois de ela gozar e tremer, com delicados espasmos em torno da minha mão, ficamos ofegando juntos, e ela baixou os pés. Me olhou com um milhão de perguntas para as quais eu não tinha resposta brilhando em seus olhos e baixou as mãos dos meus ombros até a minha cintura.

Seu corpo ficou todo tenso quando seus dedos encostaram no duro metal da arma que eu havia esquecido ter pego quando saí correndo do *loft*. Passei os dedos molhados pela curva de sua barriga e os fechei em volta de suas costelas. O revólver só trouxe mais perguntas a seu olhar surpreso e abismado.

— Você tem uma arma.

Como minha jaqueta de couro cobria o revólver, sua surpresa ao descobrir aquele objeto letal foi mais do que justificada.

LEIS DA TENTAÇÃO

Me afastei dela e peguei a aba de seu macacão, que havia soltado há poucos minutos. Acariciei suas bochechas coradas e mudei de posição, para suas mãos ficarem longe da arma e de mim.

– Tenho algumas. Fiquei acostumado a ter sempre uma à mão quando estava no Exército. Seu amigo Google te contou tudo, lembra?

Avett bufou e cruzou os braços. Ainda continuava encostada na porta, e senti um enorme prazer ao pensar que aquela mulher precisava da estabilidade que a porta lhe dava porque eu havia mandado muito bem no quesito deixá-la com as pernas bambas.

– O Google me contou que você serviu no Exército, não que ia aparecer na minha casa, no meio da noite, armado e de moto. Pelo jeito, o Google não sabe nada de bom. O senhor é cheio de surpresas, não é, doutor?

Soltei um grunhido e levantei as mãos para arrumar o cabelo, que estava completamente bagunçado, todo torto por ter dormido, ter ficado enfiado no capacete e ter sido alvo das mãos ávidas de Avett.

– Aprendi a carregar e disparar uma espingarda antes de aprender a ler. Aprendi a caçar uns dois minutos depois de dar meus primeiros passos. Quando você disse que poderia estar em perigo, meu instinto foi o de pegar uma arma ao sair do *loft*. Minha moto passa a maior parte do ano em um depósito. Mas, ultimamente, tem me tentado – levantei as sobrancelhas e completei:

– Algo teima em me lembrar da sensação de relaxar e ser pouco civilizado de vez em quando.

Avett deu risada e finalmente se afastou da porta. Meu ego praticamente uivou de satisfação quando percebi que ela estava mesmo de pernas bambas.

– Aquele foguete é tão civilizado quanto qualquer máquina. E você é tão civilizado quanto qualquer homem. Então, imaginar você engatinhando, de fralda, com uma espingarda na mão é bem difícil – ela tocou a própria boca e espalmou a mão no próprio peito. – Quem é *você*, de verdade, Quaid Jackson?

Dei risada e respondi:

– Ninguém, não sou ninguém – e esse era o problema com o qual lutei a vida inteira. Era por isso que estava tão decidido a ser alguém. Era por isso que havia deixado tudo o que conhecia para trás e criado algo que parecia tão perfeito, tão desejável, visto de fora. Nunca mais queria ser ninguém, mas com ela eu também não queria ser o advogado frio e calculista, o sujeito que sabia que cada passo que eu desse com Avett não levaria a lugar nenhum. Então me obriguei a dar um sorriso e perguntei:

– Quem é você, de verdade, Avett Walker?

Ela riu e soltou as mãos ao lado do corpo.

– Sou exatamente quem você pensa que eu sou: a filhinha do papai, que largou a faculdade, dura e desempregada, mentirosa e criminosa pé de chinelo. Sou a garota que não consegue fazer nada direito, mesmo que essa seja a *única* opção, e sou a garota que sempre se apaixona pelo sujeito errado. Não há nenhuma surpresa em quem eu sou, Quaid, então nem tente inventar uma bela história sobre a mulher que você acabou de apalpar. Sou apenas eu. Não há nenhum coração de ouro, nenhuma alma admirável escondida aqui. Sou exatamente o que você está vendo e, quando estiver preparado para ouvir minha história, vai se dar conta de que sou alguém que merece cada confusão que consegui arranjar na vida.

LEIS DA TENTAÇÃO

Era por isso que não conseguia ficar longe daquela mulher nem tirá-la da cabeça. Sua autenticidade era viciante e muito revigorante, depois de eu ter passado décadas não só vivendo a mentira que é minha vida atual, mas também a mentira que era minha vida anterior e a grande enganação que foi meu casamento.

Dei um sorrisinho malicioso e levei a mão à boca – a mão com a qual brinquei com ela, toquei, acariciei, a mão que a levou a um orgasmo arrebatador e pungente. Lambi o dedão e fiquei observando Avett arregalar os olhos ao ver meu gesto.

– Gosto do que vejo em você, Avett. Também gosto do que recebo e do que você me dá – ela fez um ruído abafado e levantou a mão para segurar a garganta, como se pudesse evitar que aquele ruído escapasse.

– E quero, sim, saber da sua história, se você quiser me contar. Fale por que você vive correndo atrás das opções erradas, sem parar, quando as opções certas morreriam para ter uma chance de provar toda essa loucura e essa doçura que existem dentro de você.

E, com "opções", quis dizer "homens", mas ela era esperta o suficiente para chegar a essa conclusão sozinha.

Avett se afastou de mim e pôs a mão na boca. Desviou os olhos dos meus e demorou para começar a falar. Quando as palavras saíram, não tinham seu costumeiro tom ardente e provocativo. Pareciam tensas e forçadas, enquanto ela pulava de um pé para o outro.

– Sempre fui meio cabeça-dura e maluca. Quanto mais me diziam para não fazer alguma coisa, mais eu queria fazer – ela começou a andar para lá e para cá, na minha frente, à medida que as palavras saíam de sua boca com dificuldade.

– Quando eu era pequena, meus pais me chamavam de "difícil", e os outros adultos me chamavam de "pirralha mimada". Quando cheguei à adolescência, a criança difícil se transformou em uma péssima influência, uma encrenqueira. Não tinha muitas amigas por conta da reputação de maluca, o que eu realmente merecia. Então, muitas meninas da minha idade não gostavam de mim, e muitos pais não queriam que eu levasse suas filhas para o mau caminho. Eu era festeira, uma garota que estava sempre pronta para se divertir, sem pensar no que isso poderia significar, e nunca me importei com o que os outros pensavam a meu respeito, porque era sempre divertido… até que não foi mais.

Ela me lançou um olhar. Mas, já que eu não a interrompi nem fiz nenhum comentário, Avett continuou a falar.

– Eu tinha uma amiga, uma menina muito fofa chamada Autumn, que era do Kansas e se mudou para cá no primeiro ano do Ensino Médio. Calada, meio tímida, teve dificuldade para se adaptar. Denver era uma metrópole para ela que, no fundo, era uma menina do interior. Não lembro como fizemos amizade. Mas, desde o começo, nos demos superbem e nos tornamos inseparáveis durante a maior parte do Ensino Médio.

Tudo isso me pareceu bem típico. Quer dizer, minha infância foi mais do que básica, completamente normal, então não sou nenhum especialista, de modo algum. Mas o que Avett estava me contando parecia muito com os desafios e as desventuras que qualquer garota adolescente encara ao crescer, ao se tornar mulher. Como não queria que o fluxo de palavras parasse, fiquei de boca fechada enquanto Avett continuou a me contar sua história.

LEIS DA TENTAÇÃO

– Eu gostava de balada e gostava de meninos. Gostava de agir como se fosse mais velha e não tinha nenhum problema em correr os riscos que isso implicava. Como Autumn era uma boa amiga, e eu era sua única amiga, ela frequentemente acabava em situações, cercada por pessoas, nas quais não se sentia bem. Ela não queria me falar, porque tinha medo de eu largá-la se ela não participasse. Acho que a menina tinha medo que eu encontrasse uma nova melhor amiga se não estivesse sempre ao meu lado. Eu era egoísta. Eu era insensível. Nunca lhe perguntei se concordava com o que acontecia quando a gente ia para a balada. Presumi que, já que ela aparecia, entendia as regras implícitas, como eu.

Inclinei a cabeça e fiquei olhando para Avett, pensativo, por um bom tempo.

– E hoje você entende as regras, Avett?

Me pareceu uma pergunta pertinente, considerando a situação na qual nos conhecemos.

Ela fez um ruído que bem podia ser uma risada, porém mais parecia que estava se engasgando. Ela sacudiu a cabeça e pôs as mãos nas bochechas pálidas.

– Ah, entendo, sim. Mas nunca entendi que desrespeitar as regras poderia afetar outra pessoa, mesmo que eu saísse ilesa – Avett cerrou o punho e bateu no peito.

– Eu deveria ser a única pessoa que se dá mal quando resolvo fazer algo arriscado e errado. Mas nunca funciona assim. Nunca.

Pus as mãos em seus ombros para que ela parasse com aqueles movimentos frenéticos e a olhei bem nos olhos.

– Então sua amiga se deu mal porque foi atrás de você na

cova dos leões, desprotegida, despreparada, e algo ruim aconteceu com ela? – fiz uma cara sugestiva e completei:

– E você se sente culpada pelo que aconteceu e, por isso, tem se punido, fazendo merda desde então?

Avett engoliu em seco e enroscou os dedos em meus pulsos. Estava imaginando se ela teria conseguido perceber que minha pulsação ficou acelarada, quando ela me disse, baixinho:

– Ela não se deu mal. Não foi só algo ruim. Foi a pior coisa que poderia acontecer com alguém. Ela morreu. Eu matei Autumn.

Já ouvi muitas confissões e muitas negações na minha carreira, mas nenhuma me deu um aperto no coração e um soco no estômago como aquela.

– Do que você está falando, Avett?

Minhas palavras saíram mais duras do que precisavam, mas eu não estava preparado para ouvir aquele tipo de confissão dela.

Avett fechou os olhos, e percebi que seu lábio inferior começou a tremer, tornando suas palavras difíceis de compreender, mas eu estava acostumado a ouvir admissões de culpa acompanhadas de lágrimas e não tive nenhum problema para acompanhar.

– A gente foi a uma festa, uma festa em uma parte da cidade que não devíamos ir. Fui porque um universitário me convidou e porque minha mãe tinha me deixado de castigo no fim de semana, por ter ido mal em uma prova. Toquei um foda-se. Na minha cabeça, era só mais uma rebeldia adolescente normal. Não era nada de diferente dos programas que eu sempre fazia no fim de semana, mas logo se transformou em outra coisa. Aquela noite se transformou na história da minha vida, uma história que mal consigo contar, porque deveria ser a história da vida da Autumn. Me sinto muito culpada por estar aqui para contá-la, porque ela não está.

Avett abriu os olhos, e pude ver todo o horror e a tragédia do que aconteceu naquela noite com clareza, refletidos na película líquida que cobria seus olhos turbulentos. Era uma tempestade diferente que se formava dentro dela, e essa tempestade era destrutiva e dolorosa.

– Falei para ela não beber do copo de ninguém. Falei para ela não ficar sozinha com ninguém, que precisávamos ficar juntas. Falei que aqueles caras eram mais velhos, que ela precisava tomar cuidado e ficar esperta, porque ninguém sabia onde estávamos. Achei que isso era suficiente. Achei que estava cuidando da minha amiga. Não foi suficiente. Longe disso.

Ela deu uma risada fria e deixou a cabeça cair para a frente, como se fosse um fantoche com os fios arrebentados. Não consegui resistir à tentação e a puxei para perto do meu peito, pedindo de modo silencioso que ela pusesse para fora o resto da história, que deixasse aquela tempestade sair, trovejando com força até passar.

– Autumn começou a fumar maconha assim que passamos pela porta. Estava chapada, tinha bebido demais e, quando percebi, ela havia sumido com dois sujeitos da festa. Puseram alguma coisa em sua bebida e, quando finalmente a encontrei, ela estava sem roupa, desmaiada, e não havia dúvidas de que havia sido estuprada. Eu queria chamar a polícia e uma ambulância. Precisava de ajuda, mas o cara que me convidou para a festa pegou meu celular e falou que não ia deixar eu dedurar os amigos dele, de jeito nenhum. Fiquei tão puta e apavorada, por causa da Autumn... Ela estava inconsciente, mas tinha certeza de que, quando acordasse, estaria mal. Minha amiga não era festeira, não era igual a mim – Avett abafou um soluço, e senti seus punhos cerrados do lado da minha camiseta. Ela começou a tremer.

– Dei um soco no cara, sem pensar que ele podia revidar. Ele me socou. Lembro de ficar passada de dor e ainda consigo sentir o gosto do meu próprio sangue enchendo minha boca. Nunca havia apanhado e, por mais que gostasse de me arriscar, nunca tinha me sentido em perigo até aquele momento. Eu não tinha como proteger minha amiga e não tinha como me proteger.

Eu a abracei mais forte, imaginando que tipo de animal poderia bater nela, uma menina tão pequena e vulnerável. Fiquei me sentindo um macho alfa que precisa atacar e defender seu território.

– O sujeito me mandou calar a boca, se não eu ia acabar como a Autumn, e me bateu de novo. A certa altura, minha amiga recobrou os sentidos e vomitou por todo o quarto. Ela estava desorientada, amedrontada, e vomitava sem parar. Achei que ia morrer bem ali, diante dos meus olhos.

Avett respirou fundo, trêmula, e levou a cabeça para trás para conseguir me olhar.

– Autumn me implorou para eu tirá-la dali, para levá-la para casa. Tentei dizer que precisávamos falar com a polícia, que ela precisava ser examinada por um médico, mas a menina não parava de chorar e de falar que, depois de tudo o que tinha feito por mim, eu tinha que fazer isso por ela. Autumn queria ir para casa. Então, contrariando o bom senso, eu a ajudei a se levantar, a sair da festa, e a levei para casa. O rapaz que pegou meu celular só nos deixou ir embora porque ela estava obviamente apavorada. Sabia que Autumn não ia falar nada e que eu tinha uma péssima reputação. Então, se eu tentasse arranjar confusão, ia ser fácil me desmentir.

Suas próximas palavras foram tão sentidas e cheias de recriminação e autodesprezo que não foi difícil entender por que aquela jovem acreditava merecer o pior que o mundo tinha a oferecer.

– Eu não fiz nada. Minha melhor amiga, minha única amiga de verdade, foi drogada, estuprada e agredida em uma festa à qual eu a obriguei a ir, e eu não fiz nada para remediar isso.

Avett se afastou de mim e começou a andar para lá e para cá outra vez.

– Por alguns dias, enchi o saco dela para prestar queixa, mas Autumn só me mandava calar a boca. Falei que ela precisava conversar com alguém, contar para os pais o que havia acontecido, pelo menos. Minha amiga fingia me ouvir, fingia que estava tudo bem, mas começou a se afastar. Não atendia quando eu ligava. Não olhava pra mim no corredor do colégio. Não sentava do meu lado durante as aulas. Começou a agir como se eu não existisse e, o que era mais assustador: começou a agir como se ela não existisse. Ficou tão isolada e distante que parecia não estar presente. Sabia que nós não devíamos ter ido àquela festa e que eu não devia tê-la deixado sozinha lá. Sabia que aquele não era o seu ambiente. O que aconteceu com Autumn foi culpa minha, porque ela jamais teria ido à festa se não fosse por minha causa, se eu não fosse tão obcecada por fazer qualquer porra que me desse na telha. Então, pensei que o melhor que eu tinha a fazer era deixar Autumn me odiar. O que foi muito fácil, já que eu estava bem ocupada, me odiando. Eu estava arrasada e achei que ela devia estar se sentindo mil vezes pior, porque, depois de algumas semanas, ouvi um boato de que Autumn estava grávida.

Avett levou a mão ao peito e dobrou o corpo, como se tivesse dificuldade de respirar. Apoiou as mãos nos joelhos e ficou olhando para o chão.

– Eu a confrontei, perguntei do bebê e, quando Autumn admitiu que estava grávida de dois meses, falei que ela precisava contar para os pais o que havia acontecido. Sabia que minha amiga não podia enfrentar uma gravidez sozinha, que ela tinha se afastado completamente de mim. Autumn me disse que não ia ter o bebê, que ninguém ia ficar sabendo de tudo o que ela havia passado. Nunca me disse que era tudo culpa minha, mas eu sabia. Sabia, bem lá no fundo, que aquilo deveria ter acontecido comigo. Eu deveria estar passando pelo que minha amiga estava passando. Eu é que era festeira. Eu é que gostava de caras que não prestavam. Eu é que deveria estar sofrendo e não ter futuro, não ela.

Então, Avett respirou fundo e se endireitou. Pude ver que ela acreditava que a punição que ela mesma havia se dado por um crime que não havia cometido era justificável, que acreditava mesmo que a história de sua vida começava e terminava com o ocorrido com a amiga, com a sua inabilidade de fazer algo a respeito daquela noite e da tragédia que veio depois. Aquela era uma cruz muito pesada para qualquer alma suportar e, definitivamente, era peso demais para uma alma jovem e rebelde carregar.

– Naquele fim de semana, a mãe de Autumn ligou para a minha casa e contou à minha mãe que havia encontrado a filha pendurada

LEIS DA TENTAÇÃO

no varão do *closet*. Autumn havia se suicidado. Como não deixou bilhete, eu era a única pessoa que sabia o porquê. Fui ao enterro, vi seus pais chorarem quando baixaram o caixão e só conseguia pensar que, mais uma vez, eu não tinha feito nada. Eu não contei para ninguém. Quem sabe, se eu tivesse contado, Autumn ainda estaria aqui para contar sua própria história. Por um instante, até pensei que eu é que deveria estar naquele caixão, mas sabia que jamais conseguiria fazer isso com meus pais. Eu já os fazia sofrer o bastante, porque passava cada hora do dia tentando morrer – Avett encolheu os ombros, quase desesperada, e completou:

– Acho que eu estava tentando empatar o placar. A menina que gostava de balada e de se divertir se transformou em uma menina à beira da destruição. Eu ia atrás de homens que não prestavam de propósito, em vez de passar direto por eles, como fazia antes. Comecei a beber muito mais, a usar drogas de vez em quando, mas logo descobri que não gostava muito disso. Eu queria sofrer, sentir a dor que eu sabia que Autumn havia sentido, e as drogas me deixavam anestesiada, me faziam esquecer. Parei de fingir que estudava e parei de tentar me dar bem com minha mãe. Se antes daquela noite eu era rebelde, depois saí do controle. Queria sofrer de todos os modos possíveis, mas nunca era o suficiente. Jamais poderia compensar o que aconteceu com Autumn, o que ela perdeu. Uma hora, fui visitar seus pais e contei o que havia acontecido. Contei da festa e do estupro. E contei da gravidez.

Ela levantou a mão e pressionou as têmporas com força.

– Achei que isso ia ajudá-los a superar, que encontrariam consolo ao entenderem que Autumn havia se sentido encurralada

– uma lágrima escorreu, finalmente conseguiu escapar ao campo de força invisível que Avett tinha criado para segurá-las enquanto falava. A lágrima ficou presa por alguns instantes em seus cílios negros e então caiu, escorrendo em silêncio até desaparecer debaixo da curva do seu queixo.

– Os pais de Autumn me falaram tudo o que eu já sabia desde aquela noite. Sua mãe me disse que era tudo culpa minha, que eu é que deveria ter morrido. Que sua filha era uma boa menina, uma filha amorosa, até começar a sair comigo. Que eu havia estragado Autumn e depois a matado. Eles me disseram que eu é que deveria ter morrido, não a filha deles. Que eu merecia cada gota de sofrimento por ter colocado Autumn naquela situação. Eu não tive coragem de contar para meus pais o que realmente aconteceu. Eles sabiam que Autumn tinha morrido, sabiam que eu me sentia culpada, mas já estavam bastante decepcionados com as decisões que eu estava tomando, decisões que eram ainda piores do que as que eu costumava tomar. Não conseguiria nem pensar em vê-los me olhando como os pais de Autumn me olharam. Se eles também me culpassem, como é que eu poderia viver com minha própria consciência? Estava acostumada com a decepção deles, mas não sabia se conseguiria sobreviver ao desprezo deles.

Avett secou a trilha úmida que a lágrima havia deixado em seu rosto e voltou seu olhar torturado para mim.

– Então não fiz nada e matei minha melhor amiga. É essa a minha história e a história dela, em toda sua horrenda verdade, doutor – ela soltou um suspiro trêmulo e seus olhos lacrimejantes se fixaram nos meus.

LEIS DA TENTAÇÃO

– Você ainda gosta do que vê e do que recebe de mim, Quaid?

O desprezo que ela sentia por si mesma era evidente, assim como a culpa e a responsabilidade por aquele evento trágico, que pesava em seu pescoço como uma âncora de chumbo.

Andei até fazê-la se encostar na porta de novo. Pus as mãos em seu rosto e levei sua cabeça para trás, para que ela ficasse me olhando, de olhos arregalados e queixo caído.

– Já faz alguns anos que sou criminalista. E, se tem alguma coisa que todos os meus clientes, inocentes ou culpados, têm em comum, é a culpa. É sempre culpa de outra pessoa, é sempre por causa de outra pessoa que se encontram na situação em questão. Ninguém quer se responsabilizar pelas decisões que levaram a pessoa a precisar de um advogado. Todos os meus clientes são assim, menos você, Avett. Você se responsabiliza por suas escolhas e não inventa desculpas para o seu comportamento. O que aconteceu com a sua amiga foi horrendo, e nenhuma jovem deveria passar por isso, muito menos sozinha, mas foi ela quem decidiu ir com você. Foi ela que decidiu beber. Foi ela que decidiu não dizer nada para as pessoas que poderiam ajudá-la. Por acaso você a forçou a ir com você àquela festa? – Avett sacudiu a cabeça devagar entre as minhas mãos.

– Você disse que a amizade terminaria se Autumn não fosse com você? – de novo, uma negativa. – Você fez alguma coisa diferente naquela noite do que fazia em todas as outras noites em que vocês duas iam a algum lugar que não deveriam ir?

Dessa vez, ela falou um "não" bem baixinho.

– Então você precisa se dar conta de que o que aconteceu não foi culpa sua. Foi horrível e podia ser evitado? Sim. Mas os únicos culpados são os homens que agrediram a sua amiga. Não me importa se vocês duas entraram naquela casa peladas, prontas para arrasar. É preciso dar consentimento, e aqueles rapazes não deram a Autumn a chance de dizer "sim" ou "não". É culpa deles. Não sua. E, certamente, não dela – espremi os olhos ao pensar quanto a conversa com os pais da menina deve ter sido devastadora para Avett.

– Os pais de sua amiga estavam procurando alguém para pôr a culpa, porque estavam sofrendo e queriam um alvo para descontar a dor. Nenhum pai e nenhuma mãe gosta de pensar que falhou com o filho, que pode ter deixado passar batido os sinais de que a filha estava sofrendo, com problemas, e que poderiam ter feito algo para ajudar. Isso os faz se sentir inadequados e de coração partido. Vejo essa situação todos os dias no Tribunal, pais que não conseguem acreditar que seu filhinho é capaz de fazer mal a alguém ou a eles e procuram qualquer outra explicação plausível para as coisas terem dado tão errado. Só pode ser culpa de outra pessoa. Você pintou um grande alvo em si mesma, e eles atiraram o quanto quiseram.

Abaixei a cabeça e lhe dei um beijinho de leve, para confortá-la. Rocei meus lábios nos seus, que ainda estavam inchados, e passei a língua na curvinha graciosa de seu lábio superior. Avett precisava de alguém que cuidasse dela. E, apesar de eu não saber se ainda podia oferecer cuidado a alguém, nós dois ficamos surpresos por eu ter manifestado isso como se eu tivesse um estoque interminável de cuidados.

– Sua história não muda o modo como te vejo, Avett, mas vai mudar meu nível de tolerância com as suas escolhas erradas.

LEIS DA TENTAÇÃO

Porque, infelizmente, a sua história é a mesma de muitas jovens. Algumas até têm o mesmo fim trágico que sua amiga teve. A sua história e a história de Autumn não são as únicas, e me mata ter que te dizer que vejo histórias parecidas, com resultados parecidos, entrando e saindo do Tribunal o tempo todo. Todas essas histórias têm uma coisa em comum: a culpa, que com frequência é atribuída à pessoa errada. Você não precisa buscar algum tipo de punição cósmica. Você não fez nada errado.

Pelo menos, não naquela noite. Não fazer nada não era a opção certa para nenhuma das duas. Mas, infelizmente, é a opção que muitas jovens agredidas escolhem quando se encontram nessa situação. A responsabilidade, tantas vezes, recai sobre a vítima, em vez de ser atribuída ao agressor, e essa culpa tem consequências horríveis, como fazer a amiga dela acreditar que não tinha saída para o sofrimento a não ser tirar a própria vida. E era óbvio que levou Avett a acreditar que ela era responsável pelas ações daqueles meninos depravados e perturbados.

Como Avett não disse nada, voltei a me afastar da porta e resolvi que estava na hora de ir embora. Não tinha mais conselhos sábios para lhe oferecer naquela noite. Além disso, precisava ficar um tempo sozinho para compreender quanto eram complicadas e profundas as águas que corriam dentro daquela jovem tão complexa. Avett me fascinava e prendia a minha atenção de uma maneira alarmante. Eu estava tão concentrado no trabalho e em superar meu casamento desastroso que ter tudo isso ao mesmo tempo e de repente, além de uma tentação intrigante de cabelo cor-de-rosa, era praticamente levar uma chicotada.

– Vou ver se consigo que uma viatura passe por aqui, mas você precisa ligar para o seu pai, para não passar o resto da noite sozinha.

Ela ficou tensa na mesma hora e deu um passo na minha direção.

– Eu já te falei que não quero tirá-lo de perto da minha mãe.

Eu já sabia que a garota ia responder isso. Sacudi a cabeça antes de ela pronunciar todas as palavras.

– Liga para ele, porque eu vou ligar para o seu pai vinte minutos depois de ligar para a polícia de Denver e pedir uma viatura. Se ele for acordado e tirado da cama quente, da companhia de uma bela mulher, por mim, não vai encarar tão na boa quanto se for por você – não era sim que eu costumava falar com os outros, muito menos com uma mulher de quem eu queria desesperadamente tirar a roupa, com quem queria fazer safadezas, mas todas as minhas normas e os meus comportamentos típicos pareciam ter secado e sido substituídos por essa minha nova encarnação, que era uma mistura improvisada do que fui e do que sou. Soltei Avett e abri a porta.

– Desta vez, fique mesmo longe das janelas, caramba. Quem estava dirigindo aquele carro quase me atropelou. Então não temos como saber o que essa pessoa faria com você se tivesse a oportunidade.

Avett tremeu de leve e segurou a porta enquanto eu passava por ela.

– Sim, senhor Capitão.

O sarcasmo ficou bem claro em seu tom de voz e seu gesto, de bater os dedos na testa, como uma saudação militar.

– É sério, Avett. Você me disse que nunca faz nada direito mesmo que seja a sua única opção. Então estou te dizendo que essa é a sua única opção. Liga para o seu pai e fica quieta até descobrirmos que diabo está acontecendo.

Ela fez careta por causa do meu tom ríspido, mas se conformou e balançou de leve a cabeça.

– Tudo bem. Vou ligar para ele e ficar longe das janelas e das portas – a timidez em sua voz me fez parar quando cheguei ao último degrau. – Quaid... – me virei e quase subi correndo os degraus ao ver como Avett estava encantadora, toda amassada, ali parada, na porta. Que se danem o respeito e a lógica.

– Sim?

– Obrigada por ter me passado o seu celular. Obrigada por ter atendido minha ligação. Obrigada por ter aparecido para ver se eu estava bem – ela parou um instante para recuperar o fôlego, porque as palavras foram saindo rapidamente, uma depois da outra.

– Obrigada por estar aqui e por ter ficado mesmo depois de eu ter te contado minha história. Agora você sabe exatamente quem eu sou. E, para mim, você é muito mais do que ninguém, Quaid.

Abri a boca e fechei em seguida. Levantei o capacete e o coloquei por cima do meu cabelo bagunçado. Antes de baixá-lo totalmente e cobrir meu rosto com ele, falei, sem rodeios:

– Eu não teria feito nada disso se você fosse outra pessoa, Avett. A sua história não muda quem você é nem o que sinto por você. Agora entra e liga para o seu pai.

Ela balançou a cabeça de leve e sumiu para dentro da casa. Fui até onde minha moto estava e esperei por alguns minutos, a fim de me certificar de que as cortinas e persianas não se mexiam. Queria ter certeza de que Avett estava fazendo o que falei. Quando me convenci de que ela havia concordado e ligaria mesmo para Brite, passei a perna por cima da moto e dei partida. Resolvi ir até a delegacia mais próxima e pedir que fizessem uma patrulha pelo bairro.

É muito mais difícil me dizer "não" quando argumento pessoalmente.

CAPÍTULO 9
Avett

—Não preciso de babá. Já faz quase uma semana que os caras estranhos do carro preto não aparecem. Estou começando a pensar que estavam ali para levar a vaca da minha vizinha, que não larga do pé do pobre do namorado. Se eu fosse ele, não pensaria duas vezes e contrataria alguém para dar um tiro naquela bocuda. Me parece bem menos doloroso do que casar com alguém assim.

Olhei para o homem alto e loiro ao meu lado e ganhei um leve repuxar de seus lábios. Ele me olhou com aqueles olhos dourados brilhando, um sorrisinho malicioso que arrasava corações e os consertava em poucos segundos. Eu já havia sido testemunha disso.

— Tenho certeza de que você tem coisa melhor para fazer do que ficar bancando meu chofer enquanto procuro emprego.

Estava de saco cheio de ficar em casa e, para ser sincera, estava de saco cheio da minha própria companhia. Resolvi que estava na hora de fazer alguma coisa, de fazer qualquer coisa, de dar um jeito na minha vida, ou seja, eu precisava arranjar um emprego. Não fazer nada não funcionava mais para mim. E, depois de ter purgado todos os meus segredos e medos mais profundos e sombrios, revelando-os a Quaid, eu me sentia mil vezes mais leve, sem o peso do passado em minhas costas. Aquela nuvem de recriminação e acusação em que vivia não me deixou por completo, mas eu estava conseguindo enxergar através de sua densidade com mais clareza do que nunca.

Fazer alguma coisa significava procurar emprego, coisa que eu tinha certeza que seria quase impossível na garupa de um motoqueiro grandalhão e barbado. Depois de passar uma hora explicando quanto era importante para mim sair de casa e ser produtiva, meu pai cedeu e me deixou ir à caça, mas só se eu levasse comigo um de seus rapazes para ficar de olho, caso algo acontecesse. No desespero, atendi a seu pedido e, como resultado, fui agraciada com a presença de Asa no papel de meu guardião e segurador do meu currículo durante toda a manhã e toda a tarde.

Aquele sorrisinho malicioso em seu rosto ridiculamente bonito se transformou em um verdadeiro sorriso, e ouvi a mulher para quem eu havia acabado de entregar um formulário, para trabalhar em uma pequena cafeteria perto da casa de meu pai, suspirar. Fiquei surpresa por ela não ter usado a pilha de papéis para se abanar. Asa Cross é gato a ponto de despertar esse tipo de reação. E, como a mulher não parecia interessada em usar o formulário e o currículo que lhe entreguei para me dar emprego, ela bem que podia utilizá-lo de outra maneira.

– Pode acreditar. Ficar vendo você tentar ser simpática e educada com pessoas que você obviamente quer esganar é muito mais divertido do que qualquer compromisso que possa existir em minha agenda. Além disso, seu pai me pediu para não desgrudar de você.

Revirei os olhos e abri a porta de vidro que dava na calçada.

– E quando Brite pede alguma coisa para seus rapazes...
Asa deu risada e completou:
– A gente aparece e faz.

Resmunguei entredentes e olhei em volta para ver se havia mais algum café ou bar em que eu pudesse parar e pedir trabalho. Mas, infelizmente, eu já havia passado por todas as oportunidades daquele bairro pequeno, pelo jeito. Havia deixado meu currículo e preenchido aqueles formulários repetitivos em todos os lugares com um cartaz de "estamos contratando" ou que serviam algum tipo de comida, sem ter muita sorte nem muito interesse. Estava ficando frustrada, irritada, e a graça que Asa achava da situação me deu vontade de lhe dar um chute na canela. Não contei que o motivo de eu estar tão desesperada para arrumar um emprego, possivelmente dois, era poder começar a pagar para meu pai o dinheiro da fiança. E também pagar Asa por ele ter contratado Quaid para me defender.

– Fiquei surpresa por meu pai ter pedido isso para o sedutor e não o soldado. Você vem armado com um sorriso, e Rome vem armado, ponto-final.

Puxei a ponta de minha trança e olhei para minha calça *jeans skinny* escura enfiada nos coturnos gastos e a camisa de flanela de manga comprida que estava usando, com uma regatinha de renda aparecendo por baixo da gola aberta. Era um modelito meio *hipster chic*, bem comum no outono do Colorado, mas fiquei me perguntando se não deveria ter me arrumado mais. Eu tinha vontade de urrar. Mando muito mal em causar boa impressão.

– Rome tinha uma reunião de negócios e uma consulta com Cora, por causa do bebê. Ela está prestes a dar à luz. Além disso, por mais que Rome admire e respeite seu pai, ainda está tentando se recuperar do roubo... dos dois roubos.

Me encolhi toda sem perceber e suspirei.

– Não posso condená-lo por isso – desconfiada, estendi o braço e toquei as costas de sua mão, que segurava um café para viagem. – Então, por que você está aqui, Asa? E por que você ligou para Quaid na noite em que fui presa? Você tem tantos, se não mais, motivos para me odiar quanto Rome Archer. Jared podia ter te matado, e a Royal também, naquela noite.

Minha voz meio que falhou e mordi a bochecha para evitar que mais palavras sem sentido e desculpas inúteis saíssem por minha boca. Eu não tinha nem como começar a expressar quanto ficaria arrasada se algo tivesse acontecido com ele e com sua linda namorada policial. Asa pegou no meu pé desde a primeira vez que nos encontramos no bar. Eu fingia que o odiava, que me ressentia por ele ser o chefe do bar que sempre foi da minha família, debochava de seu passado turbulento e de seu jeito altruísta. Mas a verdade é que o admiro. Gosto de ele nunca me julgar, nunca me desprezar por eu me meter em uma encrenca depois da outra. Nunca tive irmãos. Mas, se tivesse, queria que meu irmão mais velho fosse igualzinho a Asa Cross, com todos os seus defeitos.

Ele levantou os olhos cor de âmbar da minha mão e cruzou com os meus, e vi uma vida inteira de verdades e consequências brilhando para mim.

– Por acaso você já ouviu seu pai falar para alguém que acabou de conhecer que "os semelhantes se reconhecem"?

Balancei a cabeça, sem pensar. Esse é um dos ditados preferidos de Brite. Meu pai diz muito isso quando conhece alguém e consegue reconhecer na mesma hora que a pessoa serviu em qualquer ramo das Forças Armadas. E também consegue adivinhar quem é seu irmão motociclista. Até pode acontecer de alguns não terem ido para a guerra, mas homens em busca de algo, homens que buscam algum tipo de fraternidade, se atraem.

— Já ouvi ele dizer isso, sim.

Asa balançou a cabeça e segurou em meu braço para me levar até o outro lado da rua, até um pequeno *shopping* a céu aberto, onde havia vários *food trucks* estacionados. Na frente de cada um, havia uma longa fila, e o aroma de comida me deixou com água na boca na mesma hora.

Asa parou antes de a gente se misturar completamente à multidão, me virou de frente para ele e pôs a mão pesada em meu ombro. Era impossível desviar daqueles seus olhos dourados e, apesar de suas palavras serem duras, seu sotaque arrastado e lírico as deixava leves como plumas.

— Somos semelhantes, Avett, eu e você. As merdas que você faz, como você se sente uma merda, depois... — ele sacudiu a cabeça, e seu cabelo loiro meio comprido caiu em seu rosto. Era fácil ver por que ele tinha um efeito tão poderoso sobre nós, mulheres, e por que a confusão sempre o seguia. Asa é do tipo de homem que faz de ser malvado uma ciência. — Já passei por isso. Na verdade, antes de Royal, antes de morar em Denver, eu tinha cadeira cativa no fundo do poço e planejava passar o resto da vida lá. Sabia que estava fazendo merda, me fodendo, fazendo umas merdas que iam me assombrar para sempre e me prejudicar, mas não conseguia parar. Achava que precisava ser um cara mau, porque era um sujeito que havia feito muita maldade.

Tive vontade de tirar sua mão de cima de mim e falar que ele não sabia nada a meu respeito. Mas era mentira. Ele sabia, sim, e, apesar de saber, ainda estava ali, ainda estava tentando me fazer ver que a vida era mais do que a próxima péssima escolha e mais do que me sentir mal porque era isso que eu tinha certeza que merecia.

— O negócio é que o fundo do poço fica lotado, porque sempre tem alguém que faz uma merda maior do que a sua. A gente não consegue ver, porque a cabeça fica tão cheia com as próprias merdas que nem vemos as dos outros. Todo mundo faz merda, e juro que, seja lá o que você acha que fez para merecer essas merdas burras que anda fazendo, não é tão ruim quanto algumas das coisas que acontecem nesse mundo cão. Não importa quanto tempo você está lá, no fundo do poço, segurando na beirada, achando que não tem como descer mais, sempre tem alguém que vai cair lá dentro e acabar com o seu conceito de ponto mais baixo da vida. Essa gente vai passar caindo por você e, de repente, você vai se dar conta que, das duas uma: ou cai para sempre, porque a vida não é fácil e é cheia de altos e baixos, um buraco sem fundo; ou pode mexer a bunda e começar a escalar em direção à beira do poço, porque tem uma vida melhor à sua espera lá em cima.

Limpei a garganta e perguntei:

— Quando você começou a escalar, chegou a sair do poço, Asa?

Porque aquilo me parecia muito trabalho, ainda mais se a gente tem poucas chances de sair da lama.

LEIS DA TENTAÇÃO

Asa soltou meu ombro e me deu aquele sorriso que resplandecia à diversão e encrenca, porque ele manda bem nos dois.

– Não cheguei, nem de longe. Às vezes até solto a mão e vou para baixo de novo, mas Royal, e a vida que levo com ela, está sempre à minha espera, lá em cima. Por isso é que nunca paro de escalar, não importa quantas vezes eu caia. A cada dia, sinto que estou cada vez mais perto de chegar lá em cima, e seja lá qual for o poço em que estiver desperdiçando a minha vida, não passa de uma lembrança – ele levantou uma de suas sobrancelhas loiras e encostou o indicador em meu queixo.

– Comece a escalar, Avett. É cansativo, seu corpo e sua alma ardem de tanto esforço, mas não existe nada mais recompensador.

Dei um passo para trás e limpei a garganta, para conseguir falar apesar da emoção que estava praticamente me sufocando.

– Você sempre mandou bem nas palavras, Caipira. Mas palavras não são capazes de consertar todas as merdas que fiz ultimamente. É tipo passar *silver tape* nas rachaduras do Titanic.

Asa suspirou, irritado, inclinou a cabeça na direção dos *food trucks*.

– Acho que você ficaria abismada com quanto as palavras são capazes de consertar. Vamos comer. Estou morrendo de fome.

Concordei balançando a cabeça, dando graças a Deus por ele pôr um fim naquela conversinha de coração aberto. Vale a pena levar suas palavras em consideração, porque, só de pensar em um outro loiro, mais refinado e arrumado, me olhando lá de cima, fiquei toda arrepiada.

Meu pai voltou para casa e ficou no meu pé desde a noite em que liguei para ele, na casa da minha mãe. Não sai do meu lado nem me deixa sair sem ele. E, por mais que sua preocupação seja fofa e bem-vinda, nós dois precisamos continuar levando a vida. Isso inclui eu encontrar um emprego para me tornar uma integrante produtiva da sociedade. Brite chegou a falar que perguntaria a Rome se ele me contrataria para trabalhar no bar de novo, mas vetei essa ideia na hora. Ainda não estou preparada para encarar o soldado gandalhão e tatuado e tenho certeza de que de jeito nenhum eu e minha mãe vamos conseguir ficar na mesma cozinha sem matar uma à outra.

A vigilância constante também significa que não vejo Quaid desde a noite em que ele apareceu lá em casa, como se fosse uma versão alternativa de si mesmo, que anda de moto, usa roupa de couro, tem várias armas e leva mulheres ao orgasmo.

Ah, mas aquele orgasmo…

Se eu fechar os olhos e me concentrar, ainda posso sentir tudo que ele causou, a reação de todas as células do meu corpo. Foi muito mais do que gozar e sair andando. Foi algo que está se prolongando, que continua comigo, que me cegou em um momento em que eu não estava preparada para lembrar do prazer carnal de tudo aquilo. Já fiz muito sexo durante minha vida. Algumas vezes foram melhores do que outras. Mas, depois daquele encontro com Quaid, grudada na porta de casa, estou começando a perceber que sexo é bem parecido com qualquer outra coisa que uma pessoa faz muito bem. Quanto mais você pratica, melhor fica. Considerando que todos os meus outros parceiros tinham mais ou menos a minha idade, deixavam a desejar no quesito experiência, por mais que tivessem transado com outras mulheres. Não preciso nem dizer que tenho quase certeza de que Quaid é tão profissional na cama quanto no Tribunal. E, depois de ter esse homem passando as mãos em mim, não quero mais brincar com amadores ou estagiários.

Quaid me tocou do jeito que faz tudo na vida: com confiança, iniciativa, decisão, sem me perguntar se eu ia gostar, porque *sabia* que eu gostaria... Caramba, ele sabia que eu ia adorar e enlouquecer. Se não tivesse parado naquele momento, eu teria arrancado meu macacão, ficado de joelhos bem no meio da sala de estar da casa do meu pai e mandado ver, para lhe dar tanto prazer quanto ele me deu. Posso até ser impulsiva, mas tem certos limites que não ultrapasso. E transar com um sujeito sob o teto do meu pai sempre foi um deles. Até esse advogado *sexy* aparecer, todo durão, todo "deixa comigo", de um jeito totalmente diferente do seu normal.

Quaid me mandou algumas mensagens, dizendo que a polícia não tinha nenhuma pista e que o processo contra Jared estava transcorrendo normalmente. Disse para eu entrar em contato se precisasse de alguma coisa, mas nada além disso. Imaginei que não ia funcionar mandar uma mensagem para ele dizendo que eu precisava de seu pau na minha mão e na minha boca, por mais que eu quisesse. Estou aprendendo, devagar e sempre, a fazer escolhas inteligentes e apropriadas.

Depois de discutir sobre em qual *food truck* comer, deixei Asa me convencer de ir a um que parecia bem promissor, que fazia uma versão moderna da comida sulista. Foi uma grata surpresa, quando nosso pedido saiu, a comida ter uma cara e um gosto tão bons. Amo comida e amo comer. A cozinha, mesmo quando tudo me parecia terrível e sem solução, sempre foi meu refúgio. Sou capaz de misturar um punhado de ingredientes e sempre me surpreender com o resultado. Quando meu pai e minha mãe se separaram, eu passava muito tempo sozinha, porque Brite estava no bar, e Darcy não tinha disposição para sentar e comer comigo na época. Eu fazia o jantar quase todas as noites, em um esforço para me sentir melhor comigo mesma, para não me sentir tão sozinha com a minha tragédia e a minha culpa. Era uma sensação de liberdade e de tranquilidade criar comidas que sempre acalmavam as partes da minha pessoa que estavam mais à flor da pele.

Fomos até uma mureta de cimento e sentamos, um ao lado do outro, enquanto saboreávamos nosso almoço tão cheiroso.

– Então, a mina do Machina é uma bosta?

Asa fez essa pergunta com a boca cheia de canjica, e eu fiz careta.

– É. Está sempre surtando e gritando com ele. Faz isso no gramado da casa e fica de tocaia quando o coitado volta do trabalho – contei, debochando.

– E também tem um Honda vermelho que aparece na frente da casa quando ele sai para trabalhar. Fica ali a maior parte do dia, até dar quase a hora de o seu amigo voltar. Nunca vi o motorista, mas... – dei de ombros e completei:

– A mina é terrível, e ele parece ser um rapaz legal. Talvez um dos amigos devesse comentar sobre o tal Honda.

Lancei um olhar sugestivo. Asa grunhiu e limpou o rosto com um guardanapo.

– Ele é super legal, é amigo de Nash e Zeb há muito tempo. Trabalha duro, mas não fala muito e não se envolve em nenhum dos dramas que aparecem. Nunca levou a mina para o trabalho, mas ouvi os caras falarem que não sentem muita saudade de quando ela aparecia por lá. Fomos todos convidados para o casamento, que vai ser em janeiro.

Os rapazes de meu pai estão por todos os lados. Formam um círculo íntimo que está sempre crescendo, graças ao amor e a todas as recompensas que isso traz.

Terminei meu pão de milho e limpei as mãos engorduradas na calça *jeans*.

– Vai ver, é a maldição pré-casamento ou algo do tipo.

Asa levantou as duas sobrancelhas, pegou minha caixinha de isopor e foi andando em direção a uma lixeira.

– Pode até ser, mas isso não explicaria o tal Honda, não é?

– Não explicaria, não. Já que, pelo jeito, sou completamente desempregável, vou ficar de olho e te aviso se conseguir descobrir alguma coisa mais concreta, para você contar ao seu amigo mecânico.

Ele deu uma risadinha e passou as mãos no cabelo. Ouvi um suspiro e, quando me virei, vi um grupinho de universitárias assistindo aos movimentos de Asa como se ele fosse um filme de matinê. Segurei o riso. Ele me disse que ficaria muito grato e estendeu a mão para me ajudar a levantar.

– Você não é desempregável, mas entra nesses lugares praticamente gritando que é muito qualificada para ficar fazendo sanduíches e pedaços de *pizza*. As pessoas que poderiam te contratar se dão conta de que você só vai ficar no emprego até encontrar coisa melhor. Então não querem investir tempo e dinheiro para te treinar.

Pisquei de tanta surpresa, e Asa se virou e apontou para os lados da casa do meu pai.

– Muito qualificada? Você bebeu? Eu larguei a faculdade, mal me formei no Ensino Médio e fui demitida do meu último emprego por roubo. Acho que fazer sanduíches e *pizza* é exatamente do que eu preciso... se alguém me der uma chance.

Asa sacudiu a cabeça e sorriu para mim.

– Essa merda que você está dizendo pode até funcionar com alguém que nunca experimentou a sua comida nem viu você comandar uma cozinha sozinha durante a correria do almoço. Você sabe cozinhar, Avett. Entende de comida e do que fica gostoso. E também sabe administrar uma linha de produção, coisa que nenhum diploma universitário pode ensinar. Você daria de dez a zero nos moleques que trabalham nesses lugares pequenos, e eles sabem disso. Você tem é que fazer jus ao seu potencial, não se contentar com pouco.

Asa foi meu chefe durante o curto período em que trabalhei no bar, então não foi tão fácil assim ignorar seus elogios e sua afirmação de que eu tinha mais a oferecer do que duas mãos dispostas a trabalhar. Ele já tinha me visto trabalhar e experimentado a minha comida. Eu sou *boa* de cozinha, provavelmente boa demais para ficar cozinhando pratos rápidos ou montando sanduíches. Mas preciso fazer alguma coisa e não tenho medo de começar com algo pequeno, fácil de administrar e de manter.

Em algum lugar, não muito longe dali, uma sirene ecoou pelos ares. Virei a cabeça para tentar localizar de onde vinha o barulho e fiz careta para Asa.

– Foi isso que Quaid me disse depois que retiraram as acusações contra mim. Que eu deveria fazer jus ao meu potencial.

Usei essa afirmação contra ele e dei a entender que o meu potencial era algo sexual, porque não sabia direito qual era meu potencial, além de arrumar todo tipo de encrenca.

– Quaid é um sujeito muito esperto.

E também tem o melhor beijo que minha língua já encontrou. E mãos mágicas. Mas duvido que Asa estivesse interessado em saber disso.

– E também é um advogado muito caro, e é por isso que preciso arranjar um emprego, qualquer emprego, para poder pagar o que você gastou com ele – puxei a ponta da minha trança, e o som das sirenes ficou mais alto, parecendo mais próximo. – É o mínimo que posso fazer depois de tudo isso.

Asa parou de repente e pôs a mão na minha frente, me obrigando a parar também.

– Avett... – seu sotaque estava ainda mais carregado ao falar meu nome baixinho. – Eu não paguei nada para Quaid. Ele me ligou logo depois de encontrar com vocês, antes da audiência de fiança, e me falou que seu pai ia se responsabilizar pela conta. Falei para Brite que eu pagaria, que tinha recebido o dinheiro da venda da fazenda, mas você sabe como é discutir com seu pai – ele sacudiu a cabeça e completou:

– Você não me deve nada, boneca.

Senti como se uma tonelada de tijolos tivesse caído em cima de mim. Eu sabia que meu pai tinha tirado dinheiro do seu fundo de aposentadoria para pagar a minha fiança. Mas se ele também havia pago as custas de Quaid, devia ter rapado a conta toda. Brite não tinha mais nada guardado para se sustentar; ia ficar completamente duro, e era tudo culpa minha. Pus a mão em cima do peito quando me caiu a ficha de que, apesar de eu estar em uma missão há anos para destruir minha própria vida, a única pessoa que levava as bordoadas e continuava sendo prejudicada era meu pai.

Eu devo ter saído do ar, de tão perdida na minha própria culpa, engolida por meu próprio redemoinho de recriminação, como sempre. Porque, quando me dei conta, Asa estava segurando a minha mão trêmula e me tirando do meu torpor para sair correndo. Ele tem pernas compridas, eu não, então fiquei meio que tropeçando enquanto tentava descobrir que bicho tinha mordido aquela sua linda bundinha sulista.

– Ô, Caipira… que porra é essa? – gritei e acelerei ainda mais quando chegamos à quadra da casa de meu pai.

– Você não está sentindo o cheiro de fumaça? Está tão perto.

Ele parecia preocupado de verdade e, quando dobramos a esquina, um cheiro de queimado, acre e pungente, me acertou em cheio. Eu estava tão preocupada com o papel que estava desempenhando na vida de meu pai que não percebi que as sirenes estavam praticamente em cima de nós, nem que havia uma espessa nuvem de fumaça preta em cima de nossas cabeças.

Sou baixinha, mas consegui acertar o passo com Asa, mesmo com o pânico esmagando minhas entranhas como um bloco de chumbo. Ficou bem claro, à medida que chegávamos mais perto, que tinha um pequeno exército de policiais e carros de bombeiro na frente da casa do meu pai. Também ficou bem claro que a nuvem de

LEIS DA TENTAÇÃO

fumaça vinha da bela construção de tijolos, que estava sendo completamente engolida por chamas que pareciam chegar até o céu.

O calor era intenso e me deixou sem ar. Assim como a multidão de vizinhos e curiosos que se juntaram para observar tudo o que eu tinha, tudo, tudo o que meu pai conseguiu reunir ao longo da vida, se transformar em cinzas e meras lembranças. Eu estava tremendo tanto que minhas pernas não conseguiram me segurar e caí de joelhos na calçada, com as mãos no peito. Não conseguia ver nada além da nuvem de lágrimas, e parecia que o fogo era tão quente que ardia até aquele ponto onde eu caí. Eu ia derreter bem ali, me transformar em nada além de uma poça de culpa e remorso em ebulição. Um policial chegou perto e pediu para a gente se afastar, que ali não era seguro. E, quando Asa falou que eu morava naquela casa, vi sua expressão de pena e remorso.

Ele ajudou Asa a me levantar e nos levou até o ponto em que os carros de bombeiro estavam estacionados, na frente de casa. Cascatas de água saíam daquelas mangueiras poderosas, enquanto homens vestidos para lutar contra as chamas corriam para lá e para cá. Um homem de calça azul-marinho e camisa abotoada impecável, com um distintivo que parecia muito um distintivo de policial, me puxou e começou a me encher de perguntas, as quais tentei responder.

Tinha alguém em casa?

Não. Meu pai estava no bar desde que Asa veio me buscar, e Rome passou o dia inteiro fora.

Eu lembrava de ter deixado alguma coisa ligada ou velas acesas quando saí?

Não. Meu pai é um sujeito durão de verdade... A gente nem tem velas em casa.

Havia alguma coisa estranha quando eu saí?

Não.

É possível que eu tenha deixado alguma coisa tipo um *babyliss* ligado?

Não. Eu sempre checo tudo antes de sair e depois checo de novo.

A gente tem forno a gás ou elétrico?

A gás e não, não senti cheiro de propano nem de nada que pudesse indicar um vazamento.

A parte elétrica da casa estava em dia?

Sim. Meu pai contratou Zeb para refazer toda a parte elétrica há alguns anos, depois de levar um choque da torradeira que o fez cair de bunda no chão.

Minha cabeça girava, e achei que eu ia vomitar em cima do homem umas duas vezes. Porque, por mais que jogassem água na casa, as chamas ficavam cada vez mais altas. A casa estava sendo devorada por aquelas faixas furiosas alaranjadas e vermelhas, e me dei conta de que Asa tinha razão. Achei que ser presa e ficar na cadeia seria o ponto mais baixo de minha vida, mas após observar tudo o que eu tinha e tudo o que tinha importância para meu pai se desintegrar diante dos meus olhos... Tive a certeza de que a cadeia foi um fundo falso, que eu ainda estava caindo... cada vez mais fundo. Não conseguia nem mais enxergar lá em cima.

O cara continuou me interrogando, fazendo mais perguntas para as quais eu não tinha resposta. Uma hora Asa apareceu, me abraçou e me puxou para seu peito amplo.

— Liguei para o seu velho. Ele e Darcy estão a caminho.

Ele encostou o rosto no alto da minha cabeça, e eu o apertei com todas as minhas forças.

— Como ele está?

Arrasado? Bravo? Apavorado? Era assim que eu estava quando perguntei.

Asa murmurou alguma coisa e me soltou. Se afastou de mim, mas continuou com as duas mãos em meus ombros e me deu um sacudão que fez minha cabeça ir para trás e meus dentes baterem.

— Ele estava morrendo de medo de que sua filha pudesse estar ferida. Está muito puto por não estar aqui para te consolar enquanto você vê tudo o que tem se desfazer bem diante de seus olhos. Está preocupado, como qualquer bom pai ficaria, que isso esteja diretamente ligado àqueles caras esquisitos que estavam observando a casa — ele me deu mais um sacudão e falou:

— Como você acha que ele ia estar, Avett?

Me afastei de Asa e enterrei as mãos no rosto.

— Puto. Achei que ia estar puto. Se isso tiver alguma coisa a ver com aqueles caras que estavam de olho na casa e em mim, é culpa minha. É sempre culpa minha.

O *barman* gritou alguns palavrões, cruzou os braços e ficou me olhando feio.

— Por acaso foi você que causou o incêndio, Avett?

Seu sotaque normalmente tão suave e *sexy* naquele momento estava mais para irritado e grosso.

— É claro que não. Passei a tarde inteira com você e tenho certeza de que não deixei nada ligado. Eu sempre me certifico disso antes de sair.

— Exatamente.

A palavra saiu de sua boca e me atingiu como uma chicotada. Foi tão certeira que joguei a cabeça para trás, como se Asa tivesse me acertado um tapa na cara.

— E, mesmo que você tivesse deixado alguma coisa ligada, seria um acidente, mesmo assim não seria culpa sua. Se você acha que não sei reconhecer quando alguém está querendo ser punido, querendo uma penitência que acredita ter de pagar, está redondamente enganada. Já vi isso em mim mesmo e posso ver isso em você. Caralho, Avett. Posso te dizer, por experiência própria, que, seja lá o que você estiver tentando curar, não importa quantas merdas você faz para se sentir mal e também nãointeressa se essas merdas afetam outras pessoas. Na verdade, nada disso te ajuda, porque isso ainda irá continuar lá, no seu encalço, e nada de ruim que você possa fazer contra si mesma irá mudar o ocorrido. O que você fizer agora, seja bom ou ruim, não irá mudar o que fez no passado, e você precisa aprender a conviver com essa realidade – os olhos de Asa ficaram mais escuros, e seu brilho dourado diminuiu.

— É por isso que continuo escalando e talvez nunca chegue lá em cima. Tenho um peso bem pesado para carregar.

Tive vontade de mandar Asa para bem longe de mim. Não queria que sua aprovação e suas palavras de conforto diminuíssem a crueza e a fúria dos meus sentimentos. Não queria que ele enxergasse através de mim, como se eu fosse feita de vidro. Não queria ouvir nada de alguém que sabia exatamente que o que eu estava fazendo não daria certo. Havia me convencido, ao longo dos anos, de que, se sofresse o bastante, desapontasse o bastante, perdesse o bastante, uma hora terminaria de pagar minha penitência e poderia voltar à vida que tinha, quando não achava que merecia tudo de ruim que surge em meu caminho.

Já ia falar que aquele sermão era desnecessário, que ele não fazia ideia do que havia acontecido na noite em que tudo mudou para mim. Asa não estava por perto quando me dei conta de que era uma pessoa nefasta. Aquela noite não era só o ponto em que minha história começava, mas era também o ponto em que ela terminava.

Nunca tive oportunidade de dizer nada para Asa Cross. Na mesma hora, a picape gigante de meu pai e outra, bem parecida, pararam bem atrás das barricadas que as equipes de emergência tinham montado. Achei que Rome Archer ia sair da outra picape e não consegui conter um suspiro de surpresa quando, em vez do soldado cheio de cicatrizes, apareceu um sujeito loiro e lindo, de terno sob medida. Quaid tirou o paletó e bateu a porta da picape antes de vir em nossa direção com seus sapatos muito brilhantes e muito advocatícios. Preferia ele de calça *jeans* e bota naquela situação em especial, já que o lugar estava cheio de fumaça e fuligem. Mas, para ser sincera, aceito esse homem de todas as maneiras que ele vier.

Minha mãe e meu pai chegaram primeiro ao meu lado. Ganhei um abraço de urso e quase comecei a chorar de novo quando minha mãe também me abraçou e sussurrou:

— Estou tão feliz por você não estar em casa. Você nos matou de susto.

Eu a apertei e dei um passo para trás quando Quaid chegou.

— Está todo mundo bem? O bombeiro passou alguma informação? Já sabemos se foi um acidente ou um incêndio criminoso?

– Ele não disparava as perguntas para ninguém em especial, e ficamos olhando para aquele homem de queixo caído. Quaid deve ter percebido que ainda estávamos em estado de choque, só de pensar que tínhamos perdido tudo, porque suavizou seu tom de voz e passou o dedo em meu rosto.

– Desculpa. Eu estava no Tribunal e não tive tempo de desligar o modo advogado quando recebi o telefonema. Ainda estou ligado na função interrogatório. Você está bem?

Soltei um suspiro e segurei minha vontade de afundar o rosto na palma da sua mão.

– Estou, exceto por ter perdido tudo que tenho, o que não era muito.

Minha mãe limpou a garganta e se aproximou de meu pai, que nem percebeu, porque estava bastante ocupado lançando olhares mortíferos para o ponto do meu rosto em que os dedos de Quaid estavam.

– Falei para o seu pai, quando estávamos a caminho, que vocês vão ficar na minha casa – minha mãe falou. – Sou mais alta do que você, mas tenho bastante roupa no meu armário que você pode usar até a gente poder comprar suas coisas.

Que merda. Eu nem tinha pensado nisso. Aonde é que eu poderia ir, já que o único lugar que eu via como lar havia acabado de ser destruído?

Asa deve ter percebido minha expressão de pânico, porque sugeriu:

– Vocês podem ficar na casa nova, comigo e Royal. E minha garota não é só deslumbrante, também tem porte de arma. Pode ser legal ter uma policial por perto, se essa história tiver alguma coisa a ver com o fato de você testemunhar contra o tal viciado.

Meu pai abriu a boca para recusar ao mesmo tempo em que eu abri a minha para aceitar. Não sei o que a bela namorada do Asa vai achar de eu ficar sob o mesmo teto que ela, mas prefiro mil vezes ser o pomo da discórdia entre a ruiva e o conquistador sulista do que motivo de tensão e incômodo na casa da minha mãe.

E não é que a zebra, no caso a zebra loira de terno caro, também queria participar da corrida? Quaid encostou no meu cotovelo, como havia feito no Tribunal, e aquele minúsculo gesto acalmou parte do pânico e da ansiedade que estavam me comendo por dentro.

— Você pode ficar na minha casa. Se alguém estiver te observando, nunca irá pensar em te procurar no meu apartamento. E, se isso tiver relação com o processo contra seu namorado, posso ajudá-la a navegar as águas jurídicas em que você terá de nadar — ele apontou para a casa e completou:

— Se foi um incêndio criminoso, então é uma ameaça clara, o que configura obstrução de justiça e uma tentativa óbvia de intimidar uma testemunha. A polícia precisa ser informada do que está acontecendo, que isso pode estar relacionado a algo muito maior. Eu posso ajudar. Eu quero ajudar.

Ele estava me ajudando desde sempre. Então, sem nenhuma surpresa, é claro que fiz a única escolha que fazia sentido... a pior de todas.

Balancei a cabeça para ele. Vi meu pai fazer careta e Asa me lançar um olhar inquisidor.

— Vou ficar na casa de Quaid.

E, quem sabe, quando eu parar de me apaixonar por ele, o que inevitavelmente resultará em ele partir meu coração, eu terei, enfim, ultrapassado os limites de sofrimento que tanto queria para me punir. Porque tenho quase certeza de que, quando Quaid Jackson acabar comigo, nada na face da Terra irá me fazer mal nem causar tanta dor quanto isso.

CAPÍTULO 10
Quaid

Os policiais interrogaram Avett por horas e horas. Fizeram uma centena de perguntas sobre seu relacionamento com o tal Jared, sobre os caras de quem ele roubou dinheiro e drogas, sobre o assalto e sobre os sujeitos que ficaram parados de carro na frente da casa dela. Fiquei feliz de ver que estavam levando a situação a sério, mas fiquei terrivelmente frustrado ao descobrir que a polícia não podia fazer mais nada com as poucas informações que Avett lhe passou. Tudo o que ela pôde contar foi a aparência do carro que havia ficado parado na frente de sua casa e uma descrição vaga dos homens que entraram no apartamento de Jared e bateram nela. Ouvi-la falar, repassar aquela noite com todos os detalhes que podia lembrar, me deu vontade de socar a parede mais próxima. Aquela menina era uma guerreira, um tornado, cheia de vida e de energia. E, quando esses ventos pararam de soprar, no momento em que explicou o medo que sentiu, que contou para o investigador que esteve muito perto de ser estuprada e traumatizada para sempre, o eco do vazio e do medo em sua voz me atingiu em cheio e acendeu meus instintos possessivos e protetores que, pelo jeito, eu só tinha em relação àquele furacão de cabelo cor-de-rosa.

O investigador disse que ia falar com Jared, que ainda estava atrás das grades porque não lhe concederam o direito à fiança, e informou que logo entraria em contato, assim que tivesse notícias dos bombeiros, que estavam investigando se o incêndio havia sido acidental ou proposital. Eu não tinha dúvidas de que o incêndio era uma mensagem, que tinha sido proposital para intimidar e assustar Avett, mas não conseguia entender com o que queriam que ela ficasse assustada, o que estavam tentando comunicar. No meu ramo, sei que sempre existe um motivo por trás das ações. E, assim que descobríssemos o motivo, eu me sentiria muito melhor sobre a segurança de Avett. É impossível vencer uma luta quando a gente não sabe exatamente o que o oponente tem a perder.

Tirei Avett, que estava bem quieta e para baixo, da delegacia e me ofereci para passar em um *shopping* ou hipermercado para ela comprar algumas coisas mais básicas. Mas a menina apenas sacudiu a cabeça e disse que só queria tomar banho e dormir. Sua pele, normalmente clara e rosada, estava com uma palidez de morte, e sua boca linda que fazia beicinho estava apertada, enquanto ela mordia, ansiosa, a parte de dentro da bochecha. Seus olhos de vários tons estavam escuros e com finas linhas vermelhas, enquanto piscavam rapidamente para segurar as lágrimas que eu podia ver. O caráter definitivo do incêndio, a absoluta destruição de tudo de tangível que ela gostava, a tinham atingindo em cheio. Avett estava tentando controlar as emoções causadas por aquela perda enorme, mas a dor que sentia e o sofrimento que a cercava como se fosse um ser vivo não podiam ser ignorados. Tive vontade de segurar sua mão, de lhe oferecer algum tipo de consolo, mas ela estava tão à flor da pele que achei melhor esperar até chegarmos à minha casa. Avett poderia se acabar assim que chegássemos lá. Na verdade, o lugar era tão estéril, tão intocado por qualquer sinal de vida real, que só tinha como melhorar com a bagunça que aquela garota difícil, de cabelo cor-de-rosa, poderia fazer. A destruição que ela causava podia ser bela, se a pessoa certa estivesse por perto para limpar os escombros e pôr os pedaços certos de volta no lugar.

Parei o carro na garagem do prédio e segurei em seu cotovelo para poder levá-la até o elevador, que nos levaria até meu *loft*, na cobertura. Avett não disse uma palavra até chegarmos lá em cima. E, quando abri a porta e a fiz entrar, estava esperando que ela ficasse impressionada com o pé-direito alto, os canos aparentes e os tijolos à vista na parede dos fundos da cozinha. Estava esperando que Avett soltasse um suspiro, abismada com a vista de 360 graus que mostrava tanto o perfil urbano de Denver quanto as altas montanhas, lá longe. Era literalmente uma vista de um milhão de dólares e, com frequência, seduzia mais as mulheres que entravam na minha casa do que qualquer coisa que eu poderia dizer ou fazer.

Eu deveria ter adivinhado que Avett não se impressionaria com nada do que eu estava acostumado. Ela nem prestou atenção no meu sofá caro de couro. O centro de entretenimento, comparável a qualquer tela de IMAX, nem a abalou. O chão de mármore importado debaixo de seus coturnos foi ignorado, assim como a enorme cama *king size* encostada em uma parede repleta de obras de arte escolhidas a dedo que, provavelmente, custavam mais do que a anuidade da sua faculdade. No geral, ela parecia cem por cento desinteressada pela minha casa tão meticulosamente decorada. Mas, quando seus olhos pararam na cozinha, com os eletrodomésticos *gourmet* de aço inox reluzente, que jamais haviam sido usados, as chamas voltaram sutilmente a seus olhos.

Ela foi até o único pedaço da minha casa no qual eu nunca fico e acariciou o fogão de seis bocas como se fosse um amante. Olhou para trás e deu um sorriso fraco.

– Esta cozinha é linda. Eu poderia passar um tempão aqui.

Fiquei com uma pergunta na ponta da língua, querendo saber o que ela tinha achado do resto do apartamento. Mas, considerando que a garota havia perdido tudo e não possuía mais nada, querer aprovação por causa de um lugar cheio de quinquilharias inúteis que ela sequer havia notado me pareceu indelicado e imaturo. Nem sei por que eu queria tanto a aprovação daquela menina, aliás. Eu é que tinha que morar ali, que precisava ter uma embalagem que combinassem com o produto que eu estava tentando vender para os outros.

– O banheiro é naquela porta, do outro lado da cama. Vou pegar uma camiseta e uma calça de moletom para você usar enquanto sua roupa estiver lavando.

Avett balançou a cabeça, distraída, e deu a volta no balcão de granito que separava a cozinha da sala de estar. Enrugou nariz e tentou sorrir, mas acabou fazendo uma careta que me deu um aperto no coração.

– Estou fedendo a fumaça, não estou?

Ela pegou a ponta da trança e tirou o elástico que segurava suas mechas cor-de-rosa enegrecidas pela fumaça.

Eu me segurei para não gemer e me aproximei dela, que parecia perdida e deslocada naquele *loft* tão luxuoso. Aquela mulher era de tirar o fôlego, mais do que qualquer coisa que podia ser vista por aqueles janelões caros, e era muito mais interessante e colorida do que qualquer obra de arte inútil pendurada na parede. Tirei suas mãos da cabeça e enfiei os dedos nas mechas coloridas para terminar de desmanchar a trança para ela. Avett me olhou com um ciclone de emoções refletido em seus olhos, e percebi que ela só conseguiria pensar no que estava sentindo e deixar a tempestade passar. Por ela, eu queria ser impermeável, à prova de água.

– Eram só coisas. Você sabe disso, não sabe?

Minha voz saiu rouca e, quando terminei de soltar seu cabelo, que caiu ao redor do seu rosto como uma onda cor-de-rosa e cacheada, dei um passo para trás e olhei nos seus olhos perturbados.

Avett encolheu os ombros e falou:

– Só coisas, mas coisas que significavam muito. Tudo o que meu pai guardava dos seus tempos na Marinha e as lembranças do bar que acumulou durante anos. Nada disso pode ser substituído, o que é uma merda, não importa como a gente encare.

Soltei um grunhido e fui até o *closet*, debaixo da escadaria que leva ao andar de cima, onde ficam meu escritório e minha biblioteca jurídica.

– Você também significa muito, Avett. Tenho certeza de que seu pai estaria disposto a sacrificar tudo o que tem para você continuar sã e salva. Vocês dois têm muita sorte.

Ela fez um ruído abafado e começou a se dirigir ao banheiro. Fiquei imaginando se o *box* de vidro com piso de ardósia e múltiplos chuveiros a impressionaria tanto quanto a cozinha. Duvidei, mas sabia que seria muito mais fácil para Avett se soltar, se acabar de chorar, debaixo do chuveiro do que em cima de um forno *gourmet*.

Ela parou na porta, virou para trás e me olhou. Na mesma hora, tive a certeza de que as lágrimas que ela estava segurando cairiam a qualquer instante.

– Não estou me achando muito sortuda neste exato momento.

Não fiquei surpreso com sua resposta, mas a garota tem sorte, sim. Tem sorte de ter escapado da cadeia e, por mais que tente esconder, sua inocência é visível. Tem sorte de ninguém ter se ferido e de o incêndio ter sido contido antes de se espalhar para as casas vizinhas. Tem sorte de ter um pai e uma mãe que a amam e a apoiam em qualquer situação em que ela se meta. Ninguém a culpou por aquele incêndio, ninguém a não ser ela mesma. Tem sorte de ainda ser jovem o suficiente para que nenhuma de suas péssimas escolhas defina sua vida e de ainda ter tempo para decidir o que fazer com ela. Tem sorte de ter tantas pessoas que querem protegê-la e ficar ao seu lado quando ela puser um fim naquilo que começou na noite do assalto. Tem sorte por não precisar enfrentar nada do que está acontecendo ou ainda pode acontecer sozinha.

E eu sou um puta sortudo por ela estar na minha casa.

Avett não estava ali por causa da vista de um milhão de dólares. Não estava ali por causa dos dígitos da minha conta bancária. Não dava a mínima para o fato de eu estar prestes a me tornar sócio do escritório, nem estava ali pelo que eu tinha a oferecer. Na verdade, quando a merda aconteceu, eu precisei obrigá-la a aceitar minha ajuda.

Quando Asa me ligou, contando que a casa de Brite estava pegando fogo e que Avett estava arrasada, tive que me segurar para não sair correndo do Tribunal no meio de um interrogatório. Precisei pedir um breve recesso e instruir meu substituto para que ele pudesse terminar de interrogar a testemunha e eu pudesse ir embora. Nunca havia saído do Tribunal no meio de uma sessão. Nunca havia delegado um interrogatório para ninguém, porque sempre tive certeza de que ninguém era capaz de fazer isso tão bem quanto eu. Mas, naquele dia, nem liguei. Eu só queria chegar até a cena do crime para me certificar de que Avett estava bem. Assim que cheguei, tive certeza de que queria levá-la para a minha casa. Eu estava bastante convencido de que Lottie havia matado toda a compaixão e a preocupação que eu poderia sentir por outras pessoas. Mas, quando vi Avett mal conseguindo parar em pé, fui inundado por empatia. Queria tanto consolá-la que podia sentir isso na ponta da minha língua.

E a mulher me escolheu. Estava ali comigo, e não com os pais, com quem poderia compartilhar a dor daquela perda. Ela confiava em mim para consolá-la e acreditava que eu tinha algo a oferecer que ninguém mais tinha. Então, por mais convencido que eu estivesse de que estou emocionalmente esgotado e de que meu coração e minha alma são desprovidos de qualquer coisa que valha a pena oferecer, vou raspar o fundo do meu pote emocional e oferecer para Avett Walker todos os restinhos e ajudá-la a superar essa situação.

Tive muito tempo para me tornar o filho da puta ressentido, amargo, corno e materialista desde meu divórcio. Com ela, e por ela, posso simplesmente... existir. Não preciso me forçar a nada, e a vida pode ser simplesmente real. Nem sei se ainda faço ideia de como é a vida real. Mas, quanto mais convivo com Avett, menos enevoada fica a minha visão do que deve ou não ter importância.

Encontrei uma camiseta velha escrito "EXÉRCITO" em letras desbotadas. O troço me servia quando eu tinha dez quilos a menos e era bem menos cínico. Eu sabia que todas as minhas calças de moletom iam ficar gigantes no corpo miúdo de Avett. Então, revirei o *closet* até encontrar uma cueca samba-canção de flanela que Lottie havia me dado de Natal e ainda estava dentro da caixa. Eu deveria ter percebido, naquele instante, que se a mulher com quem estava casado, que dormia comigo todas as noites, sequer tinha notado que eu usava outro tipo de cueca, aquele casamento estava condenado ao fracasso. Sua falta de interesse em mim e nas minhas roupas íntimas devem ter sido o começo do fim.

Bati na porta para que Avett pudesse me ouvir mesmo com o chuveiro ligado. Ela tinha deixado a porta entreaberta, e suas roupas cheirando a fumaça, dobradas de qualquer jeito, estavam ao lado da pia. Ao vê-las, dei um leve sorriso, porque, mesmo quando a garota tentava ser organizada, ainda era bagunceira.

– Avett, vou te deixar essas roupas e jogar...

Eu ia dizer que ia colocar suas roupas na máquina de lavar, mas as palavras morreram na ponta da minha língua quando seu choro de soluçar me deu um soco no coração.

Eu sabia que ela ia precisar de um tempo, que toda as suas forças haviam se esvaído e a deixado exaurida e exausta, mas não esperava vê-la arrasada, deitada no chão do meu *box* de luxo como um furacão que perdeu toda a força dos seus ventos.

Avett estava deitada de lado, nua e tremendo, enquanto a água caía sobre ela. Seus olhos estavam fechados, mas, mesmo através do vapor e da água que caía em seu rosto, dava para ver as lágrimas saindo entre seus cílios apertados. Aquele era um retrato da mais completa devastação. Era o rastro de destruição deixado pela tempestade. Ela deixou escapar mais um choramingo, que pareceu o gemido de um animal ferido, e não tive como não ir até ela. Já ouvi homens contarem que haviam matado seu primeiro inimigo e visto seus amigos, irmãos de armas, morrerem bem na sua frente, e isso foi menos trágico e doloroso do que ver Avett naquele momento.

Atirei as roupas, que estavam totalmente amassadas nos meus punhos cerrados, na pia. E, sem pensar duas vezes no que a água poderia fazer com meus mocassins Bruno Magli ou com minha gravata de seda preferida, entrei no *box* e me abaixei para que a água batesse em mim e não nela. Levantei o braço para fechar a torneira e peguei seu corpo trêmulo no colo. Avett estava ao mesmo tempo quente e gelada. Passou o braço em volta do meu pescoço e continuou a soluçar e a chorar com o rosto encostado na minha camisa ensopada. Ela estava tremendo tanto que era difícil segurar sua pele nua, não que meu pau estivesse preocupado com seu frágil estado emocional. O negócio só reconheceu que a mulher estava molhada, completamente sem roupa e agarrada em mim como se eu fosse tudo o que lhe restasse no mundo. Tudo isso fez o filho da puta insensível ficar muito feliz e muito ansioso para chegar mais perto dela.

Tirei meu cabelo empapado dos olhos e tentei me equilibrar, enquanto a segurava e tentava tirar meus sapatos encharcados e, definitivamente, arruinados. Sentei na beirada da cama com seu corpo leve no colo e levantei uma das mãos, para tirar o cabelo embaraçado e pingando água do seu rosto. Tanto eu quanto ela estávamos molhando o edredom pintado à mão, mas eu mal notei, porque Avett abriu os olhos lacrimejantes e olhou fixo nos meus.

— Sou um desastre — disse, com a voz falhando, e pude ver, pelos seus olhos, que a voz refletia a dor do seu coração. Quando eu era mais novo, não tinha nada, sequer me passou pela cabeça como seria perder alguma coisa. Já adulto, tenho tudo e me convenci de que sou capaz de fazer qualquer coisa para não perder *nada*. Mas, ao ver aquela mulher vibrante e cheia de vida destruída e acabada por causa de coisas que pegaram fogo, objetos perdidos que era um só bens materiais, comecei a me perguntar se os meus esforços para adquirir objetos de valor e prestígio não foram desperdiçados, concentrados nas prioridades erradas.

— Sei disso, é uma das coisas que mais gosto em você.

Avett apertou o braço em volta do meu pescoço e seus dedos gelados encontraram os cabelos da minha nuca.

— Cala a boca — falou, sem raiva. E, apesar de seu olhar sofrido, um sorriso amarelo se esboçou em seu rosto.

Puxei algumas mechas do seu cabelo escorregadio e fiquei olhando elas se enrolarem em meus dedos.

— É verdade. Acho o caos que te cerca fascinante e intrigante. Pelo jeito, isso faz parte de você, assim como este cabelo cor-de-rosa. Você nunca é tediosa ou previsível.

Ela franziu a testa de leve e mudou de posição no meu colo. Em vez de ficar sentada nas minhas pernas, sentou-se de frente para mim, com os dois braços em volta do meu pescoço e seu centro de prazer completamente nu pairando bem em cima do pano molhado que cobria meu pau. Então pressionou os seios contra o meu peito, e segurei um gemido quando ela pegou o nó da minha gravata. Não para soltá-lo, mas para me puxar para perto.

– Não quero ser esse caos. Quero ser algo e alguém que não destrói tudo o que é importante sem precisar fazer esforço.

Avett me puxou até nossos lábios se encontrarem e, quando passei a ponta da língua em seu lábio inferior, senti o gosto salgado das suas lágrimas e o amargo dos seus anseios.

– Tem gente que nasce para ser a tempestade e tem gente que nasce para correr atrás dela, acho eu.

Sussurrei essas palavras encostado nela, que rebolou e se acomodou bem em cima do meu pau ereto. Não tinha como não perceber que o troço pulsava entre nós dois nem que a única coisa que me separava de sua entrada era o zíper, que me mantinha engaiolado. Eu ia ficar com uma marca permanente do fecho na parte de baixo do meu pau se aquela mulher não parasse de se remexer. Afundei os dedos na curva do seu quadril e pus uma das mãos ao lado do seu rosto.

Ela piscou e foi para a frente até sua testa encostar na minha.

– E o que é que acontece quando a pessoa que nasceu para correr atrás da tempestade finalmente a alcança?

Dei uma risadinha e rolei para o lado, para ela ficar presa entre mim e o colchão.

– Ela enfrenta. É a única coisa que dá para fazer quando a gente está debaixo de um aguaceiro.

Lentamente, a tristeza refletida em seus olhos começou a diminuir, e um sorriso suave, cheio de toda aquela sua doçura, começou a pairar sobre sua boca. Isso vale mais do que qualquer objeto escolhido a dedo para decorar aquele *loft*.

Avett aproveitou que estava segurando minha gravata, me puxou e me deu um beijo muito mais suave e doce do que aquele que havia me dado encostada na porta da sua casa. Também começou a desfazer o nó, que teimava em não se soltar, porque estava molhado. Enquanto brigava com aquela corda em meu pescoço, comecei a tirar minha camisa ensopada, ao mesmo tempo em que devorava sua boca. Não queria deixar nenhuma parte de seu corpo intocada, sem provar. Queria tirar dela aquela ardência do fogo e da perda e substituir por uma paixão incandescente e pela chama do desejo. Queria que Avett esquecesse que estava de luto, só por um tempinho, para que pudéssemos aproveitar aquilo que tínhamos. Porque, seja lá o que for que temos quando estamos juntos, é algo que merece ser bastante comemorado.

Quando consegui tirar a camisa e passar aquela gravata imbecil pela cabeça, uma vez que o nó não se desfazia, fiquei em cima dela com uma das mãos acima de sua cabeça e a outra segurando um de seus peitos. Sua pele estava começando a esquentar. A pontinha delicada e rosada não perdeu tempo e foi logo pressionando a palma da minha mão, enquanto eu a acariciava de leve. Beijei seus lábios e o canto de cada um dos seus olhos, que ainda estavam vermelhos e um pouco inchados. Beijei suas bochechas coradas e a ponta do seu narizinho enrugado, já que Avett estava fazendo careta. Beijei atrás da sua orelha e fui beijando seu maxilar, enquanto descia a mão por seu tronco.

Sua pele foi ficando arrepiada à medida que eu passava a ponta do dedo por suas costas, sua barriga e seu umbigo delicado. Avett mexia as pernas, que estavam ao lado dos meus quadris, sem parar, e sua mão passou por minha carne ardente, em uma carícia constante.

Ela virou a cabeça, ofegante e meio surpresa, e murmurou em meu ouvido:

– Não acredito que você tem uma tatuagem grandona assim.

Eu estava mordiscando a veia que pulsava na lateral do seu pescoço com tanta força que deixaria marcas. Aquele não era meu estilo na cama, gosto das coisas certinhas e discretas. Só que, com ela, queria ser lembrado. Queria que Avett olhasse no espelho e visse o que fiz. Queria que ela me sentisse quando se movesse e queria que se lembrasse da minha voz em seu ouvido quando a fizesse gozar. Queria que fosse tão consumida pela fúria dessa coisa louca e desvairada que rola entre nós quanto eu. Então chupei aquela mordida e levantei a cabeça, enquanto minha mão chegou ao vértice de suas coxas.

Sua barriga ficou arrepiada quando ela se deu conta de onde minha mão estava indo, mas seu olhar estava fixo na águia gigante que tenho tatuada no meio do peito. Em uma das garras, o enorme pássaro predador tem uma espingarda; na outra, a balança da Justiça. Fiz por impulso assim que passei no exame da Ordem. O troço levou um tempão para ficar pronto, de tão grande, e depois de cada sessão Lottie me xingava por ter estragado meu corpo para sempre. Ela odiava a tatuagem, e não era raro me pedir para ficar de camiseta quando estávamos na cama.

Pelo olhar de Avett, dava para ver que ela não odiava nem um pouco a obra de arte ousada que enfeitava meu corpo. E também não odiou quando deslizei os dedos por suas dobrinhas escorregadias e encontrei a entrada quente e acolhedora de seu corpo. Ela levantou os quadris na minha direção e soltou as mãos em cima dos músculos tensos dos meus ombros.

Beijei cada um dos seus mamilos entumescidos e murmurei, com os lábios encostados em sua pele macia:

— Sou cheio de surpresas.

Avett deu uma risadinha, que se transformou em um gemido baixo quando capturei o biquinho de um dos seus seios com o calor da minha boca. Eles são bastante firmes e fartos. Bastante belos e orgulhosos, empinados no alto do seu peito. Me deu vontade de passar meu pau no meio deles. Me deu vontade de deslizar no vale suave que formariam, enquanto ela abrisse a boca carnuda para me chupar pelo outro lado. Tive vontade de deixar marcas, em cada parte do seu corpo. Circulei o mamilo durinho e eriçado com a ponta da língua, enquanto meus dedos atravessavam sua umidade e roçavam em seu clitóris desesperado.

Avett tirou as mãos das minhas costas, as levou para a frente do meu corpo e começou a abrir a fivela do meu cinto. Estava ofegando muito e se remexendo em baixo de mim de um jeito que deixou meu corpo inteiro rígido. Meu pau estava exigindo participar da ação, mas aquela não era uma situação para combustão. Estava mais para um fogo baixo que a aqueceria e continuaria com ela depois.

Parei de torturar seu mamilo e levei a boca à sua orelha. Passei a ponta da língua em sua orelha delicada e disse:

— Espera só um pouquinho.

Com as pernas, ela tentou procurar meus dedos inquisidores que estavam entrando e saindo do seu canal guloso, mas meus quadris atrapalharam.

– Quero ver quais são suas outras surpresas, Quaid.

Seu tom de súplica me deu vontade de rir. Já tive muita mulher ansiosa para chegar no material, mas, em geral, por achar que o material poderia render alguma outra coisa. Não me lembro de estar na cama com uma mulher fazendo biquinho porque eu não havia tirado o pau logo para satisfazê-la. Nunca estive com ninguém tão ávida para simplesmente estar comigo porque sou quem sou. Aquela garota é tão cheia de surpresas quanto eu.

Lambi sua clavícula, segurei seu ponto de excitação entre os dedos, apertei de leve, depois soltei aquele pedacinho de carne secreto e pulsante. Esse movimento fez Avett se contorcer na cama, o que me favoreceu, porque me levantei no meio de suas pernas e olhei para ela.

– O que você está fazendo?

Ela parecia desnorteada, e gostei de, pela primeira vez, ser eu a estar causando caos e confusão.

Dei um sorriso, que ficou ainda maior quando Avett suspirou e colocou a mão no peito, onde, com certeza, seu coração batia acelerado.

– Surpreendendo você.

Avett falou meu nome, ofegante, com um grito surpreso, quando fiquei de joelhos na beirada da cama, com o rosto bem de frente para o seu ponto mais profundo. Tentou fechar as pernas, mas meus ombros a atrapalharam. Aí tentou ir para trás, porém fui mais rápido e segurei seus quadris para conseguir colocar minha boca ávida nela. Adoro ter o que segurar quando ponho as mãos ou a boca em seu corpo. Avett Walker podia ser tão imprevisível e indomável quanto o clima do Colorado, mas tudo o que minhas mãos tocam em seu corpo é real e cheio de substância.

Beijei o interior de sua coxa e percorri a curva de sua perna com a língua que, em seguida, enfiei no seu ponto de prazer brilhante e excitado. Gosto muito do tom de rosa do seu cabelo, mas preciso dizer que aquele tom de rosa lascivo e lúbrico que estava implorando para ser lambido e chupado no meio das suas pernas é, de longe, meu preferido, e falei isso a ela.

Avett protestou, sem muita convicção, quando a levantei de leve, obrigando-a a apoiar as pernas em meus ombros para se equilibrar, enquanto eu me dedicava a consumir todas as partes do seu corpo.

Saboreei aquele suco que minha boca estava criando. Inalei a umidade em que meus dedos incansáveis escorregavam. Me deliciei com cada tremor, cada arrepio, cada vibração de suas paredes internas, enquanto eu a fodia com os meus dedos e a minha língua. Mordisquei aquele conjunto de nervos como se fosse a sobremesa mais sofisticada que já comi. E, quando suas mãos de repente se enroscaram no meu cabelo e me puxaram mais para perto, e quando ela passou a murmurar meu nome sem parar, parei por alguns segundos.

Eu a devorei, chupei, lambi de cima a baixo, até que Avett começou a se sacudir, com movimentos confusos e incoerentes. E, quando ela gozou na minha língua e sua descarga de prazer inundou a minha boca, aquela garota fez isso como faz tudo na vida: de modo louco e doce. O seu caos tomou conta de mim, e tive absoluta certeza de que não conseguiria me libertar dele.

Levantei, no meio das suas pernas, que estavam quase inertes, e pus a mão na fivela do meu cinto. Avett estava deitada ali, parada e em silêncio, como nunca tinha ficado na minha presença. Seus olhos estavam arregalados e desfocados, mas havia um leve esboçar de um sorriso nos cantos de sua boca. A mulher me pareceu destruída. Só que, dessa vez, de um jeito lindo e *sexy*. Tive vontade de bater no meu peito, em um gesto de vitória bem cuzão, por ter sido eu a deixá-la com aquele olhar.

Minha calça caiu no chão, fazendo um barulho de coisa molhada, e Avett não tirou os olhos de mim enquanto eu removia minha cueca preta. Meu pau excitado balançou ao ser finalmente libertado e não teve nenhuma dificuldade para apontar direto para a parte mais profunda de seu corpo. Meu membro era como uma espécie de míssil teleguiado do sexo que sabia exatamente onde ficava o mais doce dos alvos.

Avett arregalou de leve os olhos e se sentou, fazendo meu pau ficar alinhado com aqueles peitos gloriosos que têm povoado minhas fantasias pornográficas, que eu estava louco para comer. Com o dedo indicador, espalhou bem devagar o líquido que se formou na ponta da minha ereção dolorosa. Segurei seu pulso e lhe lancei um olhar sofrido.

— Preciso pôr uma camisinha e meter em você. Se você ficar passando a mão em mim, não vou me segurar nem conseguir fazer nenhuma dessas duas coisas.

Avett arregalou um pouco mais os olhos e soltou a mão. Mordeu o lábio inferior, e eu urrei. Não consegui me controlar e precisei chegar mais para frente e enfiar os dentes em seus lábios, onde os dela tinham acabado de estar. Quando levantei a cabeça, ela parecia meio zonza e muito excitada. Dei mais um beijo nela e falei que já voltava.

A caminho do banheiro, fiquei me xingando por não ter um criado-mudo para guardar minhas camisinhas. Ter a proteção à mão, de repente, me pareceu muito mais importante do que ter uma bela vista. Soltei palavrões entredentes e em voz alta, desesperado, durante todo o trajeto de ida e de volta.

Enquanto fui até o banheiro, Avett foi mais para cima na cama e colocou a cabeça no devido lugar: em cima dos travesseiros. Ela estava deitada com as pernas abertas, com uma mãozinha mandando ver entre suas coxas e a outra segurando um dos seus peitos fartos. Seus olhos ficaram fixos nos meus enquanto eu me aproximava. Não havia nenhuma gota de constrangimento ou vergonha neles. Então ela deu um sorrisinho malicioso e lambeu os lábios, como se estivesse morrendo de fome e eu fosse a única coisa capaz de saciá-la.

— Você levou a diversão embora, então tive que me ocupar de alguma maneira.

A loucura é divertida. A doçura é viciante, e fiquei me perguntando se não podia viver para sempre no caos, se era assim que o caos ia ser.

Minha ereção não ia me permitir tempo para brincadeira. Meu pau estava exigindo ser satisfeito, e minhas bolas estavam tão esticadas que pareciam prestes a explodir quando encostavam na minha carne ávida.

Subi em cima de Avett e fiquei maravilhado ao ver quanta coisa cabia naquele corpo tão pequeno. Fiquei apoiado em um braço e pus a outra mão em cima da dela, que estava se divertindo,

LEIS DA TENTAÇÃO

se remexendo na umidade que restou do seu orgasmo anterior. Fiquei com os olhos fixos nos dela e fui entrando devagar em seu corpo. Cada centímetro que cedia, cada milímetro que me aceitava e me apertava, parecia a maior conquista da minha vida.

Avett estava maleável, por ter recebido minha atenção e pela manipulação dupla dos nossos dedos, mas ainda assim é pequena, coisa que eu não sou. Precisei ter mais paciência e força de vontade do que nunca para conseguir meter minha ereção furiosa até o fundo. Assim que consegui e senti que seu corpo começava a se soltar e a se liquefazer à minha volta, comecei a me mexer.

Eu tinha a intenção de ir com calma, de saborear o acúmulo de sensações e o fogo lento que eu ainda estava tentando instigar. Essa intenção foi para o espaço no mesmo instante em que Avett passou a perna por meu quadril e enfiou o calcanhar com força na minha bunda. Ela jogou a cabeça para trás e começou a puxar e a retorcer um mamilo entre os dedos, com mais força do que eu teria usado naquele biquinho aveludado. Em seguida, abandonou nossa estimulação conjunta de seu clitóris, enfiou as unhas em minhas costelas e disse:

— Mais, quero mais.

E eu queria lhe dar tudo o que ela havia pedido e muito mais.

Nunca fui de negar qualquer coisa que uma mulher me pedisse na cama e, de jeito nenhum, ia começar a fazer isso com aquela mulher.

Então enfrentamos a tempestade. Juntos.

Eu me enterrei nela. Esmaguei Avett contra o colchão e meti com força e por muito tempo. Eu a beijei até nós dois ficarmos sem ar. Meti como se estivesse usando meu pau para tatuar meu nome dentro dela. Seu corpo vibrava em volta de mim e me puxava com as pernas, para eu ir cada vez mais fundo. Não nos encaixávamos perfeitamente, mas era algo real, nu e cru. Tínhamos que trabalhar juntos para encontrar o prazer. Precisávamos dar e receber, ter certeza de que nos movíamos um contra o outro e um sobre o outro, para que os dois conseguíssemos receber o que precisávamos. Era o tipo de sexo que dava certo trabalho para ser incrível, ou seja, era o tipo de sexo inesquecível e completamente gratificante, como nenhum outro.

Nós dois nos contorcemos juntos. Puxamos e empurramos um ao outro. Deixamos marcas. Roubamos o ar um do outro e urramos os nomes um do outro. Suamos um em cima do outro e queimamos tudo o que tocamos. Nos acabamos e nos consertamos. Parecia o começo e o fim de tudo o que eu conhecia.

Parei de segurar seu botãozinho escorregadio, mas tudo bem, porque os dedinhos espertos de Avett voltaram para o lugar. E, toda vez que ela roçava aquele ponto trêmulo entre suas pernas, a parte de trás de seus dedos também roçava meu pau túrgido. Foi a melhor carícia da minha vida e ficou ainda melhor quando Avett começou a, de propósito, aplicar o máximo de fricção na base do meu pau enquanto eu metia nela sem parar.

Minhas bolas ficaram ainda mais esticadas contra meu corpo, e uma pontada aguda de prazer causou uma tensão repentina, bem na base de minha espinha. Eu não ia conseguir me segurar por muito tempo e, pelo modo como Avett estava com o rosto vermelho e se movimentando embaixo de mim, achei que ela também não. Queria

LEIS DA TENTAÇÃO

que aquela mulher gozasse com meu membro dentro dela, comigo metendo fundo e com força, mais do que eu queria qualquer uma daquelas merdas inúteis que me consumiam todos os dias. Queria ter aquele prazer sem reservas e sem filtros tomando conta de mim, depois queria que ela me fizesse sentir isso muitas e muitas vezes.

— Avett...

Pronunciei seu nome porque, naquele momento, nenhuma palavra era tão importante. Senti meu pau se repuxar e meu coração começar a bater com força.

Com os olhos fixos nos meus, ela pôs a outra perna em volta da minha cintura e tirou o braço do meio de nós, se enroscando completamente em meus ombros, se enroscando completamente em mim.

— Quaid...

Meu nome saiu de seus lábios quando ela gozou debaixo de mim, no mesmo instante em que um incêndio de prazer ardeu em minhas entranhas. Meu gozo foi uma descarga que veio logo depois da sua. Meu gozo foi uma fogueira que queimou todas as lembranças de todas as mulheres que existiram antes dela. Entrei em erupção, com um uma enxurrada de satisfação e completude que me deixou vazio e exausto, e caí em cima de Avett.

Aquilo não foi um orgasmo. Foi um acerto de contas.

Senti o roçar sutil de seus lábios na lateral do meu rosto e Avett sussurrar em meu ouvido:

— Acho que, no fim das contas, é melhor não ter nada com a pessoa certa do que ter tudo com a pessoa errada, não é?

Aquela mulher tinha toda a razão.

CAPÍTULO 11
Avett

—AINDA NÃO ACREDITO QUE VOCÊ TEM UMA TATUAGEM TÃO GIGANTE. Uma tatuagem que aparecia dos dois lados de seu peito musculoso, por sua camisa desabotoada. Quaid começou a vestir uma calça cinza clara e me deu vontade de suspirar de decepção quando a peça cobriu aquela bunda de nível internacional. Ele fica fenomenal de terno e gostei muito de como ficou mais durão de *jeans* e jaqueta de couro. Mas fica muito melhor sem roupa nenhuma.

Sem nada para escondê-lo nem defini-lo, o verdadeiro Quaid Jackson não tinha como se esconder. A tatuagem que cobre quase seu tronco inteiro se destaca, ousada e provocativa, em sua pele levemente morena. Cresci no meio de homens tatuados e sempre admirei um trabalho bem feito. A sua era muito especial, talvez por ser tão inesperada. Acho que gostei de ele ter algo tão inegavelmente tradicional desenhado em seu corpo. Me dava a sensação de que, talvez, ele ainda tivesse esperança, de que não ia se afundar ainda mais naquelas grifes e bugigangas reluzentes que consumiam sua vida e seu espaço. Também gostei de ele ter uma cicatriz bem feia acima do quadril e outra vertical, descendo por suas costelas.

LEIS DA TENTAÇÃO

A grandona, na lateral do seu corpo, tinha cerca de trinta centímetros, era saliente e fazia seu corpo perfeito parecer mais normal. Ele tem uma falha, o que me fez gostar ainda mais do sujeito. Perguntei se aquela cicatriz era de algum machucado dos tempos do Exército, e ele só grunhiu e resmungou:

– Tenho desde criança.

Com aquela cicatriz e aquela tatuagem enorme, Quaid poderia passar facilmente por um daqueles homens do Instagram que têm um milhão de seguidores e um zilhão de curtidas em cada foto que posta. Como esse grau de perfeição é intimidador, fiquei feliz que, quando ele fica pelado, tudo o que o torna bonito e imperfeito fica à mostra. E aquela barriga tanquinho e aquela bunda também não caem nada mal.

Naquele momento, odiei ele estar cobrindo tudo aquilo. Eu só podia observar, impotente, o que eu estava começando a chamar de sua fantasia de advogado, enquanto ficava sentada na beira da cama usando nada além de sua camiseta, na qual se lia "EXÉRCITO", e um cabelo para lá de bagunçado, por causa do sexo. Depois da minha alfinetada, Quaid olhou para o peito descoberto, para mim de novo, encolheu os ombros e falou:

– Quando eu estava na faculdade de Direito, fiz um estágio na Promotoria do Estado. Conheci um sujeito chamado Alexander Karsten, que tinha várias tatuagens muito impressionantes. Quando passei no exame da Ordem, resolvi que precisava comemorar com uma *tattoo* o fato de a minha vida finalmente estar no caminho que eu sempre quis.

Levantei as sobrancelhas e perguntei:

— Então a tatuagem foi seu grande ato de rebeldia antes de resolver virar adulto?

Quaid sacudiu a cabeça, e aquela mecha rebelde de cabelo loiro, que sempre se recusa a ficar no lugar, caiu em seus olhos azuis claros.

— Não, meu grande ato de rebeldia foi entrar para o Exército. Era a última coisa que meus pais esperavam que eu fizesse – cheguei a abrir a boca para perguntar o que havia acontecido com a sua família, porque era a segunda vez que ele comentava que os pais haviam ficado decepcionados quando ele resolveu se alistar, mas Quaid continuou falando, porque, pelo jeito, não queria tocar no assunto de sua ruptura amarga com o passado. — Marquei uma hora com o tatuador do Alex, um moleque de moicano roxo e *piercing* no lábio chamado Rule Archer. Disse que eu queria uma *tattoo* que representasse o que eu fui e o que eu seria. Como ele mandou muito bem no desenho, nem me importei por ser tão grande. Quase ninguém vê.

Dei uma risadinha e o puxei para perto pela fivela do cinto que ele havia acabado de pôr. Comecei a fechar os botões da sua camisa, mas posso ter passado mais tempo acariciando a sua barriga tanquinho do que o ajudando a se vestir.

— Por acaso, conheço Rule muito bem. Foi para o irmão mais velho dele, Rome, que meu pai vendeu o bar. E foi Rome que precisou me demitir por ter roubado dinheiro do caixa – fiz careta ao chegar na metade dos botões.

— É ele que ainda está muito puto comigo e com quem preciso me desculpar. Se houver alguma maneira de compensá-lo, preciso dar um jeito de fazer isso. Rome é o filho que meu pai nunca teve. Não posso permitir que ele me odeie para sempre.

LEIS DA TENTAÇÃO

Soltei um sorriso e fiquei de pé para conseguir terminar de abotoar a camisa de Quaid. Quando cheguei aos botões da gola, fiquei na ponta dos pés e beijei as veias fortes de seu pescoço antes de terminar o serviço. Gosto mesmo do terno. Mas, definitivamente, gosto mais quando aquele homem está sem ele.

Levantei o rosto, e Quaid o segurou entre suas mãos e fez carinho nas minhas bochechas. Tínhamos enfrentado a tempestade emocional que nos havia torturado no dia anterior, e a calmaria que se seguiu era algo completamente novo para mim. Eu tinha vontade de desfrutá-la, de absorvê-la, de deixar um pouco daquela tranquilidade que havia tomado conta do meu corpo acalmar o caos que sempre rodopiava dentro de mim.

– Duvido que ele te odeie. Você precisa dar chance para as pessoas te perdoarem, Avett. Você faz merda. Mas, quanto levanta um muro de defesa, chafurda na culpa tão fundo que sequer dá oportunidade de os outros te falarem que sim, você cometeu um erro, mas isso não é o fim do mundo – Quaid começou a fazer carinho em meu maxilar, e tive vontade de ficar passando meu rosto em sua mão quente e macia, como fazem os gatos. – Você aceita as consequências das suas ações muito bem. Agora precisa aprender a aceitar o perdão também.

Quaid fica muito *sexy* quando fala juridiquês comigo.

Nunca pensei que merecia ser perdoada. Por isso, nunca me ocorreu que mais alguém além de meu pai, a única pessoa que sempre me amou incondicionalmente, estaria me esperando com perdão e de coração aberto depois de todo o dano que sou capaz de causar. Limpei a garganta e me obriguei a dar um sorriso amarelo.

— O que eu preciso é deixar você terminar de se arrumar para o trabalho. Tem certeza de que dá tempo de me deixar na casa de minha mãe a caminho do Tribunal?

Quaid sugeriu que eu ficasse na casa dele, porque o prédio era seguro, tinha porteiro e equipe de segurança. Mas, de jeito nenhum, eu ia correr o risco de quebrar ou estragar alguma coisa naquele apartamento fodástico. Eu tinha medo de tocar em tudo, por mais que ele tenha dito, pelo menos umas dez vezes, para eu relaxar e ficar à vontade. Então, já que eu não estava nem um pouco à vontade e jamais ia conseguir relaxar, resolvi ir para a casa da minha mãe, remexer em seu armário e, se tiver sorte, acabar com nosso desentendimento enquanto Quaid trabalhava. Ele não ficou muito feliz com a minha decisão. Parece que ele queria mesmo que eu gostasse da sua casa. E gosto, desde que Quaid esteja dentro. Sem ele naquele *loft* elegante e cheio de coisas bacanas, me sinto uma intrusa. Como se o acabamento de alto padrão e o chão importado soubessem que não tenho direito de usufruí-los. O que pode ser completamente irracional, mas eu não estava com a menor vontade de passar o dia enfiada ali, porque tinha medo de que os eletrodomésticos se revoltassem contra mim e me expulsassem do apartamento aos gritos.

— Já te falei que tenho tempo para te deixar lá antes do trabalho e para fazer compras depois, se você quiser — respondeu, levantando aquela sobrancelha loira para mim.

Eu já tinha dito que não. Que não queria que ele me comprasse nada. Considerando o que minha família já lhe devia, eu ficava toda tensa, com o estômago revirado, só de pensar nele gastando dinheiro comigo. Eu já ia levar o resto da vida para pagá-lo, porque não ia deixar meu pai acabar com seu fundo de aposentadoria, além de perder a casa e todos os seus pertences. De jeito nenhum. Ia ter que dar um jeito de pagar Quaid e não estava nem um pouco a fim de aumentar essa conta.

– Já te disse... – falei, passando a mão na parte da frente de suas calças. Ouvi ele soltar um suspiro de surpresa quando pus a mão naquele seu material impressionante e dei uma apertadinha, só para garantir. – Quero esse negócio que está dentro da sua calça, não o que está na sua carteira, Quaid.

Dei um sorrisinho malicioso, porque aquele pedaço de carne que eu segurava começou a inchar e a crescer em minha mão. Era uma sensação loucamente poderosa, saber que eu era capaz de fazer um homem que parecia tão reservado e controlado reagir instantaneamente, com um simples toque. Gostava de ver sua compostura desaparecer quando eu passava a mão nele. Gostava de Quaid não pensar, simplesmente reagir a mim e às sensações que eu lhe provocava.

Seus dedos grossos seguraram meu pulso, e achei que ele ia tirar minha mão de cima, mas não foi isso o que ele fez. Apertou-a ainda mais contra seu pau, que estava completamente ereto por baixo do tecido da calça, e começou a esfregá-la para lá e para cá.

– Estou te oferecendo as duas coisas.

Ele quase urrou essas palavras e, quando levantei o rosto, seus olhos estavam quase prateados de tanto brilharem com o desejo que ardia naquelas profundezas. Ele estava me oferecendo as duas coisas, mas não sabia por que, e eu também não.

Ficamos nos encarando de modo intenso. Não havia mais um véu entre nós, não havia mais como qualquer um dos dois se esconder. Quaid sabia que eu era um desastre e que eu sabia que ele era muito mais do que pensava ser. Eu nunca tinha mentido para ele e não ia começar naquele momento.

Pus a outra mão em seu cinto e falei a verdade:

— Eu só quero você.

E, caso minhas palavras não fossem suficientes para provar, eu não teria problema nenhum em demonstrar.

Ainda com os olhos fixos nos dele, eu o empurrei para trás para conseguir me ajoelhar na sua frente. Fiquei esperando Quaid me pedir para parar – afinal de contas, ele tinha compromisso no Tribunal, e nós dois tínhamos um cronograma a cumprir. Mas ele não soltou nem um pio enquanto eu abria seu cinto de couro e não falou nada quando abri o botão de sua calça nem quando abri o zíper. Também não protestou quando passei o rosto em seu membro ardente, coberto pelo algodão de suas cuecas pretas, que comecei a tirar. Mas passou os dedos por meu cabelo colorido e soltou um suspiro que pareceu conter todo seu autocontrole. Pedi para ele tirar a camisa meticulosamente passada da minha frente quando pus os olhos naquele volume intimidante.

Beijei os dois lados de seu quadril e fiz cócegas naquele "V" que apontava para o pau que eu estava revelando lentamente. A ponta do meu nariz roçou nos pelos grossos e loiros que apontavam direto para a sua carne pulsante, e seus dedos rasparam com impaciência e força meu couro cabeludo. Ele estava impaciente, e seu pau também. O membro longo e rígido pulsava como se tivesse vida própria e caiu nas minhas mãos quando terminei de revelá-lo.

O pau de Quaid é bem parecido com ele: gracioso tanto no

comprimento quanto na largura. Se existe um membro bem feito, é esse. Robusto, ficou balançando feliz, se afastou de sua barriga tanquinho e veio parar na minha mão, confiante, pelo modo que pulsou e ficou úmido de tesão quando passei a língua em sua cabeça sensível pela primeira vez.

Enrosquei a língua e girei sem parar, sentindo seu gosto e descobrindo sua anatomia. Fechei a mão em volta da base de sua ereção e apertei até Quaid levar o quadril para a frente e se enfiar na minha boca ávida. Eu teria dado risada de sua impaciência. Mas, como nunca tive um pau executivo na boca, quis garantir que teria tempo para saborear a experiência.

Chupei Quaid, explorei cada curva e cada detalhe com a língua. Banhei seu membro firme na minha umidade e usei a mão para adicionar mais um elemento de prazer. Ele espalmou a mão na parte de trás da minha cabeça e começou a movimentá-la no ritmo que desejava. Essa é a diferença entre o executivo e o estagiário. O executivo mostra o que fazer; orienta o modo melhor e mais eficiente de realizar a tarefa. O estagiário aparece fazendo muitas perguntas e sem as devidas habilidades.

Nunca ninguém havia me comido na cara antes, mas era exatamente o que Quaid estava fazendo, e essa era uma das coisas mais excitantes que já haviam me acontecido na cama. Dava um tesão inacreditável fazer ele assumir o papel de louco e doce.

Ele me pediu para abrir mais a boca. Ele me pediu para chupar com mais força. Ele me pediu para enfiar mais e apertar ainda mais. Mas também falou que eu era incrível. Falou que minha boca parece um sonho. Falou que ficar com as mãos enroscadas em meu cabelo cor-de-rosa ia fazê-lo gozar. Falou que fazia semanas que me imaginava de joelhos, na frente dele, e que a realidade era muito melhor. Sua loucura dava muito tesão, mas sua doçura me deixou molhadinha e fervendo no meio das pernas. Se eu não estivesse tão concentrada nele e tão determinada a lhe dar a melhor chupada possível, eu teria posto minha mão livre por baixo da camiseta e batido uma siririca enquanto engolia o máximo do seu pau possível.

Para continuar firme na minha tarefa e não me distrair com minha repentina e aguda excitação, passei a mão livre por sua bunda durinha e acariciei a parte interna de suas pernas. Quaid soltou um palavrão bem alto quando rocei os nós dos dedos em seu saco esticado e, como sua voz falhou e suas mãos seguravam minha cabeça cada vez com mais força, dava para ver que ele estava quase lá. Chupei até minhas bochechas ficarem ocas e usei a língua para sorver o líquido salgado que saía pela ponta de seu membro. Até o gosto dele parecia mais refinado e mais palatável do que o de qualquer homem que eu já tinha provado.

Ele rosnou meu nome e perdeu o controle dos seus movimentos ritmados. Começou a praticamente se esfregar na minha boca. Segurei as esferas sensíveis e pesadas no meio da suas pernas fortes e passei a mão nelas de leve. Foi o que bastou para fazê-lo chegar ao clímax.

Quaid não me avisou. Não me deixou escolher se ficava ou saía. Não fez nada além de me puxar mais para perto e me segurar com um movimento quase desesperado, enquanto metia na minha boca. Falou meu nome em um longo suspiro. Pus as mãos nas laterais do seu quadril e aceitei o que ele estava me oferecendo.

LEIS DA TENTAÇÃO

Quando ele parou de se mexer e eu me afastei com um sorrisinho convencido, achei que ele fosse me falar que havia sido muito divertido, mas que precisava sair correndo. Não esperava que Quaid me fizesse levantar nem que me atirasse na cama. Seus olhos ardiam com aquele fogo de tons invernais, e fiquei sem ar quando ele arrancou a camiseta que tinha me emprestado e se instalou no meio das minhas pernas.

Eu já estava molhadinha, mas o primeiro beijo que ele deu nas minhas dobrinhas sensíveis causou uma chuva torrencial. Dar prazer a Quaid e saber que eu era a pessoa que o fazia perder o controle já me fazia quase gozar. Ele não ia precisar fazer muito para eu chegar lá. Gemi para o teto e não tive a menor vergonha de me esfregar em sua boca para aliviar a tensão que tomava conta do meu corpo. Chupar um homem nunca me deu tanto tesão. Foi minha vez de enroscar os dedos em seu cabelo loiro e grosso e puxá-lo mais para perto, aproveitando sua boca como se fosse um daqueles brinquedos de parque de diversão. Quando Quaid resolveu meter os dedos e o nariz no meu clitóris já inchado, explodi em uma onda de prazer que parecia não ter fim.

Quando nossos peitos ofegantes e nossos corações acelerados começaram a se acalmar, eu me apoiei nos cotovelos e olhei para ele, que se levantou no meio de minhas pernas abertas e começou a enfiar a camisa para dentro da calça e a fechar de novo o cinto. Ele parecia meio amassado, do tipo de amassado de quem acabou de trepar. Mas, na minha opinião, isso o tornava ainda mais *sexy* de terno. Então se inclinou sobre mim e se apoiou nas mãos, quase encostando no meu nariz.

— Tudo na minha vida sempre tem a ver com o que tenho ou com quem está tentando arrancar o que de quem. Todo dia é sempre quem fez isso, quem fez aquilo, e isso cansa bastante, Avett. Não quero que um monte de cheques e extratos bancários nos atrapalhem.

Engoli em seco e pus a mão em seu queixo tão bem barbeado.

— Você sabe que isso é impossível, não sabe? A gente vem de mundos diferentes.

Quaid espremeu os olhos, e eu tremi com seu olhar frio.

— Pode até ser, mas quando estamos na cama, com certeza somos do mesmo mundo. Não é o que você tem que importa, nem o que eu tenho. Só importa o que nós dois temos juntos. Onde você esteve e o que fez não existe aqui, e o isso também vale para mim. A única coisa que conta aqui é o que fazemos neste momento.

Fiquei passando o dedão em seu lábio inferior. Que ainda estava úmido e brilhante por causa das carícias meticulosas que ele tinha acabado de me proporcionar. Aquilo, provavelmente, era a coisa mais legal que alguém já havia me dito. Mas sei a verdade, e a verdade é que tudo o que fizemos antes importa, sim, e nós dois jamais estaríamos em pé de igualdade, nem mesmo na cama. Ele é executivo e, apesar de eu não ser exatamente uma estagiária, com certeza poderia ter uma posição mais alta na escala social. Sempre que estou com Quaid, parece que aprendo algo novo: sobre ele, sobre mim mesma e, definitivamente, sobre sexo e intimidade, sobre como não usar essas duas coisas para sofrer.

— Você precisa ir trabalhar, e já te atrasei.

Não era isso que ele queria. Dava para ver pelos seus olhos, que ficaram mais cinzentos, enquanto ele saía de cima de mim.

LEIS DA TENTAÇÃO

Não tenho muito a oferecer para um homem como Quaid Jackson. A verdade terá que bastar, mesmo que isso o faça me olhar com cara de arrependimento, por não ter deixado eu demiti-lo, lá atrás.

— E ESSE ADVOGADO? O QUE ESTÁ ROLANDO?

O tom de voz de minha mãe era de curiosidade, mas também de cautela. Pude perceber que ela estava torcendo para que eu respondesse que finalmente havia encontrado um homem que ia me manter longe das encrencas. Porém, quanto mais eu convivia com Quaid, na cama e fora dela, mais me dava conta de que ele era a melhor e maior encrenca em que já me meti. A queda, quando as coisas com ele implodirem, pode até ser meu fim.

Mal consegui ouvir de tão abismada e maravilhada. Fiquei sem palavras e grudada no chão ao ver o monte de coisas que cobriam a pequena cama de solteiro que era minha quando ficava na minha mãe, quando era mais nova. Eu não entrava naquele quarto desde a adolescência e, velo coberto do chão ao teto de roupas e itens de higiene pessoal me deixou abismada de tanta emoção.

Tive que pôr a mão na garganta e segurar as lágrimas quando me virei para ela.

"Não acredito que os dois fizeram isso. Não acredito que os dois gostam de mim a ponto de fazer algo tão legal, sendo que eu sempre fui terrível com eles."

Eu não ia precisar assaltar o armário da minha mãe, porque todas as namoradas dos rapazes do meu pai vieram com força total e doaram tudo o que preciso para sobreviver à perda do que tinha.

Havia mais roupas ali do que eu possuía antes do incêndio, algumas até estavam com etiqueta, e outras, já usadas e confortáveis. Havia sapatos e meias. *Lingeries* que iam das básicas às mais safadas. Havia coisas que me pareciam macias, perfeitas para dormir. Tinha maquiagem e produtos de cabelo. Tinha uma escova e um secador. Tinha uma escova de dentes. Eu nem tinha lembrado de que precisaria de uma, até aquela manhã, quando precisei escovar os dentes com o dedo, na casa de Quaid.

As meninas haviam se desdobrado para garantir que eu tivesse um pouco de tudo o que havia perdido. E fiquei tão tocada, tão emocionada, que meu cérebro parou de funcionar. Minha mãe pôs a mão em meu braço e, quando a olhei, ela estava sorrindo.

— Seu pai tem talento para achar gente boa, e essas meninas... — ela estava falando das mulheres maravilhosas que haviam feito aquilo por mim, e vi uma expressão que nunca tinha visto quando ela falava sobre mim ou comigo: orgulho.

— Elas têm um coração tão grande, como eu nunca tinha visto. Só podem ter, se aguentam aqueles homens maravilhosos e cabeças-duras que escolheram para amar.

Limpei a garganta, toda sem jeito, e falei:

— Nem sei se um dia vou conseguir agradecer tudo isso. Me parece demais. Não mereço esse tipo de gentileza, de nenhuma delas.

Minha mãe apertou meu braço e me virou de frente para ela. Seus olhos, verdes e dourados como os meus, se fixaram em meu rosto.

— As meninas não fizeram isso porque queriam a sua gratidão nem chegaram a pensar se você merecia ou não um gesto de compaixão e carinho. Fizeram isso porque, na opinião delas, era o que deveriam fazer. Seu pai já ajudou tanto o namorado de cada uma quando os rapazes precisaram de conselhos. Para essas meninas, isso era simplesmente o que deveria ser feito – falou, então sorriu de novo.

– Para ser franca, acho que provavelmente fariam isso por qualquer pessoa em uma situação de necessidade. Mas o fato de você ser filha de Brite com certeza contribuiu – suas sobrancelhas castanhas se levantaram, e sua expressão suave se transformou em curiosidade. – E o advogado?

Minha mãe mudou de assunto, mas eu ainda estava perplexa com o fato de ter tudo aquilo, de não precisar ficar sem nem de precisar rebolar para repor as coisas básicas. Tudo porque um grupo de mulheres que eu mal conhecia, que não me devia nada, achava que era a coisa certa a fazer. Fiquei imaginando como seria a sensação disso, fiquei imaginando se saber o que a gente deve fazer dá uma sensação de calor e alegria como receber aquele tipo de gesto tão positivo. Eu me senti aquecida, da cabeça aos pés, e meu coração parecia tão cheio de amor que foi um milagre não explodir. Aquela era a primeira vez, em muito tempo, que eu queria ser merecedora de algo tão bom. Queria ser o tipo de pessoa que não apenas sabe o que deve fazer sem precisar pensar, mas que também era capaz de fazer isso, de fazer outra pessoa se sentir tão valorizada e querida quanto eu me sentia.

– O advogado tem tudo para ser mais um item da minha longa lista de erros. Mas, até esse lance implodir, ele me faz sentir segura e me faz pensar. Não costumo fazer muito isso, e, considerando as circunstâncias, acho que pensar faz bem – dei uma batidinha na mão de minha mãe, que ainda segurava meu braço, e completei:

— Ele também sabe como sou zoada e o tanto de confusão que posso arranjar, então não fico achando que preciso alertá-lo ou protegê-lo do desastre inevitável. Ele não vai me deixar estragar a sua vida boa.

E talvez seja por isso que gosto tanto dele. Sei, bem lá no fundo, que esse lance que rola com Quaid, uma hora ou outra, vai levar à minha destruição. Mas, quando tudo acabar, ele ainda vai continuar forte, indestrutível e intocado pelo dano que costumo causar. Para mim, esse homem me parece à prova de tempestade, ou seja, irá sobreviver ao tufão de tragédia que, inevitavelmente, irá se abater sobre nós.

Minha mãe suspirou e soltou meu braço. Em seguida, fez um carinho em meu rosto.

— Ah, Avett... Você não faz ideia de como eu era parecida com você quando tinha a sua idade.

Não consegui controlar a gargalhada ao ouvir essas palavras. Eu estava ali para fazer as pazes com ela, para acabar com a distância que o rio de péssimas escolhas feitas por mim havia aberto entre nós ao longo dos anos, mas suas palavras me doeram. Se éramos tão parecidas, como poderia ser tão fácil para ela me abandonar, quando eu precisava tanto que me abraçasse e não me soltasse mais?

— É mesmo? Você também empurrava para bem longe todo mundo que amava? Você também decepcionava a sua mãe com frequência a ponto de ela mal conseguir ficar no mesmo recinto que você? Você fez merda sem parar, fodeu com tudo tantas vezes

LEIS DA TENTAÇÃO

que parece que nunca vai deixar de ser a pior escolha que alguém pode fazer?

Dei um passo para trás e fui me afastando, para que não precisássemos continuar aquela conversa. Mas eu deveria ter adivinhado que não poderia jogar a bomba e sair andando.

Darcy também se movimentou e, apesar de eu ter herdado minha estatura baixa dela, a mulher ainda é mais alta do que eu, e ficou óbvio, por sua cara, que ela não ia me deixar ir a lugar nenhum. Fiquei tentada a chamar meu pai, que estava no telefone, falando com a companhia de seguros, no escritório que fica na parte da frente da casa, para ele vir apartar aquele confronto que estava para acontecer há muito tempo. Mas havia chegado a hora de eu assumir todos os meus pecados. Principalmente os que haviam causado os maiores danos às pessoas de quem eu mais gostava. Eu queria acertar os ponteiros com minha mãe. Queria que ela soubesse que eu sentia muito por tudo, mas sentia mais ainda pelos danos que causei ao seu relacionamento com meu pai. Eu amo os dois e, mesmo assim, fiz da vida deles um inferno com a minha busca pela autorrecriminação.

– Avett... – ela disse, soltando um suspiro. Pude, literalmente, sentir o peso desse suspiro e da culpa nas paredes à nossa volta. – Sempre quis que você ficasse aqui, mas você quis morar com seu pai. E, considerando o modo como as coisas acabaram, bem, eu e ele achávamos que seu pai merecia ficar com você, muito mais do que eu. Houve tensão entre nós dois por causa do jeito como você começou a aprontar de repente? Sim, mas poderíamos ter dado um jeito nisso se eu não tivesse feito merda, se eu tivesse sido uma mulher mais forte e uma esposa melhor. Porque, sim, eu decepcionei meus pais, não só minha mãe, e, sim, muitas vezes fiquei imaginando se não era a pior escolha que seu pai poderia ter feito.

Pisquei, surpresa, como se nunca tivesse visto aquela pessoa na minha frente, e franzi a testa com tanta força que chegou a doer.

– Do que você está falando, mãe? Estava tudo bem, tudo ótimo, na verdade. Éramos uma família feliz, perfeita, até que tudo acabou.

E tudo deu errado exatamente na mesma época em que percebi como não fazer nada pode ser perigoso e mudar toda a sua vida. Comecei a fazer besteiras de um outro nível e fui atrás de algum tipo de penitência celestial para compensar o que aconteceu com Autumn.

– Nós nos esforçamos muito para fazer você acreditar que estava tudo bem, querida. É isso que os pais fazem quando amam seus filhos, mesmo que estejam sofrendo. Foi ficando cada vez mais difícil esconder nossos problemas à medida que você crescia. Nunca concordamos sobre a maneira de lidar com você, e vocês dois eram tão próximos... – ela fez um barulho engasgado e sacudiu a cabeça.

– Seu pai já era casado quando nos conhecemos. Nem liguei, mas meus pais, com certeza, ligaram. Ele era bem mais velho do que eu e ainda não tinha superado todas as coisas que havia passado quando era da Marinha. Gostava demais de beber, e a turma com a qual andava não eram exatamente do tipo que os pais costumam aprovar. Nada disso tinha importância para mim, porque me apaixonei por seu pai à primeira vista. Eu o adorava, estava obcecada por ele. Me convenci de que não importavam os obstáculos que estivessem em nosso caminho. Éramos feitos um para o outro. Não respeitei a vida que seu pai já tinha nem a mulher que já o amava. Eu o conheci, resolvi que queria ficar com ele e estava determinada a conseguir o que queria, apesar de todo mundo que gostava de mim ter me alertado, ter me falado de que era cedo demais para ir tão longe.

Nada disso era segredo, mas o modo como minha mãe falou, seu tom de arrependimento, era novidade para mim. Era o mesmo tom que usava quando alguma das minhas péssimas escolhas vinha me dar um tapa na cara.

— Engravidei antes de o divórcio oficial do seu pai sair. E, por mais que eu não tenha dúvidas de que seu pai me ama e ama você desmedidamente, nunca consegui superar o fato de eu ter feito ele largar a sua primeira mulher com tanta facilidade, principalmente porque todo mundo não parava de falar que ele não tinha escolha, já que eu havia engravidado. Passava todos os dias me perguntando se alguém ia aparecer e levá-lo embora, exatamente como eu tinha feito. Ficava imaginando se seu pai havia largado a mulher por obrigação. Eu era desconfiada, era possessiva. E, para um homem como o seu pai, um homem honrado e íntegro até o último fio de cabelo, isso acaba cansando. Ele me amava. Mas, depois de um tempo, a minha insegurança, somada aos seus próprios demônios, se tornaram coisa demais para ele suportar. Seu pai começou a ficar cada vez mais tempo no bar e, é claro, eu me convenci de que estava com outras mulheres. Ele já tinha traído antes de me conhecer, depois traiu para ficar comigo, por que não iria *me* trair? Naquela época, eu não entendia que o amor que seu pai tinha por mim era diferente do amor que havia sentido pelas mulheres anteriores. Não entendia o que era uma família e alguém que ele amava mais do que a própria vida tinha feito do seu pai um outro homem.

Franzi ainda mais a testa porque não lembrava de nenhum atrito ou tensão entre os dois. Não conseguia me lembrar de nenhuma briga ou discussão. Só lembrava do clima de felicidade e de romance. Era tudo lindo, até eu fazer 16 anos, e aí tudo mudou. Mas eu estava tão entretida com as mudanças de minha vida que sequer pensei no porque e no como as coisas também haviam mudado para meus pais. Brite foi embora, e eu fui com ele, convencida de que minha mãe estava de saco cheio do meu comportamento destrutivo e de saco cheio de mim.

Ela levantou a mão quando abri a boca para interrompê-la, e pude ver que seus olhos refletiam uma tristeza e uma dor de partir o coração.

– Eu me convenci de que seu pai estava saindo com alguém, de que ele estava fazendo aquilo de que eu lhe acusava. Nunca lhe dei ouvidos. Nunca sequer parei para pensar que podia estar enganada. Deixei que meus próprios medos e o veneno das outras pessoas me contaminassem. Fiz o que havia feito durante toda a minha vida: agi sem pensar. E resolvi que, se ele ia partir meu coração ficando com outra pessoa, eu ia fazer a mesma coisa com ele.

Suspirei surpresa e cambaleei para trás, de tão chocada.

– Mãe... você não fez isso.

As palavras saíram como se tivesse uma lixa na minha garganta.

Ela foi balançando a cabeça devagar, e o desprezo que sentia por si mesma estava estampado em seu rosto.

– Fiz, sim. E me senti enojada e envergonhada assim que me dei conta do estrago que havia causado em meu casamento e minha família. Eu tinha um marido maravilhoso, uma filha independente e cheia de vida. E, porque nossa família não era tradicional, nunca senti que a merecia. Nunca achei que o que eu tinha era bom para os padrões das outras pessoas. Nunca quis que você soubesse, Avett. Queria que você tivesse orgulho de mim, que quisesse ser como eu... Aí fui lá e fiz a única coisa que eu tinha certeza que você e seu pai jamais seriam capazes de perdoar. Nunca quis que você pensasse que eu estava disposta a arriscar perder você e seu pai. Eu estava com tanta repulsa daquilo em que havia me transformado, que comecei a me afastar quando você mais precisava de mim. Sabia que alguma coisa estava acontecendo com você, por causa de sua mudança repentina, por você estar sempre se metendo em confusão. Sabia, bem lá no fundo, que era porque não dava mais para conter e esconder o estresse entre mim e seu pai. Contei a ele imediatamente e, no começo, ele concordou que a gente podia tentar esquecer aquela traição, resolver as coisas. Mas todos os medos que eu tinha ficaram dez vezes piores. Porque eu havia dado a seu pai uma razão legítima para procurar outra pessoa. A certa altura, ele não conseguiu aguentar a pressão de viver à sombra da minha desconfiança, e eu não tinha como culpá-lo. Também não pude aceitar seu perdão, porque achava que não merecia ser perdoada. Nós dois estávamos infelizes, isso estava afetando você visivelmente. Larguei vocês dois porque foram as minhas atitudes e as minhas escolhas erradas que os afastaram de mim. Achei que merecia ficar sozinha.

– Jesus, mãe...

Nós duas éramos muito mais parecidas do que eu imaginava.

Minha mãe enrolou os braços em torno de si mesma, como se estivesse precisando muito de um abraço, e tirou os olhos dos meus.

– Eu e seu pai percorremos um caminho longo, cheio de obstáculos, para chegar a um ponto em que confiar um no outro deixou de ser um problema, em que poderíamos nos amar sem ter nada atrapalhando. Em parte, porque ele casou de novo e amou outra pessoa. E em parte porque seu pai é leal a você e sempre te apoiou de maneira incondicional. Ele nunca vacilou, Avett. Nem uma única vez. Houve momentos em que discordamos sobre o tipo de apoio que deveríamos te dar, mas foi porque eu via que você era tão imprudente e negligente consigo mesma e com o seu amor quanto eu. Queria que as coisas fossem mais fáceis para você.

Deixei escapar uma risada abafada e falei:

– Não foram.

Porque, mesmo distante da minha mãe, ver meu pai se casar de novo e se divorciar antes de eu completar 18 anos não foi fácil nem divertido. Darcy sempre foi minha mãe e sempre foi a mulher com quem eu queria que meu pai ficasse, porque era com ela que Brite se sentia mais feliz.

Quaid tinha me dito na noite anterior que tem gente que nasce para ser tempestade. Pelo jeito, minha mãe também é uma dessas pessoas. O caos de minha vida é natural. Minha ruína, ao que parece, faz parte do meu código genético. Literalmente, nasci para ser rebelde, como na música do Steppenwolf, e também estava tão envolvida em minha própria confusão e em meu próprio rastro de destruição, há tanto tempo, que sequer notei que havia uma tempestade que não tinha nada a ver comigo se armando debaixo do mesmo teto.

— Sei que não, e me culpo por não ter conseguido fazer você aprender com meus erros... Pode acreditar, foram muitos.

Fui indo para trás, até encostar na parede, passei as mãos em meu rosto e disse:

— Estou aprendendo que a culpa é uma coisa venenosa. Talvez você pudesse ter se esforçado mais, e eu, definitivamente, poderia ter prestado mais atenção. Mas não adianta chorar o leite derramado, e só podemos tentar melhorar daqui para a frente. A culpa roubou muito tempo e muita energia de mim. Estou começando a odiá-la. Mesmo.

Lancei um olhar curioso para a minha mãe e perguntei:

— Como foi que o papai te perdoou?

Meu pai é um homem bom, mas também é durão, e a maioria dos durões não pega leve quando ao receber um chifre de uma mulher que não acredita em sua palavra.

A resposta veio com a voz grave e rouca do meu pai:

— Eu perdoei a sua mãe porque a amava, sempre amei, mesmo quando ela errava. Perdoei porque ela não foi a única que fez merda. Eu poderia ter esperado até me separar da mulher com quem era casado antes de me envolver com sua mãe, mas eu era impaciente e não pensava em como as nossas ações podem afetar nosso relacionamento a longo prazo. Perdoei porque ela é mãe da minha filha e porque nós dois precisávamos de perdão para curar as feridas e seguir adiante, mesmo que não fôssemos continuar juntos. O perdão é a única maneira de se libertar. Perdoei porque, depois de passar muito tempo e muita coisa juntos, sua mãe finalmente *se* perdoou. Nossa história ainda está sendo escrita, Fadinha. Não chegamos ao fim e ainda vamos precisar de muitos cortes e revisões.

Fiquei imaginando se meu pai havia conversado com Asa e se essa era sua indireta sutil para me dizer que, se eu conseguisse aprender a me perdoar, talvez um pouco daquele peso morto de culpa e responsabilidade que me mantinha engaiolada no fundo do poço saísse de minhas costas. E eu poderia começar uma longa e árdua caminhada em direção a algo melhor.

Passei a mão em meus cabelos revoltos e suspirei. Ao exalar, senti anos de culpa saírem de minha consciência pesada.

– Estou tão feliz por vocês dois terem encontrado uma maneira de continuar juntos.

Meu pai riu, daquele seu jeito forte, passou o braço pelos ombros de minha mãe e a puxou para perto.

– Também estamos, porque essa história já devia ter sido contada há anos. Queríamos esperar até você estar em condição de ouvir, com a cabeça e o coração. A gente sabia que, se te contasse a verdade no momento errado, era capaz de você ficar ainda mais descontrolada. Você é sensível, Fadinha, e, apesar de ser uma emoção sincera, nem sempre é a reação mais saudável. Agora que tiramos toda a sujeira de baixo do tapete, acho que está na hora de esta família viver sobre o mesmo teto. A minha casa deu perda total. Só os tijolos de fora ainda estão de pé, mas tudo que havia lá dentro se foi. Custaria uma fortuna reconstruí-la, e acho que o dinheiro do seguro pode ter um destino melhor.

Deixei minha cabeça cair para trás, e ela bateu contra a parede. Olhei para o teto e falei:

– É. Pegue esse dinheiro e ponha de volta no seu fundo de aposentadoria, para repor o dinheiro usado para pagar minha fiança e o que pretende gastar pagando Quaid. Não vou permitir que você perca sua casa e o dinheirinho da sua aposentadoria, pai. Vou dar um jeito de pagar a conta que vier do Águia da Lei.

Ele e minha mãe riram do apelido bobo que eu havia dado para Quaid, e não pude deixar de sorrir ao perceber como era perfeito, agora que eu sabia que ele tinha uma águia tatuada no peito maravilhosamente esculpido.

Os dois começaram a discutir sobre o dinheiro e a me perguntar como eu ia arranjar a quantia necessária, mas foi minha vez de levantar a mão e interrompê-los.

– Considerem esse o primeiro passo na direção correta. Nunca fiz muita coisa certa na vida, mas isso... – apontei para nós e completei: – ... isso me parece certo. Assumir a total responsabilidade, incluindo a parte financeira, pela confusão que causei é algo que preciso fazer. Se não, jamais vou chegar ao ponto de me perdoar por certas coisas que fiz – respirei fundo e olhei para os dois:

– E por falar em coisas que fiz e em não permitir que a culpa controle mais a minha vida, preciso contar a minha história para vocês uma hora dessas. Preciso que saibam que o motivo para eu não parar de fazer merda, não parar de me prejudicar, não tem nada a ver com vocês dois. Preciso contar tudo e saber que continuarão aqui, continuarão me amando depois.

Talvez, então, eu conseguisse aceitar parte do perdão que todo mundo vivia me oferecendo.

Saber o que eu devia fazer era, sim, uma sensação boa. E também uma sensação efervescente e excitante que borbulhava em meu sangue, mesmo que meus pais tivessem dito sem parar que estavam ali para me ajudar. Parecia algo espesso, como xarope, que corria por minhas veias, expulsando toda a recriminação e a reprovação que haviam se alojado ali.

Saber o que eu devia fazer era uma sensação incrível. Agora, eu precisava abandonar todos os meus velhos hábitos e fazer de verdade o que devia ser feito, em vez de me perder pelo caminho e cair de cabeça nas coisas erradas. Dessa vez, eu não queria ir para o fundo do poço. Queria voar bem alto.

CAPÍTULO 12
Quaid

Saí do Tribunal com mais um veredito de inocente garantido e mais um cliente bastante satisfeito. Esse sujeito teve sorte de o júri acreditar na sua encenação confusa de inocência, porque aposto tudo que tenho como ele é mesmo culpado de atrair a prostituta, que o estava processando, até a sua casa e mantê-la ali contra a sua vontade por vários dias. A opinião pública tem muito peso para o cidadão comum, e o júri precisou de exatas três horas de deliberação para resolver que a jovem merecia os horrores sofridos só porque ganha a vida vendendo o próprio corpo e se arriscou a anunciar seus serviços no site de classificados Craigslist. Não teve a menor importância meu cliente ter um olhar de louco, um histórico de violência contra mulheres e não ter demonstrado nenhum remorso ao ser interrogado. Ele tem cara de pai de família e tem uma *minivan*. Trabalha na empresa local de TV a cabo e tem plano de previdência privada. Então, a percepção geral foi de que ele era o mais decente e crível dos dois. Cumpri minha tarefa. Mandei bem nas leis, fiz a pobre mulher chafurdar ainda mais na lama. Normalmente, comemoro um trabalho bem feito com um uísque caro e uma mulher mais cara ainda. Mas, naquele dia, queria enfrentar a loucura de um furacão baixinho de cabelo rosa e tirar aquela camada de desgosto que cobriu meu corpo tomando banho por horas e horas.

Estava mandando uma mensagem para Avett, dizendo que estava passando para buscá-la na casa dos seus pais, quando percebi que o investigador responsável pelo caso do ex dela me esperava perto do elevador. Guardei o celular no bolso sem esperar pela resposta de Avett e cumprimentei o policial levantando o queixo.

– Que foi? E aí? Alguma novidade sobre o incêndio?

O investigador balançou a cabeça e soltou um suspiro profundo. Levantou uma das mãos e coçou o queixo.

– O especialista declarou que foi um incêndio criminoso. Um líquido inflamável foi espalhado pela casa toda, e os canos do gás ligados ao fogão foram cortados. A casa pegou fogo de propósito.

Não fiquei surpreso, mas furioso. Odiava que Avett e Brite tivessem que passar por isso. Odiava o fato de alguém ser capaz de fazer algo tão terrível com outro ser humano.

– Isso a gente já imaginava. O tal namorado deu alguma pista do porquê alguém estaria interessado em pôr fogo na residência da família Walker?

O policial suspirou outra vez.

– A gente interrogou o sujeito. O moleque é um vagabundo. É uma pessoa baixa, completamente disposta a entregar qualquer um para livrar a própria bunda. A gente acha que ele pode ter mandado um dos seus amiguinhos do *crack* ir atrás da menina para impedi-la de testemunhar, mas ele não teve nenhum contato com o mundo exterior desde que foi preso.

Soltei um palavrão e passei a mão no cabelo, que ficou todo alto e bagunçado.

– Então, como ficamos?

O policial franziu a testa e respondeu:

– Bom, o tal *crackeiro* não tem contato com o mundo exterior, mas o advogado dele tem. Você já ouviu falar de Larsen Tyrell?

Soltei um grunhido e respondi:

– Já.

Larsen é o cara que pega os casos que os outros advogados têm nojo de pegar. É o sujeito que representa os chefões do tráfico e as pessoas envolvidas em tráfico humano. É quem livra pedófilos da cadeia e ama a atenção que recebe da mídia quando defende, sem a menor vergonha, assassinos de policiais e estupradores em série.

– Larsen está defendendo esse viciado. E Aitor Acosta também. Quando o moleque foi preso, na noite do assalto, ficou resmungando que precisava roubar o bar porque devia uma grana do caralho para o tal Acosta. Era para o moleque ter guardado uma remessa que foi buscar lá na fronteira, mas a gente sabe o que acontece quando deixam um viciado cuidando de vários quilos de pó.

Soltei mais um palavrão e puxei ainda mais o meu cabelo, descontrolado.

– Ele cheirou a remessa inteira sozinho e ficou sem drogas e sem dinheiro para dar ao traficante.

– Isso aí. Mesmo. Aí o Acosta mandou os capangas procurarem a mercadoria. Deram um sacode na namorada, que foi o suficiente para assustar Dalton, a ponto de ele roubar o bar para conseguir fugir. Acosta tem ligação com as principais gangues mexicanas que operam atrás das grades. A gente acha que o moleque falou para Larsen que a namorada está com o pó, e que Larsen passou informação a seu outro cliente. Dalton está tentando livrar a própria bunda, como sempre. Passou a batata quente para a menina, assim como fez com o assalto.

— Filho da puta — apertei com força a alça de minha pasta e precisei respirar fundo, bem devagar, para não dar um soco na parede mais próxima. — Esse sujeito vai acabar causando a morte dela.

O policial balançou a cabeça, concordando, e foi um pouco para trás.

— O advogado não nos contou nada, o que é compreensível. Mas o fato de Dalton ter fechado o bico, sendo que estava prestes a nos contar tudo o que sabia sobre Acosta e suas transações, fala mais alto. A Promotoria ia oferecer um belo acordo, levando em consideração que ele é acusado de diversos crimes. Mas, assim que Larsen se envolveu no caso, revelar todas essas informações ficou fora de questão. Temos quase certeza de que estão oferecendo proteção para o moleque dentro da cadeia até terminar o julgamento e até encontrarem as drogas… as quais nós sabemos que jamais serão encontradas — o policial me lançou um olhar sugestivo e completou: — Já que nada disso é oficial, e tudo não passa de especulação, com um advogado safado, com ética zero para completar, a polícia de Denver não pode fazer muito pela menina. Ela acabou se metendo em uma grande e perigosa confusão.

Apertei os cantos internos dos meus olhos, porque senti uma dor de cabeça começando a latejar.

— Ela está à vontade demais com tudo isso. Vou passar essa

informação para a menina e os pais dela, para todo mundo ficar em estado de alerta. Obrigado por ter me contado.

 O policial bufou de novo e entramos no elevador.

 – Imagina. Normalmente, você, para mim, é um dos caras que joga no time adversário, mas aquela menina...

 Ele não completou a frase, e só pude concordar, em silêncio, com ele.

 Aquela menina... simplesmente tem algo de especial. Avett faz você ter vontade de ajudá-la, de curá-la, de protegê-la, mesmo que ela corra atrás, cegamente, de tudo o que pode lhe fazer mal, de tudo o que pode deixar cicatrizes em sua mente, em seu corpo e em sua alma.

 Quando cheguei à minha picape, já havia tirado a gravata e o paletó. Avett tinha respondido minha mensagem, disse que estava fazendo jantar para todo mundo, para eu me preparar, que ia comer quando chegasse na casa da mãe dela. Depois da reação que ela teve ao ver a cozinha do meu *loft*, imaginei que ela gostava de cozinhar. Mas, levando em consideração a sua idade, achei que teria que encarar algo simples, tipo espaguete com almôndegas. Quando tinha 22 anos, vivia à base de pizza e de comida chinesa. Lottie não sabia cozinhar e, enquanto eu estava na faculdade e trabalhando para pagar meus estudos, não tinha tempo para afazeres domésticos. Então, por mais que ela me servisse alguma coisa em lata ou tirada de uma caixa, jurei que ia fingir ser alta gastronomia. Porque, de jeito nenhum, queria que Avett ficasse magoada e correr o risco de ela resolver ficar na casa dos pais em vez de ir para o meu apartamento.

Nos vinte minutos que levei para atravessar a cidade e chegar até o bairro de Baker, onde a mãe de Avett mora, resolvi que, com o perigo que a rondava e a balança do nosso relacionamento pendendo para algo muito mais sério do que eu planejava, precisávamos passar alguns dias fora. Avett precisava dar um tempo de tudo que tinha caído em sua cabeça desde a noite em que havia sido presa, e eu precisava de uns dias para ter um pouco de paz de espírito, em um lugar no qual eu tivesse a certeza de que a garota não corria nenhum perigo. A gente tinha que ir para algum canto em que ninguém imaginasse nos procurar. Eu queria um lugar que fosse quase impossível de chegar. Um lugar escondido e remoto. Quero que ela veja a região de onde vim e quero mostrar o homem que um dia fui, para que Avett entenda que, bem lá no fundo, não somos tão diferentes quanto ela acredita. Quero mostrar o lugar que já chamei de lar e para onde jurei que nunca mais voltaria. Essa mulher me levou de volta às origens desde o primeiro instante. Levá-la para as minhas montanhas significa deixar que ela veja uma parte de mim que passei a maior parte da minha vida adulta tentando esconder. Levá-la comigo de volta ao passado significa que não vou poder mais me esconder por trás do verniz e do brilho de todas as coisas que uso para me camuflar na vida. Também significa que vou que ser tão verdadeiro com ela quanto ela tem sido comigo, desde o início. E, só de pensar nisso, morro de medo. A última vez que fui sincero a respeito de quem sou, de onde vim, estava fazendo as malas para ir ao treinamento do Exército, há um milhão de anos ou mais. Será difícil penetrar esse tanto de realidade de uma só vez, mas a ideia de despir minha fachada, de atravessar a cortina de fumaça e sair do outro lado como um homem de substância, um homem de valor e mérito real, em vez de um que não era nada além de um disfarce, era extremamente perturbador.

Quando cheguei na casa de sua mãe, Avett escancarou a porta antes mesmo de eu levantar a mão para tocar a campainha. Fui para o degrau de trás, porque ela se atirou em cima de mim, e a segurei nos meus braços, fazendo um *unf* baixinho quando seu corpinho me atingiu com toda a força. Avett enroscou os braços em volta do meu pescoço e as pernas na minha cintura, e coloquei a mão debaixo de sua bunda para segurá-la. Sua boca se inclinou, habilidosa, em cima dos meus lábios entreabertos. Passei o outro braço em suas costas e a puxei para perto de mim, me deliciando com o sabor meio cítrico e ácido de sua língua e o jeito como ela gemeu quando a beijei com mais intensidade e mordisquei seu lábio inferior. Mais do que tudo isso, me perdi de tão boa que era a sensação de vê-la toda animada por minha causa, a emoção de ter alguém que realmente se importava com o fato de eu ter passado o dia inteiro fora. Não lembro de Lottie ter me dado algo além de um sorrisinho amarelo quando eu voltava para casa depois de um dia difícil no Tribunal.

Avett parou de me beijar e pôs a mão em meu rosto, enquanto deslizava pelo meu corpo. Seus olhos brilharam, safados, quando seus quadris roçaram na ereção visível que levantou a parte da frente da minha calça.

– Como foram as coisas no Tribunal?

Passei o dedão em seu lábio inferior, inchado e úmido, e olhei para dentro da casa, para garantir que não teria que me esquivar de um soco de Brite por apalpar sua filha em plena luz do dia.

— Como sempre. E como foi seu dia com seus pais?

Ela encolheu os ombros e se afastou de mim, olhando de soslaio para o volume na minha calça, de um jeito sensual.

— Tudo bem. Conversei com minha mãe e resolvi alguns assuntos, isso foi bom. Ela me lembrou que todo mundo tem história para contar... não só eu — Avett olhou para o chão e depois para mim outra vez, com um brilho que, tive quase certeza, era de orgulho em seus olhos coloridos.

— Contei para eles tudo o que aconteceu com Autumn e tudo o que aconteceu depois. Meu pai não ficou nem um pouco surpreso, e minha mãe chorou. Foi uma boa conversa — ela tirou os olhos dos meus e os aterrisou na minha calça.

— Você precisa esperar uns minutinhos antes de entrar?— ela estava rindo de mim. Normalmente, eu ficaria furioso, acharia uma afronta. Mas, vindo dela, só tinha vontade de sorrir e deixá-la achar graça.

— Preciso de uns minutinhos, sim, mas não para isso. Quero te falar uma coisa — Avett arregalou os olhos e enrugou a testa de um jeito adorável. Alisei as rugas com o dedo e completei: — A polícia concluiu que a sua casa foi incendiada de propósito, Avett.

Ela soltou um suspiro de surpresa e levantou a mão para cobrir a boca.

— Sério?

Balancei a cabeça e passei o dedão em sua sobrancelha enrugada.

— É. E acham que os caras que vieram te procurar quando Jared fugiu com aquele monte de drogas estão por trás disso. Esses traficantes estão atrás das drogas e, se não conseguirem pôr as mãos na mercadoria, virão atrás de você.

Avett fez careta e cruzou os braços, de um jeito desafiador.

– Nunca vi essas drogas. Sabia que ele estava usando, mas não sabia quanto. Jamais teria concordado em participar de um troço desses.

– Sei disso, mas os sujeitos que perderam seu produto não sabem. Jared só está preocupado consigo mesmo, então há uma grande possibilidade de ele estar falando para os chefões que você pegou a mercadoria e escondeu em algum lugar. Seu ex está tentando ganhar tempo enquanto está na cadeia e continua dizendo que foi você que planejou o assalto. O cara te pôs bem na linha de fogo.

Ela movimentou a boca, mas não emitiu nenhum som, e seus olhos tinham uma expressão de puro medo.

– E se eles vierem atrás dos meus pais? E se eles forem atrás de você?

Ela falou tão baixo que não resisti e a puxei para perto de mim. Encostei o rosto no seu cabelo e falei:

– Eles querem o pó e vão usar os meios mais eficientes para consegui-lo. Vou contar para o seu pai o que está acontecendo, para ele ficar esperto, mas acho que é você que precisa de proteção. Mais ninguém. A gente devia passar o fim de semana fora. Posso tirar uns dias de folga, para você não precisar se preocupar com o que vai acontecer. O que vai acontecer pode esperar até a gente voltar e, com sorte, até lá, a polícia terá feito alguma coisa. Vamos fazer uma viagem de moto. Prometo te levar para um lugar seguro.

Ela parecia um pouco perplexa, mas balançou a cabeça e mordeu o lábio.

— E o que vai acontecer depois do fim de semana, Quaid? Essa ameaça não vai simplesmente desaparecer e afeta as pessoas mais importantes para mim.

— Vamos esperar o fim de semana e o julgamento passar, depois pensamos no que fazer. Assim que Jared se der conta de que pode passar um bom tempo atrás das grades e de que o advogado dele tem coisas mais importantes para fazer do que defendê-lo, o moleque pode mudar sua versão dos fatos e podemos usar isso para pegar o traficante — essa era a melhor resposta que eu podia dar, e eu não ia conseguir tranquilizá-la com meras palavras, porque queria que Avett ficasse em estado de alerta. A ameaça à sua segurança era muito real, e me deu vontade de embrulhá-la em plástico bolha e colocá-la na mais alta das prateleiras, para que ninguém conseguisse alcançá-la.

Ela ficou balançando a cabeça embaixo do meu queixo, passou os braços na minha cintura e me apertou.

— Parece que, de repente, o senhor está trabalhando para a Promotoria, doutor. Que, por acaso, é o time adversário.

Eu a soltei e a empurrei para longe até conseguir me abaixar e roçar meus lábios nos seus.

— Neste momento, jogo no time de Avett. Esse é o único time que me interessa ver ganhar esse jogo. E, agora, porque não entramos, antes que seu pai venha nos procurar?

Ela soltou uma gargalhada e entrou comigo na casa.

— Meu pai vai ficar mais puto com a sua moto importada do que com o fato de você estar passando a mão em mim, Quaid. Ele me conhece muito bem, mas não comprar uma moto feita nos

LEIS DA TENTAÇÃO

Estados Unidos... bom, esse é um pecado imperdoável para um sujeito que é fã de Harley.

Eu já tinha ouvido isso de vários entusiastas das motos, mas não gostei de pensar que o pai de Avett, um homem por quem eu só tenho respeito e admiração, tem motivo para ver defeito em mim. Por mais superficial que seja.

– Gosto de velocidade.

E gosto do jeito como a moto italiana se comporta. Também gosto do fato de, quando ando nela, precisar me concentrar, prestar atenção no asfalto e nas curvas. Quando ando de moto, não há espaço para nada além da direção. É o que, na minha vida, mais se assemelha à loucura e à liberdade. Pelo menos era, até eu ser atingido pelo furacão Avett.

E, por falar na minha tempestade, ela virou para trás e me olhou com um sorrisinho que tive vontade de arrancar da sua cara, aos beijos.

– Sei muito bem disso.

Fomos entrando na casa estilo rancho, confortável e acolhedora, e meus sentidos se reacenderam ao ver quanto era normal e aconchegante. Brite, que estava sentado no sofá, levantou e estendeu a mão para mim. E Darcy me deu um sorriso sem a tensão e o sofrimento que estavam estampados em seu rosto na última vez em que a vi. Avett deu um tapinha em meu braço, falou que ia terminar de fazer o jantar, que ficaria pronto em dez minutos. Quando ela falou em comida, me dei conta de que a casa inteira cheirava a algo muito perfumado e delicioso. Daquela cozinha, não ia sair nenhum molho enlatado nem hambúrguer de caixinha.

– Que cheiro bom – falei. Sentei na poltrona reclinável gasta e olhei para os pais de Avett. Estava esperando ser posto contra a parede ou um interrogatório. Só ganhei balançadas de cabeça e sorrisos sinceros.

– Essa menina tem um talento natural para cozinha. Dá de dez a zero em mim com as panelas, e olha que já passei anos no comando de cozinhas profissionais e nem tão profissionais assim.

O orgulho na voz de Darcy era evidente.

Passei a mão no cabelo e também dei um sorrisinho, envergonhado.

– Eu estava esperando molho enlatado e, quem sabe, um pãozinho de alho congelado.

Brite deu uma gargalhada profunda e um tapa no próprio joelho.

– Não. Quando Avett põe na cabeça que vai fazer uma refeição, faz tudo do zero, e o resultado faz você achar que deveria estar pagando pela honra de provar a sua comida. Quando ela morava comigo, eu não passava muito tempo em casa, por causa do bar. A menina ficava solta na cozinha. As sobras que ela guardava para mim eram mais gostosas do que qualquer prato que a gente come naqueles restaurantes cinco estrelas do Ba-Tro. Essa menina nasceu com talento para a comida, e acho que esse é o jeito dela de cuidar de quem gosta: alimentar as pessoas. Hoje, ela fez frango *al limone* e macarrão caseiro.

Ninguém pode acusar Brite de não ser observador. Eu já tinha me perguntado de onde vinha o encantamento de Avett pela minha cozinha, e essa revelação sobre a sua filha complicada fazia muito sentido. A garota sabe cozinhar e bem. Ela sabe que não vai fazer merda, então esse é seu jeito de cuidar daqueles que ama. Esse é seu dom, que ela que compartilhar com os outros. Fiquei com água na boca, e meu coração se alegrou. Não consegui segurar um "caramba" baixinho.

Ignorei minha fome aguda e contei para Brite e Darcy o que o detetive havia me dito há algumas horas. Brite ficou furioso quando terminei de falar, e Darcy ficou enroscando as mãos, nervosa. Contei dos meus planos de levar a filha deles para passar o fim de semana fora da cidade e fiquei perplexo por não discutirem. O motoqueiro concordou que era uma boa ideia Avett chamar o mínimo de atenção possível até o julgamento e me prometeu que, quando voltássemos, ia reunir suas tropas para garantir que Avett nunca ficasse sozinha. Darcy ficou me observando, curiosa, só balançou a cabeça e murmurou:

– Vocês dois vão ter que tomar muito cuidado.

Eu não sabia se ela estava falando do perigo que eu corria por causa da situação da filha ou da explosão de sofrimento que eu e Avett causaríamos quando estivéssemos completamente apaixonados.

Avett gritou, avisando que a comida estava pronta, e todos fomos para a sala de jantar. A menina não é só boa cozinheira, é mágica. Aquela comida estava mais gostosa do que qualquer coisa que já pus na boca, e eu não conseguia parar de falar como tinha ficado impressionado. Ela corou de um jeito bonito, e a conversa fluiu naturalmente pela mesa. Quando a levei para meu *loft*, algumas horas depois, agradeci pelo jantar e pela companhia da sua família devidamente, debaixo do chuveiro, várias vezes. A primeira vez, agradeci de joelhos, com sua perna apoiada no meu ombro e minha boca enterrada em seu ponto mais fundo, enquanto ela puxava meu cabelo e exigia mais. Na segunda vez em que agradeci, Avett ficou com o corpo dobrado na minha frente, com as mãos apoiadas nas placas de ardósia que eu nem conseguia enxergar, porque estava concentrado no jeito como a água caía pela curva sensual de suas costas, deixando seu cabelo cor de algodão doce grudado em sua pele, enquanto eu metia por trás.

Me perder naquele seu corpinho doce várias vezes limpou mais as teias de aranha penduradas em meu corpo por causa de minha vitória suja no Tribunal naquele dia do que qualquer água quente e sabão. Aquela mulher me faz sentir renovado. Me faz sentir melhor. Ela me faz sentir que ouvi-la gozar com um longo suspiro, e o meu nome dançando em seus lábios, é a única vitória que tem importância em minha vida.

Depois que arrumamos o banheiro e pusemos as coisas que íamos precisar para passar o fim de semana nas montanhas em duas mochilas, eu a levei para a cama e disse que ia protegê-la. Disse que ela tem um verdadeiro talento na cozinha e que havia gostado muito de seus pais. Disse que havia gostado do jeito como ela tinha me cumprimentado e que gosto muito de ir para cama com ela. Avett me deixou lhe dizer tudo isso, me deixou abraçá-la e não perguntou mais nada.

Ela não perguntou sobre o Tribunal. Não perguntou sobre as montanhas. Não exigiu atenção nem aprovação. Aceitou o que eu tinha a oferecer e se aninhou ao meu lado, acariciando as asas tatuadas em meu peito, sonolenta. Avett se contenta apenas com estar ali comigo, e o que tenho a oferecer parece ser suficiente para ela. Gosto de muitas coisas nessa jovem, mas o fato de ela não me pedir mais do que eu tenho para dar está no topo da lista. Sua natureza descompromissada, que não exige nada, me faz ter vontade de tirar água de um poço que eu tinha certeza que havia secado, para poder dar mais do que os restos mortais de emoção que me sobraram. Quero ter o que oferecer a Avett, tanto quanto quero tirar dela.

Peguei no sono com a cabeça de Avett apoiada em meu ombro e sua mão pousada sobre meu coração. Acordei com o sol batendo na minha cara e com a boquinha safada de Avett no meu pau, enquanto sua mãozinha brincava com minhas bolas. Foi o despertador mais delicioso que já tive na vida, o qual me fez sorrir a manhã inteira. Fiz o melhor que pude para deixar um sorriso parecido em seu rosto, e, quando terminamos de nos acabar e de acabar com a minha cama, já tinha passado da hora de ir para a estrada. Minha moto é veloz, mas o caminho até as montanhas tem uns pedaços traiçoeiros, e o tempo no fim do outono é sempre imprevisível. Queria que a moça ficasse longe do perigo, não mais perto dele.

Eu tinha uma jaqueta de couro e um capacete que comprei para Lottie e nunca haviam sido usados. Avett fez careta quando contei porque tinha aquilo, mas mesmo assim vestiu e subiu na garupa da moto, sem reclamar. Minha moto não é nem um pouco parecida com uma Harley, mas o básico de ir na garupa era igual, ou seja, ela tinha que se agarrar em mim, eu precisava ficar com as suas mãos apertando a metade do meu corpo, com suas pernas me apertando, enquanto a gente se movimentava juntos nas curvas fechadas que levavam até as montanhas. Avett se movia como se tivesse nascido na garupa de uma moto, o que acho que é mais ou menos verdade. Mas também se movimentava em tanta sintonia comigo, que eu só tinha vontade de arrumar um lugar para parar, fazer ela se apoiar e me enterrar dentro dela, tão fundo e com tanta força que ela não ia conseguir nem lembrar de como era quando não estava com meu pau dentro de si.

Levamos horas passando por uma cidadezinha montanhosa depois da outra, cada uma mais exclusiva e elitizada do que a outra. Os turistas tinham vindo com tudo, ido para as montanhas observar as folhas mudarem de cor e passarem o último fim de semana antes de a neve chegar. Andamos rápido e sempre, costurando o trânsito e correndo atrás do vento, subindo cada vez mais, com as folhas mudando de verde para um amarelo vivo e vermelho à medida que nos afastávamos da cidade. Fazia anos que eu não ia para lá, e havia passado tanto tempo bloqueando essas lembranças que quase passei direto pelo afloramento de rochas que dava no desvio estreito, com uma pequena área plana, no qual eu sabia que podia parar a moto.

Saí da estrada e parei atrás das rochas. Esperei até Avett descer e saí de cima da moto. Tiramos o capacete ao mesmo tempo, e adorei o jeito como seu cabelo de algodão doce caía em volta de seu rosto e de seus ombros. Ela olhou para a densa floresta à sua volta com um ar sobressaltado, de admiração. A gente tinha passado pelo *glamour* e pelo burburinho do último *resort* de esqui há muitos quilômetros.

— Que lugar é esse?

LEIS DA TENTAÇÃO

Passei a mão pelo cabelo e guardei as chaves da moto no bolso.

– Estamos atrás da reserva nacional da floresta de White River.

Avett deu uma risadinha e colocou o capacete em cima da moto, ao lado do meu.

– Ok. É muito bonito mesmo, e é óbvio que os caras malvados e armados não vão seguir a gente até aqui. Mas não trouxemos nenhum material de acampamento nessas mochilas. Estou oficialmente confusa a respeito de onde vamos e do que vamos fazer.

Segurei sua mão e comecei a andar na direção das árvores. Costumava haver uma trilha no meio do mato, uma trilha que abri ao caminhar quase dois quilômetros duas vezes por dia atravessando aquela mesma floresta, para chegar no ponto de ônibus, seja qual fosse o clima. A trilha já havia sido coberta pela vegetação há muito tempo, mas as memórias reprimidas e meu antigo instinto guiavam meus passos, à medida que eu levava Avett cada vez mais para dentro daquela vegetação espessa.

– Eu te falei que ia te levar para um lugar seguro, um lugar onde você pode relaxar e não se preocupar com nada por alguns dias. É exatamente isso que estou fazendo. Ninguém sabe que esse lugar existe.

Ela estava meio ofegante enquanto caminhava com dificuldade atrás de mim, se esforçando para acompanhar meu passo e pisar com cuidado nos troncos caídos e nas pedras escondidas.

– Se ninguém sabe que esse lugar existe, como é que você sabe?

Era uma pergunta pertinente e, depois de passar 45 minutos nos arrastando por aquele terreno íngreme impiedoso, chegamos à clareira onde todo o meu passado e a minha infância estavam guardados.

Olhei para Avett, que parou de supetão ao meu lado. Ela arregalou seus belos olhos, que tomaram conta da metade de seu rosto, e se virou para mim com uma cara de interrogação.

– Quaid?

Apontei para a cabana, encolhi os ombros e falei:

– Foi aqui que cresci.

Ela deu uma risadinha, como se não estivesse acreditando.

– Você só pode estar de brincadeira.

Resmunguei e dei alguns passos desconfiados na direção da construção, enquanto era assaltado pelas mais diversas lembranças, que atrapalharam meu equilíbrio.

– Não estou, não. Meu pai comprou esse terreno e mais alguns hectares em volta quando tinha mais ou menos a sua idade. Ele e minha mãe tinham o sonho de ser colonos dos tempos modernos, de viver da terra e do próprio trabalho. Mas, mesmo quando você vive só do produto da terra, tem que pagar por esse privilégio para o governo. Meus pais deviam milhares de dólares em impostos. Quando saí do Exército, descobri que haviam empacotado tudo e se mudado com meu irmão para uma região do Alasca esquecida por Deus, que haviam ido morar dentro de um lago, em uma casa-barco improvisada. Parece coisa inventada, mas é cem por cento verdade. Não tem como ser mais isolado do que eles, em um lugar no qual é preciso usar trenós puxados por cachorros e veículos de neve para se deslocar. Faz anos que não falo com meus pais nem com meu irmão mais novo. Acho que eles nem sabem que eu me divorciei.

Avett ficou piscando para mim enquanto tentava processar todas aquelas informações.

LEIS DA TENTAÇÃO

– Eles são tipo aquelas pessoas daquele programa *Sobreviventes do gelo?*

Soltei uma gargalhada, surpreso, por ela ter alguma ideia do que eu estava falando.

– É, tipo isso.

– Você tem razão, isso não parece verdade, mas também é meio... triste? Você não sente saudade deles? Como é que eles podem não ter saudade de você? – ela me pareceu preocupada, peguei sua mão e a puxei na direção daquela construção de madeira rústica.

– E, se eles estão no Alasca, a gente não está cometendo uma invasão de propriedade? Eu não posso ser presa de novo, agora que finalmente estou conseguindo fazer as coisas direito de vez em quando.

– Não estamos invadindo a propriedade de ninguém. Depois que comecei a trabalhar no escritório, entrei em contato com o homem que comprou o terreno em um leilão. Ele usava a cabana quando vinha caçar. Fiz uma oferta que ele não pôde recusar e lhe disse que podia continuar usando o imóvel durante a temporada de caça, então ele me vendeu de volta – olhei enviesado para Avett e completei:

– Acho que pensei que meus pais voltariam para cá se soubessem que poderiam ter sua terra de volta, livre de impostos, mas eles nunca voltaram. Gostam demais da vida que levam para voltar, e acho que me riscaram do caderninho no mesmo instante em que contei que havia me alistado no Exército. Eles nunca entenderam por que eu queria ir embora, por que eu queria mais do que essa terra podia me dar. Não venho aqui desde o dia em que fui para o treinamento.

Avett assoviou baixinho e apertou minha mão.

– Isso deve doer.

Abri a porta e fiquei congelado ao ver as paredes vazias e o chão de madeira empoeirado. O lugar estava igualzinho ao tempo em que morei ali. Quatro paredes com janelas quebradas, uma cozinha minúscula, uma área com um colchão fino e outro em um catre, no canto. Tinha um sofá esfarrapado na frente de um fogão a lenha velho e uma mesa feita com um dos pinheiros que cresciam em volta da cabana. Não tinha sequer um banheiro. O que significava que, todas as noites, eu atravessava a floresta correndo até a casinha improvisada, que não passava de umas tábuas de compensado e um buraco no chão, fazendo as necessidades e imaginando se não ia dar de cara com um urso ou um leão da montanha.

– Doeu, sim. Ainda dói, quando me permito pensar nisso. A primeira vez em que fui para o exterior e não fazia ideia do que esperar, não fazia ideia de onde ia parar nem se o risco de me alistar ia valer a pena ou acabar me matando, foi uma merda não poder contar com o apoio e o incentivo deles. Minha namorada na época, que agora é minha ex-mulher, parecia mesmo ser a única pessoa que eu tinha no mundo. Acho que foi por isso que nem notei quando nosso casamento começou a desmoronar. Ela era meu único elo com essa vida e foi a única pessoa que não me abandonou no meu momento de maior incerteza. Era tudo fingimento, mas foi um fingimento que me segurou quando eu era um garoto apavorado e solitário indo para a guerra.

A cabana era vazia, simples e bucólica. Era isso que as pessoas queriam dizer quando falavam de ter só o necessário para a sobrevivência, tudo tão diferente de como vivo agora que nem sei como esses dois homens podem conviver no mesmo corpo.

LEIS DA TENTAÇÃO

Olhei para a menina que tinha me levado de volta para lá, a menina que tornou impossível eu continuar fingindo. Queria que ela visse que não éramos tão diferentes assim, que não tínhamos a mesma origem, mas isso porque a minha origem era aquela existência vazia e humilde. Eu vinha do nada, e ela, não.

– É por isso... – fiz um gesto com a mão para deixar claro que estava falando daquele triste espaço à nossa volta – ...que tenho lençóis de dois mil dólares e obras de arte feias, mas caras, nas paredes. Quando você passa a infância inteira sem ter nada, quando você só tem o que comer se matar o próprio jantar e quando não pode ficar aquecido a menos que tenha cortado uma pilha de lenha do seu tamanho, você começa a querer coisas. A querer conforto e facilidades. A querer luxo e extravagâncias. Você quer ser o moleque de quem as pessoas não tiram sarro por ser tão pobre. Você quer ser o sujeito que conquista a garota que você jamais poderia conquistar. Você quer ser a criança que pode ir ao hospital quando decepa o dedo cortando lenha, não a que tem o dedo costurado na mesa da cozinha e ouve que precisa ser mais corajoso porque chorou a cada vez que a agulha afundou em sua pele. Você quer muitas coisas quando a sua vida é assim. Você quer tudo, e isso não é o bastante, porque sempre tem mais. Então você se mata de trabalhar para ter essas coisas. E, mesmo que se dê conta de que isso jamais será suficiente, você continua trabalhando e continua consumindo. Toda a minha vida adulta foi ocupada tentando adquirir coisas para esconder tudo isso e provar para meus pais que fiz a escolha certa ao ir embora, mesmo que eles jamais tenham visto ou jamais admirem qualquer aspecto do homem que sou hoje.

Avett soltou minha mão e achei que ela ia fazer algum comentário sarcástico sobre a casinha ou sobre o fato de eu praticamente ter crescido no estilo dos pioneiros. Mas ela só me abraçou por trás e apertou bem forte o corpo contra o meu. Senti seu rosto entre os meus ombros, e sua voz, apesar de ela ter falado baixinho, ecoou bem alto naquele lugar desolado.

— É tão mais fácil ver você aqui do que quando você está cercado por todas aquelas coisas, Quaid.

Suspirei e pus minhas mãos sobre as dela.

— É porque aqui não tenho onde me esconder.

Cansei de me esconder, daquela mulher e do resto do mundo.

CAPÍTULO 13
Avett

Enquanto eu bufava para acompanhar as pernadas de Quaid pela floresta, em volta da cabana, estava ficando tão óbvio, que chegava a ser revoltante, que procurar um lugar remoto e correr atrás do homem errado não era um exercício adequado. Pelo jeito, nem o sexo interminável e acrobático, que me deixou ofegante, com o homem certo foi suficiente no quesito cardio, porque parecia que eu ia morrer e só fazia pouco mais de uma hora que estávamos andando pela floresta. Quaid queria me mostrar uma coisa. Um lugar que, insistiu, valia a pena ficar com as coxas ardendo e os pulmões entrando em colapso, o que, com certeza, ia acontecer quando a gente chegasse lá. Não tinha como negar o brilho melancólico que iluminava seus olhos claros, ainda mais quando ele me contou que passava horas com o irmão mais novo escalando as rochas e pulando do pico no pequeno lago entre as montanhas. Ele me jurou que o som da cachoeira que alimentava aquela piscina de água gelada era relaxante e, apesar de eu não ser muito fã de natureza, eu é que não ia negar, de jeito nenhum, aquela viagenzinha nostálgica que o rapaz precisava fazer.

Resmunguei ao tropeçar em uma raiz que não vi e ir de encontro às suas costas largas. O ruído se transformou em um leve suspiro, porque ele esticou o braço para não me deixar cair. Ele estava sempre fazendo isso... não me deixando cair. Isso faz meu coração dar pulinhos de alegria, e aquele lado bem lá no fundo, que está sempre doendo, sempre pulsando de arrependimento e de dor, parece menos vasto e infinito.

— Tudo bem aí atrás?

Sua voz grave tinha um tom bem humorado, e ele se virou para trás, sorrindo.

Franzi o nariz e respondi:

— Vou conseguir, mas você talvez tenha que me carregar de volta para a cabana.

Quaid riu e levantou uma de suas sobrancelhas douradas.

— Ainda faltam muitos e muitos anos até você precisar que alguém te carregue, Avett.

Cutuquei seu ombro e me desviei de algo que parecia um monte de cocô de algum animal selvagem. Ainda não consegui acreditar que aquela floresta era o quintal de sua casa e que ele sabia se movimentar naquele terreno acidentado como se tivesse sido ontem a última vez que ele havia corrido entre aquelas árvores. Aquilo não combinava com seus ternos impecáveis e com o *loft* meticulosamente decorado. Tem muita coisa escondida por baixo daquelas gravatas de seda que ele gosta de usar.

— Trinta e poucos não são três mil, e acho que está bem óbvio qual de nós dois precisa passar mais tempo na academia. Atenção, *spoiler*: não é o sujeito da bundinha perfeita que sequer suou.

LEIS DA TENTAÇÃO

Quaid deu mais uma risadinha e me olhou do meu coque cor-de-rosa bagunçado até os bicos empoeirados de meus coturnos.
– Gosto de você exatamente do jeito que é.
Foram palavras simples, mas que tinham muito significado. A única pessoa além dele na minha vida que gosta de mim do jeito que sou, por acaso, é meu pai. Nem *eu* me gosto do jeito que sou boa parte do tempo.
– Obrigada.
Ele inclinou a cabeça para o lado de leve e ficamos nos encarando por um bom tempo até que ele balançou a cabeça e murmurou:
– De nada.
Caminhamos por mais alguns minutos em silêncio até que as árvores foram ficando mais esparsas e, de repente, estávamos em uma clareira no alto de uma espécie de represa natural. Havia rochas empilhadas, e água corria por aquela escultura natural. Era lindo, majestoso e tão estonteante que soltei o pouco de ar que restava em meus pulmões com um suspiro de admiração.
O som da água caindo e batendo naquela piscina, lá embaixo, era tão alto que mal ouvi quando Quaid disse:
– Chegamos. Esse era meu lugar preferido quando pequeno. Ao ser convocado e começar a passar os dias vendo nada além de areia e deserto, sonhava com esse lugar à noite.
Ele pegou minha mão e me puxou para a beira das rochas salientes que atravessavam a água cristalina da montanha. Devia ser uma queda de 12 a 15 metros, e a água era tão clara que dava para ver o fundo do lago.

— Que lugar lindo. Dá para entender por que você guardou as lembranças daqui mesmo tentando esquecer o resto de sua vida.

Quando Quaid se virou para mim, estava com a testa franzida e o maxilar tenso. Tive vontade de acariciar sua barba loira por fazer, mas ele virou o rosto outra vez para aquela vista impressionante e murmurou:

— Eu tinha me esquecido. Passei tanto tempo fingindo que essa vida nunca existiu e negando que algum dia fui aquele garoto que saiu daqui que esqueci que este lugar tinha coisas tão boas.

Fui até seu lado e inspirei tão profundamente que tive a sensação de não ter mais lugar dentro de mim para a culpa e a vergonha que eu estava sempre respirando, porque o ar puro das montanhas invadiu cada pedacinho de meu corpo. Foi uma experiência de limpeza, que abriu meus olhos de um modo surpreendente.

Fui até a beirada das rochas e olhei para baixo.

— Você já pulou daqui? Parece uma queda muito grande.

Uma ideia começou a sussurrar em minha cabeça, e a faísca de um desafio começou a percorrer minha pele, fazendo o sangue correr mais rápido por minhas veias.

Quaid pôs a mão em minha cintura e me puxou para trás, para eu ficar encostada em seu peito e não quase pendurada na beira daquele precipício.

— Sim. Eu e Harrison, meu irmão, ficávamos nos desafiando a pular. Na maior parte do tempo, não tem problema, se você cair direito na água. Mas, quando o clima muda, a superfície fica gelada rápido, e a água acumulada da chuva é sempre muito fria. Harrison pulou sem olhar quando a gente era adolescente e acabou quebrando o braço – senti Quaid ficar todo tenso atrás de mim, e seu braço apertou minha barriga com força. – Meus pais se recusaram a levá-lo ao hospital. Meu pai tentou consertar a fratura sozinho, e minha mãe fez uma tipoia usando galhos de choupo e um lençol rasgado. Nunca sarou direito, e Harisson nunca mais conseguiu recuperar todos os movimentos da mão.

Pus minha mão sobre a dele e acariciei os dedos tensos que beliscavam a lateral do meu corpo.

– Harrison e Quaid. Vocês acabaram ganhando uns nomes bem esnobes para moleques que viviam da terra, no meio do nada.

Eu estava tentando tornar aquela situação mais leve, aliviar um pouco a rigidez que tomava conta daquele corpo grande que estava atrás de mim, mas Quaid ficou ainda mais tenso e deu uma risada que não tinha uma gota de graça. Na verdade, o som que escapou dele quase parecia um grito de dor vindo do fundo da alma.

– Quaid não é meu nome de verdade. Minha mãe era louca por filmes dos anos 1980, e seus atores preferidos eram Harrison Ford e Dennis Quaid – sua voz grave ficou um pouco mais baixa, e ele completou: – Como nunca me achei com cara de Dennis, sempre fui Quaid.

Dava para ver que ele estava lutando com o passado, do modo como isso se sobrepunha ao presente, mas não consegui controlar o riso quando ele me contou de onde vinha seu nome incomum.

– Dennis? Você não tem mesmo cara de Dennis, mas posso ser persuadida a experimentar da próxima vez que estivermos na cama.

Quaid me olhou feio e não respondeu à minha provocação.

– Não sei como é ter cara de Dennis, mas sei que Quaid é

muito mais difícil de esquecer. Isso sempre teve a ver com eu tentar ser mais do que era, mesmo que só no nome.

Me encostei nele de novo e rocei o traseiro na frente da sua calça *jeans*.

— Bom, sendo você Dennis ou Quaid, também gosto de você como você é.

Senti ele suspirar profundamente atrás de mim e, por fim, afrouxar as mãos em volta do meu corpo. Assim que consegui me soltar, voltei para a beirada, olhei para trás e para Quaid de modo sugestivo.

— Acho que a gente deveria pular.

A ideia ficou flutuando com toda a clareza e a leveza que o ar puro trazia. Comecei a tirar aquela jaqueta de couro emprestada e fiquei olhando para Quaid com expectativa.

Seus olhos claros se arregalaram, e ele abriu a boca, sacudindo a cabeça com veemência.

— De jeito nenhum. Faz muito tempo que não faço isso. Vai saber se a água tem profundidade suficiente? Se alguma coisa der errado, estamos no meio do nada e não temos ninguém para pedir ajuda. É muito arriscado, e eu te trouxe aqui para te proteger.

Larguei a jaqueta no chão, perto dos meus pés, e dobrei o corpo para desamarrar o cadarço dos meus coturnos.

— Eu quero pular. Você quis voltar para cá por um motivo, para lembrar das coisas boas e das ruins, e quero te proporcionar isso.

Queria proporcionar isso para nós dois, porque em algum lugar, bem lá no fundo, sabia que era igualzinha àquele lugar e às lembranças que Quaid tinha dele. Comigo, também tem muita coisa boa, em algum lugar, debaixo de montes e mais montes de coisas ruins. Se eu conseguisse devolver essa coisa boa a Quaid, talvez ele se lembre do que há de bom em mim quando essa tempestade que existe entre nós dois passar.

Fiquei pulando em um pé só enquanto tirava uma bota e começava a desamarrar a outra. Ele ficou me observando, com aquela cara linda, não acreditando no que via.

– Posso ter essas lembranças sem pôr em risco meu pescoço. Pare de tirar a roupa, Avett. Isso é ridículo – eu já tinha aberto o botão da calça e estava me sacudindo para tirá-la quando ele pôs as mãos pesadas em meus ombros. – Você precisa parar. Está sendo boba e inacreditavelmente imprudente. Não sou mais aquele moleque.

Desabotoei a blusa e deixei ela se abrir, para meu corpo ficar exposto tanto ao olhar inquisidor dele quanto à natureza selvagem que nos cercava.

– Não, não é. Porém, por mais que você tente negar a existência dele, esse moleque está aí dentro, lá no fundo, e quer pular comigo – levantei a sobrancelha e falei, sem rodeios:

– Você também não é o sujeito que precisa de todas aquelas coisas no seu devido lugar para provar seu valor. Você é uma pessoa espetacular, com ou sem as coisas, Quaid.

Ele franziu a testa e, antes que pudesse discutir mais, tirei a blusa e fiquei só de *lingerie* e com muita coragem. Os olhos de Quaid baixaram para o meu peito praticamente nu e baixaram mais ainda. Vi seu pomo de adão subir e descer, e seus punhos ficarem cerrados ao lado de seu corpo.

– E você é alguém que vale mais do que essas suas atitudes imprudentes.

Será? Será que eu tinha finalmente crescido e não era mais a menina que estava sempre tentando se punir? Será que aquela menina, que pensava precisar sofrer para sempre por causa de suas péssimas escolhas, havia chegado a um ponto em que o perdão era algo possível e atingível? Será que eu tinha finalmente, depois de cometer um erro após o outro, aprendido que é possível se redimir se a gente permitir que os outros nos perdoem? Será que eu havia chegado a um ponto da vida em que, em vez de não fazer nada ou fazer tudo errado, eu conseguia fazer tudo certo sem precisar pensar? Porque, por mais que Quaid estivesse com jeito de quem queria me estrangular, eu tinha certeza de que aquele salto era a opção certa. Eu não estava dando um salto no escuro, estava dando um salto na vida. Eu estava tirando a minha vida das mãos da culpa e do remorso, dando um passo por vez. Só que aquele passo, por acaso, ia me fazer cair do precipício onde o jovem Quaid viveu, de um modo selvagem e rústico.

Tirei os olhos dos seus, azuis e ardentes, e me virei para aquele azul sereno que havia lá embaixo. Respirei fundo e olhei de novo para aquele homem que me encarava como se eu tivesse perdido completamente a cabeça. Sorri com cada gota de lucidez e clareza que vivia dentro de mim. Parecia que eu tinha acordado de um sono profundo e, pela primeira vez em muito tempo, estava vendo as coisas como realmente são, sem que todos os meus defeitos e fracassos as manchassem.

– Esses riscos renderam as piores e as melhores histórias, Quaid. E, neste exato momento, estou meio que apaixonada pelo fato de estar aqui para contá-las, porque são minhas e vivi cada uma delas.

    Abanei de leve para ele, virei e me atirei da rocha. Meu nome saiu de sua boca, rasgando seus pulmões, ecoando por aqueles montes, e bateu no meu próprio grito, quando o vento me atingiu e me deixou sem ar, enquanto eu caía em direção à àgua. Tudo ao meu redor girava, em um borrão verde e azul, à medida que eu ia descendo cada vez mais rápido pelo ar. Foi uma emoção sem igual. A leveza, a liberdade, o farfalhar da água em meus ouvidos, o vento que castigava minha pele nua... Era algo arrebatador, que só podia ser comparado ao melhor sexo da minha vida. Que, por acaso, era o sexo que eu fazia com o homem que estava parado na beira do precipício, me observando cair. Dava para ouvir ele me xingando e as batidas do meu coração à medida que eu chegava cada vez mais perto da água. Mal tive tempo de encher os pulmões de ar e tapar o nariz com a mão antes de cair no lago.

    Fiquei anestesiada no mesmo segundo em que minha pele entrou em contato com a superfície vítrea da água. Que estava tão fria que meus músculos travaram e o sangue congelou em minhas veias. O impacto foi assustador, suficiente para deslocar cada um dos meus ossos. Por um segundo, fiquei em pânico e, como estava tão frio, não sabia se ia conseguir fazer meus braços e pernas paralisados funcionarem e conseguir voltar à superfície. Fiquei me sacudindo loucamente até me dar conta de que, apesar de estar congelante e meu corpo ter ficado puto com isso, eu ainda conseguia controlar meus braços e minhas pernas. Me acalmei e empurrei com força o líquido glacial que me cercava. Só precisei de uns dois empurrões para voltar à superfície e, assim que consegui, fui logo enchendo os pulmões de ar.

– Você é louca de pedra, sabia?

A voz grave de Quaid ecoava pela ravina. Precisei levar o pescoço para trás para conseguir enxergar onde ele estava, descendo devagar do ponto de onde eu havia pulado para uma rocha mais embaixo, até onde eu teria que nadar para conseguir sair da água.

Passei as mãos trêmulas em meu cabelo molhado, para tirá-lo dos meus olhos, e comecei a nadar na direção dele, com aquela água gelada cobrindo minha pele e impedindo meu progresso.

– Não foi você que me disse que a loucura tem sua hora e seu lugar para aparecer?

Eu estava tremendo tanto que precisei me concentrar muito no que estava fazendo, para que a água e sua pegada ártica não me puxassem lá para baixo de novo.

– Não acho que um lugar a quilômetros da civilização, a horas de distância de qualquer recurso médico, seja o local apropriado para tirar a loucura da aposentadoria.

Quaid colocou uma coisa enrolada em cima da rocha que, imaginei, eram as roupas que eu havia tirado. Fiquei observando ele se abaixar e estender um dos braços para eu segurar, para conseguir me tirar da água.

Eu estava congelando. Foi o pior frio que senti na minha vida, e não sabia se ia conseguir ter coordenação para segurar a mão que Quaid me estendeu quando cheguei perto dele. Olhei para aquele seu rostinho bonito, com rugas de preocupação e irritação, e foi aí que caiu a ficha do que Asa quis dizer ao falar que sempre via Royal lá em cima, por isso que nunca parava de escalar para tentar sair do fundo do poço.

Com Quaid me olhando, preocupado comigo depois de eu ter feito mais uma escolha questionável, tive certeza de que não só queria continuar nadando, por mais frio que eu sentisse e mais difícil que fosse, mas que também queria alcançá-lo. Queria sair do fundo do poço e chegar lá em cima, ou o mais perto possível, depois de tantos anos caindo sem parar e de propósito.

Finalmente cheguei àquela rocha mais baixa. Só precisei tirar uma das minhas mãos da água, e Quaid me segurou. Ele me puxou para fora do lago como se eu não pesasse nada nem fosse um emaranhado trêmulo de pernas e braços que não conseguiam nem queriam se mexer. Eu batia os dentes tão alto que nem tentei protestar quando Quaid tirou a própria jaqueta de couro e pôs em meus ombros tiritantes. O couro estava quente, com o calor de seu corpo, e me encolhi dentro do casaco enquanto ele ficou passando a mão em meu cabelo, que não parava de pingar, e passando a mão em mim para tirar o excesso de água que ainda escorria por minha pele.

— Não acredito que você fazia isso para se divertir.

As palavras saíram atropeladas, porque Quaid abriu a jaqueta e começou a esfregar os dois lados gelados do meu corpo. Eu estava toda arrepiada e tinha quase certeza de que meus lábios estavam de um tom muito atraente de azul.

— Parei com a necessidade de me expor ao perigo só pela emoção. Agora só corro atrás dele por um propósito, por um bem maior. A emoção perdeu todo o seu encanto quando o braço de Harrison se partiu ao meio. Precisamos voltar para a cabana, para você ficar na frente do fogão, antes que cristais de gelo comecem a se formar em seus cílios.

Fiquei sacudindo a cabeça e me encostei nele.

— Frio demais para caminhar.

Quaid soltou um palavrão baixinho e me puxou mais para perto. Eu me aninhei em seu corpo quente e soltei um suspiro de felicidade quando seu calor começou a penetrar na minha pele congelada.

— Valeu a pena, Avett? Você está morrendo de frio e tem muita sorte de não ter se machucado. Valeu a pena correr esse risco?

Como ele parecia puto, levei a cabeça para trás para olhar seus olhos invernais. Cheguei ainda mais perto dele e suspirei surpresa quando ele colocou uma de suas mãos grandes por baixo da renda do sutiã que eu ainda estava usando e começou a acariciar meu peito. Minha pele naquela área esquentou no mesmo instante, e meu mamilo, que já estava esticado, ficou ainda mais, à medida que o prazer se sobrepunha ao frio.

— Me pergunta isso depois.

Quaid franziu a testa, e seus dedos começaram a brincar com o biquinho aveludado que implorava por atenção.

— Depois do quê?

Levantei o braço para conseguir pôr a mão em sua nuca, e não consegui segurar o sorriso quando meu toque gelado fez Quaid se encolher todo.

— Logo depois disso.

Então o puxei para poder encostar meus lábios nos seus. A sensação dos meus lábios gelados derretendo em contato com o calor dos de Quaid me fez tremer, mas não de frio. Ele enroscou a língua na minha, deliciosamente, e seus longos dedos prenderam o bico do meu peito. Ele ficou rolando aquele ponto sensível para a frente e para trás, criando um calor e uma fricção que senti no meio de minhas pernas. Sua outra mão foi descendo por minhas costas, que ainda tremiam, e parou em baixo da curva da minha bunda, me puxando ainda mais para perto do seu corpo grande. Gemi, com a boca grudada na sua, ao sentir seu pau duro e ereto pressionar minha barriga. Minha *lingerie* ainda estava ensopada, mas a pele debaixo dela começava a formigar e a ferver, à medida que Quaid enfiava a mão grande e áspera por baixo da renda delicada.

— Dizem que a maneira mais rápida de se esquentar é compartilhar calor humano — aquele humor grosseiro em sua voz grave fez maravilhas para esquentar meu sangue preguiçoso.

Pus a mão em sua cintura para conseguir puxar sua camiseta térmica cinza escura por cima da calça.

— Bom, compartilhar é se importar. Vamos nessa.

Quaid me ajudou a tirar as duas camadas de camisa que ele estava usando, por cima de sua cabeça, e quando sua pele morena e lisinha se arrepiou, ao entrar em contato com o ar gelado, afastei minha boca da sua, que me invadia, e comecei a percorrer aqueles arrepios com a língua. Sua águia majestosa, ao ficar à mostra, tinha tudo a ver com aquele lugar, como se fosse uma parte da sua essência que havia esperado por anos e anos para voltar ao seu devido lugar. Passei os dedos por aquele desenho impressionante e fiquei sem ar quando a mão que estava nas minhas costas começou a se mexer.

Era um caminho bem curto até aqueles dedos curiosos encontrarem seu destino, o ponto macio que aos poucos se derretia no meio das minhas pernas e que, ultimamente, parecia ter sido criado só para ele. Mas fiquei surpresa e dei um pulinho de leve quando um de seus dedos errantes desapareceu dentro da cavidade na qual nunca deixei que ninguém se aventurasse. Foi um leve roçar da ponta de um dedo, uma carícia mínima, mas seus olhos azuis irradiavam paixão e curiosidade. Seu toque inesperado naquele lugar escondido fez meu corpo se catapultar na ponta dos pés e o abraçar ainda mais forte. Aquele homem, pelo jeito, sempre encontra uma maneira nova de me testar, de acender minha curiosidade a respeito de coisas sobre as quais nunca pensei antes de ele entrar em minha vida, sejam relacionadas ao sexo ou mais profundas e significativas, tipo se eu sou ou não a única culpada por tudo o que aconteceu na noite em que minha vida mudou por completo. Eu nem sabia que tinha esses tipos de limite e fiquei maravilhada com o fato de Quaid estar sempre me incentivando a ultrapassá-los e redefini-los.

Ele passou a boca por meu rosto e senti a ponta de sua língua caçar as gotinhas de água que ainda estavam grudadas em minha pele. Aquela sensação de calor e de frio atiçou maravilhosamente meu sangue, que ainda estava gelado e adormecido. Quaid roçou os lábios em meu ouvido, e fiquei de pernas bambas quando seus dedos habilidosos encontraram a única parte do meu corpo que, com certeza, não estava gelada. Na verdade, estava escaldante, fervendo a ponto de formar uma poça líquida de desejo, só para ele.

— Eu queria várias coisas da vida, Avett, e gastei muito mais tempo e dinheiro do que gosto de pensar tentando consegui-las.

LEIS DA TENTAÇÃO

Murmurei um ruído indistinto com os lábios grudados na lateral do seu pescoço, porque ele havia enfiado um dedo em mim e estava remexendo naquele calor escaldante que ele mesmo havia gerado, em volta do ponto enrijecido de meu clitóris. A umidade do meu próprio prazer contrastando com o tecido áspero, molhado e gelado de minha calcinha foi suficiente para meu corpo inteiro receber uma descarga elétrica. Sussurrei seu nome e me segurei em seus ombros largos, enquanto seus dedos se mexiam entre minhas pernas, brincando e tomando posse do meu corpo cheio de tesão, e suas palavras tentavam entrar na minha cabeça e no meu coração difícil.

— De todas as coisas que eu mais quis, nenhuma me fez sentir tão possessivo nem tão desesperado quanto você. Quero ter você de todas as maneiras possíveis e imagináveis e quero inventar mais algumas para você não ter dúvidas de com quem deve estar. Quero que cada pedacinho seu tenha algo de mim dentro dele, para que você não passe um segundo sequer sem pensar em mim e em como quero você.

Fiquei me perguntando se isso incluía meu coração, porque mesmo que eu soubesse que não era para ser assim, já tinha um pedaço daquele homem dentro dele, e eu não queria tirá-lo dali.

Enrosquei os dedos em seu cabelo, e ele voltou a me beijar. Me inclinei em cima de Quaid, que segurou a parte de trás da minha coxa e encaixou uma de minhas pernas em seu quadril, para ter mais acesso ao ponto doce que estava todo animado, pulsando feliz, enquanto ele enfiava e tirava os dedos grossos da abertura úmida. Ele me deixou tão molhadinha que essa umidade escorria, quente, pela dobra da minha perna, à medida que ele me puxava mais para cima, contra seu corpo musculoso, e me segurava forte. Então ele começou a se ajoelhar na superfície irregular de pedra.

Soltei um grito de prazer, porque essa nova posição me fez ficar em cima de suas coxas fortes e o metal dilatado do seu zíper me acertou bem nos meus pontos mais sensíveis. O roçar do zíper na renda que ainda me cobria, o frio do metal contra aquela enervação ardente, a mistura das sensações causadas por seus dedos, que me invadiam, me levou ao clímax rapidinho. Ouvi um pássaro piar, irritado, lá no céu, mas eu estava muito ocupada tentando segurar o cinto de Quaid com meus dedos trêmulos para me distrair com a natureza selvagem que, logo mais, iria assistir a um espetáculo e tanto.

Remexi o tronco para a jaqueta de Quaid, que eu estava usando, abrir o suficiente para eu poder apertar meus peitos contra o seu. Meus mamilos pinicaram, felizes, a sua pele tatuada, e eu soltei um suspiro enquanto ele ainda me beijava, roçando os biquinhos doloridos em sua pele, a qual estava esfriando rapidamente. Ele urrou ao sentir o veludo e a renda que se arrastavam por seus músculos, em uma das carícias mais intensas e eróticas que já proporcionei a alguém. Assim que consegui abrir o botão de sua calça e baixar o zíper com todo o cuidado em volta daquele material sempre impressionante que estava à minha espera, Quaid parou de fazer movimentos de tesoura com os dedos dentro de mim e os colocou em meu centro de prazer, o qual estava completamente à mostra, praticamente implorando por sua atenção. Meu clitóris conhecia o seu toque e se eriçou debaixo das pontas ásperas daqueles dedos, tremendo tanto de prazer que tive quase certeza de que ia morrer.

LEIS DA TENTAÇÃO

Soltei um gemido grave e alto e fiquei surpresa quando aquele som sensual reverberou à nossa volta e a ravina onde estávamos ecoou nosso prazer e os sons do nosso deleite, à medida que saqueávamos um ao outro. Ajudei Quaid a tirar a calça só até conseguir pôr a mão no material, mas não a ponto de ele ficar com os joelhos esfolados por causa da superfície áspera em que estavam apoiados. Ele passou a mão por baixo da jaqueta e agarrou, possessivo, um dos meus peitos, balançando-o enquanto eu me esfregava em seus dedos ágeis naquele espinhaço duro que brincava com a minha abertura à vida. Quaid sabia exatamente o que eu queria, enquanto me remexia em cima dele sem pudor e sem vergonha, sem medo do frio ou do nada que cercava nossos corpos ofegantes. Ele ficou mexendo em meu clitóris até eu virar uma poça balbuciante e incoerente de tesão e desejo, e suas carícias foram ficando mais fortes e firmes à medida que eu me sacudia com mais força.

Segurei seu pau pulsante, que estava logo acima do ponto em que eu mais o queria, e o levantei só até conseguir esfregar sua ponta bulbosa, que vazava de prazer, por minhas dobrinhas encharcadas. Nós dois soltamos um gemido abafado com essa sensação, e suas brincadeiras com meu clitóris se intensificaram a ponto de eu achar que iria enlouquecer se não gozasse logo. A sensação de sua pele gelada por causa do ar deslizando pelo nosso calor combinado fez Quaid soltar um palavrão e eu choramingar de desespero.

Enfiei os dedos da outra mão na lateral do seu pescoço e fiquei feliz ao perceber que seus músculos estavam tensos e suas veias, saltadas enquanto eu esfregava minha umidade nele e o provocava com minha abertura. A ponta de seu pau estava mais do que molhada. Estava brilhante e coberta com o meu prazer. Pessoalmente, acho que nunca vi um homem nem um pau tão bonito. Quaid estava *sexy* pra caramba coberto do que havia feito comigo. Isso me fez gemer alto e expulsou o frio que ainda gelava meus ossos. Meu corpo estava fazendo de tudo para puxá-lo para dentro de mim, minhas paredes internas estremeciam e se apertavam como se estivessem esperando por seu pau, só por seu pau, desde sempre, como se ficassem abandonadas e solitárias sem seu membro poderoso para apertar. Me levantei só um pouquinho, para me apoiar em seu peito, e deixei aquele membro brilhante e escorregadio roçar a cavidade onde seus dedos curiosos haviam brincado anteriormente. Aquele homem sabia me provocar com coisas novas e inesperadas, mas eu também sabia.

 Ele arregalou os olhos, que ficaram quase azul-marinho, enquanto eu rebolava montada nele com uma parte diferente e intocada do meu corpo. Nós dois começamos a ofegar, e dava pra ver a curiosidade e a vontade refletidas em seu olhar. Gostei do modo como ele se sentiu ali, gostei de como eu o senti ali atrás, então pensei que sexo executivo tem coisas bem interessantes a oferecer, as quais eu realmente estava perdendo ao trepar com estagiários. Cansado daquela manipulação ardente e sugestiva, Quaid beliscou o mamilo com o qual estava brincando com tanta força que uma pontada de dor percorreu minhas terminações nervosas. Parei de tentar devorar sua boca e fiz careta. Seus olhos, de azul índigo ficaram de um tom de ardósia, e pude perceber que ele estava tão cansado de brincadeira quanto eu. Seus dedos ágeis abandonaram meu clitóris desesperado e foram para a lateral da minha calcinha, que estava ensopada de novo, só que dessa vez de tesão e desejo, não de água da montanha.

– Você precisa pegar uma das camisinhas que pus no bolso da jaqueta e pôr em mim, agora.

Então ouvi um som de tecido se partir e o estalar de um elástico. Minha calcinha rasgou com a força de suas mãos impacientes e o roçar de uma lâmina gelada em minha pele. Eu já havia lido um milhão de vezes sobre homens que rasgam a *lingerie* da mulher no calor do momento, mas nunca pensei que isso aconteceria comigo nem que o homem a fazer isso seria alguém como Quaid. Ele era um escoteiro, estava sempre preparado, mas duvido que arrancar a roupa das mulheres no calor do momento seja um dos usos que os escoteiros aprendem ao ganhar seu canivete suíço. Admirei sua engenhosidade e tremi só de pensar que eu é que estava fazendo aquele homem soltar seu lado pouco civilizado, que eu é que o havia feito voltar a seu estado primitivo, e quase gozei em cima daquela ereção bastante dura ainda estava presa no meio das minhas pernas.

Meu coração estava batendo forte e rápido. Enfiei a mão no bolso da jaqueta e perguntei:

– Você trouxe camisinha para a trilha?

Não pude evitar o riso que escapou quando fiz essa pergunta.

Quaid grunhiu e pôs a mão no meio das minhas costas, para eu conseguir sair de cima dos restos rasgados de minha calcinha e conseguir segurar seu pau latejante. Segurei aquela ereção para pôr a camisinha. Os cílios longos de Quaid baixaram quando meus dedos desenrolaram a borracha por cima de sua pele esticada e sedosa.

– Vim fazer trilha *com você*, então é claro que trouxe camisinha. Eu levaria camisinha até se a gente fosse apenas até o mercado ou o correio. Levaria um punhado se fosse com você para igreja. Já te falei... – fiquei boquiaberta, e minha cabeça caiu para trás quando ele tirou minha mão e finalmente entrou na abertura do meu corpo, que estava implorando e chorando para ser preenchida por ele e ninguém mais. – ... que você me deixa desesperado e com tesão. A hora e o lugar, pelo jeito, não têm importância. A única coisa que importa é você me deixar entrar.

Eu estava sentada em seu colo, arreganhada para quem quisesse ver, e só conseguia pensar que suas palavras eram doces e acariciavam minha pele que, naquela altura, estava toda rosada. Ele só falava a coisa certa enquanto seu corpo me invadia e me comia com força e rapidez. Quaid dizia coisas doces enquanto metia em mim loucamente, e não pude fazer nada para impedir que ele fosse ainda mais fundo nos lugares dentro de mim que disse querer preencher.

Fiquei empoleirada em cima de suas pernas, de um jeito que não deixava meus joelhos rasparem naquele terreno áspero em que Quaid estava ajoelhado. Então, só podia segurar firme em seus ombros com uma mão quando ele levantava e baixava meu corpo por seu pau. Fiquei olhando aquele membro grosso, brilhante, que reluzia com nosso prazer combinado, martelar meu corpo. Quanto mais fundo ele metia, mais escuros ficavam seus olhos azuis, e eu, mais molhadinha. Aquilo era mais do que fazer sexo selvagem e desinibido. Era uma junção, uma conexão entre nós dois que ia muito além de abrir minha boquinha linda

LEIS DA TENTAÇÃO

para ele. Quaid tirava quase tudo e aí me empurrava para baixo de novo, era quase impossível dizer onde um começava e o outro terminava. Éramos um único ser, determinados a dar prazer um ao outro. Éramos uma única essência, concentrada em receber o que a outra pessoa oferecia e retribuir cem vezes mais. Estávamos determinados a nos acabar de paixão e prazer, e parecia mesmo que poderíamos tapar os buracos que cada um de nós tinha com os pedaços que o outro deixava para trás.

Quaid me segurou na metade das costas, entre a minha pele suada e a jaqueta pesada, para eu conseguir ir para trás, encostando as pontas do meu cabelo, ainda molhado, no chão. Ele gritou para eu tirar o casaco da frente dele enquanto continuava me mexendo para cima e para baixo por seu pau como se eu fosse um pistão. Me senti usada e manipulada da melhor maneira possível. Ele estava tomando o seu prazer e me dando o meu, e eu só precisava me soltar em suas mãos firmes. Assim que meus peitos cobertos de renda apareceram, ele baixou sua cabeça loura e engoliu um dos mamilos eriçados com o calor escaldante de sua boca. Raspou os dentes sem o menor cuidado naquela pele macia e me deixou sem ar, com um misto de dor e prazer. Eu já ia levantar a mão para puxar seu cabelo quando ele ordenou, com a voz rouca:

– Põe essas mãos em você.

Já que a boca de Quaid estava ocupada lambendo e chupando meu peito arfante, imaginei que ele só poderia querer minhas mãos em um lugar. O lugar que estava completamente aberto em volta do seu pau, que pulsava e vibrava com seus movimentos rápidos de entrada e saída do meu centro trêmulo. Cada vez que ele tirava só um pouquinho a pontinha de sua cabeça inchada, ela encostava nas minhas dobrinhas, e o ar gelado da montanha batia naquele líquido que se acumulava entre nós. Eu tinha dificuldade de respirar de tão maravilhosa que era a sensação. Quando ele se enfiava de novo dentro de mim, expulsando o frio interno com seu tesão liquefeito, a sensação daquela mudança de temperatura em um tecido tão sensível me fazia gritar tão alto que fiquei surpresa de não assustar os pássaros que estavam nas árvores ali perto.

Quaid riu da minha reação e repetiu aquele movimento mais umas duas vezes até eu conseguir fazer meus dedos descoordenados obedecerem sua ordem de me tocar, a qual ele não parou de repetir. Soltei seu pescoço de veias saltadas e acariciei o mamilo que ele não estava amando com a língua e os dentes, depois fui descendo a mão por minha barriga até chegar ao ponto em que estávamos conectados.

O ponto que era o melhor de tudo naquele momento. Eu e ele. Ele e eu. Dureza e maciez, indo de encontro com o calor e o frio. Tremi, e minha carícia esbarrou nas evidências de como a gente entendia bem o corpo um do outro. Quando meus dedos chegaram àquele pontinho de deleite, ele vibrou com o primeiro leve roçar da ponta do meu dedo naquele feixe de nervos sensíveis. Gemi e fechei os olhos quando o prazer, mais poderoso do que qualquer dor que eu já tenha me infligido, tomou conta de mim.

Senti esse prazer perçorrer meus braços e minhas pernas. Senti esse prazer pulsar por baixo da mordida dos dentes de Quaid, que se afundaram na lateral do meu pescoço. Senti esse prazer quando meus mamilos ficaram tão duros que causaram dor física e senti esse prazer no modo como meu corpo abocanhou o pau pulsante de Quaid, para que não saísse do lugar. Minhas paredes internas tiraram leite dele, meu canal tinha espasmos à sua volta, e cada gota de desejo e satisfação que eu tinha dentro de mim saiu e nos consumiu. Eu queria aquele homem comigo, para sempre.

Fiquei ofegando durante o orgasmo que me rasgou por dentro. Eu tinha quase certeza de que a intensidade daquele clímax havia virado meu coração de cabeça para baixo, tirando todo aquele lixo que costumava ficar dentro dele. Eu mal conseguia respirar, mal conseguia pensar em nada além do fato de aquele homem fazer coisas comigo e para mim que eu não sabia se algum dia mereceria. Mas aí Quaid sussurrou meu nome e me dei conta de que ele ainda estava buscando sua satisfação. Aquele homem sempre me proporcionava prazer antes de tomá-lo para si mesmo.

Mudei de posição em seu colo, fui um pouco para cima e para a frente, para conseguir me apoiar no chão, e comecei a me esfregar nele – com força. Enrosquei os dedos no cabelo macio de sua nuca, segurei seu rosto com a outra mão, para ele não conseguir se mexer e comecei a devorar sua boca com beijos molhados e agressivos. Era a minha vez de falar coisas doces e comê-lo loucamente.

Fiquei balançando o quadril para a frente e para trás e beijei seu rosto, deixando os lábios próximos de sua orelha, lambendo-a e sussurrando baixinho:

— Você pode fazer o que quiser comigo, Quaid. Te deixo entrar com o maior prazer, desde que você saiba o que está à sua espera lá dentro.

Não sei se foram as palavras ou a imagem que elas evocaram... Apesar de eu nunca ter deixado ninguém me tocar naqueles lugares que ele havia roçado, a ideia era intrigante e quase perigosa e fez minhas partes baixas exaustas e satisfeitas se eriçarem quando Quaid levantou os quadris com força para ir de encontro à minha última descida. Ele rugiu para a natureza como o homem primitivo e animalesco que era quando estava ali, naquele lugar comigo, e senti que todo o seu corpo grande se sacudiu quando o orgasmo tomou conta dele. Senti seu pau se remexer e pular dentro de mim quando ele parou de mexer o quadril, e as chamas dos seus olhos se apagaram.

Seu peito subia e descia, como se ele tivesse corrido um quilômetro e meio. Sorri enquanto ele me abaixava até o chão, tomando cuidado para que o tecido pesado de sua jaqueta me protegesse e se acomodando no meio dos meus quadris, onde ainda estávamos conectados um ao outro.

Quaid levantou a mão e tirou meu cabelo, que estava em uma bagunça sem fim, do meu rosto. Acariciou minhas bochechas rosadas e murmurou:

– Minhas montanhas ainda estão de pé depois que meu furacão passou por elas.

Tremi e senti um aperto no coração com seu tom possessivo. Levantei os braços e o puxei para perto.

– Pelo menos, desta vez, a destruição não foi tão grande.

Ele sabia tão bem quanto eu que eu era capaz de muito mais.

Ao levantar a cabeça e me olhar, seus olhos tinham voltado ao tom azul acinzentado de sempre e refletiam uma emoção que não consegui reconhecer.

LEIS DA TENTAÇÃO

– Não tenha tanta certeza disso, Avett.

Não gostei de sua cara séria depois de termos feito o sexo mais incrível do mundo. Por isso, lhe dei um beijinho de leve e fiquei esfregando meu nariz no dele.

– Só para constar – levantei a sobrancelha e o apertei naquele ponto em que ainda estávamos conectados por dentro –, sempre vou pular e achar que vale a pena correr o risco. Isso faz parte de mim.

Não consegui ver, por sua expressão, se ele concordava ou não comigo sobre o risco. Mas, quando falei que tomava pílula e havia feito exames assim que me dei conta da gravidade do vício de Jared, ele levantou a cabeça e me pareceu bem mais interessado em correr riscos diferentes, que incluíam não ter nenhum tipo de proteção entre nós.

CAPÍTULO 14
Quaid

Fiquei surpreso com a facilidade com que voltei ao papel do sujeito que sabe viver sem nada e fazer o máximo com muito pouco. Os dois dias que passamos naquela cabana minúscula, com nada além do fogo ardente e de Avett para me entreter, foram alguns dos mais tranquilos, relaxantes e estimulantes que eu tinha em... nem lembro há quanto tempo. Achei que era ela que precisava fugir da confusão de sua vida, mas acabou que fui eu quem realmente se beneficiou do isolamento forçado. O silêncio antes me assombrava e zombava de mim, com seu vazio e suas lembranças; agora tira todo tipo de espinho que eu achava ter arrancado sem dó. Além disso, quando Avett grita ou sussurra meu nome, o som fica muito melhor sem nada ao redor para se perder.

Tinha a sensação de que os dois lados da minha alma, que sempre foram separados à força, estavam começando a se juntar, mas Avett, na selva de pedra, não parecia nada diferente do que costuma ser. Foi pescar comigo sem reclamar e não se abalou quando tivemos que limpar e cozinhar nossa própria comida. Andou pela floresta comigo, e seu cabelo ficou cheio de agulhas de pinheiro

LEIS DA TENTAÇÃO

e cascas de árvore, porque a vegetação ficava roçando nela com a mesma vontade que eu tinha de tocá-la. Eu a levei para um estande de tiro improvisado que fez parte da minha juventude e fiquei chocado e, admito, impressionado ao ver que ela maneja uma arma de fogo quase tão bem quanto eu. Avett deu risada e falou que, quando se é filha de um homem durão, coisas como acertar na mira e não ficar choramingando ao ver sangue vinham no pacote. Ela só reclamava quando tinha que ir ao banheiro no meio da noite, não por ter que usar a casinha caindo aos pedaços, mas pelo medo dos leões da montanha e dos ursos. A gente só tinha o que coube nas duas mochilas que minha moto Ducati nos obrigou a levar, e ela não sentiu falta de nada. Eu estava feliz comigo e com a floresta e por eu ter feito algo fundamental em relação a todas as verdades que passei tanto tempo excluindo de minha realidade.

    Queria que as posses fossem importantes porque tive muito pouco quando era criança. Queria que as coisas me tornassem importante e preenchessem todos os vazios de minha infância e os que o rompimento com a minha família e a farsa do meu casamento deixaram na minha vida. Queria ter muitas coisas e muitos objetos para que ninguém duvidasse do meu sucesso ou do meu valor, porque vivia constantemente com medo de que alguém, tipo minha ex-mulher, achasse que eu não era bom o bastante. Sou inteligente a ponto de saber que esse era um medo bastante enraizado, por ter crescido com pais que estavam mais interessados em me ensinar a sobreviver do que a amar ou a ser um homem bom. Como queria estudar, como queria sair dali, como queria mais do que eles achavam que eu precisava, meus pais sempre me consideraram o integrante mais fraco da família. Eu não era forte o bastante. Eu não era resiliente o bastante. Eu não era firme nem corajoso o suficiente para ser o homem que eles queriam que eu fosse. Então fui atrás de uma garota que, tive certeza, jamais se conformaria com o tipo de vida que eu levava. Me atirei de cabeça em uma guerra por um governo que a minha família desprezava. Escolhi uma carreira que tinha tudo a ver com leis e regras e escolhi o lado que, com certeza, me faria ir parar nas páginas dos jornais e na linha tênue da ética e da moralidade. E consegui todas as posses. Mergulhei a mim mesmo nas coisas porque tinha algo a provar.

Só que agora nem sei direito para quem estou tentando provar essas coisas, caramba!

A garota realmente havia desarmado cada pedacinho do meu ser e me reduzido ao que há de mais básico em mim, meu ser mais puro que, pelo jeito, não dá a mínima importância para todas as coisas opulentas e reluzentes que me cercam. Avett fica feliz comigo seja lá onde eu estiver, então não preciso me matar para tentar mostrar a ela as coisas boas da vida.

Meus pais não se deram o trabalho de entrar em contato comigo desde que contei que comprei a terra para eles. Só me avisaram que não iam voltar para o continente. Eu e Harrison sempre fomos próximos, mas quando ele foi embora para o Alasca, e meus pais foram atrás, passei a pensar que todos eram farinha do mesmo saco. Nunca dei uma chance a meu irmão mais novo. Ele não deve nem saber que meu casamento acabou, mas também não faço ideia do que ele anda fazendo, de como anda sua vida. Eu achava que minha família tinha me abandonado, mas nunca fiz nada para acabar com essa distância ao ficar mais velho e, provavelmente, nada mais sábio.

Se Lottie tivesse ficado impressionada, talvez não teria me traído nem reclamado tanto da vida que tínhamos juntos. Eu quis dar tudo para aquela mulher, e tentei, mas ela sempre precisava de mais. Por isso eu sabia que, não importava quanto eu trabalhasse ou gastasse, minha ex jamais me olharia e acharia que eu fiz um bom trabalho. Para Lottie, eu sempre seria aquele moleque que não tinha nada, que havia se esforçado ao máximo para ficar com a garota que era muita areia para o seu caminhãozinho.

E aí tinha Orsen e os caras do escritório. Eu me mato de trabalhar, pego os casos que os outros advogados têm medo de pegar e ganho mais do que perco. Eu faço dinheiro para eles. Me encaixei no modelo que estava delimitado para mim quando fui contratado e fiz isso com toda a determinação, pensando em um objetivo maior. Mas a verdade é que, por mais bacana que seja minha casa e mais caros que sejam meus ternos, eles ainda não me promoveram a sócio, e fiz mais do que precisava para merecer ter meu nome na placa. Não sei se é porque não tenho um diploma de uma universidade de elite como os outros sócios têm, porque meu divórcio escandaloso foi parar no jornal ou se eles sabem simplesmente que, por baixo de todo o verniz, sou um sujeito que apenas banca o civilizado e educado. Fico me perguntando se aqueles espinhos que são tão visíveis aqui, no meio da natureza e com essa mulher, são tão óbvios para as pessoas que não nasceram com eles. Fico me perguntando se a pessoa que nasci para ser estava me impedindo de ser o homem que eu tinha tanta certeza de que queria ser.

Depois de acordar com o alvorecer na cara e um cabelo cor-de-rosa enroscado em minhas mãos, acordei Avett com beijos, carícias e a esquentando na frente do fogo. Odiava precisar levá-la de volta para um lugar que não era seguro e odiava ainda mais precisar devolvê-la para outro homem mantê-la longe da confusão que sempre a perseguia. Dava para ver que ela estava nervosa quando paramos para almoçar, já tarde. Tentei tranquilizá-la dizendo que, assim que seu ex fosse a julgamento e percebesse que o advogado dele tinha interesses mais importantes, Jared faria qualquer coisa para se garantir. Tinha um pressentimento de que a primeira noite que ele passasse na cadeia sem a proteção de Acosta o faria contar uma nova versão da história.

Avett balançou a cabeça, mas dava para ver que ela ainda estava preocupada com o que poderia acontecer, e isso me deixou com um aperto no coração, porque eu também estava preocupado. Normalmente, trabalho para libertar pessoas como o tal Jared. Nunca queria saber da história e, quando a história estava bem na minha cara, apavorada e tentando não demonstrar isso, entendi por que mantenho tanta distância dos meus clientes. Ter vínculos pessoais significa não conseguir fazer direito o trabalho para o qual me contrataram. O motivo para eu ser tão fora do normal e volúvel com ela desde o começo foi Avett ter conseguido me contar a sua história sem precisar de palavras. Estava em seu olhar e no jeito como ela ficou sentada ali, presa, arrasada e indefesa diante das circunstâncias, sabendo que ela mesma havia orquestrado a própria queda. Avett nunca foi uma cliente. Nunca foi um trabalho ou mais uma vitória para eu pôr debaixo do braço e mostrar a todo mundo, tentando conseguir uma aprovação. Eu não deveria precisar nem querer isso. Ela não enxergava apenas o homem por baixo da minha fachada; ela havia conseguido enxergar além da minha máscara profissional.

Quando chegamos em Denver, quis levá-la para minha casa, mas Avett insistiu que precisava ficar um tempo com os pais, já que estavam todos morando sob o mesmo teto pela primeira vez depois de muitos anos. Como eu precisava trabalhar cedo e não fui para o escritório no sábado, sabia que a minha mesa estaria lotada de papéis quando eu chegasse, então concordei, com relutância. Também não pude deixar de notar o olhar de recriminação que Brite fez quando parei na frente da casa com Avett na garupa da moto. Para ser justo, não sei se o olhar foi porque eu estava com a filha dele enroscada em mim ou porque a minha moto não foi feita nos Estados Unidos. De qualquer modo, balancei a cabeça, reconhecendo que ele estava me olhando, e levantei o visor fumê do capacete para poder olhar para Avett, aquele furacão baixinho que havia explodido todos os meus mecanismos de defesa e virado minha vida tão certinha e estruturada de cabeça para baixo, quando ela desceu da moto e chegou do meu lado.

Avett ficou na ponta dos pés, me deu um beijo na ponta do nariz e falou que depois me mandava mensagem.

Voltei para meu *loft* desolado e sem vida e tomei um banho escaldante, para pôr a cabeça no lugar e conseguir trabalhar na manhã seguinte. Não funcionou. Só conseguia enxergar um par de olhos com todas as cores da floresta da qual havíamos acabado de voltar. Só conseguia sentir uma pele macia e um cabelo sedoso roçando em meu corpo. Havia escovado os dentes antes de entrar no banho, mas só conseguia sentir um gosto de doçura misturado com loucura. Todos os meus sentidos haviam sido contaminados por ela e, quando desliguei o chuveiro e deitei pelado, tive a certeza de que ia passar a noite em claro. Estava de pau duro e com a cabeça bagunçada. O que era uma situação incômoda e irritante.

Estava lendo *emails* do trabalho, com as luzes desligadas, quando apareceu uma mensagem de Avett. Eu estava esperando um "boa noite" ou "a gente se vê amanhã". Mas recebi o seguinte:

> Estou com saudade do seu pau. Tive vontade de mandar essa mensagem da primeira vez que você me beijou, mas me segurei.

Pisquei para a tela acesa. Li e reli a mensagem para ter certeza de que estava enxergando direito. Ninguém me mandava mensagens assim… Ninguém a não ser a Avett Walker. Não tenho muita prática em fazer sexo por mensagem e, francamente, não sabia se era bom nisso, mas quis tentar.

> Ele também está com saudade.

> Está duro para mim?

Olhei para o lençol escuro levantado na minha frente e soltei uma risada, feliz por não ter me livrado do incômodo que pensar em Avett causou durante o banho.

> Bastante.

LEIS DA TENTAÇÃO

Quero seu pau na minha boca ou nas minhas mãos. Não sou exigente. Onde você quer, Quaid?

Gemi naquele quarto escuro e olhei para as luzes acesas da cidade, que ficaram me observando fechar a mão em torno do meu pau pulsante como *voyeurs* curiosos. Senti o sangue bombear debaixo dos meus dedos e a tensão se acumular na base da minha coluna.

Fico de boa nos dois lugares.

KKKK. Não... Onde você quer de verdade esse pau que está tão duro por minha causa, Quaid?

Em tantos lugares... Queria no meio das pernas de Avett, onde ela sempre estava molhadinha e pronta para me receber. Queria deixá-la de quatro e possuí-la onde, tenho certeza, ninguém ainda a possuiu. Poderia morrer feliz com aquela boquinha safada no meu pau, tão fundo lá dentro que ela não poderia me atingir com suas palavras nem contar aquelas histórias da sua vida que acabam comigo. Eu poderia gozar com aquelas mãozinhas subindo e descendo por meu membro. A palma macia de sua mão me acariciando e segurando minhas bolas, com Avett sussurrando no meu ouvido todas as maneiras em que quer ficar comigo... Mas, já que estava tudo escuro e eu estava me masturbando enquanto fantasiava, falei a verdade. Falei o que eu queria comer desde a primeira vez em que pus os olhos naqueles peitos espetaculares.

Quero comer seus peitos. Quero beijá-los e chupá-los até você ficar toda molhadinha...

Fiquei meio ofegante, porque revelar isso a Avett fez meu sangue ferver. Chutei os lençóis de cima de mim e apertei a base do meu pau – com força –, bem na hora em que o prazer começou a vazar pela pontinha. Digitar só com uma mão ao mesmo tempo em que me masturbava exigia mais coordenação do que eu poderia imaginar.

Quero que você se deite de costas, esprema esses seus peitos fantásticos contra o meu pau e me deixe comê-los enquanto abre essa sua boquinha e chupa a cabeça dele até eu gozar dentro da sua garganta.

Não recebi resposta por um tempo, mas o sinal de que ela estava digitando ficou piscando na tela.

Nunca fiz isso. E, como fiquei molhadinha só de ouvir, acho que vou pôr na lista das coisas que preciso experimentar.

Juro que meu pau pulou quando li essas palavras.

Posso te mostrar tudo o que eu sei, com o maior prazer, Avett.

Que sorte a minha. Você já está quase lá? Está me imaginando passar a mão no meu próprio corpo,

LEIS DA TENTAÇÃO

pensando em você, imaginando você fazer várias delícias com esse seu pau executivo?

Espremi os olhos ao ler aquela terminologia em referência a meu membro. Precisava perguntar o que Avett queria dizer com aquilo, mas naquele momento me distraí, porque minhas bolas começaram a doer, avisando que eu estava quase lá.

Gemendo, passei o dedão na tela até encontrar o número de Avett e apertei o botão para ligar e poder fazer uma chamada em vídeo. Quando ela atendeu, como estava escuro, só consegui ver seus olhinhos brilhando e aquele sorrisinho safado.

— Demorou — a voz dela estava baixinha e ofegante, como sempre quando ela estava prestes a gozar. — Quando te falei que você me deixou molhadinha, tive certeza de que você ia ligar.

— Estou quase gozando e imaginei que você ia querer testemunhar os frutos do seu trabalho.

Aquilo era uma coisa bem fora do meu normal, bem diferente do jeito como eu costumava trepar, mas era gostoso. Dava uma sensação de certeza libertadora.

Avett gemeu um pouquinho, e observei ela mudar de posição, se deitar e segurar o celular na frente do rosto. Dava para ver seus ombros se mexerem enquanto ela se masturbava do outro lado da linha.

— Estou quase lá, mas tentando não fazer barulho. Nada de orgasmos espalhafatosos na casa da mamãe.

Dei uma risadinha, gemi e espalmei a mão em cima da cabeça molhada do meu pau. O líquido se espalhou e, por melhor que fosse, não era nada comparado com a boca de Avett ou com suas carícias suaves.

– Avett, levanta um pouco o telefone. Quero ver mais seu corpo.

Estava escuro, eu não ia conseguir ver muito daquela pele linda, mas ela obedeceu minha ordem ríspida quase instantaneamente. Fiquei olhando seu peito subir e descer com rapidez, seus mamilos se endurecerem de prazer e seu corpo se mexer no ritmo do que a sua mão, que não aparecia na tela, estava fazendo.

Suspirei seu nome e falei, curto e grosso:

– Juro que esses peitos vão acabar comigo.

Ela estava corada, e sua respiração começava ficar ofegante.

– Não sabia que você gostava tanto de peitos.

Avett lambeu o lábio inferior e sussurrou meu nome, jogando a cabeça para trás, por cima dos travesseiros.

– Não gostava, até conhecer os seus.

– Que bom.

Ela fechou os olhos e o final de "bom" emendou com um longo "mmm". A mulher começou a ofegar de verdade, e gritei seu nome, para ela me olhar.

Ela balançou a cabeça e disse "sim".

Meu quadril corcoveou ao ouvir isso, e comecei a subir e a descer a mão com muito mais força do que costumo fazer nessa situação. O desejo latejava, furioso, e o prazer gritava, em algum ponto profundo de mim, pedindo para ser libertado.

– Quero que você goze comigo, não pare de me olhar.

Avett balançou a cabeça. Eu sabia que podia pedir para ela

LEIS DA TENTAÇÃO

baixar o celular, para eu conseguir enxergar seus dedos se mexendo naquelas dobrinhas escorregadias, para conseguir vê-los brincar com aquele lindo pedacinho rosado que ficava todo inchado para mim, mas era seu rosto que eu queria ver enquanto ela chegava ao clímax. Queria saber que eu é que fazia isso com ela, mesmo que estivesse do outro lado da cidade. Queria que esse nosso lance fosse tão poderoso e tão importante a ponto de nos arrebatar, não importa o meio de comunicação.

– Quaid...

Ouvir Avett pronunciar meu nome como se fosse a coisa mais doce do mundo me fez gozar.

Urrei seu nome e soltei um gemido satisfeito quando os fluidos fortes de satisfação saíram pela ponta do meu pau indo parar em minha barriga.

Fiquei olhando Avett fechar os olhos, levantar o peito da cama e balançar a cabeça. Ela mordeu o lábio inferior com tanta força que deixou marca, e seu corpo inteiro ficou do mesmo tom de rosa de seu cabelo. Queria lamber aquela mulher como se ela fosse meu pirulito de cereja. Ela é espetacular, e o prazer que encontrou pensando em mim, imaginando nós dois, foi o presente mais valioso que alguém já me deu.

Esperei alguns segundos para ela voltar do torpor do sexo e, quando isso aconteceu, ela deu uma risadinha sem a menor vergonha de ter gozado para mim de um jeito tão espetacular.

Suspirei e me sentei na beirada da cama. Ia precisar tomar outro banho.

– Isso foi lindo, Avett, e você também é linda.

Ela piscou para mim e se ajeitou na cama.

– O senhor é que é lindo, doutor.

Soltei mais um suspiro profundo.

– Por mais divertido que isso tenha sido, não é nada comparado a ver você gozar ao vivo e a cores. Nunca fui muito bom de ver sem usar as mãos. Eu gosto de coisas, lembra?

Avett bocejou e me deu um sorriso sonolento.

– Deixo você pôr a mão em tudo que quiser quando dormirmos juntos de novo. Deixo você fazer essas coisas safadas e sensuais que ninguém poderia imaginar que um homem como você gosta. Vou dormir. Boa noite, Quaid.

Um homem como eu pensa nessas coisas. Mas eu nunca havia contado para ninguém, até a pessoa certa aparecer. Um homem que nunca pensou que a pessoa certa poderia ser um minidínamo de cabelo rosa com gosto pela autodestruição e pela confusão.

– Boa noite, Avett. Vê se se cuida amanhã.

Ela balançou a cabeça, quase dormindo, e respondeu:

– Pode deixar.

Então me mandou um beijinho, e a tela ficou preta.

Me levantei e fui até o banheiro. Só quando já estava na metade do meu segundo banho da noite que me lembrei que queria saber o que Avett quis dizer com "pau executivo". Ri e limpei da minha barriga as evidências do efeito que aquela mulher tem sobre mim. Fiquei me perguntando se a pessoa que cunhou a expressão "quem planta vento colhe tempestade" conhecia Avett Walker.

LEIS DA TENTAÇÃO

No dia seguinte, fiquei atolado no escritório, com uma reunião depois da outra. Alguns casos eu já havia aceitado, mas também havia uns clientes novos. Clientes novos que analisei com muito mais cuidado do que costumava fazer. Fiz perguntas. Queria saber de detalhes que iam além do extrato bancário e da capacidade de pagarem minhas custas. Dispensei um sujeito que havia saído da cadeia sob fiança, suspeito de ter cometido um incêndio criminoso. O homem é amigo de Orsen e me falou que o sócio do escritório é que havia me indicado para ele e que eu não poderia ter sido mais elogiado.

Agradeci os elogios. Mas, quanto mais conversava com ele, mais sua autoconfiança insuflada e seu jeito de quem acha que tem direito a tudo ficavam óbvios. E mais certeza eu tinha de que não podia nem queria aceitar o caso. O homem estava sendo acusado de tocar fogo na casa da namorada depois de ela tê-lo trocado por outro. Era um crime brutal e desnecessário. E, quando falou que a namorada, o namorado dela e o filho dos dois estavam em casa quando o incêndio começou, precisei de todo o meu autocontrole para não pular por cima da mesa e dar um tapa em sua cara. Aquele homem não tinha o menor remorso, a menor decência de fingir que sentia pena pelo que havia sido perdido. Considerando quanto Avett ficou arrasada depois do incêndio que destruiu sua casa, eu não tinha estômago para ajudar aquele sujeito.

Falei que não poderia pegar o caso, e ele teve a reação esperada.

Ficou puto. Me chamou de golpista. Disse que ia reclamar com meu chefe. Falei que, se era tão amigo de Orsen, devia pedir para o sócio defendê-lo no julgamento. Ele saiu bufando da minha sala, batendo a porta e deixando um fedor de culpa e de erro.

Tive a certeza de que ter dispensado o caso e o cheque que viria com ele fariam Orsen aparecer em minha sala. Então, quando a recepcionista falou que eu tinha visita, a última pessoa que eu esperava ver passando pela porta era Avett.

Ela estava usando uma *legging* cheia de rosas coloridas que se ajustavam às suas pernas cheias de curvas como uma segunda pele, com os coturnos de sempre e uma blusa preta comprida e justa com decote redondo que se abria no quadril como um tutu. Parecia uma bailarina *hispster* com aquele cabelo tecnicolor no alto da cabeça, preso em um coque bagunçado, sorrindo com aqueles lábios pintados de vermelho.

Antes que eu pudesse perguntar o que ela estava fazendo lá no centro, no meu escritório, quando deveria estar trancada a sete chaves, ela enfiou uma marmita de isopor em minha mão e se abaixou para me dar um beijo intenso na boca, que ficou mole de tanta surpresa.

– Asa é a minha babá de hoje, e tinha um imóvel aqui na esquina que ele queria dar uma olhada. Está querendo abrir o próprio bar. Tipo um bar clandestino da época da Proibição, só que chique. Perguntou se quero comandar a cozinha para ele – Avett soltou uma gargalhada e disse: – Ele está maluco – seus olhos brilhavam, e ela apoiou o quadril no canto da minha mesa. – Falei que teu escritório era logo ali, e ele me trouxe até a entrada. Mas aí eu vi um *food truck* de comida grega do outro lado da rua e imaginei que você poderia não ter almoçado ainda. Então pensei em passar para dar um "oi" e te alimentar – suas palavras saíram atropeladas. Avett sorriu para mim, e tive a sensação de que esse sorriso preencheu boa parte do vazio que eu tinha por dentro. – Estou apaixonada pelos *food trucks*. São muitos tipos de comida. E, como andam pela cidade toda, a gente nunca fica no mesmo lugar. Liberdade e comida, essas duas coisas falam fundo na minha alma – finalmente ela ficou sem fôlego. – Então, oi, aqui está o almoço.

Pus a mão em seu joelho e fiz sinal para ela se abaixar, para poder roçar meus lábios nos seus.

– Oi.

Foi um beijo doce. Um beijo que era mais do que um simples roçar de bocas. Tive quase certeza de que sentir aqueles lábios carnudos nos meus era como se o seu coração batesse contra o meu.

Avett pôs a mão em meu rosto, ficou fazendo carinho e falou:

– Você está com cara de cansado.

Bufei e subi a mão por sua coxa até chegar na curva voluptuosa de seu traseiro. Minha vontade era de arrancar aquela *legging* ridícula e pôr Avett em meu colo, bem em cima do meu pau.

– Por que será?

Ela deu uma risadinha maliciosa e encostou a testa na minha.

– Não faço a menor ideia.

Eu já ia beijá-la de novo, mas, quando estava me levantando para segurar seu rosto e jogar sua cabeça para trás, a porta se escancarou e bateu na parede com tanta força que meus diplomas e certificados saíram do lugar.

Eu sabia que Orsen ia ficar chateado por eu ter recusado o caso do amigo dele, mas não esperava vê-lo com a cara vermelha, os olhos espremidos, bufando e entrando daquele jeito em minha sala. Avett tirou as mãos de mim, me afastei dela e cheguei mais perto de Orsen, que nos olhava com uma expressão de fúria. Vi que ele mediu o cabelo diferente da garota e sua roupa colorida e retorceu a boca, em uma expressão de desdém e raiva.

– Se você queria trabalhar com caridade e ser pago com chupada, deveria ter ido para a promotoria, Jackson. Nosso escritório não trabalha *pro bono*, nosso escritório tem clientes que pagam... com dinheiro. Não com qualquer outra coisa que tenham a oferecer.

Ouvi Avett segurar a respiração e percebi, de canto de olho, que seu corpo inteiro ficou tenso.

Pus a mão na cintura, olhei feio para Orsen e falei:

– Agora já chega. Faz anos que escolho meus casos, Orsen. Fiz por merecer esse direito. O de hoje não foi diferente.

Seu olhar furioso se voltou para Avett e depois para mim, com uma expressão de repreensão e ameaça que ficava óbvia a cada piscada que ele dava.

– Não, mas o caso dela foi diferente. Você por acaso se deu o trabalho de mandar a conta para essa menina ou resolveu que não tem problema nenhum perder seu tempo e os recursos valiosos do escritório só porque queria ficar de pau molhado?

Abri a boca para falar que Orsen precisava calar aquela boca, mas ele levantou a mão antes de eu conseguir dizer qualquer coisa.

– Se você quer ter a mínima chance de ser sócio deste escritório, vai aceitar aquele caso, já deveria ter aceitado. Vai dar "tchau" para o seu brinquedinho, mandar a conta para ela e dar um jeito de encontrar... – a expressão de desprezo em seu rosto era tão feia que, se eu não tivesse passado anos aperfeiçoando minha cara de paisagem para o júri, eu teria ficado com uma expressão de pavor – ...uma companhia apropriada e conveniente para levar na festa do escritório. Não sei onde você está com a cabeça, Quaid, mas esse comportamento não combina com o jovem que contratei. Começo a me perguntar se a sua ex não levou mais do que metade da sua conta bancária quando te largou. Pelo jeito, seu bom senso também se foi.

Ele lançou mais um olhar depreciativo, girou nos calcanhares e saiu da minha sala do mesmo jeito debochado como entrou.

Passei a mão no rosto e me virei para Avett, que olhava fixamente para o ponto pelo qual Orsen havia acabado de sair, de olhos arregalados e com o lábio inferior tremendo.

– Me desculpe por isso – esse pedido de desculpas me pareceu ínfimo em comparação ao que meu chefe havia acabado de dizer a ela. – Orsen é meio das antigas. Não é muito... progressista.

Ela limpou a garganta, e pude perceber como havia ficado abalada com aquele encontro fortuito. Pus a mão em seu braço, porque ela se recusou a olhar nos meus olhos.

– Asa me mandou uma mensagem dizendo que já viu o imóvel e está me esperando lá embaixo.

Segurei o monte de palavrões que queria dizer e pus a mão em seu ombro.

– Avett, não deixa o Orsen te atingir. Você é diferente, e seu caso foi diferente, mas não teve nada a ver com eu querer tirar a sua roupa.

Ela finalmente levantou os olhos, e pude ver claramente o desastre e a destruição se debatendo com força e fúria naquelas profundezas coloridas. Meu furacão havia chegado e estava prestes a encher de destroços aquela coisa frágil que estava começando a criar raízes e tomar forma entre nós.

— Avett...

Só falei seu nome, mas era uma súplica, uma jura de que eu não concordava com Orsen, uma súplica que dizia que eu jamais a desvalorizaria nem a diminuiria como meu chefe havia feito.

Ela sacudiu a cabeça e deu um passo para o lado. Um sorriso amarelo retorceu sua linda boca e me deu vontade de quebrar tudo o que havia dentro daquela sala.

— Manda a conta, Quaid. Eu vou dar um jeito de pagar. Sei que você disse que não queria que cheques e extratos nos atrapalhassem, mas sempre atrapalham.

Urrei e dei um passo em sua direção, mas Avett levantou as mãos, como se estivesse tentando se defender de mim.

— Não ligo para a porra da conta, Avett. Ligo para você, para a sua segurança, para você parar de tentar destruir tudo de bom que existe na sua vida, tentando compensar o fato de uma menina estar morta — com um gesto apontei para nós dois, balançando o braço com fúria. — O que rola entre nós é bom, mais do que bom, e você não aguenta. Está tentando transformar isso em algo ruim desde que começou.

Minhas palavras foram duras, em tom de acusação, e eu sabia muito bem que não devia atacar alguém que estava se sentindo vulnerável daquele jeito. Já tinha visto várias testemunhas se fecharem completamente depois de a promotoria usar táticas similares.

— Talvez eu estivesse esperando que isso desse errado, porque, vamos ser sinceros, Quaid, quantas coisas boas realmente

LEIS DA TENTAÇÃO

saem das péssimas escolhas que a gente faz? – ela piscou para mim e espremeu os olhos. – Nunca vou ser uma companhia apropriada e conveniente. Nunca vou ser do tipo de mulher que você pode levar para uma festa chique do seu escritório... Uma festa sobre a qual você nunca comentou comigo.

Me encolhi todo, porque ela tinha razão. Nunca havia tocado nesse assunto, porque ainda faltava um mês para o evento, e a sua situação atual, com a perda da casa e aqueles caras desconhecidos atrás dela, me parecia mais urgente do que qualquer convescote esnobe ao qual eu nem queria ir.

Avett encolheu os ombros e foi até a porta, que ainda estava aberta.

– Eu cresci nos fundos de um bar. Meu pai é metade motoqueiro, metade santo. A minha mãe é cozinheira de boteco e tem quase tantos problemas quanto eu. Eu fico uma graça de cabelo rosa e não tenho planos de mudar nem o cabelo nem a minha personalidade tão cedo. Gosto das minhas origens e, finalmente, estou começando a gostar da pessoa que estou me tornando – ela limpou a garganta e, se eu não a estivesse observando com olhos de lince, não teria percebido o brilho das lágrimas que cobriam seu olhos. Ela nem se virou para trás para falar: Não estou mais tentando compensar uma menina que morreu, e é quase exclusivamente por sua causa. Mas ainda tem muita gente na minha vida a quem devo desculpas e demonstrações de arrependimento. Não estou nem um pouco interessada em escrever o seu nome nessa lista, doutor.

Ela foi até a porta e a fechou com delicadeza. Voltei para trás da mesa, peguei a comida que ela havia levado para mim e a joguei no lixo com mais força do que o necessário. Chutei a mesa, o que só serviu para estragar meu sapato e me deixar ainda mais de mau humor. Atirei meu corpo grande na cadeira de couro e olhei feio para os certificados e diplomas tortos que pareciam prestes a cair da parede. Dei muito duro para conquistar todos aqueles pedaços de papel, na certeza de que iam garantir que eu tivesse a vida que eu queria e tudo o que eu achava que me faria feliz...

Naquele momento, eu os vi exatamente como eram: pedaços de papel que não significavam nada, a menos que o homem que os possuísse fizesse algo que valesse a pena com seu tempo e seu talento.

Foi só depois de sair do escritório, de ignorar vários *e-mails* de Orsen exigindo que eu pegasse o caso do amigo dele, que me ocorreu que Avett não tinha ido embora porque estava magoada com o que Orsen havia lhe dito. Ela estava magoada por causa do que ele disse para mim. Aquela menina é capaz de aguentar bordoadas e mais bordoadas, porque é assim que ela funciona, mas não suporta ver alguém de quem gosta, talvez até ame, na linha de fogo. Ela não queria pôr meu emprego e uma possível promoção em risco por causa do nosso relacionamento. Nunca escondi quanto a minha carreira é importante para mim. Ela estava me protegendo do único jeito que sabia... destruindo as coisas boas e abrindo mão da própria felicidade. Avett se sentiria culpada se meu emprego no escritório fosse ameaçado porque estamos juntos e estava cortando essa culpa pela raiz.

Me xinguei de todos os sinônimos de imbecil que consegue imaginar, por não ter reconhecido antes qual era a sua motivação.

LEIS DA TENTAÇÃO

Fiquei tão concentrado formulando meu contra-argumento, o interrogatório que eu estava determinado a fazer com ela, que me esqueci que aquela menina por quem eu estava me apaixonando era feita de partes iguais de redemoinho e de mártir.

CAPÍTULO 15
Avett

Só depois de eu passar alguns dias choramingando pela casa da minha mãe e me recusando a atender quando Quaid telefonava que meu pai resolveu perguntar o que havia acontecido com o advogado bonitão. Minha mãe não perguntou nada, mas toda vez que nossos olhos se cruzavam, ela me lançava um olhar de súplica, dando a entender que para ela eu deveria fazer de tudo para consertar aquela situação. Tive vontade de dizer que, pela primeira vez, eu havia terminado pelos motivos certos, e não para me sentir como se eu tivesse arrancado meu coração do próprio peito e atirado aos pés de Quaid. Eu havia me ferido, sim, mas fiz isso para que o homem por quem eu tinha quase certeza de que estava apaixonada não precisasse sofrer. E, com certeza, sofreria se continuasse indo por aquele caminho. Quaid merece mais do que ficar andando em círculos em um beco sem saída e sem fim só porque quer ficar comigo.

Não dava para confundir o desdém e o julgamento na expressão de seu chefe ao ver o afeto que rolava naturalmente entre nós dois, e suas palavras hostis foram tão verdadeiras quanto difíceis de ouvir. Não sou apropriada nem conveniente para o estilo de vida de Quaid e jamais vou combinar com o tipo de pessoa com quem ele trabalha e quer tanto impressionar.

    Finalmente senti aquele nível de dor e de agonia que estava buscando desde a noite em que tudo deu errado. Parecia que meu coração nunca mais ia funcionar direito. Tudo dentro de mim doía e latejava como se tivesse levado a pior surra possível e imaginável. Nunca vou acreditar ter pago a dívida que tenho com Autumn e sempre vou carregar a culpa pelo que aconteceu com ela, mas Quaid me ajudou a ver que todos somos responsáveis por nossas próprias ações e que só temos como controlar a nós mesmos e a pessoa que nos tornamos por meio de nossas escolhas. Minhas frequentes péssimas escolhas não me tornaram uma péssima pessoa. Mas o modo como encarei essas escolhas e permiti que elas se tornassem algo ainda pior fizeram de mim uma pessoa descontrolada, que precisava de ajuda.

    Me afastar de Quaid e das coisas boas que ele tinha a oferecer não me parecia a melhor opção, mas eu sabia que estava tomando essa decisão pelos motivos certos, e isso é um grande passo em relação ao que eu era antes de conhecê-lo. Finalmente, conheci o homem certo. Pena que sempre serei a mulher errada para ele.

    Meu pai foi mais direto que minha mãe. Sempre foi. Esperou até Darcy ir para a cama uma noite e se sentou comigo no sofá, quando eu estava imersa em uma maratona da animação *Archer*, tentando ser tão durona quanto a Lana, namorada do personagem principal. Era uma situação muito triste, uma indicação bem clara de que meu coração estava partido o fato de aquele superespião hilário não ter conseguido arrancar uma risada sequer de mim durante as duas horas em que fiquei fora do ar na frente da TV. Não foi só meu coração que ficou partido com esse rompimento, eu fiquei toda despedaçada.

Brite passou o braço carnudo por meu ombros e me puxou para perto. Pus minha cabeça em seu peito, soltei um suspiro trêmulo e fechei os olhos, porque as lágrimas, que estavam determinadas a cair desde que saí da sala de Quaid, se acumularam de novo atrás das minhas pálpebras.

– Você quer contar o que foi que aconteceu? – sua voz grave foi um consolo, e fiquei absorvendo seu cheiro tranquilizante de pai. – Apesar de o sujeito ter péssimo gosto para moto, eu gostava dele. Gostava por sua causa, e você sabe tão bem quanto eu que isso nunca acontece.

Dei uma risadinha e funguei, para não soluçar.

– Sujeito certo, lugar e hora errados. Isso sem falar que eu acho que nunca fui o tipo dele mesmo.

Brite limpou a garganta bem alto, e senti que meu cabelo se mexeu com aquele som de reprovação.

– Ele te disse isso?

Como meu pai parecia ofendido por mim, levantei a cabeça e olhei nos seus olhos para garantir que ele entendesse que eu é que havia terminado, não Quaid.

– Não, pai, ele nunca disse nada disso, mas eu já sabia que tudo ia terminar antes mesmo de começar. A gente não vive no mesmo mundo – dei uma risada amarga e baixei a cabeça de novo. – Um terno dele custa mais que todo o meu guarda-roupa.

Brite fez outro barulho e apertou meu ombro com os dedos.

– Você sabe muito bem que não pode julgar um homem pelo

que ele usa para cobrir as costas. O que importa é que as costas sejam fortes, que possam carregar qualquer peso. Sei que não te ensinei a pensar assim.

– Não são as roupas, é tudo. Onde ele mora. Onde trabalha. O futuro que imagina. A gente até tem coisas em comum, mas pelo jeito só quando está pelado.

Seu corpo grandalhão ficou todo tenso.

– Não quero ouvir falar da minha filhinha pelada com ninguém, nunca.

Dei uma risadinha e disse:

– Desculpa, pai.

Era raro Brite ficar constrangido com alguma coisa, mas acho que pensar na única filha tendo qualquer coisa relacionada a sexo ainda tinha o poder de deixá-lo tenso.

– Avett, não sei muita coisa sobre o seu advogado, mas ele te ajudou várias vezes e se recusou a deixá-la passar por aquele episódio de *Lei e ordem* sozinha. Ele se ofereceu quando achou que você estava correndo perigo e apareceu quando você precisava dele, quando a casa pegou fogo. Tudo isso são evidências concretas de que esse é o homem certo na opinião do seu velho. Esses são traços que um pai gosta de ver no homem em que a filhinha está de olho.

Me aninhei mais perto dele e murmurei, baixinho:

– Não acredito que você está tentando me convencer a ficar com um homem. Você nunca faz isso. Está sempre expulsando os meninos com quem eu fico e me falando que mereço coisa melhor.

Senti sua barba roçar na minha cabeça, e Brite suspirou.

– É porque Quaid não é um dos seus meninos, Avett. É um

homem que tem toda uma história que viveu antes de você aparecer. Me parece disposto a compartilhar essas duas coisas com você e, em vez de aceitar, você fugiu. Aqueles seus meninos eram descartáveis. Esse é um homem com quem você deveria pensar seriamente em ficar, Fadinha. Não sei se existe um homem bom o suficiente para a minha filhinha, mas esse chega bem perto.

Fiz careta para a TV e me afastei do meu pai, para poder me sentar e cruzar os braços.

– Eu não fugi. Fui embora porque um de nós dois, uma hora ou outra, teria que ir.

Meu pai levantou aquelas sobrancelhas peludas, e vi seus dentes brilhando no meio da floresta da sua barba.

– Por quê? Por que uma hora ou outra um de vocês dois teria que ir embora?

Abri a boca para dizer que a gente não combinava, que a gente não dava certo, e que Quaid precisava de uma mulher mais elegante e refinada do que eu, que se encaixasse na sua vida de alto padrão impecável, que tudo que a gente dava valor e gostava estava em mundos diferentes, em galáxias diferentes, em universos diferentes. Não conseguia falar isso porque sabia que não era mesmo verdade. Eu fico o tempo todo fazendo de tudo para me sentir o pior possível, e Quaid fica tentando se sentir o melhor e mais bem--sucedido possível. Nem eu nem ele conseguimos atingir o objetivo até nos conhecermos. Naquele momento, eu tinha certeza de que me sentia pior do que nunca. Nunca tinha me sentido tão mal, e vi, nos olhos de Quaid, quando fizemos amor na sua montanha, que ele nunca se sentira tão bem e tão valorizado.

LEIS DA TENTAÇÃO

"Os semelhantes se reconhecem."

Sozinhos, nós dois estávamos perdidos e empacados. Juntos, parecia que estávamos exatamente onde deveríamos estar.

Soltei um suspiro de derrota e me encolhi de novo no sofá.

– Eu estava no escritório de Quaid, e o chefe dele apareceu e fez uns comentários de merda a meu respeito. Acusou Quaid de só ter pegado meu caso porque queria me comer e aí falou que ele precisava achar alguém mais aceitável para levar em uma festa da empresa. Quaid ficou puto, mas eu só conseguia enxergar ele tentando me levar para um troço desses e tudo dando errado. Ele fez tanto por mim, em tão pouco tempo. Não quero que se prejudique no trabalho nem fique de mal com o chefe. Ele quer virar sócio da empresa, e duvido que, se continuarmos juntos, isso vá acontecer. Não quero que Quaid sacrifique seus planos nem seus sonhos por minha causa.

Meu pai espremeu os olhos, e foi sua vez de cruzar os braços sobre aquele peito largo. Ele me olhou feio, pensativo.

– Por que não? Ele é adulto e, se quer sacrificar qualquer coisa, incluindo a carreira, pela mulher que ama, a escolha é dele. Você não tem o direito de decidir por ele, Avett.

Apontei o dedo para o meu próprio peito e respondi:

– Não quero ser um erro que ele comete e depois sofre por causa disso. Ele já perdeu muita coisa.

Não me senti à vontade para contar a história de Quaid para meu pai. Isso é coisa dele. E, se ele quiser que meu pai saiba dos altos e baixos da sua infância e do seu divórcio, pode contar todos os detalhes, não que eu ache que os dois vão levar um papo tão cedo.

Meu pai soltou um palavrão baixinho e ficou de pé. Depois

se abaixou e me deu um beijinho no alto da cabeça. Senti aquelas malditas lágrimas ameaçando cair de novo.

— Entendo os seus motivos, Fadinha, e entendo que suas intenções são boas, que isso vem do seu coração enorme. Mas essa decisão não é sua. Se o rapaz quer mudar de vida por sua causa, a escolha é dele, certa ou errada. Você não tem o direito de impedir que o mercado faça escolhas arriscadas, Avett. Nada nessa vida é garantido, principalmente o amor. Mas só quem é covarde não joga os dados e se arrisca quando isso se apresenta bem à sua frente. Dar a esse homem, que tem estado do seu lado e continua aparecendo, uma chance, a chance de ele saber o que quer, é uma atitude muito mais corajosa do que ficar se enrolando com esse bando de vagabundos que você se meteu esses anos todos. Você estava destinada ao fracasso com eles. Então, quando tudo deu errado, você sabia que era inevitável — ele levantou as sobrancelhas e deu um sorrisinho sugestivo. — Olha só para mim e para a sua mãe, filha. Perdemos muito antes de ganhar, mas não teríamos um ao outro se não tivéssemos criado coragem e apostado.

Soltei um gemido e falei:

— Obrigado por toda essa loucura triste e tão encorajadora, velhinho.

Mas as palavras do meu pai calaram fundo, com sua sabedoria. Eu já tinha passado da fase de ignorar seus bons conselhos, porque sei que essa é a escolha inteligente e não quero mais ser besta. Agora quero viver a melhor vida possível e ser a melhor Avett possível, e isso significa não ignorar mais os sábios conselhos do papai e sua experiência de vida.

Ele deu risada.

– Às ordens. Aliás, vou encontrar Zeb Fuller lá em casa amanhã. Ele quer dar uma olhada para ver se as fundações e os tijolos do lado de fora foram muito danificados. Olha, acho que, se ainda tiver condições, ele quer comprar a casa e reformar o lugar.

Fiquei boquiaberta, em estado de choque. Aquela casa, da última vez que a vi, parecia irrecuperável. Mas meu pai ainda não tinha terminado de falar.

– Se ele comprar mesmo, vou fazer ele dar metade do dinheiro para você, já que a casa era metade sua.

Sacudi a cabeça, recusando automaticamente. Brite tentou fazer a mesma coisa com o dinheiro do seguro, mas não deixei.

– Não, pai. Esse dinheiro é seu. Meu nome não estava na escritura, e quero que você deposite tudo no seu fundo de aposentadoria. Ou, quem sabe, você pode levar a mamãe para dar a volta ao mundo. Não fiz nada para merecer tamanha generosidade.

Ele soltou mais um palavrão e espremeu os olhos de um jeito que eu sabia que era o fim da conversa.

– Metade é seu, Avett, não porque você trabalhou ou merece, mas porque você é minha filha, morou lá e perdeu tanto quanto eu. Vi você se transformar em uma mulher com o meu coração. A casa sempre foi tão sua quanto minha. O meu fundo de aposentadoria vai muito bem, obrigado, não se preocupe com isso. Já paguei o empréstimo que fiz por causa da sua fiança e ainda não recebi a conta do seu advogado. Então, talvez você possa usar o dinheiro e se casar com ele quando chegar a hora... apesar de eu achar que essa hora nunca vai chegar. Não me interessa o que você vai fazer com o dinheiro, mas se Zeb comprar a casa, é isso que vai acontecer, e ponto-final.

Soltei mais um suspiro de derrota, mas não pude negar que a ideia de fazer um cheque, não só para Quaid, mas também para Rome, na quantia exata da minha dívida, era tentadora.

— Bom, a casa ficou destruída. Duvido que ele vá querer comprar. Boa noite, pai.

Brite deu uma risadinha.

— Você não conhece esses rapazes como eu conheço, Fadinha. Eles conseguem dar vida nova a tudo que precisa de uma segunda chance. Vem encontrar Zeb comigo amanhã e veja com seus próprios olhos.

Já que não estava passando muito tempo sozinha, porque os malvados ainda estavam à solta, eu precisaria ou passar o dia inteiro com meu pai ou no bar, e ainda não tinha certeza de estar preparada para enfrentar Rome. Concordei em ir ver a casa com ele e passei mais uma hora na frente da TV, absorvendo suas palavras.

Ele e minha mãe têm o mesmo tanto de tragédia e triunfo em sua história. Os dois fizeram escolhas bem péssimas, mas a melhor opção para ambos era continuar juntos. Nem ele nem ela pareciam se arrepender de terem se permitido amar, apesar de esse amor ter causado muito sofrimento. Gosto de Quaid a ponto de abrir mão dele, a ponto de partir meu coração, que está com dificuldades de bater de tanto sofrimento que eu lhe infligi.

Eu sou capaz de amar Quaid e sei que posso me perder facilmente nele e nas coisas boas que ele tem a oferecer. Só não sei se tenho forças para enfrentar a tempestade de erros que, com certeza, nós dois vamos cometer para tentar ficar juntos, e as consequências que vão se abater sobre nossas cabeças. Eu ter sobrevivido aos meus próprios erros e passos em falso é uma espécie de milagre. Não quero deixar o destino e a felicidade de Quaid à mercê dos mesmos riscos. Fui eu que pulei; ele ficou seco e aquecido. Não quero que o meu amor acabe com Quaid e tenho medo de que seja isso mesmo a acontecer.

Meu pai acha que a resposta está bem na minha frente... Não sei se estamos olhando para a mesma coisa.

No dia seguinte, fiquei na entrada da casa onde morava, olhando, apática, aquele monte carbonizado de tijolos e de madeira. Não conseguia acreditar que a linda casa antiga e restaurada não era mais do que uma sombra chamuscada da sua antiga glória. Não conseguia acreditar que meu pai tinha força emocional para vasculhar as cinzas com Zeb, enquanto o empreiteiro alto e barbudo batia nas paredes e se arrastava pelos destroços. A totalidade dos bens materiais do meu pai se resumia a cinzas que podiam ser varridas e descartadas e, quando eu disse isso, ele me deu um abraço e falou que as únicas coisas que tinham importância eram: eu, minha mãe, as suas lembranças e as suas experiências. Isso seria triste perder... Tudo o mais eram só coisas.

Cheguei a dar alguns passos para dentro, com a intenção de ir atrás dos homens no meio daquelas profundezas enegrecidas e me despedir como manda o figurino. Mas, no momento em que vi a perda total naqueles destroços, me virei e saí. Meu pai não queria que eu ficasse lá fora sozinha. Então, ao ver o Cadillac chamativo parado do outro lado da rua, foi até lá e bateu na porta. Alguns instantes depois, Hudson Machina apareceu, sonolento, esfregando os olhos e abafando um bocejo.

    De perto, era ainda mais atraente do que eu pensava. Gostei do seu cabelo avermelhado e do jeito como espremeu os olhos azuis, com compaixão e raiva, ao ver aquele pesadelo diante dos nossos olhos. Os olhos do Machina são uns dois tons mais escuros do que os de Quaid e bem menos aguçados e cansados, mas têm um tom bonito e límpido de azul, que fez meu coração bater acelerado quando ele se virou para mim. Estou acostumada a ver caras cheios de tatuagens, mas aquele dava de dez a zero em todos que eu conheço no quesito *tattoo*. Tinha desenhos sinuosos dos dois lados do pescoço e outros bem impressionantes nas costas das duas mãos. Quando inclinou a cabeça para mim, com cara de interrogação, percebi que ele era tatuado até atrás das orelhas. Era colorido, bonito e simpático. Seu jeito tranquilo não combinava com o seu exterior de sujeito durão, e gostei dele ainda mais. Naquela mesma hora, resolvi que odiava a vaca da namorada do Machina mais ainda, por todas as vezes em que ela brigou com ele na frente de toda a vizinhança.

    – Que droga. Odeio isso ter acontecido com vocês. Brite é o cara.

    Balancei a cabeça, distraída. Olhei para trás e vi um sedã genérico parar na frente da nossa antiga casa. A motorista estava sozinha. Lia alguma coisa no celular. Como nada naquela mulher levantava suspeitas, voltei a olhar para o meu companheiro atraente e tatuado.

    – Como andam os preparativos do casamento? – perguntei.

LEIS DA TENTAÇÃO

E, em segredo, rezei para ele me responder que aquela monstra havia sido abduzida por alienígenas, mas não tive essa sorte.

Machina encolheu os ombros e murmurou:

— Vão indo. Ninguém me contou que ia ser tão difícil. Acho que devia ter um manual ou alguma coisa assim. A gente está junto desde sempre, e achei que, pela lógica, esse era o próximo passo. Não sabia que isso estava mais para pular do avião sem paraquedas.

Tossi para limpar a garganta e olhei para ele de canto de olho.

— Você já parou para pensar que, se só os preparativos do casamento já estão sendo tão difíceis, o casamento pode ser ainda pior?

Ele ficou todo tenso, e vi que cerrou os punhos tatuados.

— A gente está junto desde o Ensino Médio. As coisas não eram assim, até que a gente ficou noivo.

Machina me olhou quase como se quisesse verificar se eu achava suas palavras convincentes. Não eram.

— Quase ninguém é igual ao que era no Ensino Médio. Caramba, não sou igual nem ao que eu era dois meses atrás. As pessoas crescem e mudam. Acho que o segredo para ficar com alguém é crescer e mudar com essa pessoa.

Tipo o que eu e Quaid fizemos nos últimos dois meses. Ele, definitivamente, abriu os meus olhos para algumas coisas que eu precisava ver de outra maneira, mas tenho certeza de que fiz a mesma coisa por ele. Tenho certeza de que ele agora sabe que é completamente digno de amor e que tem valor seja lá qual for o tamanho da sua TV e o tanto de dinheiro que tiver investido. Ele é muito mais do que as suas posses, e torço para que, em vez de guardar ressentimento das suas origens, eu o tenha ajudado a se dar conta de que isso faz parte dele e que o preparou para conquistar tudo o que tem. Sem ele, ainda vou ficar à beira daquele precipício de culpa, me recusando a abrir mão do sofrimento. Por causa dele, estou escalando o poço, com os olhos firmes em qualquer lugar que não seja o fundo. Estou tentando chegar lá em cima.

Machina não fez nenhum comentário, mas olhou para trás e voltou a me olhar, levantando aquelas sobrancelhas cor de ferrugem.

– Kallie era a menina mais doce do mundo. Nunca fazia um comentário maldoso e estava sempre feliz. Como a situação na minha casa era muito ruim, o seu otimismo e a sua atitude contagiante eram meu refúgio, isso sem falar que os pais dela me deixaram morar lá mesmo sabendo o que eu fazia com a filha deles quando a porta do quarto estava fechada. Eu precisava dela. Acho que não teria sobrevivido ao Ensino Médio nem chegado aonde estou hoje sem ela. Kallie nunca reclamou de eu passar mais tempo com os carros do que com ela, sempre foi a pessoa que mais me apoiou. Fomos morar juntos, pus um anel no seu dedo, e parece que tudo mudou da noite para o dia. Vamos nos casar daqui a alguns meses, e espero que a menina pela qual me apaixonei apareça no altar.

Eu me encolhi toda, porque tinha quase certeza de que essa menina não existia mais, e aquele menino muito legal ia cometer o pior erro da sua vida se casasse com aquela megera com quem ele estava dividindo a vida. Não era da minha conta, e eu não sabia se tinha o direito de falar, mas não podia ficar sem fazer nada. Nunca mais vou ficar sem fazer nada: foi essa a lição que aprendi. Então, pus a mão em seu braço e falei, com um tom solene:

LEIS DA TENTAÇÃO

– Sei que você não me conhece e que a minha reputação entre as pessoas que nós dois conhecemos provavelmente não inspira confiança, mas preciso te contar que todos os dias, quando você sai para trabalhar, um Honda vermelho para na frente da sua casa e fica até mais ou menos uma hora antes de você voltar. Não sei se você tem empregada ou se a sua mulher fica o tempo todo com uma amiga, mas, para mim, isso é bastante suspeito. E você me parece ser um rapaz muito legal. Então, mesmo que você não acredite em mim, estou te falando que essa mina que mora na sua casa não é a garota que você está me descrevendo.

Achei que ele ia se encolher todo ou dar risada da acusação. Mas, em vez disso, seus ombros se afundaram, e sua cabeça caiu para frente como se, de repente, pesasse mil quilos. Machina levantou a mão e esfregou a nuca, olhando para o concreto debaixo dos seus tênis Vans xadrez detonados.

– Todos os dias?

Balancei a cabeça e, apesar de ele não estar me olhando, repeti:

– Todos os dias.

O garoto soltou um suspiro profundo, me olhou e falou:

– Eu já peguei Kallie no flagra uma vez. A gente terminou, e ela passou seis meses jurando que nunca mais ia me trair e fez de tudo para me convencer que a menina que eu amava havia voltado. Assim que eu a pedi em casamento, tudo isso foi por água abaixo, e voltamos à situação em que estávamos quando a gente terminou – ele soltou um palavrão e olhou para o céu. – Você acha que é muito difícil cancelar um casamento?

Depois dessa, fiquei tão surpresa que dei risada.

— Provavelmente deve ser mais fácil do que organizar um com aquele pesadelo humano. Olha, eu não sei quem é o dono do carro nem o que anda acontecendo debaixo do seu teto quando você não está. Mas já ouvi o jeito como essa menina fala com você, como não te valoriza. Então, sendo ela infiel ou não, juro que você merece coisa melhor.

Ele suspirou e tive muita vontade de abraçá-lo. Ele tinha total aquele jeito tristonho e carente que combinava muito, mas muito mesmo, com ele. Assim que der o pé na bunda daquela monstra, vai ficar solteiro por exatos zero segundos. As mulheres de Denver sabem reconhecer um bom partido, e é claro que eu e o meu péssimo gosto para homens não estamos incluídos nesse grupo. Mesmo que o meu corpo não tenha problema nenhum em reconhecer que Quaid é um homem para casar, minha cabeça e meu coração precisam se entender com isso.

— E existe coisa melhor do que a menina que você ama desde que aprendeu a amar?

Dei um tapinha em seu braço e balancei a cabeça.

— Existe coisa melhor do que a menina que não sabe cuidar desse amor. Disso, eu tenho certeza.

Machina franziu a testa e retorceu a boca.

— Vendi um carro para uma menina ontem, ela veio por indicação de um amigo meu e estava bastante triste, muito quieta e tímida. Ficou óbvio que não queria ser vista, mas eu vi. Tipo, vi de verdade e, enquanto olhava para ela, fiquei tentando imaginar o que poderia ter acontecido em sua vida para uma menina tão bonita ficar com tanto medo e tão perdida. Fiquei imaginando se teria percebido isso se as coisas aqui em casa fossem como deveriam ser. Nunca prestei atenção em outras mulheres antes de começar a ter problemas com Kallie.

— Meu pai acha que a resposta para todas as perguntas desse tipo sempre está bem na nossa frente.

Ele deu um sorriso triste, e quase morri ao perceber que ele tem covinhas, uma reentrância mínima e adorável em cada uma das bochechas. Se as tatuagens e aquela personalidade taciturna não fossem suficientes para ele arranjar mulher a torto e a direito, aquelas malditas covinhas com certeza dariam conta do recado.

— Seu pai ia ficar muito orgulhoso se soubesse que você anda espalhando os conselhos dele por aí. Você precisa aperfeiçoar aquela olhada que ele dá, tipo "presta atenção, se não...".

Dei risada.

— Se você contar que eu ando citando Brite, eu nego. Ele já tem "eu te falei" estocado pelo resto da vida.

Dei um pulo quando uma voz atrás de nós disse:

— Avett Walker?

Apesar de Machina não saber todos os detalhes do que andava acontecendo na minha vida caótica, ele ficou na minha frente, fazendo questão de me tapar completamente com seu corpo, enquanto a mulher que estava no carro do outro lado da rua se aproximava da gente lentamente.

— Você é Avett Walker? — seu tom de voz era sério, assim como seu olhar, e ela ficou nos encarando sem sequer piscar.

— Quem é você?

Foi Machina que perguntou, gritando, e eu espiei por trás

dele, daquela suas costas musculosas. A mulher segurava um papel dobrado, e meu sangue gelou.

— Trabalho no gabinete do delegado e tenho uma intimação para você.

Machina ficou todo tenso e, por mais que eu quisesse recusar aquele papel com todas as minhas forças, sabia que precisava pegá-lo. Fui para o lado daquela parede tatuada que estava na minha frente e arranquei o papel da mão da mulher. Ela balançou a cabeça e falou:

— A senhora foi intimada. Boa sorte.

Segurei o papel perto do meu peito e não conseguia fazer meus dedos pararem de tremer.

— O que foi isso?

Como a voz do Machina tinha um tom de curiosidade, mas não de um jeito invasivo, suspirei e bati em minha própria testa com a intimação. Não queria abrir o papel dobrado, porque sabia que, assim que abrisse, ia ter que ligar para Quaid e pedir ajuda. E meu coração ainda não estava preparado para voltar a lutar com ele nem por ele.

— Isso tem a ver com mais uma das minhas péssimas escolhas. Não consigo me livrar delas, que continuam voltando para me assombrar. Meu pai insiste que péssimas escolhass rendem ótimas histórias. Mas, até agora, essa aqui só rendeu um coraçãozinho confuso e uma conta altíssima com o advogado.

Ouvi uma risadinha e, dessa vez, não me dei o trabalho de disfarçar o suspiro que me escapou quando aquelas covinhas incríveis apareceram no rosto do rapaz.

LEIS DA TENTAÇÃO

— Corações confusos e contas de advogado me parecem o começo de uma ótima história.

Deviam ser, mas eu esperava que fosse uma história com final feliz, porém não conseguia imaginar isso acontecendo naquele momento.

Vi meu pai e Zeb vindo na nossa direção, com uma expressão satisfeita nos rostos barbudos. Os dois estavam com as roupas cobertas de sujeira e fuligem, com o cabelo todo bagunçado. Mas dava para ver, pelo jeito relaxado dos ombros de ambos e por seus passos firmes, que haviam fechado negócio.

Eu devia saber que não era boa ideia apostar contra um dos rapazes do meu pai. Mesmo que aquela casa fosse uma causa perdida, Zeb nunca iria jogar a toalha. Porque aquela casa era importante para meu pai, e meu pai era importante para Zeb.

Pelo jeito, pelo menos a parte dos gastos com o advogado da minha história ia ter um final feliz. Cruzei os dedos, fechei os olhos e fiz um pedido, para qualquer ser silencioso que estivesse me ouvindo lá em cima, que a parte do meu coração desnorteado também se endireitasse.

CAPÍTULO 16
Quaid

Olhei para o homem sentado do lado oposto da mesa de vidro, onde eu estava com Avett, e tentei não demonstrar a irritação que sentia. Ela estava dura como uma tábua ao meu lado, e eu não sabia se a tensão que exalava era porque estava confrontando o advogado de Jared durante o depoimento ou se por estarmos tão próximos que quase nos encostamos. A menina não me olhava, mas eu podia ver incômodo e ansiedade em cada traço delicado do seu rosto. Tecnicamente, Avett nem era mais minha cliente, porque as acusações contra ela haviam sido retiradas. Mas, quando ela me mandou uma mensagem dizendo que havia sido intimada e perguntando o que queria dizer "audiência prévia", tive certeza de que não ia deixá-la entrar na cova dos leões sozinha. Para o desprazer de Orsen, que não só ficou óbvio como também verbalizado, deixei a manhã livre para poder sentar a seu lado naquela sala de reuniões moderna do Tribunal, enquanto o advogado do seu ex-namorado tentava desestabilizá-la e acabar com ela. Eu sabia que aquele depoimento era um ensaio do que o sujeito havia planejado para Avett quando ela realmente se sentasse no banco das testemunhas e pude perceber as intenções calculistas nessas atitudes do outro advogado assim que ele nos fez entrar na sala.

LarsenTyrell estava mais bem vestido do que eu, seus sapatos eram mais caros, e o relógio em seu pulso era tão ridículo quanto o meu, do mesmo valor. Antes de Avett aparecer na minha vida e virar tudo de cabeça para baixo, tudo isso teria me incomodado, me deixado automaticamente na defensiva. Eu teria adotado uma atitude hostil e agressiva, tentando deixar claro que estávamos no mesmo nível. Agora, só consigo pensar que defender traficantes e outros clientes ligados aos cartéis paga visivelmente bem, mas fico imaginando como é que Larsen consegue aproveitar toda a sua riqueza sabendo ter sido comprada com dinheiro manchado de sangue. O seu terno tinha um corte perfeito e era obviamente importado, mas não pude deixar de me perguntar quantas pessoas tiveram que morrer nas mãos dos seus clientes para ele poder comprá-lo. Não senti uma gota de inveja nem de desejo de ter o que Larsen tinha, e foi aí que eu tive a certeza de que a mulher sentada ao meu lado, dura e sem piscar, fez tanto para me salvar quanto eu fiz para salvá-la. Avett abriu meus olhos, e eu precisava desesperadamente disso. Agora meus olhos estavam bem abertos, e aquele homem que eu ansiava tanto ser, que tinha a cabeça tão fechada, havia sumido. Em vez disso, no seu lugar, o homem que me olhava no espelho não parecia falso nem forçado. E também não ia lutar por coisas frívolas, mas ia lutar, sim, pelas coisas realmente importantes. Naquele momento, nada era mais importante do que aquela jovem de cabelo rosa ao seu lado. Aquela que, sem dúvida, ele amava de um jeito desmedido e queria cuidar para sempre.

Eu me encostei na cadeira e mexi o cotovelo, até encostar no de Avett, que segurava os braços da cadeira com força, como se ela fosse sair flutuando caso a soltasse. Com aquele breve contato, ela finalmente soltou um longo suspiro e se virou para mim, com os olhos arregalados e uma expressão intimidada. Baixei o queixo para dizer que tudo ia dar certo, e a garota retribuiu meu pequeno gesto e finalmente começou a relaxar.

— Finalmente a data do julgamento foi marcada, e o júri, selecionado. É daqui a menos de duas semanas, e você é a primeira testemunha de acusação. Fiquei surpreso que Townsend não quis participar desta audiência prévia.

Larsen deu um sorriso artificialmente educado e clareado e não deixei de perceber a alfinetada por eu estar, ali e não alguém da promotoria.

— Sou o advogado de defesa da testemunha. Vou informar tudo o que achar que Townsend precisa saber antes do julgamento.

Espremi os olhos, e o outro advogado aumentou ainda mais o sorriso de tubarão.

— Então, é o interesse profissional pela participação da sua cliente nesse julgamento que o trouxe aqui hoje?

Fiquei encarando o sujeito sem responder. Como não estou mais defendendo Avett perante a lei, não há nenhum conflito de interesse no fato de nosso relacionamento profissional ter se tornado pessoal. Mas Tyrell não escondia seus planos de distorcer esses fatos do modo que mais lhe aprouvesse. Ele era tão malandro e desonesto quanto as pessoas que defendia.

— Estou interessado nos interesses da minha cliente, ponto-final.

LEIS DA TENTAÇÃO

Anda logo, Tyrell. Todo esse seu showzinho espalhafatoso pode até impressionar a promotoria e o júri. Mas, francamente, estou morrendo de tédio, e tanto eu quanto a srta. Walker temos coisa melhor para fazer.

O homem levantou as sobrancelhas, entrelaçou os dedos e deu um sorriso que me deixou todo arrepiado.

– Aposto que sim. Também estou com a agenda cheia e ainda tenho um compromisso no Tribunal, então vou direto ao ponto. Srta. Walker, você ficou chateada quando seu pai vendeu o bar para alguém que não era você, o bar que ele estava preparando a senhorita para assumir desde que você tinha idade legal para trabalhar?

Senti que Avett ficou tensa e, por mais que eu quisesse consolá-la, sabia que, se eu reagisse de qualquer maneira, Larsen usaria isso contra Avett quando ela se sentasse no banco das testemunhas.

– Fiquei chateada, mas não com o meu pai. Fiquei chateada comigo, por ser um desastre, por nunca ter lhe dado um bom motivo para guardar o bar para mim. Ele nunca me disse que tinha planos de me passar o bar quando chegasse a hora certa. Acho que essa era uma conclusão que muita gente, incluindo eu mesma, tirava de forma precipitada, quando fiquei mais velha.

Seu corpo estava tenso e rígido, mas sua voz era clara e tranquila. Avett não estava se esquivando da verdade, e dava para ver que Larsen sabia, tão bem quanto eu, que a honestidade e a sinceridade dela ficariam bem evidentes para qualquer júri que fosse selecionado.

Larsen fez algumas anotações e em seguida olhou para nós dois com aquele sorriso perturbador, que me dava muita vontade de arrancar com um soco.

— Você ficou chateada quando o novo dono do bar, Rome Archer, a demitiu por ter roubado dinheiro da caixa registradora?

Avett mudou de posição e, pelo canto do meu olho, vi que espremeu os lábios.

— Repito, fiquei chateada, mas só comigo mesma. Eu sabia que o bar tinha câmeras de segurança. Eu sabia que era errado, mas fiz mesmo assim, porque Jared ficava insistindo que a gente precisava daquele dinheiro. Quando você se convence de que está apaixonada, encontra justificativa para fazer muita coisa precipitada.

Tive vontade de olhar para ela e ver se estava falando do incidente no bar ou de alguma outra coisa que tivesse ver comigo, mas eu é que não ia dar munição para aquele homem observador do outro lado da mesa.

— Então a senhorita está me dizendo que sabia que seria pega?

Avett balançou a cabeça, e nosso olhar se cruzou.

— Sabia.

O sujeito fez mais algumas anotações, e praticamente dava para ver seu cérebro maquinando.

— A senhorita tem o costume de fazer coisas ilegais sabendo que vai ser pega?

— Cometi alguns erros no passado. Com certeza, o senhor tem acesso à maioria deles na pasta que está à sua frente. Tudo o que eu fiz é de conhecimento público.

Ele estava tentando irritá-la, mas Avett não mordeu a isca, e não tinha como eu ficar mais orgulhoso do seu comportamento.

Tyrell fez um ruído e veio para a frente.

— As câmeras de segurança do bar mostraram que o meu

cliente agrediu a senhorita fisicamente antes de entrar no estabelecimento. Isso foi um incidente isolado?

Avett levantou os dedos, encostou na pele lisinha debaixo do olho e sacudiu a cabeça.

– Não. Jared já havia me batido algumas vezes. Normalmente, quando estava passando o barato ou surtando porque não sabia o que fazer para conseguir a próxima dose. Ele me bateu uma vez porque eu deveria ter levado cerveja para uma festa e não levei, e a minha mãe e alguns colegas de trabalho perceberam o meu olho roxo. Um dos caras que trabalha no bar falou para Jared que, se eu aparecesse com qualquer coisa no rosto que não fosse um sorriso, ele ia garantir que eu seria a última mulher para quem Jared levantaria a mão. E ele me deixou em paz depois disso.

– Então você sabia que o sr. Dalton tinha um problema de abuso de substâncias e um histórico de violência e, mesmo assim, o acompanhou naquela noite. Por quê?

Senti Avett empacar de leve e não consegui resistir à vontade de olhar para ela, que estava com os olhos arregalados e muito pálida. Ficou óbvio que ela tentava pensar em um jeito de responder àquela pergunta que explicasse seu raciocínio confuso no momento do assalto sem revelar muito da sua história.

– Porque eu estava com medo, e ele me disse que ia me levar para um lugar seguro. Fui com Jared porque ele era meu namorado e, como já disse, eu tinha certeza de que estava apaixonada por ele.

– E não tem mais tanta certeza desses sentimentos?

A pergunta capciosa me fez espremer os olhos de um jeito ameaçador, e o homem do outro lado da mesa deu um sorrisinho sugestivo.

— Passar duas noites na cadeia faz a gente pensar com mais clareza. Eu jamais poderia amar um homem que ameaçou uma pessoa de quem eu gosto com uma arma de fogo. Jared estava desesperado e perigoso naquela noite.

— E isso se devia a que, srta. Walker?

Avett encolheu os ombros de leve e respondeu:

— Porque ele tinha roubado drogas e dinheiro de umas pessoas perigosas, que estavam atrás dele.

— E como você sabe disso?

— Porque, antes de essas pessoas encontrarem Jared, elas me encontraram.

Seu tom de voz estava mordaz, incisivo, e ficou óbvio que Larsen estava começando a atingi-la.

— É mesmo? Não foi registrado nenhum boletim de ocorrência com seu nome ou o de ninguém indicando que a senhorita teve um encontro fortuito com essas supostas pessoas perigosas que estavam atrás do meu cliente.

— Eu não queria que Jared se encrencasse, por isso não chamei a polícia. Mas o senhor pode entrar em contato com Asa Cross. Ele foi me visitar no dia seguinte e pode falar o estado em que eu estava. O senhor também pode interrogar a senhoria do prédio onde Jared morava. Foi ela que expulsou os caras que me atacaram.

Larsen se recostou na cadeira e ficou tamborilando os dedos na pasta à sua frente.

— Bem, veja, srta. Walker, é aí que começamos a ter problemas com a sua versão dos eventos que culminaram no assalto. A tal senhoria não lembra de ninguém naquele apartamento além de você e do meu cliente. E o sr. Cross tem culpa no cartório, considerando que estava presente no bar na noite do assalto. Além disso, a mulher com a qual ele está envolvido, por acaso, é a policial que atirou no meu cliente. Então, o interesse que ele tem de ver o meu cliente atrás das grades torna seu testemunho tendencioso, de muitas maneiras. A única pessoa que alega ter havido um ataque anterior ao assalto é a senhorita. Então, não é muito mais provável que você estivesse brava com o fato de o bar ter sido vendido bem debaixo do seu nariz e ter coagido o seu namorado drogado a roubá-lo? Sabendo que ele não diria "não" a dinheiro para se drogar nem para a mulher que ele amava?

Fiquei arrepiado com o que o sujeito falou da senhoria, porque eu tinha certeza de que a perda de memória momentânea da mulher só aconteceu depois que punhados de dinheiro mudaram de mão. Aquele cara não tinha vergonha de subornar uma testemunha para que as coisas saíssem como ele queria e, com isso, me avisava que aquela situação ia ficar feia, e o jogo ia ser tão sujo quanto possível.

Avett soltou uma risada assustada. Virou a cabeça na minha direção e, em seguida, voltou a olhar para Larsen.

– Você só pode estar de brincadeira. Mesmo que eu estivesse brava, o que eu já disse que não estava, jamais colocaria a vida das pessoas que trabalham lá em risco. Fui imbecil a ponto de continuar com Jared depois da primeira vez em que ele me bateu, mas jamais obrigaria ninguém a aguentá-lo. Sei quanto ele fica perigoso quando está chapado.

– É mesmo?

Ela soltou um suspiro profundo e sacudiu a cabeça.

– É, é mesmo. Eu arranjo confusão e me meto em situações perigosas, mas faço de tudo para isso não ter consequências para as pessoas de quem eu gosto.

– Então, o que foi que aconteceu com Autumn Thompson há alguns anos?

Tanto eu quanto ela ficamos rígidos quando Tyrell disse o nome da menina que foi tão decisiva na escolha de Avett pelo caminho das feridas autoinfligidas e da dor propositada. Ouvi ela soltar o ar com um som torturado, que partiu meu coração ao meio.

– Autumn se suicidou, tenho certeza de que o senhor sabe muito bem disso.

Não consegui controlar o tom cortante, de repreensão, da minha voz. Normalmente, consigo ficar brincando de gato e rato com os melhores advogados. Mas, com Avett no meio e sua dignidade em jogo, eu mal estava conseguindo segurar tudo o que eu sabia a respeito de brutalidade e violência.

– Os pais da srta. Thompson pensam bem diferente de você sobre esse assunto. Os dois têm muito a dizer sobre a srta. Walker e a influência que ela teve sobre sua filha. Pelo jeito, a sua cliente sabe muito bem meter os outros em confusão e se esquivar quando alguém sofre consequências bem sinistras.

– Acho que a minha cliente tem um fraco por almas perdidas e tenta ajudá-las à sua própria maneira. Você sabe tão bem quanto eu que, se colocar o casal Thompson no banco das testemunhas, Townsend vai acabar com eles. Por que você interrogaria os pais da menina e não os garotos que realmente agrediram a filha deles? As únicas pessoas culpadas de qualquer tipo de crime naquela noite foram os garotos que atacaram Autumn. Townsend vai perguntar para os pais por que eles deixavam a filha sair com Avett, se estavam tão preocupados com sua influência. Ele vai questionar a habilidade deles de criar a filha, e o júri só vai enxergar você desenterrando uma menina morta para desencavar lembranças desagradáveis. As pessoas não gostam de ser manipuladas, Tyrell. Isso não tem nada ver com a causa provável, e o juiz não vai deixar você passar de uma pergunta. Seu único objetivo para tocar nessa parte do passado da minha cliente é deixá-la abalada.

Ele levantou as sobrancelhas outra vez, e aquele seu sorriso malandro de merda voltou a se estampar em seu rosto. Precisei usar cada gota do meu autocontrole para não cerrar os punhos que estavam apoiados nos braços da cadeira.

— O senhor faria a mesma coisa se estivesse no meu lugar, doutor. A lei me obriga a dar ao meu cliente a melhor defesa possível.

Fiquei irritado porque ele tinha razão. Aquela era uma ferida enorme e aberta em todos os aspectos da vida de Avett. Era o seu maior ponto fraco e, qualquer advogado, não importa em que lado da lei estivesse, iria direto naquele ponto quando precisasse lidar com ela no banco das testemunhas.

De repente, Avett se endireitou na cadeira e segurou meu antebraço. Virou a cabeça na minha direção, e seus olhos multicoloridos se arregalaram tanto que pareciam tomar metade do seu rosto.

— Mas Asa não estava sozinho quando veio me visitar um dia depois do ataque. A sua irmã, que estava passando uns dias aqui em Denver, veio junto.

— Meu cliente está sendo acusado de assaltar o irmão dela à

mão armada. O testemunho dessa moça será tão suspeito quanto o do sr. Cross.

O tom de voz de Larsen ficou ainda mais ríspido, e ele espremeu os olhos na ponta da mesa. Foi a primeira vez, desde que entramos naquela sala, que perdeu um pouco daquele ar de satisfação e convencimento.

Bufei e fui para a frente, colocando um braço sobre a mesa.

– Certo. O irmão, a irmã e a minha cliente estão conspirando para incriminar o seu cliente e mandá-lo para a cadeia. Me parece que temos testemunhas que corroboram a versão da minha cliente de que o seu cliente roubou os traficantes e estava desesperado para arrumar dinheiro, o que acabou resultando na minha cliente sendo agredida. É óbvio que a ideia do assalto foi dele.

– A testemunha não consta dos autos e não foi submetida à analise.

Foi a minha vez de dar um sorriso presunçoso e mostrar os dentes.

– Isso não se chama "audiência prévia" por acaso, Tyrell. Garanto que vou informar essa novidade para Townsend assim que sairmos daqui.

Ficamos nos encarando por vários minutos, furiosos, até que Tyrell foi para a frente e fechou a pasta com mais força do que seria necessário.

– Acho que estou satisfeito por hoje, srta. Walker.

Avett soltou um ruído de alívio, mas pude ver, pelo olhar predador daquele homem, que nem eu nem ela havíamos visto nada do que ele era capaz.

LEIS DA TENTAÇÃO

– Obrigado pela atenção. E gostaria de lembrar que, quando estiver no banco das testemunhas, nada, nada mesmo, será um assunto proibido. Posso fazer perguntas a respeito do seu passado, incluindo os homens que participaram dele, e posso fazer perguntas sobre as suas atuais circunstâncias. Tenho certeza de que McNair e Duvall vão ficar muito felizes em ter o nome do seu escritório ligado a um caso de assalto quando a imprensa divulgar que um dos seus principais advogados está dormindo com uma das testemunhas. Posso acabar com a credibilidade de vocês dois, com o boato certo e as palavras certas. Nós dois sabemos fazer isso, não é, Jackson? Você não vai ter a menor chance de virar sócio do escritório quando esse julgamento terminar. Prometo.

O outro advogado saiu correndo da sala, e, antes que eu pudesse dizer a Avett para não prestar atenção às suas ameaças vazias, ela já tinha se levantado e saído da sala de reuniões. Eu a chamei, mas a menina nem olhou para trás, enquanto seu corpinho desviava com habilidade das pessoas que entravam e saíam no Tribunal lotado. Ela foi até as portas de vidro da entrada sem diminuir o passo e só parou quando a alcancei, a poucos metros da entrada. Pus a mão em seu cotovelo, a virei de frente pra mim e senti meu coração se partir ao ver que ela estava chorando e que seu voluptuoso lábio inferior tremia.

Nem pensei. Nem pesei os prós e os contras. Não racionalizei que ali não era hora nem lugar. Só consegui reagir. Minha namorada estava sofrendo, e eu queria que aquilo parasse. Então a puxei para perto de mim, cobri seus lábios com os meus e tentei fazer a dor passar com um beijo.

Em princípio, ela retribuiu, macia e doce, e seu beijo foi uma rendição delicada. Infelizmente, isso logo se transformou de algo carinhoso e reconfortante em uma coisa mais parecida com um combate. Ela tirou a cabeça de perto da minha e me deu um tapa no rosto com tanta força que minha cabeça foi para o lado. Avett suspirou surpresa na mesma hora em que gritei seu nome. Levou os dedos trêmulos à boca e pôs os da outra mão em cima do que, tive certeza, era uma marca vermelha bem viva começando a inchar no meu rosto. Pude sentir seu tremor e seu remorso por todo o meu corpo.

— Desculpa, Quaid. Ai, meu Deus, qual é o meu problema?

Ela deu um passo para trás, e novas lágrimas começaram a sair dos seus olhos loucos e apavorados.

— Avett...

Disse seu nome com uma paciência que eu não tinha, principalmente porque havia avistado uma loira bem conhecida observando a nossa interação com uma curiosidade descarada, enquanto falava no celular.

— Não, Quaid, desculpa mesmo por ter batido em você. Estou abalada e de coração partido, mas isso não é motivo. Nunca consigo fazer nada direito nem ter a reação certa, mesmo quando quero muito. Estou me sentindo péssima, mas talvez seja melhor assim. A gente vai ter um rompimento épico, pelo jeito, e isso significa que seus chefes não vão mais pegar no seu pé e, quem sabe, aquela víbora daquele advogado também te deixe em paz. Fica longe de mim, Quaid. Fica longe de toda essa confusão antes que seja tarde demais e o seu futuro seja completamente arruinado.

LEIS DA TENTAÇÃO

    Tentei encostar nela de novo, mas Avett desviou e sacudiu a cabeça violentamente.

    – Estou falando sério. Eu sempre vou ser a menina que pula, Quaid. Vou pular sem saber o que há lá embaixo. Vou pular mesmo sabendo que a água está gelada e que é perigoso. Vou pular quando souber os riscos que estou correndo e quando não souber também. Vou pular mesmo sabendo que vou me machucar quando chegar lá embaixo. Você mesmo disse que não é mais o moleque que pulava, porque isso perdeu seu encanto. Você sabe o que é bom pra você, talvez eu também saiba, mas mesmo assim vou pular, porque é assim que eu sou. O que eu sou vai acabar com você, Quaid. Não vou deixar isso acontecer.

    Ela parecia prestes a explodir depois de despejar todas essas revelações em cima de mim. Pus as mãos nos bolsos e a observei, com atenção.

    – Você já parou para pensar que eu estava acabado quando você me encontrou e que você foi fundamental no meu processo de reconstrução? Eu não estava vivendo antes do seu sopro de vida, Avett. Minha mulher me largou depois de ficar grávida de um outro homem, apesar de eu ter lhe dado tudo o que eu era capaz de dar. Meus pais praticamente me deserdaram porque não aprovavam o modo como eu queria viver a minha vida. Tenho um trabalho que, a cada dia que passa, tenho menos estômago para aturar, e tudo o que eu tenho para me exibir é um guarda-roupa legal e uma vista arrasadora. Tudo isso era de mentira, não tinha uma única coisa que fosse de verdade até você aparecer. Eu já te falei que o seu caos não me assusta.

Mas a loucura de Avett me apavora, porque sei que não tem como pôr arreios no vento, e parecia que ela estava prestes sair da minha vida voando pelos ares, com a mesma velocidade com que entrou.

Ela pôs a mão no peito e tirou os olhos lacrimejantes dos meus.

– Mas eu tenho medo. Tem poucas pessoas neste mundo que quero proteger do tipo de desgraça que me acompanha, e você é uma delas. Eu te amo, Quaid. Não quero, mas amo, isso significa que preciso abrir mão de você.

Tive vontade de sacudi-la, de abraçá-la e nunca mais soltar. Tive vontade de disparar todos os argumentos que eu pudesse imaginar em cima dela, para impedi-la de cometer aquele erro. Queria desmantelar suas palavras e organizá-las na ordem em que eu queria ouvir. Queria me concentrar no fato de Avett ter dito que me ama, não em ela estar me deixando, mas ela se virou e começou a se afastar de mim, o que tornou tudo isso impossível.

– Avett... – ela parou de repente, se virou para trás e me lançou um olhar sofrido e triste. – Essa é uma péssima escolha que você não precisa fazer. Você não precisa me proteger de si mesma ou de nada que envolva ficar com você. Sou bem crescidinho.

Ela soltou um suspiro, tremendo. E vi, estampado em seu rosto expressivo, que sua decisão era definitiva.

– Aí é que está, doutor. Isso me parece ser uma escolha muito certa. E não estou te protegendo de mim. Estou te protegendo de você mesmo e das coisas que você vai perder se corresponder ao meu amor.

Suas palavras me acertaram em cheio, e todos os sentimentos e emoções que ela fez renascerem dentro de mim ficaram tão intensos e descontrolados que pareciam querer me engolir. Quero

LEIS DA TENTAÇÃO

dar tanta coisa para aquela mulher, tudo o que tenho, e nada disso vem com uma etiqueta de preço. Eu sabia que poderia dizer isso a Avett, disparar palavras e mais palavras até ficar sem ar, que eu poderia usar meu linguajar de advogado contra o seu argumento e o seu medo de me fazer mal só por estar comigo, mas me pareceu que as palavras eram algo simples demais, que eu poderia ser facilmente mal interpretado. Eu precisava provar que aquela garota valia mais do que qualquer coisa para mim.

Eu me dediquei muito aos meus estudos, porque sabia que esse seria o meu ingresso para outro tipo de vida. Eu dei muito duro para me distanciar da minha infância e do fato de eu não ter nada porque sabia que queria mais da vida do que só o básico. Eu trabalhei muito para me estabelecer na minha carreira e ser considerado um grande adversário no Tribunal e na cama, porque eu queria ser o melhor e queria que todo mundo soubesse disso. Lutei, até que razoavelmente, para salvar meu casamento antes de me dar conta de que era tudo uma farsa e batalhei no meu divórcio para conseguir ficar com todas as coisas que eu achava importantes para mim.

Ao ver Avett se afastar de mim pelo meu próprio bem, me dei conta de que preciso dar duro e lutar como nunca lutei, porque não estou disposto a abrir mão dela. Essa é uma batalha que não vou perder, porque perdê-la significa perder essa mulher. Ela é tudo o que quero e tudo o que eu nunca soube que precisava. Posso concentrar todos os meus esforços nela, porque Avett é mais valiosa do que tudo o que possuo e vale mais do que todas as vitórias no Tribunal que fico exibindo por aí. Ela finalmente conseguiu me mostrar o que realmente importa nesta vida e o que eu estava perdendo, desde o começo. Preciso de alguém que me ame pelo que sou e não pelo que tenho ou deixo de ter. Preciso de alguém que me apoie porque o que é importante para mim é importante para essa pessoa, porque ela gosta de mim. Avett faz tudo isso sem hesitar, e tenho certeza, no fundo das fibras que fazem de mim o homem que sou, de que ela é a única pessoa para quem sou capaz de entregar tudo, porque ela merece tudo o que eu tenho a oferecer... mesmo sem jamais ter pedido nada.

Tenho certeza de que, se quiser ficar com ela, vou precisar provar que essa mulher não é a minha ruína. Ela é a minha salvação.

Avett pulou, e eu teria que mostrar que estou disposto a ser o homem que pula atrás dela.

CAPÍTULO 17
Avett

Fiquei feliz por não ter deixado ninguém ir comigo ao depoimento, mesmo que bater o pé tenha deixado meu pai super mal-humorado e minha mãe hipernervosa. Eu sabia que ia ficar meio fora de mim depois de ser interrogada pelo advogado de Jared e sabia que ia ficar um caco depois de encontrar Quaid. Tive razão em relação às duas coisas e precisei de todas as minhas forças para não virar uma bola inútil de coração partido, soltando rios de lágrimas, na calçada em frente ao Tribunal. Cheguei na rua tentando limpar, sem conseguir, o rímel que, com certeza, estava escorrendo pela minha cara como se fosse uma pintura de guerra triste e chamei um táxi.

Meu pai estava em casa, esperando eu dar notícias. E, para minha surpresa, minha mãe resolveu tirar o dia de folga e ficar esperando com ele. Ela querer ficar por lá para me dar apoio moral e um abraço depois do que, sem dúvida, seria um péssimo dia, era prova de quanto nosso relacionamento havia mudado e melhorado, depois que nós duas revelamos a nossa história. Nunca vamos ter o típico relacionamento mãe e filha, e eu sempre vou ser a filhinha do papai, mas é bom saber que eu e Darcy conseguimos dar um jeito de ter um relacionamento melhor, apesar dos obstáculos que nós duas colocamos no caminho. Chegar a um ponto em que posso deixar minha mãe me amar e eu posso retribuir seu amor foi fundamental no processo de eu conseguir me perdoar e entender também nossas falhas do passado.

Me afastar de Quaid para sempre me fez sentir pior do que nunca. E, como tinha certeza de que nada na face da Terra nem no universo ia conseguir me deixar ainda pior naquele momento, resolvi que, finalmente, havia chegado a hora de eu tentar fazer as pazes com a única pessoa que eu ainda não tinha conseguido encarar quando dei início a todo esse desastre, meses atrás. Estava na hora de bancar a adulta e tentar me acertar com Rome Archer. Eu tinha certeza de que ia me atrapalhar toda quando estivesse sob aquele seu olhar imperturbável e azul, que catalogava e pesava cada movimento que eu fazia, mas já estava na hora. Porque, mesmo que ele se recusasse a aceitar minhas desculpas, mesmo que não quisesse ouvir a minha história ou o arrependimento sincero que vinha com ela, eu sairia dali sabendo que tinha feito o que precisava fazer, com uma âncora a menos pesando na minha alma. Rome é um sujeito importante para o meu pai, o que, por consequência, o torna importante para mim, mas agora sei que, se aquele homem grandalhão cheio de cicatrizes não conseguir me perdoar, não posso ficar carregando esse peso pelo resto da minha vida. Preciso estar com as mãos livres para pegar as coisas boas que tenho a sorte de aparecerem no meu caminho, e isso significa que não posso ficar com as mãos cheias do lixo e dos sentimentos negativos nos quais, por tanto tempo, fiquei me agarrando como se fossem um salva-vidas.

LEIS DA TENTAÇÃO

Pedi para o táxi me deixar no bar e demorei para perceber que o motorista ficou olhando, bem preocupado, para a minha cara toda manchada de tanto chorar pelo retrovisor durante toda a corrida. Respirei fundo e abri a porta como se tivesse entrando completamente desarmada em um daqueles tiroteios do Velho Oeste. Precisei piscar para meus olhos se ajustarem à luz mais fraca que havia lá dentro e, enquanto eu me aclimatava de novo àquele lugar que sempre correu no meu sangue, uma voz grave e rouca, com sotaque do sul, disse meu nome e chamou a minha atenção.

Dash Churchill, ou Church, como era mais conhecido, foi contratado como segurança mais ou menos na mesma época em que perdi meu emprego. Ele é absurdamente atraente. E também foi quem enfrentou Jared por mim apesar de mal me conhecer – e do pouco que conhecia só depor contra mim. Tenho uma quedinha gigante pelo lindo ex-soldado, que tem muito pouco a ver com o fato de ele ter olhos castanhos com uma mistura maluca de azul, marrom e amarelo, que brilham como faróis no seu rosto de pele dourada. Como Church nunca fala muito com ninguém, não sei de onde ele é, só que é do sul, mas não faço ideia de quais são suas origens. Mas, seja lá qual for a etnia dos seus pais, eles, com certeza, conseguiram fazer um filho muito lindo. Church é inesquecível, o que quer dizer muita coisa, porque todos os rapazes do meu pai são bem impressionantes, cada um do seu jeito.

– E aí, Church? Rome está lá no escritório? Quero falar com ele rapidinho.

– Quanto tempo, menina.

Eu poderia passar o dia inteiro ouvindo Church falar com

aquele tom de Johnny Cash e aquele sotaque arrastado que não muda por nada, mas precisava cumprir minha missão antes que fugisse de medo.

— Eu sei. Não sabia se eu ainda era bem-vinda e, bom... preciso que o patrão saiba que sinto muito, por tudo. Ele até pode não querer ouvir, mas preciso falar mesmo assim.

Por ser um homem grande, até que Church se mexe rápido e tem os pés leves. Esse era um dos motivos para ele ser tão valioso para o bar: ele consegue chegar no meio de uma briga ou uma discussão e acabar com a confusão antes que os combatentes se deem conta do que aconteceu. Church também é estoico, parece imune ao charme de todas as mulheres que o pessoal não para de empurrar para cima dele. Mas, em segredo, acho que isso tem mais a ver com a adorável Dixie Carmichael do que com algum tipo de desinteresse real pelas mulheres. Dixie trabalha no bar desde que eu me conheço por gente. Faz parte do lugar, assim como meu pai fazia. E, desde que a conheço, ela nunca teve sorte no amor. A garçonete e o segurança ficam se provocando, o que é divertido mas também frustrante de ver.

Dei um pulo quando seu braço pesado aterrissou nos meu ombros. Soltei um suspiro de surpresa ao ser puxada em direção àquele peito que parecia esculpido em pedra e ganhei um abraço de quebrar as costelas. Church não é o homem mais carinhoso que eu já conheci, então o abraço não só me pegou de surpresa, mas também aqueceu o meu coraçãozinho, que estava todo partido e despedaçado por causa de Quaid.

— O patrão sabe que este lugar é tão seu quanto dele. Você

sempre foi bem-vinda e sempre fez falta. Ele vai ouvir o que você tem a dizer, e aí você vai ouvir o que ele tem a dizer e pronto – o segurança inclinou a cabeça na direção dos fundos do bar e levantou de leve os cantos da boca, o que era o mais próximo de um sorriso que eu já tinha visto ele dar.

– Ele está lá vendo os boletos e as contas do mês, então acho que você será uma distração bem-vinda.

Balancei a cabeça, dedicada, endireitei a coluna, me soltei do abraço e fui andando pelo chão de tábuas detonado na direção do escritório de portas fechadas. Bati, e pareceu que passou uma eternidade até alguém soltar um "entra" curto e grosso. Abri a porta e fiquei esperando receber uma careta ou um olhar de reprovação quando Rome levantasse o rosto daquela mesa bagunçada para ver quem era responsável por aquela interrupção. O que eu ganhei foi um sorriso que mostrou dentes brancos como pérolas e transformou aquele seu rosto rústico e bonito, com aquela cicatriz que cortava ao meio uma das suas sobrancelhas e a sua testa, em algo de tirar o fôlego, difícil de parar de olhar.

– Avett... o que a traz aqui? Seu pai veio com você? – Rome ainda fala como se estivesse no Exército. Não desperdiça palavras nem tempo, e aqueles seus olhos azuis de *laser* me grudaram no chão sem que ele fizesse o menor esforço. Ele inclinou a cabeça raspada para o lado e espremeu os olhos quando eu não respondi imediatamente.

– Você estava chorando?

Dei uma risada nervosa e fui até uma das cadeiras velhas que havia na frente da sua mesa. Me sentei naquele tecido gasto e olhei nos seus olhos curiosos com sinceridade. Eu estava me sentindo à flor da pele, exposta, reduzida aos meus elementos mais básicos, depois daquela terrível discussão com Quaid na frente do Tribunal, e não tinha como segurar aquela inundação de sinceridade e admissão de culpa que saía de mim.

– Vim aqui porque queria te pedir desculpas. Desculpa por ter sido uma funcionária de merda. Desculpa por não ter te respeitado nem o que você fez com este lugar. E me desculpa, desculpa mesmo, por não ter dito "não" quando Jared me pediu para tirar dinheiro do caixa. Odeio ter colocado você na posição de ter que me demitir. Isso me deixa tão puta comigo mesma que fiz, de propósito, coisas que tornariam impossível eu voltar aqui um dia. Você é um homem bom, Rome. O meu pai não teria feito o que fez com o bar se não fosse você. Perdi muito tempo estragando tudo o que havia de bom na minha vida, por isso que sabotei todas as oportunidades que você me deu. Posso te dar a explicação comprida do porquê eu acreditava merecer sofrer e por que continuava inflingindo ferimentos em mim mesma, mas a moral da história é que sei que me punir nunca me levou a lugar nenhum, e essas ações fizeram muito mais mal a outras pessoas do que a mim – pisquei para ele, mordi o lábio e completei: – Como você e Asa.

Rome atirou a caneta que estava segurando na mesa, veio para a frente, apoiado nos cotovelos, e olhou intensamente nos meus olhos.

– Sabe, quando a gente volta para casa depois de ficar na zona de guerra e tem que se ajustar a uma existência normal, do cotidiano, ninguém fala como a gente deve lidar com tudo aquilo que trouxe. Quando se está em uma situação em que todas as suas decisões são uma questão de vida ou morte, a gente toma essas decisões sabendo que vão afetar outras pessoas além de você mesmo – fiquei enfeitiçada por suas palavras e pela sinceridade e profundidade com que ele falou comigo.

– Quando a gente volta para casa, está repleto de coisas como arrependimento e dúvidas. Não consegue dormir algumas noites, porque fica se perguntando o que poderia ter acontecido se tivesse feito algo diferente, e parece que a culpa vai te enterrar vivo. Mas chega uma hora que a gente se dá conta de que só pode ficar em paz com as decisões que tomou, sejam lá quais fossem os motivos para tomá-las. Não dá para anular essas escolhas, mas dá para aprender com elas e deixá-las fazerem de você uma pessoa melhor. Fico quase com inveja por você ter oportunidade de pedir desculpas, Avett. Tem dias em que eu acho que daria tudo o que tenho para poder pedir desculpa por algumas coisas que posso ter feito errado. E não estou falando só do tempo em que fiquei no Exército.

Soltei o ar e senti que parte do pavor e da ansiedade que estavam rondando aquele encontro desapareceu. Levantei as mãos e esfreguei meus olhos borrados.

– Obrigada por entender. Também pretendo pagar cada centavo que roubei de você.

– Eu entendi antes mesmo de você entrar aqui. Tenho um irmão mais novo que por um tempo só queria saber de se autodestruir. Na verdade, você parou com isso bem mais rápido do que ele.

Franzi o nariz, soltei um suspiro e falei:

– É porque as meninas amadurecem mais rápido do que os meninos.

Rome deu risada.

— É verdade. E, só para você saber, sempre vai ter um lugar para você aqui. Aquela cozinha é da sua mãe, não minha. Então, se algum dia você quiser voltar, é com ela que precisa se entender.

— A gente está se entendendo bem... bom, melhor do que antes. E, desde que eu saí da cadeia, andam rolando muitos pedidos de desculpas, muitas responsabilidades têm sido assumidas. Ter me dado conta de que estava quase tirando diploma de presidiária foi surpreendentemente esclarecedor.

— Você tem certeza de que todo esse esclarecimento não veio do homem que te tirou da prisão? Depois que Brite parou de reclamar que o homem anda em cima de um foguete de bunda, só o elogiou. Parecia que o seu pai estava *shippando* você com o advogado bonitão.

Eu levantei as sobrancelhas e perguntei:

— Como assim, *shippando*?

Ele revirou os olhos e deu um sorriso quando percebi que ele ficou corado.

— A culpa é da Cora, que fica assistindo esses seriados de adolescente que só falam "*shippar* isso, *shippar* aquilo". Ela me contaminou.

Cora é a futura esposa baixinha e muito grávida do Rome. Os dois têm uma filhinha encantadora, que está se revelando tão geniosa quanto a mãe. E também é a única pessoa com coragem e teimosa o suficiente para aguentar o ex-soldado mal-humorado um dia sim e outro também. De fora, os dois são tão diferentes quanto o dia e a noite, mas quando a gente vê eles juntos, fica óbvio que formam um casal perfeito e estão perdidamente apaixonados. Os dois são minha meta total no quesito relacionamento.

LEIS DA TENTAÇÃO

Dei uma risada de verdade desta vez, que acabou em um suspiro.

– O advogado pode ter alguma coisa a ver com o esclarecimento e tem tudo a ver com isso – apontei para o meu rosto, todo manchado borrado. – Tem coisas que não são para ser mesmo.

– E tem coisas que são para ser mesmo quando parece que não são – ele parecia o meu pai falando, o que era bem esquisito, e disse isso para ele. Rome me deu aquele sorriso de acelerar as batidas do coração de novo e respondeu, curto e grosso: – Que bom.

Me levantei e não pude deixar de ir para o outro lado da mesa, para lhe dar um abraço rapidinho.

– Fico feliz que esse bar e o meu pai encontraram você, Rome. Fico mesmo.

Ele me deu um tapinha no braço, todo sem jeito, e quando se levantou tive que levar a cabeça para trás, para conseguir olhar nos seus olhos.

– Fico feliz por você finalmente ter se encontrado, Avett.

Engoli o bolo de emoção que se formou na minha garganta e ameaçava fazer mais lágrimas rolarem. Nunca fui de chorar por qualquer coisa, mas aquele contato todo com as minhas emoções estava detonando as minhas barreiras já meio degastadas.

– Acho que o segredo é continuar encontrada. É fácil se perder quando a sua vida está em um estado constante de desordem. O caminho certo a seguir desaparece assim que você o encontra.

Ele pôs a mão em meu ombro e me falou, com um tom solene:

– É por isso que a gente precisa encontrar alguma coisa ou alguém que possa nos servir de guia, alguém que não nos perca, e que a gente não tenha medo de perder quando essa fatalidade acontecer.

Eu me encolhi toda, sem querer, porque havia me afastado do homem que, com certeza, era meu norte magnético, o homem que não me deixava ficar por aí perdida desde o momento em que o conheci. Quaid não se perde na tempestade: ele a enfrenta.

— Vou pensar nisso, grandalhão. Obrigada por ter tornado essa conversa tão fácil. Você sabe tão bem quanto eu que não precisava ser assim.

Eu estava com a voz rouca e podia sentir as lágrimas prestes a cair de novo, porque não conseguia tirar minha Águia da Lei da cabeça.

Rome não disse nada. Saiu do escritório comigo e foi até o salão quase vazio do bar. Church estava apoiado no balcão comprido, conversando com um dos fregueses fiéis e um *barman* que não reconheci.

— Cadê seu pai?

Levei um instante para me dar conta de que ele procurava quem estaria bancando minha babá naquele dia.

— Tive uma reunião no Tribunal, por causa do julgamento de Jared. Fui sozinha porque não sabia quanto tempo ia demorar. Ele está em casa, com a minha mãe, esperando eu dar notícias. Preciso ligar para os dois e dizer onde estou. Preciso chamar um táxi e ir para casa antes que eles fiquem preocupados.

Rome grunhiu e cruzou os braços sobre o peito musculoso, que estava coberto com uma camiseta da banda Eagles desbotada.

As coisas aqui estão bem devagar. Posso te levar, já que o Church está aqui para ficar de olho no bar.

LEIS DA TENTAÇÃO

 Eu já ia aceitar, quando meu celular se acendeu e vi o número do meu pai na tela. Levantei o dedo, pedi para Rome esperar um instante e encostei o aparelho no ouvido.
 – Oi, pai. Desculpa não ter ligado antes. Aquele advogado que Jared contratou é uma figura, um escroto completo. Preciso de um tempinho. Estou no bar com Rome. Ele se ofereceu para me levar para casa.
 – Diz para ele que já tem alguém te esperando do lado de fora – não era a voz do meu pai. Era uma voz de alguém que eu não conhecia e, antes que eu pudesse perguntar quem é que estava com o celular do meu pai, caramba, a pessoa do outro lado da linha disparou:
 – É melhor você convencer quem está do seu lado que está tudo bem, ou seus pais vão saber como é perder tudo de verdade.
 Rome estava me olhando, curioso, então dei um sorriso forçado e me afastei um pouco dele. Pus a mão em cima do estômago, que estava queimando, e sussurrei:
 – Entendi.
 Tive que travar os joelhos, de tão bambas que minhas pernas ficaram.
 – Entendeu mesmo? Só para ficar claro o que vai acontecer: você vai sair e entrar no Yukon preto que está parado aí na frente. Vai contar para os meus funcionários onde escondeu as drogas que o seu namorado roubou do meu patrão e vai levá-los até esse local. Se chamar a polícia, se contar para alguém o que está acontecendo, essa casinha linda em que você está morando vai arder em chamas como a outra. Só que, dessa vez, seus pais vão queimar dentro dela.

Limpei a garganta, olhei para trás e vi que Church estava ao lado de Rome, e os dois me observavam com toda a atenção. Tremi e tentei falar o mais baixo possível, para ninguém ouvir:

— Como é que eu sei que você ainda não machucou os meus pais?

Ouvi algo se movimentando, um som óbvio de luta, e aí a voz trêmula do meu pai:

— Não vai a lugar nenhum com essa gente, Avett! Está me ouvindo? Liga para a polícia e fica em segurança. Não se preocupa comigo...

Então ouvi o som ensurdecedor de algo se partindo e algo pesado caindo no chão. Fiquei sem ar e pus a mão sobre a boca.

— Se eu fosse você, ignoraria o conselho do seu pai. Se a polícia aparecer, esse lugar vai arder em chamas como uma pilha de lenha, e nós vamos atrás do advogado. Queremos a mercadoria. Assim que pusermos as mãos nela, vamos embora. A sua liberdade e a segurança dos seus pais em troca das nossas drogas. Me parece uma escolha bem simples, se você quer saber.

Podia até ser, se as tais drogas existissem e se eu já não soubesse como aqueles caras cuidavam dos negócios. Ainda tenho pesadelos com meu último encontro fortuito com eles e, pelo jeito, uma senhoria com taco de beisebol não seria suficiente para me salvar desta vez.

— Nem tente ligar para o advogado e pedir ajuda. Tem gente vigiando ele, caso você resolva bancar a difícil. Ele é o nosso plano B.

Quando ouvi que Quaid estava correndo o mesmo perigo que os meus pais, de repente tive uma ideia. Não era o melhor plano do mundo, mas foi o melhor que eu consegui pensar, dadas as circunstâncias.

— Tudo bem. Estou indo para a SUV. Vou entregrar o que vocês querem.

— Viu como foi fácil? E pensar que todo mundo me disse que você não era nem um pouco esperta.

Fechei os olhos e apertei ainda mais o celular.

— Não, sou esperta o suficiente para deixar as pessoas que eu amo fora de mais uma merda que fiz. Estou saindo.

Desliguei, virei para Rome e Church e disse:

— Preciso que vocês dois vão até a casa da minha mãe. Meu pai precisa muito de ajuda com um negócio.

Quase engasguei de tanta culpa ao dizer aquelas palavras. Eu não podia chamar a polícia, mas podia mandar dois ex-militares altamente treinados para salvar os meus pais. Precisava fazer isso sem contar o que estava realmente acontecendo, porque eles não iam me deixar sair por aquela porta de jeito nenhum se soubessem o que estava à minha espera do outro lado.

— Ele está com um problema e precisa de vocês dois lá em casa. Preciso voltar para o Tribunal. Querem me fazer mais algumas perguntas. O advogado de Jared até mandou um carro vir me buscar. Preciso ir — corri até a porta, e os dois ficaram me chamando e vieram atrás de mim. Olhei para trás e falei: — Vocês precisam ir logo, não tentem ligar porque ele não vai poder atender.

— Que porra acabou de acontecer, Avett?

Rome tinha perdido oficialmente a paciência, e tive que desviar de seus braços, que tentaram me segurar.

– Vão lá para casa... e vocês dois precisam tomar muito, muito cuidado. É uma situação muito ruim, e só vocês podem ajudá-lo. Prometam que não vão chamar a polícia. Se chamarem, a situação vai ficar ainda pior. Estão entendendo o que eu estou tentando dizer? – Rome e Church me olharam feio, fazendo uma careta confusa e brava. – Quando chegarem lá, digam que eu sinto muito. Muito mesmo.

Abri a porta e corri para o estacionamento, com os dois atrás de mim. Vi a SUV grande e preta parada na rua e corri em linha reta, com o coração saindo pela boca. Pus a mão na maçaneta da porta de trás e olhei para Rome e Church, que estavam com o celular na orelha, andando para lá e para cá no asfalto, como dois predadores enjaulados. Eu deveria ter adivinhado que eles não iriam acreditar em mim depois daquele surto repentino e só pude torcer para que não chamassem a polícia antes de irem ver o que estava acontecendo com o meu pai. Antes de entrar no carro, gritei "cuidado!" e me atirei no banco de trás, rumo ao desconhecido. Jamais vou me perdoar se alguma coisa acontecer com eles, mas precisava tomar alguma atitude.

Um cara que não podia ser muito mais velho do que eu estava no banco do lado, e me segurei para não vomitar ao ver a arma invocada que ele tinha na mão. O motorista se virou para trás e me olhou através dos óculos de sol espelhados, e outro passageiro se virou para mim e me deu um sorriso sugestivo. Eu o reconheci do ataque ao apartamento de Jared e fiquei com o corpo todo anestesiado.

– Aonde vamos?

O motorista começou a dirigir aquele veículo enorme. Engoli em seco e tentei fazer meu corpo inerte funcionar. Cerrei os punhos, trêmulos, em cima do meu colo e não tirei os olhos da arma que estava apontada para baixo, bem do meu lado.

– Você está com o tanque cheio?

Finalmente consegui soltar as palavras, e os dois homens do banco da frente se viraram para mim.

– Por quê?

Soltei o ar e pude sentir um gosto de terror e pânico na minha língua.

– Porque vamos para as montanhas.

Não para qualquer montanha. Vamos para as montanhas de Quaid. Eu ia levar aqueles bandidos para uma caçada inútil. Assim, com sorte, Rome e Church ganhariam tempo para ajudar meus pais. As chances de eu não ver o sol nascer de novo eram grandes e, se fosse o caso, eu queria passar meus últimos instantes de vida no lugar onde me apaixonei e me senti mais amada do que nunca.

Foi a decisão mais fácil que já tomei.

CAPÍTULO 17.5
Church

—Ela disse que não era para chamar a polícia.

Olhei feio para Rome, de canto de olho. Fazia muito tempo que o grandalhão não era meu comandante, mas alguns hábitos são difíceis de mudar. E, desde que vim trabalhar para ele em Denver, vira e mexe espero que ele me dê instruções e conselhos. Aquele homem já salvou minha vida mais de uma vez, e aquela era uma das raras ocasiões em que eu o questionava. Era por isso que estava sentado ao lado dele, naquela sua picape enorme, enquanto Rome atravessava a cidade correndo, para chegar na casa de Darcy, com base apenas nas palavras em código de Avett e no seu comportamento esquisito. Ele achava que tinha alguma coisa errada. E eu, apesar de odiar isso, achava que ele podia ter razão.

Rome atirou o celular no banco e também me olhou feio. Aquela cicatriz que corta sua sobrancelha no meio e atravessa sua testa sempre o faz parecer mais bravo e assustador do que ele realmente é. Meu chefe optou por se encaixar na vida de civil desde que saiu do Exército. Ele tem uma garota do tipo que é para ficar para sempre e uma família que não para de crescer, isso sem falar que está pagando contas e cuidando da papelada como qualquer sujeito normal, em vez de fazer as coisas que um homem treinado para matar de diversas maneiras poderia estar fazendo. Talvez eu devesse sentir inveja. É muito óbvio que Rome encontrou não só paz de espírito, mas também seu lugar no mundo, desde que saiu do Exército, mas nada disso é para mim.

 Na verdade, correr em direção ao desconhecido, com armas escondidas, enquanto tentávamos nos esquivar de várias situações perigosas que podiam estar à nossa espera quando chegamos na casa, fez eu me sentir vivo, revigorado, como há muito tempo não me sentia. Não sei que tipo de porra doentia sou por causa disso, mas tenho saudade de me desviar de balas e do som de bombas explodindo bem perto de mim enquanto tentava dormir. Não sinto falta de ver meus amigos morrendo e lutando em uma guerra que parecia nunca ter fim. Se eu nunca mais tivesse que ligar para outra esposa ou família de um soldado falecido em combate, seria um homem feliz. Um homem entediado, um homem não realizado, mas feliz. Tenho quase certeza de que não escondo que a única parte que gosto no meu trabalho de segurança no bar é bater nos imbecis que saem da linha e as conversas que tenho todos os dias com Dixie.

 O trabalho é bem simples – posso fazer até dormindo –, mas a Pequena Miss Sunshine, com seus cachos cor de morango e seu jeito de "dias pésimos não existem", não é nem um pouco. Nunca conheci ninguém tão… feliz. A mulher age como se o mundo não fosse uma merda e que aquele emprego de entregar drinques e sorrir para os bêbados, que não vai lhe levar a lugar nenhum, fosse a melhor coisa que já aconteceu em sua vida. E o que realmente me pega é o fato de ela querer ser minha amiga. Que porra é essa? Só tive alguns amigos na vida, e com certeza nenhum era mulher. Não fico amigo de quem quero comer e, por mais que ela não faça meu tipo, só o seu otimismo já basta para meu pau ficar duro quando não devia, quando a mulher me dirige aqueles olhos lindos de Bambi. Aqueles olhos enormes e azuis que são tão suaves que me fazem querer acreditar em coisas que sei que não são reais. Deixei tudo o que fosse parecido com esperança e fé no deserto, quando meu último pelotão foi atacado e tive que enterrar quase todos os homens ao lado dos quais havia lutado por 18 meses. Isso não tem importância. Dixie espalha raios de Sol à sua volta, tenta atravessar com esses raios a nuvem negra perpétua que paira sobre mim, e eu quero ficar com ela. Quero mostrar para essa mulher como o mundo pode ser feio e duro e como as pessoas que estão nele realmente são. E, já que quero destruir tudo o que a faz ser quem é, fico longe dela enquanto, por dentro, morro de vontade de ficar o mais perto possível dessa garçonete ensolarada.

Meus dias de ficar de boa, matando tempo no bar, estão acabando, e não é só porque ando me sentindo entediado e inquieto. Isso está chegando ao fim porque está cada vez mais difícil ficar longe dessa menina, e me recuso a ser a razão pela qual a sua luz bela e contagiante se apagará.

— Eu não liguei para a polícia, liguei para *uma policial*. Royal disse que vai me esperar ligar de novo, mas vai deixar o pessoal dela preparado para agir assim que dermos o sinal.

Tamborilei os dedos em meu joelho, balancei a cabeça e perguntei:

– Você não sente mesmo falta disso?

Rome se virou para mim e fez uma careta.

– Não. Agora tenho pessoas de quem preciso cuidar e quero ver meus filhos crescerem. Ser baleado e arriscar a vida são duas coisas que estão tão no fim da minha lista de coisas para fazer com meu tempo que não têm nem colocação no *ranking* – ele levantou a sobrancelha cortada e perguntou:

– Você sente falta?

Encolhi o ombro e me virei para o vidro, na hora em que ele parou a picape uma quadra antes da casa modesta de Darcy.

– Fiquei no Exército por muito tempo, mais tempo do que você. Às vezes, acho que a luta e o medo mudaram meu sangue. Parece que ele não corre mais nas minhas veias como antes. Só consigo sentir quando tenho uma descarga de adrenalina.

Ele franziu a testa, apertou os lábios e falou:

– Isso não é jeito de viver a vida, Church. Você não devia precisar ir atrás de coisas que podem te matar para se sentir vivo.

Não, não devia. Mas preciso, o que faz de mim um homem perigoso, muito mais perigoso do que eu era quando trabalhava para o bom e velho Tio Sam.

Saímos do carro e fiz sinal com a cabeça para Rome quando fomos para trás da casa.

– Você cobre a área e deixa que eu entro.

– Não sabemos com o quê estamos lidando. Nós dois deveríamos cobrir a área e aí tentar um jeito de entrar juntos.

Sacudi a cabeça e falei:

– De jeito nenhum, meu irmão. O que pode acontecer de

mais inesperado está dentro da casa. Brite é um sujeito grande pra caralho, é preciso mais de um para derrubá-lo. Você tem essa gente de que precisa cuidar, então não há a menor necessidade de correr mais risco do que já está correndo. Eu entro. Você garante que não tem ninguém do lado de fora.

Ele fez uma careta e pude ver, em seus olhos, que ele iria argumentar, mesmo antes de ele dizer qualquer coisa.

– Não gosto desse plano... nem um pouco.

Dei uma risadinha seca e apertei seu ombro musculoso.

– Bom, você não é mais meu comandante, e tenho mais experiência tática do que você, então é isso que vai acontecer.

Rome soltou um suspiro de resignação.

– Vamos rezar para não precisar da sua experiência tática.

Se eu pudesse rezar por alguma coisa, com certeza não seria por isso.

– Vamos fazer o que sabemos fazer para depois podermos nos concentrar em descobrir aonde Avett foi, porque você sabe tão bem quanto eu que aquela SUV em que ela entrou não era nenhum carro com motorista particular. Essa situação é uma grande merda, e estamos enfiados nela até o pescoço.

Rome apenas grunhiu, e nos separamos, dando a volta na quadra em direções opostas. Ele mudou muito desde que saiu do Exército, mas uma coisa que ficou enraizada nele, seja qual for a situação da sua vida, é a necessidade de proteger quem precisa ser protegido. Brite não é só o mentor e o salvador de Rome. É amigo dele, e o ex-soldado não mediria esforços para garantir a segurança de seu amigo. E eu tomei para mim a responsabilidade

LEIS DA TENTAÇÃO

de garantir que ninguém importante, ninguém que tenha alguém a perder, se machucasse. Eu ia invadir o local e tomar aquele pico de adrenalina, aquela descarga de fogo e foco, que a primeira coisa emocionante que me acontecia em seis meses trazia.

Atravessei o quintal da casa que ficava nos fundos da casa de Darcy e fugi de um pastor alemão que não parou de latir enquanto escalei a cerca que separava os dois quintais. Por sorte, o quintal de Darcy tinha vários elmos bem grandes espalhados, então podia me esconder atrás de um deles bem rápido caso os bandidos que estavam mantendo Brite e Darcy como reféns viessem ver o que tinha feito o cachorro enlouquecer.

Esperei um instante para ver se alguém ia sair da casa atirando. Mas, já que nada aconteceu, cheguei mais perto, usando as árvores e depois o deque na parte dos fundos como cobertura. Tomei o cuidado de ficar com a cabeça abaixo das janelas, já que sou alto, e qualquer um que olhasse para fora poderia me ver. Fui me esgueirando pelo lado da casa até chegar à porta dos fundos. Não achei que teria sorte de encontrá-la destrancada. Mas, pelo jeito, o destino queria manter Brite longe do perigo tanto quanto eu, porque consegui girar a maçaneta e abri-la com facilidade. Estava tudo escuro dentro da garagem, e pude ver claramente a silhueta da Harley de Brite e o volume do Chrysler 300 de Darcy parado ao lado da moto.

Meu coração batia forte, ecoando em meus ouvidos. Mas, por fora, cada parte do meu corpo estava focada na possível ameaça à minha espera do outro lado daquela porta, que me separava do que estava acontecendo dentro da casa. Não ouvi nenhum barulho vindo do lado de fora, mas Rome é bom a esse ponto. Se houvesse algum bandido protegendo o perímetro, ele iria derrubá-lo sem fazer barulho, mesmo que não usasse essas suas habilidades há anos. Não tive tanta sorte com a outra porta, que estava trancada. Nesse momento, todos os meus esforços para não ser percebido estavam prestes a explodir. Eu não ia perder tempo tentando abrir a fechadura, se um pouco de força e meu ombro poderiam abri-la com mais facilidade. Tirei o revólver que estava enfiado nas minhas costas e desarmei a trava. Respirei fundo e fui para trás, para ter impulso suficiente e derrubar a porta, sabendo que só teria uma chance de passar por ela e pegar quem estivesse do outro lado de surpresa. Senti como se estivesse vivendo nos bons e velhos tempos e não pude negar que o sangue que corria em minhas veias e a emoção me fizeram sentir vivo de um jeito do qual eu sentia muita falta, agora que a minha vida não se resumia mais a guerra e carnificina.

A madeira frágil cedeu facilmente. O corpo que estava do outro lado é que foi mais difícil de derrubar. Levei um cara pro chão assim que arrombei a porta. Não perdi tempo e fui logo dando uma coronhada na lateral da sua cabeça, que o nocauteou. Joguei a cabeça para trás, porque o sangue esguichou em mim e rolei para o lado, porque começaram a explodir tiros logo acima da minha cabeça. Uma bala entrou no chão, bem ao lado de onde o meu rosto estava, há apenas alguns instantes. Soltei um palavrão e mirei, ainda deitado. Disparei um tiro que acertou o alvo na mosca, se é que os gritos que o homem que estava atirando deu queriam dizer alguma coisa.

Levantei com dificuldade, segurando a arma com as duas mãos, e olhei em volta rapidamente. O cara que levou a coronhada havia caído duro, e o que levou o tiro estava deitado no chão, segurando a perna, que jorrava sangue sem parar pelo buraco de bala que eu havia feito. Fui até ele e chutei sua arma para longe. Inclinei a cabeça, olhei para o bandido e perguntei:

— Quantos mais? — ele me olhou com os olhos vidrados, pálido, ficando cinza. Eu podia ter acertado sua artéria femoral, mas não tinha tempo a perder me sentindo mal com aquilo. Cutuquei seu corpo com a ponta da minha bota e perguntei de novo: — Quantos mais estão dentro da casa?

Ele rolou a cabeça para o lado, fechou os olhos, e tive certeza de que não ia me responder tão cedo. Soltei um palavrão baixinho e encostei as costas na parede, para conseguir andar pelo corredor até a frente da casa, protegendo a maior área do meu corpo possível. Não dava para acreditar que eu tinha saudade daquilo... mas tinha. Estava funcionando guiado pelos instintos e pelos meus anos de treinamento. Era bom fazer alguma coisa, qualquer coisa, que parecia útil e tinha um propósito, de novo. Eu precisava daquela descarga de adrenalina, precisava do perigo. E, como Rome bem disse, aquilo não era jeito de viver a vida que eu tinha sorte de ainda ter. Eu poderia muito bem ter sido um dos meus irmãos que faleceram no campo de batalha e não tiveram oportunidade de fazer mais nada.

Quando cheguei ao final do corredor, vi um reflexo em um dos quadros que Darcy tinha na parede. Brite estava deitado de lado no chão, com as mãos amarradas atrás das costas. Não estava se mexendo, mas isso poderia ser porque tinha um homem de terno escuro, que também estava refletido naquela imagem distorcida, apontando um revólver para Darcy, que estava sentada no sofá, chorando.

— Caralho.

A situação tinha outro nível de seriedade quando não eram insurgentes fazendo outras pessoas de refém, mas bandidos ameaçando uma família inocente. Eu não sabia o que era pior, mas não podia ficar parado e deixar que aqueles caras machucassem ainda mais Darcy e Brite.

— Ouvi a confusão que rolou nos fundos da casa, e o cara que deixei de guarda lá fora ainda não fez contato pelo rádio. Sei que você está aí. E, se não quer que o cérebro dessa linda senhora se espalhe por todo o sofá, jogue a sua arma onde eu possa ver, mexa essa bunda e venha até aqui.

Soltei um palavrão de novo, desta vez alto o suficiente para o cara me ouvir. Nunca gostei de abrir mão da minha arma. Mas, naquele caso, eu não tinha escolha. Atirei o revólver no chão e chutei, e ele foi deslizando até a sala. Sacudi a cabeça, pensando que tudo tinha dado errado muito rápido, levantei as mãos na minha frente, fazendo o gesto universal de rendição, e entrei. Olhei para Brite e fiquei imediatamente aliviado de ver que o peito gigante dele estava subindo e descendo, respirando normalmente. Estava com os olhos abertos e furiosos, me olhando. O sangue escorria por seu rosto, pingando de um talho feio, da largura da sua testa. Eu sabia que o motociclista durão não ia se render sem lutar.

O homem armado sacudiu a cabeça e me deu um sorriso que me deixou arrepiado.

— Não acredito que você jogou mesmo a sua arma. Isso é coisa de amador, e garanto que a menina vai pagar por não ter seguido as ordens.

Ouvir Brite urrar lá do chão e Darcy chorar ainda mais.

LEIS DA TENTAÇÃO

Abaixei as mãos e levantei a sobrancelha para aquele invasor pretensioso.

– Não, coisa de amador é trazer uma única arma em uma situação desconhecida, sem saber o número de elementos hostis.

Antes que o sujeito pudesse disparar, o que eu tinha certeza de que ia fazer, porque ele estava com o dedo no gatilho, tirei a outra arma que tinha escondida atrás das costas e atirei. Acertei seu ombro, e o revólver que ele estava segurando caiu no chão, fora de seu alcance. Atravessei a sala correndo e atirei o bandido no chão antes que ele conseguisse se recompor e pegar a arma de novo. Dei um soco tão forte na sua cara que ouvi os ossos da minha mão quebrarem. Ele gorgolejou, um fio de sangue saiu pela lateral da sua boca, e ele soltou um gemido digno de dar pena. Fiquei satisfeito, sabendo que aquele bandido não ia se mexer tão cedo. Me levantei e perguntei para Darcy onde eu podia encontrar corda para amarrar todos aqueles invasores.

A mulher só balbuciava e não conseguiu responder, mas Brite gritou que tinha uma porção de lacres na garagem. Acabei rapidinho com o cara que estava no fundo do corredor e me desviei do outro que, tinha quase certeza, havia sangrado até morrer. Quando virei o braço do sujeito que eu havia acertado à bala, ele gritou de dor e me xingou de uns nomes bem interessantes. Quando consegui prender todos eles, Rome atravessou a porta da frente seguido por uma bela ruiva vestida com o uniforme azul da polícia.

Os dois ficaram parados, tentando absorver aquela situação sangrenta, mas controlada. Rome teve que, literalmente, se sacudir para voltar à Terra, então foi até Brite e começou a desamarrá-lo.

— Vou chamar reforços. Pergunte para o cara que ainda está consciente se sabe aonde os homens que estão com Avett foram.

A policial ruiva saiu pela porta da frente, falando pelo rádio preso em seu ombro.

Brite ficou de pé em um pulo e foi desamarrar sua mulher. Seus olhos castanhos nos olhavam com uma intensidade que só uma pessoa que já viveu uma guerra ou um pai cuja filha está em perigo poderia manifestar.

— Preciso ligar para Quaid. Ele pode saber aonde Avett levaria esses caras. Preciso trazê-la de volta.

Rome pôs a mão no seu ombro e disse, com um ar solene:

— Vamos trazê-la. Essa é nossa única opção.

Brite balançou a cabeça e começou a mexer freneticamente no celular.

O soldado se virou para mim, com os olhos espremidos, e perguntou, tão baixo, que só eu ouvi:

— Você sente mesmo falta disso, caralho?

Olhei para o sangue à minha volta e senti o cheiro acre de pólvora que pairava no ar. Flexionei minhas mãos machucadas e mudei de posição.

— Sinto.

E é por isso que tenho que ir logo embora de Denver, antes que eu faça alguma coisa imbecil, tipo me apaixonar por uma garota que não faz ideia de quem eu sou de verdade.

CAPÍTULO 18
Quaid

Orsen estava me encarando, do outro lado da sua mesa, com uma expressão que nunca havia dirigido a mim. Parecia frustrado e decepcionado. Mas, mais do que tudo, resignado. Suas mãos estavam pousadas na barriga saliente, e os lábios estavam tão apertados que parecia que seu rosto estava esticado demais por cima dos ossos.

– O que você tem a dizer em sua defesa, Quaid?

Levantei a sobrancelha enquanto ele falava e me recostei na cadeira. Estava me sentindo como criança que é mandada para a sala do diretor. Antes, eu faria tudo que estivesse ao meu alcance para aplacar a ira de Orsen e consertar aquela situação. Mas, agora que entendo melhor o que é realmente importante para mim e pelo que de fato quero lutar, tive que me segurar para não revirar os olhos por causa da sua braveza exagerada.

– Nada – eu me acomodei na cadeira e cruzei a perna. Queria que Orsen soubesse que eu não estava intimidado por aquela reuniãozinha e que estava cansado de ele me tratar como seu fosse seu cachorrinho.

– Não tenho nada para dizer em minha defesa, Orsen. Eu falei que não ia defender seu amigo. Então, mesmo que eu estivesse na minha sala quando você o levou lá hoje a tarde, minha resposta seria a mesma.

As sobrancelhas peludas de Orsen se levantaram tanto que quase desapareceram no meio do seu cabelo branco.

— Por acaso você se esqueceu de que trabalha para este escritório? Um escritório do qual você tem feito de tudo para se tornar sócio, devo acrescentar.

— Não esqueci, porque é esse escritório que fica abanando essa sociedade na minha frente como se fosse uma cenourinha de ouro, há anos, enquanto eu pulo sobre todos os obstáculos que você põe na minha frente. Me responda com sinceriedade, Orsen, você e Duvall algum dia chegaram mesmo a considerar a possibilidade de me promover a sócio?

Ele bufou, e observei suas bochechas inchadas ficarem vermelhas. Não era de se surpreender que Orsen sempre me passava os julgamentos dos clientes importantes. Ele não sabia fazer cara de paisagem e sua expressão era tão fácil de ler quanto um livro aberto.

— Você precisa provar seu valor para se tornar sócio, Quaid.

Seu tom de voz era firme, mas as mãos não paravam de se mexer, revelando tudo o que eu precisava saber. Eles iam me fazer trabalhar que nem louco, pôr minha cara e meu talento a bater na frente de todo o universo do Direito, com o nome deles por trás, mas nunca iam me deixar fazer parte do time que tomava as decisões. Nunca iam me considerar igual a eles.

— Eu já provei meu valor, Orsen. Na verdade, mais do que demonstrei quanto sou valioso para este escritório e para a comunidade do Direito em geral. Já conquistei o privilégio de escolher meus casos e as pessoas que quero defender. E, se você não concorda com isso, acho que está na hora de cada um ir para o seu lado.

Observei o velho se encolher, e um pouco da sua arrogância se esvaiu.

– Você não vai pedir demissão. Dedicou muito tempo e energia na sua carreira aqui.

Ele parecia ter muita certeza, e quase tinha razão. Antes de Avett, jamais teria passado pela minha cabeça pedir demissão. Mas, depois que a gente sobrevive a um furacão, a nossa perspectiva do que realmente importa nessa vida muda, e eu não preciso nem quero mais impressionar Orsen McNair. E tenho quase certeza de que também não quero mais trabalhar para ele.

– Aí é que está, Orsen. Um tempo e uma energia que investi no lugar errado. Se eu não estivesse tão focado em você finalmente reconhecer o meu valor, talvez tivesse me dado conta antes de que o meu casamento estava desmoronando. Se eu não estivesse tão convencido que virar seu sócio finalmente me faria feliz, me faria achar que eu tenho um valor que eu não tinha, talvez eu tivesse me dado conta de que as pessoas por quem eu estava lutando, as pessoas para quem eu estava dando tudo o que eu tinha, eram do tipo de pessoa que não merece nem um pouco o que eu tenho de melhor e nunca, jamais, reconheceriam o que eu fiz. Tento ter uma vida boa desde que me conheço por gente, Orsen. Essa merda, com certeza, não é.

Orsen levantou as mãos, e sua expressão mudou de acusadora para adulação.

– Ora, ora, filho. Não tome nenhuma decisão precipitada.

Onde mais você acha que pode ter as oportunidades e ganhar o dinheiro que ganha aqui? Temos uma lista de espera de um quilômetro, cheia de jovens advogados que acabaram sair da faculdade de Direito que morreriam para passar por essa porta. Você tem sorte de termos lhe oferecido emprego, considerando que seu currículo estava bem aquém do desejado. Eu escolhi você porque vi o fogo em seus olhos e a sua força de vontade, Quaid. Não se esqueça disso.

Eu só bufei e falei:

– Sou um bom advogado. Foda-se, sou ótimo advogado. Sou eu quem dá um jeito em todos os casos enrolados, sujos, complicados e duvidosos que dão dinheiro para esse escritório desde que fui contratado. Você acha mesmo que alguém quer ser defendido por você ou por Duvall na frente do júri, já que vocês não saem dessa porcaria de escritório há anos? Eu vou embora, e a atenção da mídia e os casos importantes vão embora comigo. Então, pare de fingir que não sei quem está fazendo favor para quem. Um dia sim, e outro também, convenço as pessoas a agir contra o próprio bom senso. Ganho a vida mentindo, velhinho, então fique com essa pérola de sabedoria: você está fora de forma quando o assunto é enganar o público. Então, não tente me passar a perna, porque não vai funcionar.

Orsen parou de fingir que aquela era uma conversinha amigável, veio para frente e apoiou as mãos na mesa. O tom de vermelho do seu rosto virou um vinho furioso, e ele parecia cuspir cada palavra que me disse.

– Se você sair deste escritório, vou acabar com você, Jackson. Vou fazer questão de garantir que nenhum outro escritório te contrate e que você nunca mais tenha oportunidade de defender outro cliente.

LEIS DA TENTAÇÃO

Dessa vez, não me dei o trabalho de segurar minha vontade de revirar os olhos. Também resolvi que Orsen e seu precioso escritório já tinham tomado muito do meu tempo e da minha dedicação. Levantei e espalmei as mãos em cima da mesa, com o corpo inclinado. Espremi os olhos para aquele homem que, um dia, achei que me dava tudo que eu tinha e falei, sem rodeios:

– Não quero defender o tipo de gente que você acha que precisa de uma boa defesa, Orsen. Não estou mais interessado em livrar da cadeia homens que acham que podem pôr fogo em uma casa sabendo que seu filho está lá dentro. Não quero que você me dê uma carta de recomendação nem me indique para ninguém. Eu quero me afastar o quanto puder do homem que você contribuiu para que eu me tornasse – vi um brilho de medo em seu olhar e senti uma enorme satisfação ao ver que parte da minha velha grosseria e rudeza estavam voltando a aparecer. – Vou esvaziar a minha sala até o final do dia.

Eu me afastei da mesa e já estava indo para a porta quando ele falou, baixinho:

– Isso é tudo culpa daquela menina. Você estava indo rumo ao sucesso até pegar o caso dela e deixar a garota te atingir.

Olhei para trás e fiz uma careta para ele bem na hora em que tirei o celular do bolso, porque estava tocando, e vi o número de Brite na tela. Imaginei que ele queria me xingar por fazer a sua filha chorar. Eu estava disposto a encarar sua ira, só para poder dizer que estava tentando dar um jeito de provar para Avett que ela é a coisa mais importante da minha vida. Um jeito que ele não pudesse interpretar mal nem ignorar. Como Brite me parece ser o tipo de homem que se expressa mais por atitudes do que com palavras, tive certeza de que poderia dar um jeito na situação usando as palavras certas.

Falei para Orsen, curto e grosso:

— Você tem toda razão. Ela fez eu me dar conta de que preciso mais na vida do que o próximo caso importante, do que o próximo pagamento, mas você se engana quando diz que eu estava indo rumo ao sucesso, velhinho. Eu não estava indo rumo a lugar nenhum, a não ser à pressão alta e a mais um monte de merda inútil que aliás, nunca impressionou ninguém.

Apertei o botão, deslizei o dedo sobre a tela e fiquei esperando ouvir um sermão a respeito de como a gente deve tratar uma mulher. O que ouvi foi a voz ofegante de Brite, ainda mais rouca por causa do pânico.

— Quaid, Avett foi sequestrada.

Saí da sala de Orsen e aproximei o celular da orelha, apertando ainda mais os dedos em volta do aparelho.

— Quê? Como assim, sequestrada?

Meus pés, por vontade própria, se afastaram da sala de Orsen e me levaram pelo corredor até o elevador. Meu coração batia tão forte que mal conseguia ouvir Brite falar, atropelando as palavras:

— Uns caras invadiram a nossa casa, fizeram eu e Darcy de reféns e ligaram para Avett. Acham que ela sabe de alguma coisa sobre as drogas que aquele vagabundo do ex-namorado roubou. Eu falei para Avett não ir a lugar nenhum com eles, mas você acha que a menina me ouviu? Ela entrou em uma SUV preta, e sumiram com a minha filhinha.

— Você chamou a polícia?

Meu coração estava disparado, e minhas mãos estavam suando de medo.

– É claro que a gente chamou a polícia e passou a placa do Yukon, mas esses caras têm armas e não estão para brincadeira. Precisamos descobrir onde Avett os levou. Sei que ela ia querer levá-los o mais longe de Denver possível. Você faz alguma ideia de para onde ela poderia ir?

– Espera aí, se vocês estavam sendo mantidos como reféns, como é que você sabe tudo isso? Como é que você conseguiu me ligar?

Meu cérebro estava a mil por hora, mas a necessidade de reunir o máximo de informações é uma coisa enraizada em mim, e eu não conseguia parar de fazer perguntas enquanto praticamente corria até a minha picape.

– Pegaram Avett lá no bar. Antes de entrar no carro, ela disse para Rome e Church que eu precisava que eles viessem aqui em casa. Bandidos armados não são páreo para o ex-soldados do Batalhão de Operações Especiais. Chamamos a polícia assim que a situação aqui em casa foi controlada, mas isso já faz uma hora, os bandidos estão com uma puta vantagem.

Aonde Avett poderia ter levado aqueles caras? Aonde poderia ir para conseguir ganhar tempo e garantir a segurança de todo mundo que ama?

Pus a mão na fechadura e soltei um monte de palavrões bem alto.

– Eu sei aonde ela está indo – para o mesmo lugar ao qual eu iria se não quisesse que o resto do mundo me encontrasse. – Tenho uma cabana na floresta, no meio do nada. Foi para lá que eu a levei quando passamos o fim de semana fora. Vou ligar para a polícia rodoviária e falar para eles irem correndo para lá, mas a floresta é densa, e não há muitos pontos de referência, então é possível que eu encontre Avett antes deles.

— Esses caras são perigosos, Jackson. Estão armados. Estavam dispostos a matar a Darcy e a mim e a tocar fogo na casa assim que tivessem notícia dos bandidos que estão com Avett.

Meu corpo se enrijeceu quando ouvi um barulho atrás de mim. Refletido no vidro do lado do motorista, vi um homem usando preto da cabeça aos pés vindo na minha direção. Respirei fundo pelo nariz e falei para Brite:

— Tenho plena consciência de como esses homens são perigosos e de como a situação é crítica, Brite. Mando uma mensagem com um endereço aproximado assim que cair na estrada.

Eu me abaixei e saí da frente do homem, que tentou me segurar. Fui para o lado e segurei o braço que ele havia levantado para segurar meu pulso e aproveitei que ele foi pego de surpresa e eu estava com a vantagem. Torci seu pulso atrás das suas costas, entre os seus ombros, com tanta força que ouvi o som característico de ossos saindo do lugar. Bati o rosto dele contra o vidro da lateral do carro e cheguei mais perto, para falar bem no ouvido do meu agressor.

— É bom você rezar para os seus coleguinhas não terem tocado em um fio de cabelo dela. Se vocês machucarem a menina de qualquer maneira, a cadeia vai parecer uma colônia de férias comparado ao que eu vou fazer com você e seus amigos.

O homem suspirou de dor porque apertei seu braço com mais força ainda.

– Quero pedir seu celular emprestado. Estou com o pneu furado e esqueci o meu em casa.

Soltei um grunhido e me apoiei mais contra ele. Com a outra mão, revistei o homem rapidamente e virei os bolsos do seu casaco. Não fiquei surpreso quando um canivete caiu de um bolso e encontrei um revólver no outro. Peguei a arma de cano curto e enfiei na parte de trás da minha calça, por baixo do meu paletó. Então empurrei o sujeito, que na mesma hora se virou, gemeu e foi para o lado quando soltei seu ombro machucado.

Ele piscou, fazendo careta, e chutei o canivete para baixo da picape.

– Achei que você fosse só um cara de terno. O pessoal falou que você é advogado, não a porra do Rambo.

Tirei ele da minha frente e pus a mão na fechadura de novo.

– Nem sempre fui advogado. O cara que te paga deveria ter pesquisado melhor – tive vontade de dizer para ele transmitir essa mensagem para os colegas, mas não queria dar nenhuma pista aos homens que estavam com Avett de que eu estava indo atrás da minha namorada e faria tudo o que fosse necessário para garantir a sua segurança e levá-la de volta para os pais sã e salva.

O motor da picape roncou, e fiquei feliz quando soube que a polícia rodoviária já tinha gente nas rodovias e nas interestaduais procurando pela SUV. Passei as indicações para chegar no desvio e tentei explicar a melhor maneira de chegar até a cabana, mas sabia que demoraria muito para atravessarem a densa floresta em volta da casa. Eu era o único capaz de chegar até Avett antes que algo impensável acontecesse.

Mandei uma mensagem rápida para Brite, passando o endereço aproximado de onde, com certeza, Avett havia pedido para aqueles homens levá-la e nem fiquei surpreso quando ele me disse que os caras que o haviam libertado já tinham pegado a estrada. Ninguém ia deixar Avett enfrentar aquilo sozinha, por mais que ela estivesse determinada a fazer isso. Suas atitudes até podiam parecer heroicas para algumas pessoas, mas eu a conhecia bem a ponto de saber que aquela menina estava, mais uma vez, se rendendo quando não era necessário. Avett não estava planejando sair viva daquelas montanhas, se isso fosse garantir a segurança das pessoas que ama. Tive vontade de estrangulá-la por ser tão nobre e tão imbecil. Quando eu pusesse minhas mãos nela de novo, aquela garota nunca mais ia conseguir duvidar de que é a coisa mais importante da minha vida e, se ela se sacrificar pelo bem maior, vou ficar sem nada.

Um carro buzinou para mim quando mudei de pista, porque eu estava prestando mais atenção no celular do que no trânsito. Guardei o aparelho e acionei a suspensão da picape, fazendo-a pular e correr como aquele monstro nunca correu na vida. A carroceria vibrava ao meu redor, e o motor roncava. Fiquei com os olhos fixos na rua, desviando perigosamente do tráfego urbano, a caminho da interestadual que me levaria para fora da cidade. Torci pra que ninguém chamasse a polícia por minha causa. E, se alguém chamasse, eu não tinha a menor intenção de parar até chegar no desvio que levava à cabana. A polícia teria que ir atrás de mim no meio das montanhas.

Normalmente, levava umas três horas para chegar lá. Cheguei em duas, perplexo por não ter sido parado. A picape estava guinchando, e meus nervos, à flor da pele, quando fiz a última curva, cantando pneu e espalhando cascalho, mas vi a entrada da trilha e o Yukon preto. Também vi o sujeito atrás do volante se levantar e me olhar quando parei, derrapando em uma nuvem de poeira e exaustão, bem na sua frente.

Não foi uma chegada nem um pouco sutil. Mas, quando ele pegou o celular, provavelmente para avisar que eu havia chegado, meu pé foi para cima do acelerador. E, antes que eu pudesse pensar direito no que estava fazendo, a picape começou a andar de novo e foi correndo em direção à dianteira do Yukon.

Ouvi o guinchar do metal atingir outro objeto de metal, e o *airbag* foi acionado e me deixou zonzo. Mas, quando consegui sacudir a cabeça e me livrar da minha visão embaçada, me acostumar com o zunido nos meus ouvidos e com o gosto forte de sangue na minha língua, percebi que toda a parte da frente da SUV havia se encolhido como se fosse um acordeão, até o parabrisa, e que o motorista estava atirado por cima do próprio *airbag* e do volante, inerte. Seu rosto estava coberto de sangue, e ele não se mexia. Uma nuvem de fumaça subia na parte da frente dos dois veículos, e era óbvio que nenhum deles ia conseguir descer a montanha sem ajuda.

Quando saí do carro, estava com as pernas bambas. Toquei minha testa, porque estava ardendo, e não me assustei ao ver meus dedos manchados de vermelho. Eu havia batido a cabeça bem forte durante a colisão, mas não com tanta força a ponto de entrar naquela floresta sem garantir que o motorista do outro carro não conseguisse fugir, caso a polícia rodoviária parecesse.

Ao caminhar até o veículo destruído, pus a arma que roubei do bandido que havia tentado me pegar de novo no cinto, porque não ia correr nenhum risco, pois sabia que eu era a única esperança de Avett sair daquela floresta com vida. Não foi muito fácil abrir a porta, uma vez que a frente do carro tinha sido esmagada para dentro. O motorista caiu para o lado, sem a porta para segurá-lo. Ele, definitivamente, não ia a lugar nenhum tão cedo. Mas, mesmo assim, tirei minha gravata e amarrei suas mãos no volante várias vezes. A seda ficou bem apertada, e tive certeza de que seria impossível ele se soltar a menos que arrancasse o volante. Considerando seu atual estado, isso me pareceu bastante improvável.

Sacudi a cabeça – com força – para conseguir me concentrar de novo e me encolhi todo, porque esse movimento fez o sangue jorrar por todos os lados. Olhei para o meu sapato caro e jurei que vou vender tudo o que tenho e só usar *jeans* e botas de escalada. Se eu ainda precisava de algum sinal de que todas aquelas coisas caras e luxuosas que me cercavam eram absolutamente inúteis em situações importantes, foi esse. Naquele momento, eu precisava ser o homem que me esforçava tanto para não ser, para conseguir ser alguém digno da garota que eu estava tentando salvar.

Tirei a camisa de dentro da calça e o paletó. Eu ia ter que estraçalhar aquele negócio para poder deixar uma trilha, sinalizando o caminho para qualquer tipo de ajuda que chegasse. Eu estava recorrendo aos meus instintos de sobrevivência e ao treinamento que recebi, tanto durante a minha vida na natureza selvagem quanto das ferramentas que o Tio Sam me forneceu. Achei que nunca mais ia usar isso de novo depois de passar no exame da Ordem. Mas, naquele momento, não podia estar mais feliz por ter aquele tipo de conhecimento à minha disposição.

LEIS DA TENTAÇÃO

Tirei os botões com os dentes. Fiz meus músculos funcionarem e arranquei as duas mangas e comecei a rasgar o forro de seda. Quando consegui uma pilha razoável de retalhos, entrei na floresta. Fiquei de olhos bem abertos, procurando qualquer sinal de movimento, já que era evidente que haviam deixado aquele sujeito no carro para impedir que alguém os seguisse. Fui em direção à cabana e olhei para o céu. Como estávamos quase no fim do outono, anoitecia bem cedo, e logo a luz do dia acabaria. Isso poderia ser uma vantagem, se os bandidos que estavam com Avett não soubessem que eu estava indo atrás deles. Mas, se soubessem que eu estava em sua cola, porque o meu amigo do ombro deslocado ou o motorista tivessem conseguido avisá-los, eu tinha certeza de que atirariam a esmo na escuridão, na esperança de me atingir, o que tornaria a situação ainda mais perigosa do que já era.

À medida que fui desviando das árvores e deslizando na vegetação que estava úmida e escorregadia com aquela quase geada, resolvi que nunca mais ia usar sapatos italianos sem solado antiderrapante. Tomei o cuidado de espaçar os pedaços de tecido e de metal que arranquei do meu casaco de modo que até um cego ou o mais despreparado dos urbanoides pudesse encontrar o caminho até a cabana. Quando cheguei à clareira onde ficava a construção precária, soltei um suspiro de alívio por não ter ninguém lá na frente me esperando com um cano apontado na minha direção.

Andei em volta da casa e me abaixei para usar a pilha de lenha que eu havia feito há poucos dias, como cobertura. Apertei minhas costas contra os troncos ásperos da parte de fora da cabana. Fui me esgueirando pelo lado da casa, tomando o cuidado de fazer o menor barulho possível, para que os animais que com certeza estavam ali não alertassem ninguém da minha presença.

Avançando tão devagar que eu quase nem estava me movendo, me levantei, centímetro por centímetro, deixando apenas o alto da minha cabeça e os meus olhos visíveis, e espiei pela janela imunda para dentro da cabana vazia. Parei de segurar a respiração e fiquei completamente de pé, para conseguir ver melhor lá dentro. A cabana estava vazia, completamente abandonada, e parecia tão triste e desolada quanto no dia em que eu e Avett fomos embora.

Ela não estava lá dentro. Ela não *esteve* lá dentro, o que significava que o único outro lugar para onde poderia ter levado aqueles homens era a cascata. Minha namorada não é só destemida: também é muito inteligente. Os cara que estavam com ela não iam ficar sabendo da trilha nem da cabana. Avett poderia ficar andando com eles pela floresta por horas e horas, e talvez, se tivesse sorte, poderia criar uma oportunidade de pegá-los de surpresa e pular.

Minha namorada sempre pula. E essa é uma das coisas que, me dei conta naquele momento, mais amo nela.

Mudei de planos e de direção e comecei a ir até a cascata. Quando cheguei à trilha precária, que mal era visível desde a nossa última visita, pude perceber que haviam passado recentemente por ali. Havia vários pares de pegadas na terra úmida, incluindo um que só podia ser de Avett, porque eram pequenininhos e pareciam com as solas pesadas dos coturnos que ela sempre usava. Havia plantas quebradas e tortas, resultado de corpos impacientes se movimentando no meio delas, e um tufo de cabelo castanho preso na casca espinhosa de um pinheiro, mais para o lado da trilha.

LEIS DA TENTAÇÃO

Arregacei as mangas, apesar de a temperatura estar caindo a cada minuto que passava. Fiquei tão frustrado porque os meus sapatos me atrasavam que os tirei os dois, assim como minhas meias de padrão *argyle*. Eu não corria pela floresta de pé descalço desde que era moleque, e algo na sensação de afundar meus dedos na lama e no mato me levou de volta a uma época em que eu era puramente primitivo, completamente primal. Eu não era apenas um homem preocupado indo atrás da mulher que amava. Eu era parte daquela floresta, daquelas montanhas, parte do lugar de onde eu vinha e que me fez ser quem sou.

Até que fui bem rápido, considerando o frio e a escuridão iminente. Estava acostumado com a altitude e com seus efeitos nos pulmões e no resto do meu corpo, mas duvido que os homens que eu caçava estivessem. Avett também não teria levado os caras direto para a queda-d'água. Imaginei que faria de tudo para cansar seus sequestradores, a fim de ganhar tempo, a fim de que seus pais tivessem chance de ser libertados.

Quando o rugido da cachoeira atingiu meus ouvidos, diminui o ritmo e saí da trilha, para que os dois homens que estavam com Avett, bem na beira da cascata, não me vissem chegar. Mesmo com aquela luz evanescente, dava para ver como seu rosto estava pálido e as linhas pretas que ainda borravam suas bochechas. Ela estava tremendo e tinha apertado tanto os braços em volta do próprio corpo que parecia ainda menor e mais nova do que o normal. Seu terror e sua vulnerabilidade estavam completamente visíveis, apesar da distância que nos separava.

Um dos homens estava de frente para Avett, que estava de

costas para a queda-d'água. O cara apontava a arma diretamente para o peito dela e se encontrava tão perto que, se puxasse o gatilho, não teria como não acertar algum órgão vital. O outro homem estava de guarda, de costas para os dois, olhando para a floresta que escurecia rapidamente, vasculhando as árvores com os olhos. Também estava armado, mas visivelmente nervoso, porque não parava de trocar o revólver de mão e pular de um pé para o outro. Toda vez que um pássaro piava ou os esquilos faziam as árvores farfalharem, ele olhava para trás, para o companheiro, e mandava o sujeito andar logo.

— A gente ficou andando duas horas nessa porra de floresta para chegar até aqui. É melhor ter uma caverna pirata secreta escondida atrás dessa cachoeira, vadia.

O homem que estava com a arma apontada para Avett deu um passo na direção dela, que deu um passo para trás. Mais um passo, e a garota cairia. O que, tive quase certeza, devia ser seu plano desde o início.

Devagar, ela sacudiu a cabeça de um lado para o outro.

— Eu já falei, não tem droga nenhuma. Falei isso na noite em que vocês tentaram me estuprar e estou falando de novo. Não tive nada ver Jared ter roubado o patrão de vocês.

Uma raiva, como eu nunca havia sentido, ferveu com fúria em meu sangue. O homem que estava ameaçando Avett era o mesmo que tinha batido nela, e eu só queria arrancar seus pedaços e espalhá-los pela floresta.

— Você precisa andar logo, caralho, e esquecer o tesão que tem por essa vadia burra. Acho que eu vi alguma coisa se mexendo ali.

O outro cara xingou o companheiro e balançou o revólver.

LEIS DA TENTAÇÃO

– Para de ser paranoico. Você precisa mexer essa sua bunda e sair mais da cidade.

– Você que é imbecil, porra, e acreditou quando ela disse que as drogas estavam escondidas na floresta. Que viciado esconderia drogas aqui? Seu burro filho da puta. Não tem nem sinal de celular nesse fim de mundo, como é que você pode ter certeza de que os caras deram um jeito nos pais dela? Você estragou tudo, e o Acosta vai acabar com nós dois.

Segurei a respiração, enquanto a discussão dos bandidos ficava mais intensa. Fiquei esperando e observando, porque precisava que o sujeito que apontava a arma para Avett se virasse. Não queria tomar nenhuma atitude até ter certeza de que ela estava completamente fora da linha de tiro. Não podia sequer pensar em Avett sendo atingida por acidente.

– Estou te falando que tem alguma coisa ali.

– Bom, vai lá olhar, então.

– Atira logo nela e aí vai você olhar que merda é essa. Eu não trabalho para você, porra.

O outro homem se virou para trás enquanto cheguei ainda mais perto das rochas salientes.

– Não vou atirar nela até terminar o que comecei, meses atrás. Odeio que me dispensem depois de provar uma coisinha que, tenho certeza, só pode ser doce.

– A gente não tem tempo para isso.

– Estamos ganhando tempo.

Apertei os dentes com tanta força que me surpreendi por eles não terem rachado. Fiquei observando Avett soltar os braços e a expressão do seu rosto mudar de amedrontada e abalada para serena e calma. Eu sabia o que ela ia fazer antes mesmo de a menina começar a se movimentar. Mirei no cara que estava de frente para a floresta e sabia que não podia mais esperar pelo momento certo, porque o momento certo era *já*.

Avett deu um passo para trás, o chão desapareceu sob seus pés, e seu corpo sumiu atrás das rochas. Gritei seu nome, porque não consegui me controlar. O som do tiro ecoou alto e furioso pelo desfiladeiro, e eu atirei na mesma hora em que o sujeito que estava apontando para Avett disparou. O cheiro acre de pólvora queimada ficou pairando no ar. O bandido que estava de vigia caiu no chão, e o outro se virou e ficou atirando sem parar na minha direção. Atravessei correndo a clareira, atirando também, enquanto as balas passavam por mim zunindo, mas não me acertavam. As minhas montanhas ecoaram aqueles sons de guerra e de fúria, e eu corri cada vez mais rápido, até abalroar o homem que estava atirando em mim, com toda a força. Peguei a mão dele que segurava a arma, e ficamos lutando, enquanto eu o empurrava cada vez mais para trás, na direção do precipício do qual ele havia forçado Avett a pular.

Outro tiro foi disparado, ele me xingou e tentou me chutar, mas a raiva e o amor estavam do meu lado, então o cara não foi páreo para mim. Foi preciso só mais um puxão e acertar meu ombro no seu estômago, para nós dois sairmos voando pelos ares. Mesmo na escuridão que nos cercava, pude ver o bandido soltar a arma enquanto descíamos em queda livre no ar rarefeito da montanha. Ele gritou tão alto que meus ouvidos doeram, e quase dei graças a Deus quando a água gelada me engoliu.

LEIS DA TENTAÇÃO

O choque de temperatura foi suficiente para fazer meu corpo inteiro se enrijecer, dolorosamente, e precisei de todas as minhas forças para convencer meus braços letárgicos a cooperarem comigo e me levarem para a superfície. Quando cheguei, enchi os pulmões de ar e procurei de maneira frenética, naquela água turva, por qualquer sinal de Avett. Não sabia se o sujeito que eu havia derrubado tinha conseguido acertar um tiro nela antes de minha namorada pular e não consegui vê-la logo de cara.

– Avett! – gritei seu nome a plenos pulmões e comecei a me sacudir, porque o frio ameaçava me levar de volta lá para baixo. – Avett!

Seu nome e meu medo batiam nas faces das rochas que me cercavam, mas ela não respondia, e eu não conseguia ver aquele cabelo rosa inconfundível em lugar nenhum daquela escuridão.

– Não sei nadar. Você precisa me ajudar! Vou me afogar!

O atirador, de repente, ficou visível, a poucas centenas de metros de mim, se debatendo contra a água como se estivesse lutando caratê com um inimigo invisível.

– Avett! Caramba, não posso te perder agora que acabei de te encontrar. Onde é que você está?

Uma coruja piou em algum lugar acima de mim, e virei a cabeça.

Ali, flutuando logo abaixo da superfície, tinha um monte de fios de cabelo coloridos. Gritei seu nome de novo e atravessei a água mais rápido que minhas pernas e meus braços anestesiados permitiam.

Avett estava flutuando, com o rosto virado para baixo, e tinha um talho bem visível ao lado de sua cabeça, logo acima da orelha. Ela parecia uma boneca sem vida nos meus braços, quando puxei seu corpo congelado para perto do meu e murmurei seu nome sem parar, lutando para manter nossos dois corpos flutuando.

O cara que estava dentro da água conosco estava fazendo tanto escândalo que eu não conseguia ouvir se Avett estava respirando ou não, mas seus lábios estavam azulados, e ela não reagia ao meu toque.

E eu que achei que meu coração havia ficado partido quando me dei conta de que meus pais jamais teriam orgulho de mim nem de tudo o que conquistei. E eu que achei que havia perdido tudo quando Lottie me largou, depois de me contar que estava grávida. Eu tinha tanta certeza de que não me restava mais nada para oferecer a ninguém, depois de tudo que eu pensava que era verdade se provou ser mentira... Mas, com aquela mulher que era tudo para mim nos meus braços, sem respirar, tive certeza de que eu não tinha a menor ideia de como era ter o coração partido e de que o que eu tinha era mais do que suficiente para lhe oferecer, se isso significasse que ela ainda estaria comigo.

Levei sua cabeça para trás, o máximo que consegui sem mergulhá-la de novo na água gelada, e comecei a fazer respiração boca a boca. Soprei todo o amor que eu sentia por ela. Eu lhe dei um beijo com o sabor da certeza que eu sentia de que éramos feitos um para o outro, misturado com a certeza de que aquela mulher fazia de mim um homem melhor. Expirei e enchi seus pulmões com o futuro que eu queria ter com ela e com todas as lembranças que eu queria criar com ela.

Demorou muito mais do que eu gostaria, mas depois de algumas respirações e alguns beijos desesperados nos seus lábios

LEIS DA TENTAÇÃO

congelados, Avett finalmente começou a tossir e balbuciar nos meus braços. Aquele seus olhos loucos começaram a se abrir devagar, e seus dentes começaram a bater, enquanto ela olhava pra mim, sem foco e visivelmente confusa.

– Você me achou.

Suas palavras saíram roucas, quase inaudíveis por causa do barulho que o atirador ainda estava fazendo, se debatendo na água atrás de nós. Ele até podia não saber nadar, mas estava mandando bem até agora, conseguindo ficar com a cabeça fora da água.

– Você me achou primeiro, Avett – Fechei os olhos e a abracei o mais apertado que consegui. – Eu te amo.

Ela passou um dos braços bem devagar pelo meu pescoço e começou a mexer as pernas, para nos ajudar a flutuar.

– Sei disso, Quaid.

– Eu sempre vou vir atrás de você. Você sabe disso, não sabe?

Ela balançou a cabeça e se encolheu, depois passou os dedos na ferida que sangrava na lateral da sua cabeça.

– Você não só veio atrás de mim, você pulou.

Dei uma risada rouca e trêmula e rocei meu nariz gelado em seu rosto.

– É, pulei e sempre vou pular, quando for importante. Você é mais importante do que qualquer coisa, Avett.

Ela abriu a boca para responder, mas, bem na hora, uma voz, que parecia tão frenética quanto meus sentimentos, chamou seu nome, no meio da escuridão. O pai dela tinha nos encontrado. Tinha ido atrás da filha, como sempre. Avett arregalou os olhos, e gritei para Brite:

— Estamos aqui embaixo, na água! Vocês precisam descer para nos ajudar. Avett está ferida.

Ela enrugou o nariz para mim, e comecei a nos levar para a saliência mais baixa das rochas.

— Bati a cabeça quando pulei.

Soltei um suspiro de alívio, por ela não ter sido atingida por um tiro.

— Que bom que você é cabeça dura e filha de um cara durão.

Bufei de exaustão e achei que estava chegando ao ponto de hipotermia. Estava com tanto frio que nem tremia mais, e tinha quase certeza de que meus lábios estavam tão azulados quanto os de Avett.

— Você salvou o seu pai e a sua mãe. Você salvou todo mundo, incluindo você mesma. Isso faz de você a sua própria heroína, Avett.

Não consegui disfarçar o orgulho no meu tom de voz, mesmo sabendo que eu ia desmaiar se alguém não nos tirasse logo da água.

Avett soltou uma risada trêmula e apertou mais o meu pescoço, bem na hora em que o pai dela e dois homens que eu não conhecia apareceram nas rochas. Brite gritou o nome de Avett mais uma vez, e o medo e o pânico que só um pai pode sentir ao saber que sua filha está em perigo reverberou de um lado a outro da ravina.

Ela olhou para mim e para os nossos salvadores com um leve sorriso nos lábios trêmulos.

— Eu posso até conseguir me salvar agora, mas é bom saber que as pessoas que me amam vão aparecer se eu precisar delas.

Beijei sua boca com força e rapidez quando finalmente consegui chegar até as rochas.

LEIS DA TENTAÇÃO

– Sempre.
Eu havia me convencido de que precisava provar a Avett que eu a amo.
E só precisei pular.

CAPÍTULO 19

3 semanas depois...

Peguei a chave que Quaid havia me dado há umas duas semanas e abri a porta de seu *loft*. Na mesma hora, enruguei o nariz e cobri as orelhas, para entrar no que me parecia ser um massacre culinário.

Quando ele me mandou uma mensagem dizendo que se responsabilizaria pelo jantar da noite, que queria cozinhar para mim, fiquei surpresa. A única pessoa que usa aquela cozinha incrível sou eu, além do rapaz do *delivery* que traz pacotes de comida pronta e coloca em cima do balcão. Quaid nunca se sentiu muito à vontade no meio das panelas e frigideiras, mas seu gesto foi carinhoso, e eu sabia que ele estava fazendo isso porque eu andava muito ansiosa nos últimos dias para saber o que o futuro me reservava.

O julgamento de Jared havia sido adiado por causa de todas as novas acusações e as evidências físicas contra Acosta e seus capangas. O advogado dele entrou com um recurso de adiamento enquanto tentava descobrir como ia fazer para argumentar contra as novas acusações de sequestro, tentativa de assassinato, tentativa de incêndio criminoso, obstrução da Justiça e coerção de testemunha que o seu cliente estava enfrentando. Quaid tinha certeza de que o FBI ia entrar na jogada, agora que havia evidências suficientes para pôr Acosta atrás das grades por um bom tempo. Mas, até agora, tudo ainda estava rolando no nível estadual. Ao se dar conta de que estava no nível mais baixo da cadeia alimentar, Jared foi para o outro lado da balança da Justiça, demitiu Tyrell e ainda grita a plenos pulmões com a promotoria. Ele havia perdido a chance de fazer um acordo. Mas, em troca do seu testemunho contra Acosta, a promotoria concordou em transferi-lo para uma prisão mais segura, onde o pessoal do traficante não possa pôr as mãos nele. Quaid acha que meu ex tem esperança de conseguir um acordo com o FBI e ir para o programa de proteção à testemunha, mas me garantiu que isso não ia acontecer. Jared vai para a prisão, e não me sinto nem um pouco mal por isso.

Eu ainda vou ter que testemunhar no julgamento de Jared, quando finalmente acontecer, e agora talvez também seja chamada para comparecer no julgamento de Acosta. Mas não tenho mais medo nem dúvidas com relação a encarar o meu ex ou aqueles homens que me obrigaram a lutar pela minha vida. Quero ver todos eles atrás das grades e quero que a justiça seja feita. Eu já estava mais do que disposta a cooperar e sei que não vou ter que fazer isso sozinha. Os meus pais e Quaid vão estar bem do meu lado quando eu contar a minha história, e isso me dá toda a coragem de que eu preciso.

Fiquei observando, de olhos arregalados, Quaid falar um monte de palavrões, enfiar uma frigideira com um troço preto e fumegante dentro na pia, abrir a torneira e falar palavrão feito um motociclista. Fechei a porta antes que a fumaça daquele negócio que ele havia carbonizado pudesse acionar o alarme de incêndio do prédio inteiro. Ele me lançou um olhar exasperado, subiu no balcão de mármore com uma toalha na mão e começou a abanar o alarme estridente.

– Oi.

– Oi.

A palavra saiu no meio de uma risada, que logo se transformou em um suspiro de admiração quando sua camiseta subiu, porque ele tinha levantado os braços e deixado os músculos da sua barriga tanquinho à mostra. Tenho passado muito tempo à toa com Quaid, já que ele não está trabalhando no momento, e estou me acostumando a vê-lo de *jeans* desbotado e camiseta. Sei que isso não vai durar muito, porque ele já está recusando ofertas de emprego a torto e a direito, de outros escritórios, mas pretendo absorver o máximo desse Quaid mais tranquilo e gentil que eu conseguir. É muito mais fácil tirar um *jeans* e uma camiseta do que um terno de três peças. E, desde que ele pulou atrás de mim e provou, sem sombra de dúvida, que me ama e ama o caos que vem no pacote, não consigo tirar as mãos, a boca e o resto do meu corpo de cima dele. Não estou só comemorando o fato de nós dois termos sobrevivido, consolidando a vida que temos juntos. É o desespero de ter o máximo dele possível, uma necessidade de criar o máximo de lembranças e um desejo de ter o maior número de histórias com ele. Nada nessa vida é garantido, e quero ter a certeza de que o tempo que eu passar com esse homem vai ser bom, e boa parte disso consiste em tirar sua roupa e ficar com ele dentro de mim o maior número de vezes possível.

LEIS DA TENTAÇÃO

E, de quebra, o cara que pulou atrás de mim, por acaso, também é um puta gato e um profissional muito qualificado na cama.

Quando o alarme finalmente se aquietou, abanei a mão na frente do rosto e fui até o balcão. Quaid desceu, me puxou para perto e me deu um beijinho rápido com algumas mordidas. Passou os dedos no pedaço do meu cabelo que precisou ser raspado e estava com uma cicatriz saliente e rosada, na área em que bati a cabeça nas rochas. O outro lado estava preso em uma trança comprida e rosada, que ele puxou ao se afastar dos meus lábios gulosos. Inicialmente, o hospital só tinha raspado uma parte pequena, mas era bem em cima de minha orelha, impossível de esconder. Então, raspei todo esse lado do cabelo e agora estou com um corte superassimétrico e descolado. O rosa voltou, bem forte e vivo, mas Quaid gosta do cabelo como um todo e nem piscou quando viu essas mudanças drásticas.

– Como foram as coisas hoje?

Sua voz tinha um tom de curiosidade, mas também de incentivo. Eu sabia que, se trouxesse más notícias, ele não só estaria lá para me ajudar a enfrentar a situação, mas também me ajudaria a pensar em um plano B. Um dos incríveis benefícios de namorar um homem tão inteligente e esperto quanto Quaid é que ele nunca vê nada como um beco sem saída. Ele só enxerga um beco que está interditado no momento, o que significa que é preciso encontrar uma rota alternativa. Por causa dele, finalmente encontrei minha nova rota, e o beco sem saída onde eu estava presa não existe mais.

– Tudo certo. Minhas notas não são grande coisa, e não vou poder me matricular neste semestre, porque já larguei o curso uma vez. Preciso voltar para a faculdade, tirar as matérias básicas da frente, ter notas boas por um ano e aí vão me aceitar no curso de culinária do Instituto de Artes. Consigo pagar essas aulas, sem problemas, e se eu aceitar a oferta de trabalho no bar novo do Asa, consigo economizar o suficiente durante o ano que vem para pagar, pelo menos, o primeiro semestre do curso de culinária quando me matricular. Quero fazer tudo certinho, e acho que estou no caminho certo.

Dá medo ter planos tão sérios e tão a longo prazo. Nunca fui muito boa aluna, mas quero cozinhar e ser a melhor cozinheira possível. Não quero só provar a mim mesma que posso me comprometer com algo importante para mim, mas também quero provar a meus pais, e até para Quaid, que não vou mais cair. Estou escalando, e eles não precisam ter medo de que eu caia de novo, como caía antes. Ainda posso ver o fundo do poço quando olho para baixo. Mas, depois de tudo o que passei nos últimos meses, sei que esse é um lugar para onde nunca mais quero voltar. Não me sinto mais à vontade nem acho necessário ficar no fundo do poço.

— Me parece um bom plano. Se precisar de alguma coisa, é só chamar que estou aqui.

Ele pôs as mãos nos meus quadris e foi me levando para longe da cozinha enfumaçada, na direção do enorme sofá de couro que ocupa todo o meio da sala.

Segurei em seus ombros quando minha bunda bateu nas costas do sofá e abri as pernas, para ele poder apertar o corpo contra aquele afenda que, juro, foi feita para se encaixar nele e só nele.

— Você pode me ajudar a fazer o trabalho de matemática... pelado.

LEIS DA TENTAÇÃO

Quaid riu e abaixou a cabeça para conseguir roçar os lábios nos meus. Aquela carícia suave me deixou sem ar, e isso logo se transformou em um suspiro, quando ele me jogou ainda mais para trás, até meus pés saírem do chão e eu ter que enroscar as pernas em volta da sua cintura para não cair. Pus as duas mãos nos músculos do seu braço e fiquei olhando, com olhos entreabertos, ele desamarrar meus coturnos. Tirou um e atirou para trás, e a bota caiu no chão fazendo barulho.

– Esse trabalho não vai ser feito se algum de nós estiver pelado. Não consigo nem ferver uma água quando começo a pensar em você na minha cama, debaixo de mim, dizendo meu nome. Quase pus fogo na porra do *loft* tentando fazer uma torrada porque minha mente viajou e só conseguia imaginar você de joelhos na minha frente, com essa sua boquinha em volta do meu pau. Você é a melhor e a pior distração que existe, então a culpa é sua de o jantar ter ido parar no lixo.

Soltei uma risada abafada, e ele pôs as mãos por baixo da cintura da minha *legging* preta e branca. Estava por baixo do vestido xadrez que eu havia colocado para a reunião com os coordenadores do Instituto de Arte. O tecido elástico desceu pela minhas pernas e foi atirado para trás em uma questão de segundos, e a fricção abrasiva da sua calça *jeans* na parte de dentro da minhas coxas, enquanto ele pressionava meu centro de prazer, me fez gemer e roçar o corpo contra aquele volume proeminente que estava marcando presença entre nós.

Levantei as sobrancelhas. Quaid pôs uma mão na minha bunda e, com a outra, começou a abrir, bem devagar, a parte de cima do meu vestido.

— Desculpe pelo jantar.

O humor cáustico do meu tom de voz fez ele dar um sorriso, e a leveza de sua expressão, a felicidade pura e sem filtros que brilhava em seus olhos regularmente, me fez amá-lo ainda mais do que eu já amava. Quaid ter encontrado seu ponto de equilíbrio entre quem ele era e quem achava que devia ser é uma coisa bonita de ver e me inspira a tentar ser melhor à medida que a vida segue.

— Você pode se desculpar se oferecendo como sobremesa.

Ele finalmente havia conseguido abrir todos os botões e empurrar o tecido para o lado, e fiquei sentada na sua frente só de calcinha vermelho-escura e sutiã combinando.

Quaid enfiou o dedo por baixo da minha calcinha de renda e segurei um suspiro quando ele roçou delicadamente minhas dobrinhas externas.

— Você está me chamando de sobremesa porque eu tenho cara de doce?

Minhas palavras saíram meio ríspidas, porque o dedo dele havia encontrado aquela abertura úmida que nunca deixa de tremer e vibrar por ele.

— Você é uma sobremesa porque você é doce, Avett, muito doce... E vai continuar sendo doce com ou sem cabelo cor de algodão doce.

Essa fez meu coração derreter, e meu corpo ficou todo relaxado em volta do seu dedo inquisidor. Fui puxá-lo mais para perto, para enchê-lo de beijos por ser tão doce. Mas, em vez disso, soltei um gritinho porque, de repente, Quaid arrancou a minha calcinha, ficou de joelhos na minha frente, abriu minhas pernas e as colocou em cima dos seus ombros largos. Precisei me segurar em seu cabelo loiro e grosso para me equilibrar, porque ele abriu ainda mais as minhas pernas e deu um beijo chupado na parte de dentro da minha coxa. Minha pele se arrepiou de desejo. Quaid espremeu os olhos e abriu as narinas ao ver que meu sexo começava a brilhar de tesão.

Ele estava com a barba por fazer, e o roçar daquela pele áspera contra as minhas partes mais sensíveis me fez retorcer os dedos dos pés. Fiquei com água na boca enquanto ele passava a ponta da língua na minha pele.

Involuntariamente, levei os quadris na direção do seu rosto e gritei, porque quase caí para trás no sofá. Quaid grunhiu, porque puxei seu cabelo para não cair, e me olhou com uma expressão divertida e cheia de desejo naqueles olhos claros.

– Cuidado.

– Não posso me responsabilizar por minhas ações quando a sua boca fica tão perto da minha vagina.

Me obriguei a soltar seu cabelo, mas meu corpo inteiro ficou tenso quando o som de sua risadinha acertou os nervos à mostra e desejosos bem no coração do meu corpo.

Quaid segurou meu quadril com as duas mãos e me puxou mais para perto da sua boca. Murmurei seu nome quando ele pôs a língua para fora e lambeu minha fenda de cima a baixo, fazendo minha pele se arrepiar toda de desejo. Sem perceber, abri ainda mais as pernas e arqueei o corpo na direção da carícia furtiva da sua boca. Sua barba arranhava minha pele, e ele mandou ver, me devorando como se eu fosse mesmo a sobremesa mais doce que ele já havia comido.

A ponta do seu nariz se arrastava por minhas dobrinhas e roçava em meu clitóris. Isso me fez sacudir o corpo, e Quaid apertou ainda mais meus quadris para eu continuar de pé.

Ele deu risada de novo, e a vibração da sua boca me deu vontade de sussurrar seu nome e fechar os olhos, porque o prazer se enroscou em cada terminação nervosa e em cada célula do meu corpo. Ele enfiou a língua no meu vale sensível e depois brincou com meu clitóris, fazendo movimentos circulares. Em seguida, seus dentes ásperos roçaram naquele botãozinho sensível, e joguei a cabeça para trás, gemendo alto.

Ele gritou, pedindo para eu me segurar no sofá, para que pudesse soltar uma das mãos. E, quando percebi, seus dedos estavam dentro de mim enquanto sua boca gulosa subia e descia por aquele feixe de nervos inchados que pulsavam e latejavam a cada carícia. Dobrei e arqueei o corpo, e minhas pernas começaram a se sacudir sem parar perto de seus ouvidos, enquanto o som escorregadio de sexo e prazer tomava conta do ambiente. Ele não tinha nenhum problema em fazer meu corpo reagir das formas mais deliciosas e, óbvio, eu nunca escondia como ficava excitada nem como queria que ele caísse de boca em mim.

Minha coluna se enrijeceu, e meu corpo inteiro estremeceu de desejo. Fiquei me mexendo contra seus dedos, que entravam e saíam de mim, e roçando meu centro desesperado de prazer contra sua boca, que me mordia e me chupava. Tirei a mão de seu cabelo sedoso e pus em seu rosto áspero. Tremi ao sentir que suas bochechas ficaram ocas, porque ele estava chupando meu clitóris ultrassensibilizado até prendê-lo com os dentes e dar uma mordida habilidosa.

LEIS DA TENTAÇÃO

– Quaid...

Murmurei seu nome e levantei os quadris, porque ele havia enfiado mais um dedo. Choraminguei quando senti minha própria umidade escorrer por minha perna. Ele fingiu que não me ouviu ou, se ouviu, me ignorou. Então bati o dedo em seu rosto e falei, bem mais alto:

– Dennis, me dá um minutinho.

Ao ouvir seu nome de batismo, a cabeça de Quaid foi para trás, e tive vontade de gemer ao ver aquele rostinho lindo corado, molhado e brilhoso por causa daquelas coisas incríveis que ele havia feito comigo. Ele franziu a testa, e suas sobrancelhas formaram um "V" por cima de seus olhos azuis. Sai de cima do sofá e fiquei de joelhos de frente para ele, que se levantou. Passei a mão nos contornos delicados e firmes do seu abdômen. Subi até aquele seu peito esculpido e aquela tatuagem maravilhosa ficarem à vista. Ele tirou a camiseta e deu um passo na minha direção, e eu segurei a cintura da sua calça, abri o botão e passei o dedo na ponta de seu pau, que saía por cima da cueca escura.

– Sobremesa é uma coisa que a gente divide. Você deu uma primeira mordida, e agora eu quero dar a minha.

Eu estava salivando de vontade de cair de boca naquele homem desde que ele havia me dito que por causa da minha imagem de joelhos diante dele o jantar havia sido perdido. Receber o prazer que Quaid tem para dar é incrível, mas dar quando ele precisa receber tem seu próprio poder inebriante, sua própria emoção especial. Gosto de conseguir deixá-lo com as pernas bambas e morrendo de tesão assim como ele sempre faz comigo.

Puxei a força a calça *jeans* para baixo, tirando a cueca junto, para ter livre acesso a seu pau comprido e grosso, que pulou para mim, pronto para receber qualquer coisa que passasse por minha cabeça. Sorri para Quaid e passei minhas unhas curtas no tufo de pelos loiro mais escuro que formava uma trilha feliz até seu membro. Esse homem é todo tão dourado e glorioso que, com certeza, nunca vou ficar sem maneiras novas de tocá-lo e me deliciar. Ficar com ele sempre foi a melhor escolha que eu poderia ter feito, e o fato de isso ter dado tão certo torna as coisas entre nós ainda melhores do que já estavam.

Abaixei a cabeça e passei a língua em seu membro rígido da base até a ponta, fazendo uma pausa ao chegar na cabecinha molhada, me demorando mais naquele ponto, para saborear seu gosto e seu desejo. Quaid grunhiu e pôs uma das mãos em cima da minha cabeça, enquanto eu subia e descia com a boca e, com a mão, fazia movimentos circulares na base de seu pau. Ele deslizou a outra mão por minha coluna e parou no meio das minhas costas. Me apoiei no sofá para conseguir engolir o máximo que consegui, por causa das suas orientações insistentes.

Dava pra ouvir o ritmo de sua respiração mudando à medida que eu apertava mais e chupava cada vez mais forte. Senti suas unhas arranhando a minha pele, vi suas coxas musculosas se apertarem e gemi de admiração por toda aquela glória viril, sem tirar a boca daquela carne rígida que percorria minha língua como se fosse uma atração de parque de diversões. Fiquei com dificuldade de respirar quando ele começou a se movimentar contra meu rosto, mas não reclamei. Gosto quando ele fica descontrolado, louco de tesão, perdido no seu próprio prazer e tomando à força. Enquanto for eu que estiver dando o que ele quer, aquele homem pode ser egoísta e guloso o quanto quiser.

Mas aquele era Quaid. Aquele era o homem que me ama e assumiu a missão de trazer as coisas boas de volta para minha vida. Então, bem na hora em que eu tive certeza de que ele ia gozar na minha boca, tremendo e gritando, fiquei chupando ar, porque ele tirou o pau molhado e brilhante da minha boca, soltando um palavrão bem alto e desesperado.

Antes que eu pudesse perguntar o que Quaid estava fazendo, ele passou as mãos por baixo dos meus braços e pôs em cima do sofá e me virou de costas para ele. Então dobrou meu corpo e falou para eu me segurar no sofá. O fecho do meu sutiã se abriu, e meus peitos caíram em suas mãos, ele foi para trás de mim, com o coração encostado na minha coluna. Com os pés, abriu mais as minhas pernas, e senti o toque de aço da sua ereção deslizar por minhas dobrinhas encharcadas, enquanto ele remexia os quadris atrás de mim.

Então ele encostou os lábios em minha nuca, e seus dedos habilidosos puxavam e acariciavam meus mamilos ávidos.

– Que tal a gente ser a sobremesa um do outro?

Seu hálito quente fez os cabelinhos soltos da minha trança voarem e meu corpo inteiro tremer.

Balancei a cabeça, sem forças, e pus a mão em cima da sua, que continuou me apalpando de um modo ao mesmo tempo delicado e rústico.

– Me parece um bom plano.

Ele riu por eu ter repetido as suas palavras, mas nós dois não conseguimos mais fazer nenhum som além de gemidos e suspiros quando a ponta do seu pau encostou na minha entrada que suplicava para ser invadida. Levantei os quadris de leve para ajudá-la entrar, e, assim que acertamos a posição, ele meteu fundo e senti o calor e a força do seu corpo dominando cada centímetro do meu.

Quaid se afastou e meteu com mais força, o que me fez bater os dentes na boca e ficar na ponta dos pés, para que mais dele coubesse dentro de mim. Meu canal vibrava em volta da sua ereção, e meu corpo o puxava, pedindo mais, implorando para ele ir mais fundo, mais além. E, como ele é executivo, sabe o que eu quero sem eu precisar pedir.

Quaid pôs as mãos em minhas costas e dobrou mais meu corpo. Minha bunda ficou no ar, e minhas mãos, nas almofadas do sofá. Não era uma posição muito confortável, mas ele estava tão fundo, metendo com tanta força e loucura, que se eu estivesse dobrada ao meio não teria me importado. E, quando ele enroscou minha trança em sua mão e puxou minha cabeça, ordenando que eu olhasse para ele enquanto me comia, tive certeza de que ia explodir ali mesmo. O som dos nossos quadris se batendo, o ruído escorregadio do seu corpo metendo e esfregando no meu, estava deixando o ponto onde ele estava me empalando com seu pau incansável ardente e pulsante. E, ao ver seu peito tatuado ofegando, brilhando de suor, enquanto ele levava nós dois a um nível de prazer incoerente, tão animalesco e sensual, precisei fechar os olhos para não perder a cabeça só de ver o que ele estava fazendo. Amo tudo o que há em Quaid e todos os homens diferentes que moram dentro

LEIS DA TENTAÇÃO

daquele corpo maravilhoso, mas essa versão é, sem dúvida, a minha preferida. Quando ele me come de um jeito primitivo, indomado, quando me usa e toma posse de mim, as sensações que desperta ... é aí que ele é mais autêntico e sincero. Quaid sabe o que quer e sabe como conseguir. Também sabe o que eu quero e sabe que é o único homem capaz de me proporcionar isso, o que torna o sexo com ele uma experiência memorável e excitante, sempre.

    A mão que não estava enrolada na minha trança desceu por meu quadril, deslizou pela curva da minha bunda, muito habilidosa, se afundou e brincou com aquele vale escuro que eu ainda preciso permitir que ele explore. Quaid gosta de brincar e gosta de explorar cada centímetro do meu corpo, mas ainda não cheguei no mesmo nível, e ele nunca me obriga a fazer algo que não me deixa à vontade. O que não significa que não me tente nem me provoque com carícias eróticas e perigosas, que dão uma ideia do prazer e da surpresa que estão me esperando quando eu ceder e me entregar às suas mãos muito habilidosas. Ele escorregou a mão até a frente do meu corpo, no ponto em que eu estava encostada no sofá. Eu sabia quais eram as suas intenções. Segurei a respiração e me soltei devagar ao primeiro toque dos seus dedos no meu clitóris. Tudo girou e rodopiou em um vórtice de sexo e prazer, porque o meu orgasmo chegou com a força de uma enxurrada, e não pude deixar de gritar. Apertei as almofadas do sofá e deixei minha cabeça cair para a frente quando ele finalmente soltou meu cabelo e pôs as mãos nos meus quadris, metendo em mim com força, de um jeito frenético, procurando seu próprio clímax.

    Sua respiração estava ofegante e farfalhava pela névoa de

satisfação que tomou conta de mim. Ele murmurou meu nome, e foi o som mais doce que já ouvi. Então me equilibrei e levantei um dos joelhos, para ele conseguir entrar ainda mais fundo e chegar ainda mais perto do seu próprio clímax. Quaid gritou algo sujo e *sexy*, porque a nova posição me abriu ainda mais para ele, e não demorou muito para eu sentir seu corpo ficar rígido por cima do meu e sentir o calor e a fluidez do seu orgasmo me preenchendo, seu pau vibrando, e seus movimentos chegarem ao fim.

Ficamos assim por um instante, enquanto ele recuperava o fôlego, e eu flutuava dentro de uma bolha feliz, de satisfação e amor lânguido. Murmurei um protesto baixinho, porque seus braços fortes de repente se enrolaram na minha cintura e me puxaram para cima, me apertando contra seu corpo. Aquela tatuagem de águia ficou tão perto que, juro, dava para sentir cada pena daquelas asas enormes. Quaid me abraçou forte, pôs os lábios em minha cabeça e sussurrou:

— Agora você parece mesmo uma sobremesa, com esse cabelo rosa todo bagunçado coberto de creme. Se alguém além de mim achar que pode provar, vou ter que matar essa pessoa.

Ri de suas palavras grosseiras e levantei os braços, para poder segurar aquelas mãos que me apertavam tanto.

— Você manda muito mal no jantar, mas dá conta da sobremesa, figurão.

Ele me deu mais um beijo no alto da cabeça com um suspiro, já que nós dois estávamos cobertos da cabeça aos pés de amor e de sexo.

— Ô, Quaid...

Minha voz estava tão melosa quanto meu coração.

LEIS DA TENTAÇÃO

– Que foi?
– Você é a *melhor* escolha que eu já fiz e, de longe, a história que eu mais gosto de contar.

Ele me soltou, saiu de dentro de mim e me virou de frente para ele. Segurou meu rosto com as duas mãos e abaixou a cabeça até sua boca tocar a minha, dando o beijo mais leve que ele poderia me dar sem deixar de ser um beijo.

– Você é a melhor escolha que eu já fiz e ponto, Avett. Nossa história está apenas começando, então espero que você queira contá-la por muitos e muitos anos.

Dei risada e o puxei para dar um beijo de verdade e só conseguia pensar que, claro, meu pai tinha razão a respeito de tudo.

Péssimas escolhas rendem, sim, ótimas histórias. No meu caso, uma grande história de amor. Eu faria cada escolha de merda da minha vida e cometeria cada erro bobo de novo se fosse para terminar exatamente onde estou. Cada erro faz parte de mim, faz parte da minha história. Sem todos eles, eu não estaria começando minha própria história com final feliz com esses olhos perfeitos, de um azul acinzentado, cor de tempestade.

EPÍLOGO
Quaid

24 de dezembro...

AQUELA MULHER ERA TUDO O QUE EU QUERIA E MUITO MAIS. Seus olhos multicoloridos brilhavam para mim, bem humorados e sugestivos, enquanto eu apoiava uma das mãos na parede e, com a outra, roçava o dedão no seu mamilo aveludado. Quando Avett me disse que tinha um presente de Natal para mim, achei que ia ser uma gravata nova, agora que voltei a trabalhar, ou algum doce caseiro que ela faz, agora que tomou conta da minha cozinha assim como tomou posse do meu coração.

O que eu não esperava é que Avett me levasse até a nossa cama, fizesse um *strip tease* e dissesse que queria me dar de presente de Natal minha maior fantasia sexual. Minha namorada sempre foi aberta e generosa na cama, mas eu tinha consciência de que ainda não estava preparada para algumas coisas que eu queria dela, queria fazer com ela. Então, quando deitou de costas, com aqueles peitos espetaculares brilhando de óleo de massagem e esperando por mim, tive quase certeza de que tinha morrido e ido para o paraíso do sexo.

LEIS DA TENTAÇÃO

Como nunca vou conseguir pegar sem primeiro dar para ela tudo o que tenho, antes de me aproveitar do presente que ela estava me dando, beijei seu corpo, fazendo questão de passar muito tempo saboreando seu ponto, que estava molhadinho e excitado. Avett parece uma bala bonita, tão colorida, e com uma casca tão dura porque precisa proteger seu interior macio, mas com gosto de sonhos e de promessas. Não existe uma definição para seu gosto quando ela se abre e fica molhadinha na minha língua. Mas, toda vez que faz isso, juro que fica melhor do que a última vez que aprovei.

Passei a ponta da língua em seu umbigo delicado e, com os dedos, belisquei e puxei seu clitóris, subindo por seu corpo delicioso bem devagar. Quando cheguei ao vale entre seus peitos reluzentes, dei uma risadinha e sussurrei, com os lábios encostados em sua pele escorregadia:

– Algodão doce.

– Seu doce preferido.

Sua voz estava rouca, falhando de tesão e desejo. Avett remexeu as pernas embaixo de mim, e subia e descia os quadris a cada vez que eu metia e tirava meus dedos dela.

Eu me abaixei para poder mordiscar seu mamilo com gosto de algodão doce e falei:

– Você é minha preferida.

Avett murmurou, feliz, e enroscou os dedos em meu cabelo quando comecei a movimentar meu dedão em círculos no seu clitóris. Meu pau nunca esteve tão duro, e não resisti à tentação de fechar a mão em volta dele, estimulando a ela e a mim ao mesmo tempo, quase até chegar ao clímax. Avett pôs a língua para fora, passou no lábio inferior, e eu já era. Sabendo que não ia conseguir me segurar por muito mais tempo, subi o que faltava e engoli uma enxurrada de palavrões quando ela apertou seus peitos macios em volta do meu pau. Seus seios fartos, com aquelas mamilos lascivos e duros envolvendo minha ereção, de um jeito que eu conseguia vê-la e ver a cabeça do meu membro, era ainda melhor do que a minha fantasia.

    Naquela posição, Avett não conseguia pôr a boca em volta da cabeça, que vazava de prazer, enquanto eu balançava os quadris com cuidado em seu peito, para não esmagar seu corpinho com o meu peso nem com minha reação possessiva àquela sensação tão gostosa que ela estava despertando. Minhas bolas se arrastaram por sua pele escorregadia, e meu pau pulsou, preso na melhor armadilha de todos os tempos. Avett não conseguia pôr a cabeça na boca, mas, cada vez que eu empurrava a pontinha na direção dela, conseguia passar a língua. E, cada vez que limpava a evidência de como aquela sensação era boa, outra gotinha aparecia no lugar. Avett aprisionava meu prazer com sua língua úmida, e eu meti em seus peitos com um pau que parecia de pedra. Nunca fiquei tão duro, a ponto de doer, mas é só deixar esse furacãozinho me levar para algum lugar onde eu nunca estive que fico tão desorientado e tão feliz que mal consigo aguentar.

    Senti o desejo se acumular na base da minha coluna e senti minhas bolas começarem a doer de um jeito que me avisou que eu não ia demorar muito para aqueles peitos rosados e bem apalpados serem cobertos por algo mais do que o óleo com gosto de algodão doce.

    Na minha cabeça, marcar Avett e possuí-la de todas as maneiras possíveis e sensuais tem a ver com a necessidade que eu tenho de tê-la todinha para mim. A realização daquela fantasia não era nada comparado a estar dentro dela, no seu calor apertadinho. Em nenhum outro lugar me sinto tão perto do homem que devo ser, o homem que merece essa mulher e toda a loucura e a doçura que tem a oferecer quando estou metendo em Avett até o fundo. Quando meu coração encosta no dela e quando ela me respira, quando eu solto o ar e o amor que sinto por ela, é a coisa mais sensual que pode acontecer entre nós.

Então, apesar de eu estar a poucos segundos de gozar por cima de todo o seu corpo, me afastei da parede e desci, dando um beijinho na sua boquinha surpresa, fazendo uma flexão apoiado em um braço só e alinhando a minha ereção furiosa com a sua abertura. Pude ver confusão refletida em seus olhos, logo substituída por paixão, quando entrei nela com um suspiro de prazer. Seu corpo me recebeu vibrando os músculos e pulsando graciosamente.

– Nada é melhor do que você, Avett.

Minha namorada suspirou e entrelaçou os braços nos meus ombros, e me abaixei para cobrir seu corpo completamente. Avett enroscou as pernas no meu quadril e cutucou minha bunda com o calcanhar, sussurrando em meu ouvido:

– Você também.

Essa mulher não é só a melhor, é a mulher certa para mim. O jeito como ela se mexe contra o meu corpo, o jeito como reage a mim, o jeito como dá e recebe com a mesma paixão, o jeito como diz meu nome, o jeito como goza para mim... com loucura e doçura... todas as vezes... Avett nunca se reprime e, sempre que a levo para a cama, encontro algo novo para amar. Dessa vez, foi o jeitinho como ela mudou de posição embaixo de mim e me pediu para rolar na cama com ela, para podermos trocar de lugar, e ela me comer.

Obedeci, e na mesma hora pus as mãos em seus peitos. Aquela carne macia ainda estava reluzente e escorregadia por causa do óleo, e Avett gemeu de prazer porque seus mamilos escorregavam, entrando e saindo do meio dos meus dedos enquanto eu tentava segurá-los, com ela subindo e descendo vigorosamente o corpo por meu pau. Adoro ficar olhando Avett por cima de mim. Não consigo tirar os olhos do ponto em que ficamos conectados, o jeito como seu corpo me puxa, me agarra e me solta, e nós dois ficamos brilhando de sexo e de paixão.

Quando Avett enfiou os dedos no meio das pernas e começou a estimular seu clitóris e a balançar ainda mais rápido em cima de mim, eu sabia que minha namorada estava quase lá. Soltei seus peitos e puxei sua cabeça para beijar sua boca, e ela ficou imóvel e gemeu de prazer. Avett sempre goza de um jeito bonito, mas quando está em cima de mim dá para ver todo o seu corpo ficar corado e rosado. Eu consigo ver seus olhos de cor inusitada girarem, formarem um padrão *tie-dye* de prazer e satisfação. Isso faz meu próprio orgasmo ser mais rápido, ver seu sexo tremer de um jeito tão bonito e delicado em volta do meu desejo, que é muito mais agressivo.

Mergulhei na sua entrada úmida, e ela plantou as duas mãos no meu peito e enfrentou o resto da tempestade comigo. Só precisei de mais alguns movimentos e Avett me dizer que me ama para chegar ao clímax. Quando cheguei, ela caiu em cima de mim e ficou acariciando de leve uma das asas da minha águia. Juro que fico tão excitado com essa mulher que as penas se mexem quando são tocadas por ela.

– O melhor presente que já ganhei.

Virei a cabeça para beijar sua bochecha, mas acabei beijando seu nariz, porque ela levantou o rosto para me olhar, com olhos arregalados.

– Tenho mais uma coisinha. Quando eu recuperar os movimentos de tudo que está abaixo da minha vagina, vou buscar.

Enrosquei sua trança comprida e colorida na minha mão e a puxei, para lhe dar mais um beijo.

– Eu te falei que a gente não precisava se dar presentes. Você dorme na minha cama todas as noites, e é só isso que eu quero. É só isso que eu vou querer para sempre.

Convidei Avett para morar comigo há pouco mais de um mês, e ela não quis. Recusou. Disse que ainda estava tentando acertar as coisas sem precisar pensar e que queria melhorar o seu relacionamento com a mãe. Além disso, Brite ainda não havia se recuperado totalmente por quase a ter perdido, ou seja, o motoqueiro barbudo ainda não estava preparado para abrir mão de sua filhinha. Eu lhe dei uma chave do meu apartamento e falei que ela sempre seria bem-vinda, e, por sorte, Avett passa mais noites comigo do que sem mim. Mas, pelo jeito, há uns dois dias, chegou em casa mais cedo, depois de uma reunião com a promotoria, e encontrou o pai e a mãe em uma situação bem comprometedora, em cima da mesa da cozinha.

Avett deu risada e falou para os dois que ficava feliz porque eles não conseguiam tirar a mão um do outro. Mas esse flagra finalmente a convenceu a vir morar comigo, ou seja, pude colocá-la em uma posição comprometedora em cima da mesa da *nossa* cozinha... duas vezes.

Ela se soltou, e nós dois gememos quando nossos corpos se separaram. Avett estava brilhando dos pés à cabeça, coberta por todo tipo de sexo e coisas divertidas, e eu só queria abraçá-la e puxá-la de volta para a cama, embaixo de mim.

A menina levantou as mãos e tentou, sem sucesso, desgrudar o cabelo do peito cheio de óleo e fez careta quando lambi os lábios.

— Esses *lofts* não têm muitas opção de esconderijo. Ainda bem que você não chegou nem perto da cozinha desde aquele jantar desastroso.

Avett foi até a geladeira e fiquei vendo ela rebolar e tremer, e a sua bunda nua animou meu pau cansado. Então fez um ruidinho triunfante e voltou para a cama com uma coisa grande embrulhada em papel marrom, que quase a tapava. Aí soltou o embrulho em cima do colchão e empurrou na minha direção, com um sorrisinho malicioso.

— Feliz Natal, Quaid.

Segurei a ponta do embrulho gigante e comecei a tirar a fita adesiva com cuidado. Avett ficou me observando de olhos arregalados e, quanto mais eu demorava para desembrulhar o presente, mais impaciente ela ficava. Quando terminei de tirar a fita de um lado, já estava de braços cruzados em cima dos peitos nus e batendo o pé no chão. Aquela cara de brava não funcionava com ela pelada, mas não falei nada. Em vez disso, segurei o lado que eu havia soltado e rasguei o resto do papel com um movimento rápido.

Pisquei e não consegui mais respirar quando a imagem que

me esperava naquela tela enorme foi revelada. O colchão afundou de leve, porque Avett sentou e veio para o meu lado outra vez. Então esticou a mão e tocou a águia tatuada em meu peito, enquanto eu passava o dedo no contorno de uma imagem idêntica, pintada no quadro que eu segurava.

— Lembra que eu te falei que conheço o rapaz que fez sua tatuagem? Bom, ele e o sócio expandiram os negócios e estão fazendo um monte de coisas. Por exemplo, obras de arte por encomenda. Achei que você podia pendurar na sua sala nova. Assim, o Quaid selvagem pode ficar por perto mesmo quando você tiver que ser o Quaid civilizado.

Eu não conseguia tirar os olhos do quadro e não conseguia fazer meu coração parar de bater no ritmo do nome dela. Nunca ninguém fez algo tão atencioso nem tão pessoal para mim. Ninguém me entende como Avett, o que só prova que ela é a mulher certa para mim.

Avett rasgou mais o papel, e eu sussurrei:

— São as minhas montanhas.

Ela balançou a cabeça e puxou as pontas do cabelo.

— Queria que você pudesse estar no seu lugar preferido mesmo quando tiver um péssimo dia.

Soltei um longo suspiro e pus o quadro ao lado da cama, para poder puxar Avett mais para perto de mim. Eu a coloquei no colo, de frente para mim, e encostei a testa no meio do seu peito. Ela tinha um perfume doce e lascivo. Tive vontade de cair de boca naquela mulher de novo, mas foi o bater regular e confiante do seu coração que me fez dizer:

— Essas montanhas eram o meu lugar preferido. Agora meu lugar preferido é qualquer um onde você esteja.

Avett soltou um gemido satisfeito e coçou as laterais da minha cabeça.

— Acho que você não vai ter muitos dias péssimos, agora que virou autônomo.

Em vez de aceitar alguma das inúmeras ofertas que vieram voando na minha direção quando saí do escritório, resolvi que já havia trabalhado muito para os outros, pelos motivos errados e por tempo demais. A única pessoa que quero impressionar, a quem quero provar meu valor, estava enroscada em mim, e tenho certeza de que nada do que eu possa fazer pode diminuir o amor que Avett sente por mim. Por isso, resolvi que estava na hora de pular de novo e ter meu próprio escritório. Já tenho mais clientes e mais pedidos de reunião do que preciso, e olha que nem voltei oficialmente a trabalhar: só faço isso no começo do ano. Pretendo ser mais seletivo e escolher melhor as pessoas a quem dedico meu tempo e meus conhecimentos da lei. Ainda acredito que todo mundo merece ter a melhor defesa possível, mas agora quero fazer isso pelas pessoas que realmente precisam. Não vou mais tirar gente ruim de trás das grades só porque abanam um monte de dinheiro na minha cara e seus nomes aparecem na imprensa.

Quero ter um tempo para me acostumar com essa vida sem a cortina de fumaça e quero ter mais tempo para ficar com Avett antes de ela começar a faculdade e ir trabalhar com Asa. Estou sendo egoísta com o meu tempo e o meu talento. Mas, pelo menos, sei que estou fazendo isso por algo importante, alvo de valor incalculável.

LEIS DA TENTAÇÃO

– Eu também comprei um presentinho de Natal para você, mas era muito grande para esconder aqui no apartamento.

Ela foi para trás e me olhou com as sobrancelhas levantadas e fazendo aquele biquinho ao qual não consigo resistir.

– Falei que não era para você gastar dinheiro comigo, Quaid. Acho bom você não ter comprado um carro ou alguma outra coisa que vá me obrigar a brigar com você no primeiro Natal que passamos juntos.

Sacudi a cabeça contra a sua pele macia e dei uma risadinha. Meu furacão é cheio de fúria e de independência, algo que ela nunca me deixa esquecer. Posso amá-la e apoiá-la, mas Avett não me deixa sustentá-la nem comprar coisas para ela. A menina insiste que isso faz parte dos termos e um relacionamento saudável. Há vezes em que tenho vontade de mimá-la, só porque ela não dá a menor importância para coisas materiais, mas aí Avett me lembra deque eu lhe dei meu coração, o meu verdadeiro eu, e que isso vale muito mais do que qualquer bugiganga que, com certeza, ela vai perder ou quebrar.

– Não é um carro... não exatamente. Vamos tomar banho que eu te levo para o bar, para você dar uma olhada, e depois vamos jantar na casa dos seus pais.

Avett ainda espremia os olhos para mim, mas não soltou nenhum pio quando a peguei no colo e fui na direção do banheiro. Se íamos tomar banho juntos, queria dizer que íamos nos sujar bastante antes de ficarmos limpinhos. Ainda bem que os pais dela não iam se importar se atrasássemos um pouco.

Passar a noite de Natal na casa de Brite e Darcy era o tipo de festa que me deixa animado. Estou ansioso para conviver com a família e o pequeno grupo de amigos, que só queriam desfrutar da companhia um do outro, e não disputar quem tinha a companheira mais apropriada ou dava o melhor presente para o chefe, para ganhar pontos e elogios. Ser acolhido e fazer parte do círculo social de Brite Walker é uma experiência profunda e saber que aquele homem robusto não só me aprova, mas aprova que eu fique com a sua filha, é o maior elogio que eu poderia receber. Finalmente sinto que estou aproveitando todo o potencial que há tempos eu buscava. Isso não tem nada ver com coisas materiais e tudo a ver com uma certa menina especial que entrou na minha vida como um ciclone.

Ficar com Avett e a família dela até me inspirou a tentar entrar em contato com a minha própria família. Mandei um cartão de Natal a meus pais, com uma foto das minhas montanhas, e falei que não ligo de ter que ir até o Alasca para vê-los. Nem sei se eles recebem correspondência lá naquele lago gelado ou se estão interessados em me ver, depois de tanto tempo e tanta discórdia e ressentimento, mas tentei e acho que isso vale alguma coisa.

Depois de um banho bem cheio de vapor, que não teve nada a ver com a temperatura da água, e sim com minha tentativa de lamber todo aquele óleo sabor algodão doce do corpo de Avett, a gente se arrumou, pegou os presentes que ela comprou para os pais – um conjunto de facas novo para Darcy e uma foto dela sentada em cima de uma Harley, usando fralda, com Brite a segurando em cima da moto gigante, com um sorriso mais brilhante do que o Sol naquele rosto barbudo. A foto estava amarelada e meio queimada nos cantos, mas mal dava para notar por que Avett colocou em um porta-retrato de prata parecendo ter sido feito de aros de moto. Avett chorou quando Zeb ligou e falou que havia encontrado uma caixa de fotos em um dos armários da casa destruída. Como a caixa estava debaixo do que restou de uma jaqueta de couro, os danos foram mínimos, mas o efeito de algo tão simples na minha namorada foi profundo.

A gente se vestiu e se encapotou para se proteger do frio do inverno que tornava o ar do mês de dezembro espesso. Na noite anterior, havia nevado, deixando uma leve cobertura no chão, que fez barulho quando pisamos nela, ao sair da picape, depois de eu parar atrás do bar. Avett se aninhou ao meu lado e ficou esfregando as mãos, porque estava sem luvas, enquanto eu a levava até um grande veículo de metal que ocupava boa parte dos fundos do estacionamento.

– É um caminhão de sorvete? – perguntou, espantada. – Porque Rome parou um caminhão de sorvete aqui no meio do inverno?

Eu apertei seu corpo e desenhei um coração com o dedo indicador no gelo que havia se acumulado na lateral do enorme veículo.

– Não é um caminhão de sorvete, é um *food truck*, e é todo seu.

Virei de frente para Avett, e dei risada porque ela estava de olhos arregalados e queixo caído.

– Feliz Natal, Avett.

Ela se virou para trás, olhou para o caminhão e depois para mim, e a supresa e a perplexidade eram visíveis em cada contorno do seu corpo miúdo.

– O que foi que você fez, Quaid?

Avett estava quase sem voz, de tão abismada. Então se afastou de mim e foi até o caminhão gigante. Desenhou um coração ao lado do que eu havia feito e passou os dedos pelo gelo como se estivesse acariciando a lateral daquele veículo monstruoso.

— Não fui só eu, na verdade. Não posso dizer que fui eu que tive a ideia. Isso foi tudo coisa de Asa. Quando falei que queria te dar uma coisa que você tivesse para sempre, não importa o que acontecer entre nós dois, não importa as escolhas que você faça no futuro, foi ele quem deu a ideia de te dar um espaço onde você pudesse cozinhar — passei a mão na nuca, envergonhado, e olhei para aquele tapete branco imaculado debaixo dos meus pés. — Eu posso ter sugerido comprar um restaurante, e logo me apontaram que isso seria ridículo e muito pouco realista, sem falar que você ia ficar muito pouco à vontade. Mas Asa falou do *food truck*, e seu pai e Rome resolveram contribuir na mesma hora. É um presente de todos nós, Avett. A gente quis te dar o futuro que você quer ter de Natal porque acredita em você e ama a mulher talentosa e apaixonada que você é.

Ela se virou e se atirou em cima de mim, e eu tropecei porque o chão estava escorregadio. Foi difícil segurar nós dois em pé, porque Avett quase me estrangulou com um abraço.

— Não acredito que vocês fizeram isso. Nem comecei a faculdade ainda. Não sei nem o que dizer.

Eu lhe dei um beijo porque Avett estava feliz e porque ela não saiu falando que não merecia uma coisa daquelas. Muita coisa aconteceu desde o dia em que aquela menina se sentou na minha frente, vestida com um macacão alaranjado de presidiária, com cara de que tudo o que acontecia de mal no mundo era culpa dela, era uma cruz que ela tinha que carregar. Eu a beijei porque ela é minha e porque isso me faz feliz.

– Aí é que está... o caminhão é seu, e você pode fazer o que quiser com ele. Pode guardá-lo até terminar a faculdade, pode trabalhar nele no fim de semana, quando resolver o que quer fazer, pode contratar alguém para trabalhar para você ou pode até vender o troço e investir o dinheiro nos seus estudos. As opções são incontáveis, e é você que vai escolher.

Ela enterrou o rosto na lateral do meu pescoço, e eu tremi, porque seu nariz gelado ficou roçando atrás da minha orelha.

– Você acredita que vou fazer a escolha certa?

Havia riso misturado à sua voz, e um brilho encantador em seus olhos quando ela se afastou e sorriu para mim.

Segurei seu rosto com as duas mãos e a beijei de novo.

– Certas ou erradas, pense só nas histórias que você terá para contar depois de escolher.

Eu mal posso esperar para fazer parte de cada uma delas. Essa mulher é o começo, o meio e o fim da melhor história de que eu já tive a sorte de participar. Ela sempre rende tramas interessantes e viradas dramáticas. Seja qual for a história que estivermos vivendo, nunca será chata nem previsível, e não quero chegar ao clímax com mais ninguém. Esse trocadilho bobo fez meus lábios se retorcerem, quando ela roçou os dela de leve nos meus, sussurrando um "obrigada".

Desde que a minha história e a história dela terminem do mesmo jeito, no mesmo lugar, com nós dois juntos, não me importo com as escolhas que teremos de fazer no caminho, péssimas ou ótimas, porque tenho a certeza de que faremos todas as escolhas importantes juntos.

NOTA DA AUTORA

Estava lendo a introdução que Joanna Wylde coloca antes de todos os seus livros da série *Reapers MC*, depois de devorar o último deles (sou obcecada pelas palavras dessa mulher, gente! Ela é muito, mas muito boa!). Essa autora diz que nunca deixa a realidade atrapalhar a história, e meio que amei ela ter dito isso sem meias palavras, porque é assim que penso.

Como Quaid é advogado, há muito do jargão legal, dos tribunais, espalhado por este livro. Fiz questão de ser o mais exata possível, mas houve algumas partes e passagens de tempo que manipulei para caberem nos limites desta história. O sistema legal de verdade é muito mais lento, tem muito mais instâncias... tenho consciência disso... mas o fundamental está representado. E, como eu já disse, às vezes a verdade rende uma ficção muito chata.

Então, para todas as águias da lei da realidade, peço desculpas pelas liberdades tomadas em relação à sua profissão. Espero que vocês tenham gostado do resultado!!!

PLAYLIST DE
Avett & Quaid

The Doors: "Riders on the storm"
Drive-by Truckers: "Tornados"
American Aquarium: "Hurricane"
Bill Withers: "Ain't no sunshine"
SoundGarden: "Blackhole sun"
Creedence Clearwater Revival: "Have you ever seen the rain?"
Neil Young: "Like a hurricane"
Pearl Jam: "Lightning bolt"
Garbage: "Only happy when it rains"
The Scorpions: "Rock you like a hurricane"
Adele: "Set fire to the rain"
Madness: "The sun and the rain"
Mumford and Sons: "After the storm"
Muse: "Butterflies and Hurricanes"
Arctic Monkeys: "Crying lightning"
Kansas: "Dust in the wind"
Thirty Seconds to Mars: "Hurricane"

The Fratellis: "Look out sunshine"
The Rolling Stones: "She's a rainbow"
Ryan Bingham: "Snow falls in june"
Blur: "This is a low"
Bruce Springsteen: "Thunder road"

AGRADECIMENTOS

Na verdade, este livro não poderia ter sido escrito e, definitivamente, não seria tão divertido se não fosse por Kristen Proby, Jennifer Armentrout, Jen McLaughlin, Karina Halle, Cora Carmack, Lindsay Ehrhardt, Heather Self, Ali Hymer, Debbie Besabella, Dennise Tung e Stacey Morgan. Eu estava precisando dar um tempo. Estava precisando fugir um pouco. Precisava relaxar e reclamar da vida, das palavras e de tudo o que estava emaranhado, confundindo a minha cabeça, tornando-a um lugar bem desagradável. A história não saía e, na minha área de trabalho, isso é algo muito assustador. Seguindo os conselhos das amigas, tirei uns dias em nome da minha saúde mental e fugi da vida adulta e das responsabilidades por um tempo, porque era óbvio que estavam me faltando forças para suportar tudo isso. Eu precisava dessa distância, precisava desse tempo. Também precisava ouvir que não estava sozinha no mundo e que tudo ia dar certo.

Todas essas damas me ajudaram a voltar a andar na linha. Chutaram minha bunda quando precisei e me ajudaram a parar de pensar merda... coisa que eu estava fazendo pra caramba, devo admitir. Tenho boas amigas, pessoas boas que conseguem manter meus pés no chão (e os delas também) e me ajudam a ser fiel a mim mesma, quando parece que esse ramo de negócio vai me engolir inteira – francamente, elas são as melhores amigas do mundo –, e é bom saber que não vão permitir que eu me afaste demais do caminho que escolhi trilhar desde que comecei esta jornada, há três anos. Devo muito a elas e serei eternamente grata pelo fato de os livros terem trazido essas mulheres para a minha vida. Não as trocaria por nada neste mundo.

Este livro dá sorte (quer dizer, o livro está pronto, e acho que ficou incrível, e isso, de acordo com os meus padrões, é sorte... rsrs)... é meu número 13!

Nem consigo acreditar. Tantas palavras e tanto trabalho em tão pouco tempo, e nunca me canso nem acho chato lançar minha magia e minha loucura especiais no universo dos livros. Muito obrigada por estar aqui... mesmo que este seja o primeiro livro meu que você esteja lendo ou que esteja aqui durante todos os treze. Nem tenho palavras para agradecer a oportunidade de contar minhas histórias e realizar meu maior sonho. Cada leitor, blogueiro, autor, profissional do livro, amigo e integrante da família que tem estado ao meu lado durante esta jornada me ajudou a transformar algo que parecia inacreditável e irreal na minha realidade. Isso é tão especial e tão importante que jamais vou encontrar todas as maneiras de expressar minha gratidão a vocês.

Obrigada... um mihão de obrigadas... e mais um milhão...

Amanda (e Martha, lá do outro lado do mundo), Jessie, Caroline, Molly, Elle, K. P., Stacey e Melissa... obrigada por jamais se abaterem, por continuarem seguindo em frente, por continuarem navegando, por mais bravias e revoltas que fossem as ondas. Obrigada por terem fé e acreditarem em mim, mesmo quando nem eu acreditava. Obrigada por me lembrarem que esse é um esporte de equipe, quando, tantas vezes, pensei estar jogando, ganhando e perdendo sozinha.

Obrigada aos melhores companheiros que uma garota poderia ter... se você os vir comigo em um evento, deem um abraço neles e digam que a Jay os ama. Também é bom pagar uma bebida para eles, porque viajar comigo e com o meu azar não é brincadeira!

Ei, Mike, você arrasa, e eu não teria conseguido passar por este ano sem você, sem brincadeira. Obrigada por ser sempre um porto seguro, por estar ao meu lado e por ser o primeiro cara que eu procuro para resolveras coisas.

A todas as autoras que são tão terrivelmente talentosas e tão generosas com seu tempo e seu talento, obrigada por me servirem de inspiração e por serem minhas amigas. Vocês todas são brilhantes, e quem são como pessoa, bem como narradoras, é algo sem precedentes. Este obrigada enorme e este abraço virtual vão para: Jennifer Armentrout, Jenn Foor, Jenn Cooksey, Jen McLaughlin, Tiffany King, Tina Gephart, Tillie Cole, Joanna Wylde, Kylie Scott, Cora Carmack, Emma Hart, Renee Carlino, Penelope Douglas, Kristen Proby, Amy Jackson, Nichole Chase, Tessa Bailey, J. Daniels, Rebecca Shea, Kristy Bromberg, Adriene Leigh, Laurelin Page, E. K. Blair, S. C. Stephens, Molly McAdams, Crystal Perkins, Tijan, Karina Halle, Christina Lauren, Chelsea M. Cameron, Sophie Jordan, Daisy Prescott, Michelle Valentine,

Felicia Lynn, Harper Sloan, Monica Murphy, Erin McCarthy, Liliana Hart, Laura Kaye, Heather Self e Kathleen Tucker. Sério, admiro cada uma das autoras dessa lista e sua contribuição para o universo dos livros e para a minha vida de escritora. Se você está procurando um bom livro para ler, prometo que qualquer um escrito por elas não irá decepcionar.

Por último, mas não menos importante, obrigada à minha turma peluda, por morar no meu coração. Au!

Se você quiser entrar em contato comigo, tem um zilhão de lugares onde você pode fazer isso.

Dê uma olhada no meu *site* para ver notícias, datas de lançamento e todos os meus eventos:

www.jaycrownover.com

Também estou nas redes sociais!

Sinta-se à vontade para fazer parte do meu *fandom* no Facebook:

https://www.facebook.com/groups/crownoverscrowd
https://www.facebook.com/jay.crownover
https://www.goodreads.com/Crownover

AuthorJayCrownover
@JayCrownover
@Jay.Crownover

SUA OPINIÃO É MUITO IMPORTANTE

Mande um e-mail para **opiniao@vreditoras.com.br** com o título deste livro no campo "Assunto".

1ª edição, fev. 2018
FONTE Dante MT Std Regular 11,25/16,1pt
       Berthold Akzidenz Grotesk Light Condensed 14/30pt
       Lucifer Judas Regular 72/35pt
PAPEL Lux Cream 60g/m²
IMPRESSÃO Intergraf
LOTE I284141